国家社科基金
GUOJIA SHEKE JIJIN HOUQI ZIZHU XIANGMU
后期资助项目

神韵与纯诗

中西诗学的贯通

Verve and Pure Poetry

The Communion between
Chinese and Western Poetics

刘金华 　著

江苏人民出版社

图书在版编目(CIP)数据

神韵与纯诗：中西诗学的贯通 / 刘金华著. 一 南
京：江苏人民出版社，2023.3
ISBN 978-7-214-27755-8

Ⅰ.①神… Ⅱ.①刘… Ⅲ.①比较诗学-诗歌研究-
中国、西方国家 Ⅳ.①I207.22②I106.2

中国版本图书馆 CIP 数据核字(2022)第 241456 号

本书得到教育部高校国别和区域研究备案中心南京信息工程大学新加坡研究
中心以及南京信息工程大学国别与区域文化研究院资助,特此鸣谢。

书 名	神韵与纯诗:中西诗学的贯通	
著 者	刘金华	
责 任 编 辑	于馥华	
责 任 监 制	王 娟	
出 版 发 行	江苏人民出版社	
地 址	南京市湖南路1号A楼,邮编:210009	
照 排	江苏凤凰制版有限公司	
印 刷	江苏凤凰通达印刷有限公司	
开 本	652 毫米×960 毫米 1/16	
印 张	17.25	
字 数	300 千字	
版 次	2023 年 3 月第 1 版	
印 次	2023 年 3 月第 1 次印刷	
标 准 书 号	ISBN 978-7-214-27755-8	
定 价	88.00 元	

(江苏人民出版社图书凡印装错误可向承印厂调换)

国家社科基金后期资助项目
出版说明

后期资助项目是国家社科基金设立的一类重要项目,旨在鼓励广大社科研究者潜心治学,支持基础研究多出优秀成果。它是经过严格评审,从接近完成的科研成果中遴选立项的。为扩大后期资助项目的影响,更好地推动学术发展,促进成果转化,全国哲学社会科学工作办公室按照"统一设计、统一标识、统一版式、形成系列"的总体要求,组织出版国家社科基金后期资助项目成果。

全国哲学社会科学工作办公室

目 录

绪 论

神韵诗与新文学

《秋柳》四首

昔江南王子，感落叶以兴悲；金城司马，攀长条而陨涕。仆本恨人，性多感慨。情寄杨柳，同《小雅》之仆夫；致托悲秋，望湘皋之远者。偶成四什，以示同人，为我和之。丁酉秋日，北渚亭书。

秋来何处最销魂？残照西风白下门。

他日差池春燕影，只今憔悴晚烟痕。

愁生陌上《黄骢曲》，梦远江南乌夜村。

莫听临风三弄笛，玉关哀怨总难论。

娟娟凉露欲为霜，万缕千条拂玉塘。

浦里青荷中妇镜，江干黄竹女儿箱。

空怜板渚隋堤水，不见琅琊大道王。

若过洛阳风景地，含情重问永丰坊。

东风作絮糁春衣，太息萧条景物非。

扶荔宫中花事尽，灵和殿里昔人希。

相逢南雁皆愁侣，好语西乌莫夜飞。

往日风流问枚叔，梁园回首素心违。

桃根桃叶镇相怜，眺尽平芜欲化烟。

秋色向人犹旖旎，春闺曾与致缠绵。

新愁帝子悲今日，旧事公孙忆往年。

记否青门珠络鼓，松柏相映夕阳边。[①]

以上一组作于 1657 年（清顺治十四年）的诗歌，1919 年再次被提起。

---

① 王士禛:《渔洋精华录集释》，李敏芙等整理，上海古籍出版社，1999 年，第 67—72 页。诗前小序为作者后来补作，追述了作诗时的情景。

胡适在《文学改良刍议》中，举组诗第二首为"用典之拙者"，批评诗中诸典"无不可作几样说法"①。

胡适以《秋柳》为例，一可能是因为近代之前，诗一直被视为中国文学最主要的体式，诗歌的品质相当程度上是整个文坛的缩影；也或许因为《秋柳》诗及渔洋的独特影响。《秋柳》作者王士禛，别号渔洋山人，曾主盟清初诗坛数十年。《文学改良刍议》是新文学运动中划时代的文献，白话文从此大行其道，胡适在《文学改良刍议》中说《秋柳》为"用典之拙者"，这一论断是否确实呢？这里不妨引《秋柳》诗第二首为例，做一粗浅解析。

"娟娟凉露欲为霜，万缕千条拂玉塘"，诗中首联描摹实景，苍凉的秋日里，柳树成荫。颔联就从对秋柳姿容的写生，过渡到了对典故的征引："中妇镜"取意于陈后主的《三妇艳》一诗，下句化用了古乐府诗句"江干黄竹子，堪作女儿箱"。颈联接着引用了《琅琊王歌》一诗，暗指事过境迁，人事全非。以上诗句中句句说"柳"，却没有一个"柳"字，因为典故的使用，中间两联诗句更使诗的重心从现在移至往昔，人的感受也从感官的即时感觉过渡到了心灵层面，使用典故让"柳树"这一具体意象变得非具象化了。在诗的尾联，"若过洛阳风景地"，这是将有之思。《秋柳》通过实景与典故的融合，蕴含了时间上的过去、现在和未来的交错对接。关于典故的这一作用，袁可嘉在介绍 Ｔ·Ｓ·艾略特时也有所涉及："艾略特在论及个人才智与传统的关系时也说，一件新作品的出现，不仅表示新价值观念的建立，而且兼有调整传统价值的作用；这些看法正足以帮助说明叶芝用'拜占廷'象征想象王国，艾略特借用那么多历史典故的缘故。"②袁可嘉以此说明在文学作品中运用典故，可以古今并列，历史与现实相互渗透，使文本获得丰富的意义。

撇去典故不提，诗句的语音本身往往也能体现特定的心理效果。《秋柳》诗第二首的动词位置很妙：首联"为""拂"在句中依次为第六、五字，"拂"字位置稍前，重读。颔联无动词，颈联两句动词都是第二字，语句工整，及至末联生变，两句的动词分别在第二、第四字处，不但与中间两联不同，与首联相比动词位置也都向前走了，成为整首诗中语音最大的起伏处，与诗意在这里的迸发同拍。与此同时，中妇镜、女儿箱，隋堤水、大道王，风景地、永丰坊……各联句末的词语抑扬有序，时起涟漪，韵致似微风下的水流。霜、塘、箱、王、坊，既体现了秋意萧瑟，又不妨碍"ang"音用得紧凑绵密，在音效上颇响亮，由此形成了诗歌在意义和音调上的双重变奏，哀而不伤。徐国能

---

① 胡适：《文学改良刍议》，《新青年》2 卷 5 号，1917 年 1 月 1 日。
② 袁可嘉：《诗与晦涩》，《益世报·文学周刊》，1946 年 11 月 30 日。

在《王士禛杜诗批评辨析》一文中以"味外味"一词评价《秋柳》,他认为:"王士禛咏'秋柳'的成功,不仅生动地表现了柳态与柳树的文化意义,同时藉着这个层次的描写暗示了诗人在现实中别有一番低回想象,味外味由是产生。"①

《秋柳》以情韵胜,诗人赋诗当场就有数十人唱和,后来又广为传播,连顾炎武也由京抵济,作诗《赋得秋柳》。这一首诗却被胡适评为"用典之拙者",就恰恰体现了他写《文学改良刍议》的用意。本着文学革命的意图,胡适要求的是不模仿古人。典故取自古人古书,对于他来说,"用典之拙"不如用典用得好,但最好是不用典。相应的,在胡适眼里,中国当时的文学因为不能为一般人欣赏,"故仍旧是少数人的贵族文学,仍然免不了'死文学'或'半死文学'的评判"②。在《中国新文学大系·建设理论集》导言里,胡适认为新文学运动的中心理论有二:"一个是我们要建立一种'活的文学',一个是我们要建立一种'人的文学'。前一个是文学工具的革新,后一种是文学内容的革命。"他认定自己是不因循古人的、"活的文学"的理论阐释者,周作人是"人的文学"的理论阐释者。"活的文学"的对立面就是属于"死文学""半死文学"的所谓"贵族文学"。

胡适在《文学改良刍议》中提出"文学八事",是为了探讨"吾国文学大病"③,"不用典"是"八事"中的第六条。"八事"内容几经修改,据《逼上梁山》(1933 年 12 月)中的说法,胡适是在给朱经农的信中第一次完整地提出"八事",写信日期是 1916 年 8 月,2 个月后又经过内容的微调,正式发表于《寄陈独秀》一文中,这时候,"不用典"是放在第一条的位置上:

表1 "文学八事"

《寄陈独秀》	《文学改良刍议》
1916 年 10 月	1917 年 1 月
一曰,不用典。	一曰,须言之有物。
二曰,不用陈套语。	二曰,不摹仿古人。
三曰,不讲对仗(文当废骈,诗当废律)。	三曰,须讲求文法。
四曰,不避俗字俗语(不嫌以白话作诗词)。	四曰,不作无病之呻吟。

---

① 徐国能:《王士禛杜诗批评辨析》,《汉学研究》24 卷 1 期,第 326 页。
② 胡适:《〈中国新文学大系·建设理论集〉导言》,《中国新文学大系·建设理论集》,上海良友图书印刷公司,1935 年,第 35 页。
③ 胡适:《逼上梁山》,《东方杂志》3 卷 1 期,1934 年 1 月 1 日。

续表

《寄陈独秀》	《文学改良刍议》
五曰，须讲求文法之结构。	五曰，务去烂调套语。
六曰，不作无病之呻吟。	六曰，不用典。
七曰，不摹仿古人，语语须有个我在。	七曰，不讲对仗。
八曰，须言之有物。	八曰，不避俗字俗语。

两篇文章相比较，"不用典"的位置被大大往后挪了，并且，胡适在《文学改良刍议》中提出的"八事"，其一、二、四条在先前的《寄陈独秀》中原分列为最后的八、七、六三事，均归入"精神上之革命"，其他五条则属于"形式上之革命"。《寄陈独秀》中是形式上的革命在前，《文学改良刍议》则改成了精神上的革命在前。这个新次序的改动也是有意的，胡适把"不避俗语俗字"一件放在最后，真正原因在于他的文学运动策略发生改变，开始"很郑重的提出我的白话文学的主张①，这反映了胡适更注重改造文学"精神"的趋向。

到了1918年，胡适的《建设的文学革命论》发表，经过了两年时间的论争与总结，"文学八事"的形式再次有了调整，"八不"的结构形式最终确立：

表2 "文学八事"变迁史

《建设的文学革命论》	
1918年7月14日	
一，不做"言之无物"的文字。	一，要有话说，方才说话。（"不做'言之无物'的文字"的变相。）
二，不作"无病呻吟"的文字。	二，有什么话，说什么话；话怎么说，就怎么说。（二、三、四、五、六条的变相。）
三，不用典。	
四，不用套语烂调。	
五，不重对偶——文当废骈，诗须废律	
六，不做不合文法的文字。	
七，不摹仿古人。	三，要说我自己的话，别说别人的话。（"不摹仿古人"的变相。）
八，不避俗话俗字。	四，是什么时代的人，说什么时代的话。（"不避俗话俗字"的变相。）
"八事"的"八不"结构最后确立。	表述形式由"否定"句全部变为"肯定"句。

① 胡适：《逼上梁山》，《东方杂志》3卷1期，1934年1月1日。

在《建设的文学革命论》中，胡适将文学运动主张的表述，由否定句全部变成陈述形式，并进一步把"八不主义"改作四条，提出"一半消极、一半积极"的主张。"建设新文学论"的宗旨，被放在了"国语的文学，文学的国语"上。他在文学论争过程中发现，以往对"文学八事"争议最大、最难统一见解的部分，往往集中在对"不用典"等具体文学创作形式的探讨上。他就不再讲文学具体创作，而讲人们"说话方式"的改良，这样做就淡化了之前争论的具体文学问题，在客观上回避了矛盾，统一了"旗帜"。也就是说，胡适是泛化（强调"精神上的革命"，同时缩并"形式上的"的革命内容）和简单化（"文学八事"由"八条"变成"四条"）了之前制定的文学革命措施，巧妙地强调了新文学运动的提倡者们有共识的一面。

这是处理社会社团事务，而非解决文学问题的方式，其做法未免有些避重就轻。就以"不用典"来说，钱玄同在五四时期以观点激进著称，他大赞胡适的"不用典"之论最精，"实足祛千年来腐臭文学之积弊"[①]。那么，胡适为什么在《建设的文学革命论》中不再保留这一条目了呢？ 胡适说，这恰恰是因为受到了钱玄同观点的点拨："我们那时谈到'不用典'一项，我自己费了大劲，说来说去总说不圆满；后来玄同指出用白话就可以'驱除用典'了，正是一针见血的话。"[②]也就是说，胡适最后想用白话"驱除用典"，白话成为解决问题的万能灵药，那些他说来说去总说不圆满的问题，就被直接回避掉了。

胡适对具体论争的回避，并不意味着这些问题可以被忽视。由于胡适诗学观点的介入，《秋柳》诗在中国文学史上就多了一重值得关注的意义。胡适在"八事"中对是否用典，是否模仿古人问题的回避，也反映了他看待文学传统的态度。在文化传统上，被淘汰是一个问题，该不该淘汰是另一个问题。在全面引介外来文化的五四时期，中西文化在新诗发展中发生碰撞，两者因为有着各自独特的进化过程，有自己不同的发展速度与包含各种因素的不同内在结构，它们之间的相互联系往往并非从一点出发从而决定其他艺术的所谓影响，而应该被看成是一种具有辩证关系的复杂结构。

胡适真正好的地方不在文学上。在讨论文学包括诗歌问题时，胡适发现并尝试了许多对文学问题的"科学性"研究，他身上的"实验主义"品质一方面限制了他在文学问题上的视野，另一方面也使他发现问题的敏锐，以及总结问题的扎实和系统，在新文学历史上无出其右。胡适所倡导的文学革

---

① 钱玄同：《寄陈独秀》，《新青年》3卷1号，1917年3月1日。
② 胡适：《中国新文学大系·建设理论集导言》，《中国新文学大系·理论建设集》，第35页。

命的影响如此之巨，似乎中国现在的文学传承不再仅包括 19 世纪前的古代文化、文论传统，还有一个百年以来，特别是五四运动以来逐步形成的现当代文化与文论新传统。他对诗歌用典问题的批判，到最后的回避，就侧面体现了当时的文学主流看待传统的态度。

象征主义在中国

　　传统更像是一种现在与过去的对话。要理解五四之前和之后的传统，首先应该厘清当时的诗人学者怎样建立了这些传统，如钱锺书的说法，"我们阅读当时人所信奉的理论，看他们对具体作品的褒贬好恶，树立什么标准，提出什么要求，就容易了解作者周遭的风气究竟是怎样一回事，好比从飞沙、麦浪的波纹里看出了风的姿态"①。当时新诗的草创者们，他们想过的事，提出的问题和提供答案的方式，新诗理论与创作的"成"与"破"，"功"与"过"，都会成为我们寻找答案的起点，值得我们继续总结和思考。尤其中国新诗运动中的一些灵魂人物，如胡适、周作人、朱自清、梁宗岱、袁可嘉等，经过对其具体诗论观点的辨析，我们在这里着重要讨论的将不仅仅在于其关注了什么，更在于他们忽视了什么。探究甚至其自身都可能尚未察觉到的态度与倾向，特别是其中体现的偏见，是本书探讨问题时的一个特定角度。本书将尝试从中国新诗时期探讨的诗学问题出发，首先关注诗学运动中特定的倡导和践行者，他们对中国诗学传统的阐释及与之沟通的立场。

　　举例来说，梁宗岱的诗论借鉴法语诗，其中常见对胡适诗学观点的反驳。胡适提倡白话诗，梁宗岱则认为，"用什么话"和"题材的积极性"的出发点其实只是"大众文学"的两面——至多可以说是"深浅的两个阶段"。也就是说，是不是白话诗与是不是好诗，不是一回事。梁宗岱眼中胡适的"八不主义"，是从美国的约翰·尔斯更（John Eriskine）处"抄来"，不过说明了一些表面的、似是而非的"浅显"道理②。梁宗岱的诗学批评思路显然与胡适不同。他对待传统的态度也值得系统讨论。

　　而另一方面，与之对应的事实还在于，五四以来的新诗"最大的影响是外国的影响"③。作为杜威的忠实追随者，曾经的美国留学生胡适力图以自己的视角"重写"文学史，然而，全盘接受外来思潮的新诗的发展在很多方面

---

① 钱锺书：《中国诗与中国画》，《七缀集》，上海古籍出版社，1994 年，第 1 页。
② 梁宗岱：《诗坛往那里去》，《梁宗岱文集》（Ⅱ），中央编译出版社，2003 年，第 51 页。
③ 朱自清：《〈中国新文学大系·诗集〉导言》，《中国新文学大系·诗集》，上海良友图书印刷公司，1935 年，第 2 页。

都出乎胡适的预计。在中国新诗史上,胡适虽发表了最早的一部诗集,预示"新诗乃正式成立"的却是《小河》①,这首周作人作于 1919 年的散文诗,胡适也承认它是"新诗中的第一首杰作"②。据周作人自己说,《小河》与"法国波德莱尔提倡起来的散文诗,略略相象"③。《小河》富含朦胧象征特性,与 20 世纪 20 年代胡适浅白如话的尝试诗不同,是具有余香和回味的诗,正契合了法国象征主义的"纯诗"主张。

　　西方现代主义文学一般被认为由法国象征主义诗人发端,从那以后到 20 世纪上半叶,虽出现了形形色色的现代主义流派、宣言与文学思想,其总的特征都可以溯源至象征主义。作为象征主义思潮的组成部分的"纯诗",孕育并滋养了中国现代主义诗歌。新文学运动开始不久的 1920 年,即已成为译介象征主义及作家作品最集中和踊跃的一年,出现了周作人、沈雁冰、谢六逸、陈望道、郭沫若、易家钺、田汉(田寿昌)、周无、吴若男、昔尘、李璜、李思纯、黄仲苏等一大批译介者。他们各自译介的角度不同,"表象主义""新浪漫主义"和"象征主义"等名称同时出现,相互混用,译介的范围也不一样,总体上却涵盖了全部的早期象征主义作家。体现在新诗创作上,继《小河》之后,现代文学期间出现的相当一部分诗歌作品,让人怀疑"纯诗"与中国文学传统之间存在着潜在的亲缘性。以戴望舒的《雨巷》为例,《雨巷》虽以含有中国古诗的典型意境和词语著称,不妨碍诗歌界同时还存在着对它的另外一种评价,"就其音韵讲",艾青就认为《雨巷》近似魏尔伦的《秋》,"不断以重叠的声音唤起惆怅的感觉"④。《雨巷》约作于 1927 年,的确正是戴望舒醉心于魏尔伦等西方象征派诗人诗作的时候。处于纯诗与中国诗歌传统双重影响下的这一类诗歌,与胡适白话式的新诗判然有别,对以"白话"为最紧要处的胡适来说,这些中国新诗中或隐或显存在着的影响,显然已超出他的预想。

　　对中国新诗的发展情况,当时学者的认识值得一提。朱自清"强立名目",在《中国新文学大系·诗集导言》中将 1917—1927 年这十年来的诗坛分成三派:自由诗派、格律诗派和象征诗派。李金发、王独清、穆木天、冯乃超等都被他归入"象征派"⑤。不同于朱自清《导言》中观点的简洁精粹,陈子展(陈炳堃)的《最近三十年中国文学史》则把新诗的历史和类型归为四种:

---

① 朱自清:《选诗杂记》,《中国新文学大系·诗集》,第 15 页。
② 胡适:《谈新诗》,《星期评论》"双十节纪念专号",1919 年 10 月 10 日。
③ 周作人:《小河》诗前小引,《新青年》6 卷 2 号,1919 年 2 月 15 日(期刊标注出版时间)。
④ 艾青:《中国新诗六十年》,《文艺研究》1980 年第 5 期。
⑤ 朱自清:《〈中国新文学大系·诗集〉导言》,《中国新文学大系·诗集》,第 8 页。

一，胡适的"这种诗"，胡适的《尝试集》当然是开山之作，另外包括《旧梦》（刘大白）、《扬鞭集》（刘复）以及《冬夜》（俞平伯）、《江户之春》（田汉）等；二，无韵诗或自由诗，包括《草儿》（康白情）、《将来之花园》（徐玉诺）、《蕙的风》（汪静之）、《微雨》（李金发）等，周作人的《小河》是此类诗中"最初最有名"的一首；三，小诗，受印度泰戈尔和日本短歌俳句的影响，代表作品是冰心的《繁星》《春水》，宗白华、梁宗岱等"也都是曾做小诗的"；四、西洋诗，郭沫若的《女神》算"先导"，还包括《志摩的诗》（徐志摩），闻一多、朱湘的诗歌等，较之前几种类型，他们作诗开始讲"格律"①。该文学史是为应和胡适的新文学运动而作②，但作者坦承新诗"形式之未备"，"技巧之拙劣"，尚在尝试的途中，"胡适十年之内的'中国诗界'定有大放光明的一个时期，现在看来，已经是丝毫没有把握的了"③。陈子展在回顾新诗发展史时认为，中国新诗的问题，似已不在内容，而是形式："十年以来，新诗人的努力几乎全在各种形式上的尝试，寻求一种合于新时代与新生活的新诗形。"他最后专门提到了陈勺水的诗论。中国新诗至今不能上轨道的根本原因，恐怕就在"蔑视获得韵律的手段"，陈勺水因此提倡"有律现代诗"，这样"一面表示他是有格律的诗，不是自由诗，一面又表示他是使用现代语的诗，不是使用死语的诗"④。赵景深则在《最近三十年中国文学史》序言中基于同样立场而提供了另一种具体分法：

> 关于新诗方面，我曾说过已有四个时期：一、词化的诗，二、自由诗，三、小诗，四、西洋体诗，但是现在似乎应该加上第五期——象征诗。李金发在很早作《微雨》时，即已仿法国范而伦（Verlaine）作诗，后来又续出《为幸福而歌》，《食客与凶年》等。胡也频的《也频诗选》，即是专摹拟金发的。这一派的诗修辞极佳，惟用字似夹杂文言，为世所诟病。有人说他们是只有诗料，而无组织的。但也频诗似较金发所易解。此后冯乃超作《红纱灯》，诗中多用朦胧字眼，如"氤氲""轻绡"之类。穆木天作《旅心》，则直接声明他的诗是学法国象征派拉佛格（Jules Laforgue）的。戴望舒的《我的记忆》是学法国象征派耶麦（Francois Jammes）的。篷子的《银铃》所用的暗喻也极多。此外如后期的梁宗岱喜爱哇莱荔（Paul Valery），石民喜爱波特来耳（Baudelaire），都可以属于这一派，虽

---

① 陈子展：《最近三十年中国文学史》，上海太平洋书店，1930年，第260—264页。
② 赵景深在其序言中就肯定了陈子展文学观点的先锋性质，他把陈子展归为"人话文"的战士，是替"鬼话文"敲响了最后的丧钟。见《最近三十年中国文学史》，第1页。
③ 陈子展：《最近三十年中国文学史》，第266、262页。
④ 勺水：《有律现代诗》，《乐群》4期，1929年。

然其中有难懂的,有易解的,而师承又各有不同,但总之都是喜爱法国象征派的诗人的,所以又可以称为"拟法国象征诗派"。所不同者,第四期是有意的运动,而这一期是各作家自由发展,不曾联合起来罢了。①

赵景深说李金发模仿魏尔伦作诗,其实李金发受波德莱尔影响倒更多些。总之,从各位学者对新诗所做的分期可知,新诗发展伊始,就有一个"法国象征诗派"的影响在里面。这一影响随着时间的推移日渐深远。到了最后,当新文学运动已经历最初的译介风潮,当诗人逐渐摆脱了旧诗的藩篱,开始建立新诗根基的时候,当新诗创作不再是"有意的运动",开始寻求独立发展的时候,像戴望舒以及后期的梁宗岱、石民等都不约而同转向了法国象征派诗。

实际上,所谓西方的浪漫主义、现实主义和现代主义等思潮,都在这一时期的中国文坛并存并不停变化着,很难界定。这一方面可归因于外来文学仓促引进时的变形,另一方面也可以说是因为五四学者们过于迫切的历史感所致:他们随时都指望着创造出一种中国的新文学,这种内在焦虑是他们一切创作与理论努力的根基所在。此外,有所取舍导致现代主义在中国的变形,时代与既有传统更影响了他们对文化等历史认知的角度及吸收外来文化的取向。在王佐良看来,除了工业性的比喻和心理学上的新奇理论,西方现代诗里几乎没有任何东西真正"能叫有修养的中国诗人感到吃惊的"②。叶维廉也认为,中国诗人的身上,现代意识和"传统因子"是并重的,只是这些在他们意识中的显隐状态不同而已:事实上,尽管现代知识分子狂热地鼓吹过全盘西化,但对外来模子的全盘拥抱确几乎没有发生过。"他们的意识里往往存在着传统的因子,制约了这个移植的过程。"③这样一来,只有兼顾内外双向的传承才可以把握中国新诗的基本样貌,笔者因此尝试同时从中国的"神韵"与西方的"纯诗"两个理论向度出发建立起本书的架构。

本书主要着眼于中西特定诗学品质的对比研究,拟从对新诗诗学理念的探讨开始,以新诗对于包括国内外两方面的传统所持的态度和所做的选择,尤其是其否定性的选择作为切入点,探讨"神韵"与"纯诗"理论从不同路向共同彰显出的特定诗学问题,最终完成对诗歌艺术核心价值的一种追溯。

① 赵景深:《〈最近三十年中国文学史〉序》,《最近三十年中国文学史》,第3—4页。
② 王佐良:《语言之间的恩怨》,天津人民出版社,1998年,第236页。
③ 叶维廉:《中国诗学》,生活·读书·新知三联书店,1992年,第195页。

神韵与纯诗：比较的新向度

关于新诗批评的整体情况，孙玉石在《15年来新诗研究的回顾与展望》一文中得出的结论比较符合实际。他认为，一方面，中国新诗批评同西方的诗学理论与批评的发展"有着深刻的联系"；另一方面，传统的诗学的艺术积淀"也在不同程度上参与了新诗理论的创造"①。系统整理中国新诗时期的理论批评，也可以说是研究中西诗学理论汇通的最佳切入点。在进行"神韵"与"纯诗"的比较之前，就有必要了解"纯诗"理论在中国新诗批评史中的发展概况。需要着重说明的是，新诗批评有关"纯诗"的研究往往挂靠在"象征主义"的名下进行。其译介和批评发展的基本情况可参见贺昌盛的《汉语象征诗学年表》(1918—1949)②，有关纯诗的发展脉络，贺昌盛认为，早期新月诗人如郭沫若、闻一多等的诗论已经为"纯诗"之"非功利性"特性的彰显做好了铺垫，"纯诗"范畴的引入首先归功于穆木天和王独清，其后在20世纪30年代梁宗岱和刘西渭(李健吾)对之进行了系统阐释(尤其梁宗岱是阐发"纯诗"理论的核心人物)，及至40年代唐湜和袁可嘉将"纯诗"理论逐步转换成了清晰的现代"诗学尺度"③。贺昌盛所做的这一梳理有以下几点需重新考量。其一，如果依照孙玉石对新诗批评的概述，贺昌盛在这里显然忽视了"纯诗"中的"传统诗学的艺术积淀"的一面。例如，周作人提出了象征即是"兴"，这在中国新诗"纯诗"发展史上应属不可轻忽的一系。如果不重视以周作人起始的这一脉络的话，贺昌盛自己已注意到的梁宗岱"纯诗"论与王国维的"境界"构想有着"潜在的呼应关系"等结论似乎就无从置喙。其二，比穆木天的《再谭诗》早两年，朱湘(笔名"天用")已于1924年提出了"纯诗"的说法，并有了相对细致和具体的阐述④。他对"pure"的阐述完整，在中

---

① 孙玉石：《15年来新诗研究的回顾与展望》，《中国现代文学研究丛刊》1995年第1期。

② 贺昌盛：《汉语象征诗学流变年表》，《象征：符号与隐喻》，南京大学出版社，2007年，第216—235页。

③ 贺昌盛：《现代性视阈中的汉语"纯诗"理论》，《象征：符号与隐喻》，第203—215页。

④ 朱湘在《桌话》中对散文、诗和小说都有所评论。尽管不赞同周作人在诗学上的见解，朱湘称周作人是自己"新文学上的初恋"，并赞许他已经有了"Pure Essay"上的成功。所谓的"Pure"，朱湘指的是"美的文艺"和"美的描写"。关于济慈的诗中出现了中世纪不该出现的地毯，朱湘以"纯诗"的眼光来看，"不仅是不觉得不满，而且是极为愉快的"。确切地说，朱湘在系列《桌话》中强调的正是"Pure"，他所看重的是"诗的真理"："我们读诗，读文学，是来赏活跳的美，是来求诗的真理的；赏与求有所得，我们就满足了，不再问别的事，任凭它与理智的绝对的真理符合也好，相反也好。"天用：《桌话》，《文学周报》142期，1924年10月6日。他还认为，宗白华的《流云》诗的特色则在一个"清"字，"与一班新诗中的反抗与不安的色彩迥异"。天用：《桌话》，《文学》150期，1924年12月1日。

国的"纯诗"发展体系里恐怕已不仅仅起到"铺垫"作用。其三,笔者以为,将"纯诗"说主体一直延伸到 40 年代后期似也可再商榷。"纯诗"说在中国新诗发展史上一度异军突起而又迅速衰落,这是它发展的鲜明特点。从诗歌理论史层面考量,"纯诗"只是相对短暂地成为新诗主体,似乎也并没有构成一个贯穿一致的,与中国新诗发展相始终的线索。至 20 世纪 40 年代,以唐湜与袁可嘉为代表的中国现代诗时期主要借鉴了艾略特、奥登等人的现代诗论,虽然中间包含了一部分"纯诗"观念,其诗论整体实际上已不再能单纯由"纯诗"理论所能涵盖。

本书意在进行中西诗学理论的比较研究。19 世纪前期,歌德和马克思先后提出"世界文学"概念,比较文学似乎有了成立的理论基础。然而有关比较的方法、途径和对象,甚至比较诗学是否有存在的必要,至今在诗学理论界多存争议。至少近代以来,中西方文学的频繁互通已成为共识。比较文学(Comparative Literature)、世界文学(World Literature)、总体文学(General Literature)和共同诗学(Common Poetics),不同地域和年代学者的研究使相关领域的命名不断出新,意在为文学比较提供新的思路。钱锺书《谈艺录》中的"东海西海,心理攸同;南学北学,道术未裂"①,似乎印证了厄尔·迈因纳(Earl Miner)有关文学比较的说法:

> 跨文化研究提供了理解文学体系之性质的机遇。我们的首批发现之一,即近似与差异存在于现象之中。东亚的各种文学、伊斯兰文学或英语文学等每个有限整体的内部都存在着很大的差异。在跨文化研究的基础上,这些整体之间相互比较,一种更大的和谐性以及各个有限整体范围内不易察觉的问题都显示出来了。②

在既存事实面前,只要我们足够谨慎地去发现其中的规律,比较诗学绝不会一无用处。那么,比照整体中国文学的发展,为什么还要选择"神韵"说与"纯诗"论进行比较呢? 笔者对"神韵"与"纯诗"比较向度的选择还出于以下四方面的原因:

第一,单从审美层面考量,诗歌在中国古代文学的发展中地位独特。中国古代的文学论家常身兼数职,是批评者又是诗人,这种情况直到最近两个世纪才逐渐发生改变。这种特质与西方文学中叙事文学最发达,批评主要也是对叙事文学的评价和理解有极大区别。这恐怕也是在新诗时期,胡适

---

① 钱锺书:《〈谈艺录〉序》,《谈艺录》,生活·读书·新知三联书店,2007 年,第 1 页。
② 厄尔·迈因纳:《跨文化比较研究》,《问题与观点》,昂热诺等著,史忠义等译,百花文艺出版社,2000 年,第 216 页。

等人多以诗歌为例来探讨新文学思想革命的理由。

第二，中国文论多为即兴式的评点，历来不重视对术语的解释，也就是"定义"。诗人的诗论因循即兴和片段的体式，即便如王士禛这一"神韵"说的集大成者，其诗论涉及诗、文、书、画等多种艺术的鉴赏，也"很难从中找出系统的、含有归纳和演绎的全面阐述"①。至于古典诗论中出现的术语，同一个词由同一作者使用，常会表示不同的意义；不同的词，又可能事实上表示同一个概念。宇文所安就认为，在中国文学思想传统中，尝试对术语做一系统解释的事情难得发生，就算发生，也发生在该传统的后期（14 世纪），而且发生在文学研究的最低层面；换句话说，该传统不觉得"定义"自身就足以构成一个重要目标，定义是"为学诗的后生准备的"②。

然而，只有"定义"才方便对诗学艺术进行比较和探讨。如果我们从中国文论整体中来审视，而不仅仅将"神韵"说与王士禛对等，就会发现有关"神韵"的说法从魏晋已开始，经唐宋时期司空图和严羽等人诗论的传承，至清代王士禛《带经堂诗话》方做一系统总结。在中国文学批评史上，体现了"神韵"特质的这些诗学论著作为整体而言，恰恰是涉及"定义"较多的一群，在西方系统精确的诗论体系中，这应是最可能与之对话的地方。事实上，经过下文对"神韵"说的追溯，我们将可以看出，这些特定的中国古代诗歌理论大体触及了文学的一般性本质，这些理论中的杰出洞见使得依照它们来做的实际研究很有价值，这就是为什么神韵诗学往往成为中国文学的西方研究者，尤其华裔学者的研究热点。在刘若愚看来，严羽、王夫之、王士禛等应是中国"最有识见的批评家"：

> 一些中国批评家强调个性、直觉、灵感、天才、自发、创新，而另一些强调学习规则、传统、技巧和对古人的模仿，最有识见的批评家倾向于以寻求介于两者之间的平衡或以一种悖论的联系来看待它们。③

第三点原因，从"纯诗"理论的角度来看，爱伦·坡、波德莱尔、马拉美、瓦雷里等一系诗学，在西方诗歌理论史上有着与"现代性"密切相关的特别地位。自爱伦·坡提倡反对诗的叙述性的"现代诗"开始，马拉美等人对诗歌艺术的探索就具有明显的开拓性质，德里达认为，马拉美诗学理论与费诺洛萨、庞德二人的图示诗学（graphic poetics）一道，是"对根深蒂固的西方传

---

① 吴调公：《神韵论》，人民文学出版社，1991 年，第 225 页。
② 宇文所安：《中国文论：英译与评论》，王柏华等译，上海社会科学院出版社，2003 年，第 3 页。
③ James J. Y. Liu, *Language-Paradox-Poetics：A Chinese Perspective*, Princeton：Princeton University Press, 1988, p. 128.

统的首次突破"①。20 世纪唯"现代性"是瞻的新文化运动,使这一系的诗学观点影响中国新诗成为可能;其次,现代诗人艾略特曾经提到过一脉"重视人工安排的西方诗学渊源"②。这一渊源最早的体现是贺拉斯的《诗艺》,最新近的则是爱伦·坡的《写作哲学》。值得注意的方面在于,艾略特的这一表述是出现在为瓦雷里写的序言里。从爱伦·坡到瓦雷里,艾略特从整个诗史的角度所界定的"精确的诗学"中,纯诗因此占有了一席之地。

第四,和神韵论者相似,纯诗诗人亦兼任着"诗人论诗"的评论者角色。在爱伦·坡看来,诗人也是评论家。诗评可以出自一位非诗人之手的说法一定是谬论,而读者更应是"行家",坡把诗歌比喻为一幅美丽的图画,乍一看它的色彩芜杂凌乱,但行家"一眼就能看出色彩的层次"③。波德莱尔等也都高度评价了诗歌批评家的作用。兼具诗人和学者身份的人与论之间往往形成一种相互阐述的奇妙对应,"唯一的好的批评家是批评家-诗人,他为了完成其职能而在自己身上调用确属于诗的资源。他的责任是在诗中发现一种可以在诗上面与诗争雄的等值物"④。诗人批评家在文学传统接受体系中的特殊性在于他们比小说、散文等领域的学者更多承担了传统评介任务,原因不在批评家,在于诗。诗更纯粹,"可能引起每隔一段时期就有必要的那种感受性的革命,可能帮助打破不断形成的知觉和评价的因袭方式,而且使人们重新观看这个世界,或者这个世界的新的一面。它可能使我们时时更知道一点儿形成我们存在之基层,我们很少洞察到的、更深一层的无名的种种感情,因为我们的生活的大部分是对我们自己的不断的逃避,以及对看得见的、感觉得到的世界的逃避"⑤。在文学世界中的诗人往往可以更深地获得或发展对于过去的意识,从而在他的毕生事业中继续发展这个意识。至少对诗歌评论家而言,岁月流逝带来的收获之一是"品味也会随着知识的增长而成熟"⑥。就中国文论传统而言,纯诗的介入所引发的无论是新问题的提出或是对旧问题新的回答,两者都具有同等的价值。

① 张隆溪:《文为何物,且如此怪异?》,《中西诗学对话》附录,王晓路著,巴蜀书社,2000 年,第282 页。
② T. S. Eliot, "Introduction" in Poul Valry, trans. Denise Folliot, London:Routledge, 1958, p. x.
③ 奎恩编:《爱伦·坡集:诗歌与故事》,曹明伦译,生活·读书·新知三联书店,1995 年,第 4、8 页。
④ 乔治·布莱:《批评意识》,郭宏安译,广西师范大学出版社,2002 年,第 34 页。
⑤ 艾略特:《诗的效用和批评的效用》,杜国清译,纯文学出版社,1972 年,第 182 页。
⑥ 哈罗德·布鲁姆等著:《读诗的艺术》,王敖译,南京大学出版社,2010 年,第 21 页。

新诗翻译的误读与化用

约瑟·朗贝尔（Joseph Lambert）在《翻译》一文中把"翻译"视为是 20 世纪 70 年代以来文学研究领域最有趣的现象之一。他说：

> 不管是词汇，还是风格手法、文本及体裁的片段或全部，翻译作品始终带有媒介体系的痕迹，无异于实现了本地模式与外来模式的一次嫁接。①

鉴于中国新文学时期接受的影响也主要来自域外文学，本书既然着意比较，有必要就翻译问题做一些说明。通常意义上的翻译，是指在准确通顺的基础上，把一种语言信息转变成另一种语言信息的活动。《礼记·王制》中提到"五国之民，言语不通，嗜欲不同，达其志，通其欲。东方曰寄，南方曰象，西方曰狄鞮，北方曰译"②。中国关于翻译的记载最早见于《礼记》中的"象胥"，即四方译官的总称，后来，佛经译者在"译"字前加上"翻"字，成为"翻译"一词，一直流传到今天。皎然诗云："翻译推南本，何人继谢公。"③赞扬诗人谢灵运参与翻译《涅槃经》，使得《涅槃经》文字优美，受后人推崇。这里的"翻译"意为"解释、校订"，即涉及不同语言的转换。

翻译在中国新文学运动期间的作用尤其重要。胡适在《建设的文学革命论》中认为，要预备高明的文学方法，只有一条法子：就是赶紧翻译西洋的文学名著做我们的模范④。但他接着又说诗歌翻译不易，可以从缓。的确，翻译诗歌的难度几可与诗人创作相比拟，比较诗学很难做"好"，因为对不同地域和文化的文学作品进行比较时，中间多隔着一层翻译。然而，很多重要文学问题的辨析又与翻译实践分不开，关于译诗的方法与角度问题，新文学时期的学者、译者多有争议。就以拜伦《哀希腊》（*The Isles of Greece*）一诗的翻译来说，继马君武与苏曼殊译本之后，胡适新用离骚体译出。他这样做的理由是"君武失之讹，而曼殊失之晦。讹则失真，晦则不达，均非善译者

---

① 约瑟·朗贝尔：《翻译》，《问题与观点》，昂热诺等著，史忠义等译，百花文艺出版社，2000 年，第 216 页。

② 《礼记·王制》，胡平生、张萌译注：《礼记》（上），中华书局，2017 年，第 264 页。

③ 皎然《秋日遥和卢使君游何山寺宿敡上人房论涅槃经义》：江郡当秋景，期将道者同。迹高怜竹寺，夜静赏莲宫。古磬清霜下，寒山晓月中。诗情缘境发，法性寄筌空。翻译推南本，何人继谢公。

④ 胡适：《建设的文学革命论》，《新青年》4 卷 4 号，1918 年 4 月 15 日。

也"①,所以他把这首诗重译了。1925年出版了法文诗译作《仙河集》的李思纯比较了两人的译法,则认为:

> 今人译诗有三式。一曰马君武式。以格律谨严之近体译之⋯⋯二曰苏玄瑛式。以格律较疏之古体译之⋯⋯三曰胡适式。则以白话直译,尽驰格律是也。余于三式皆无成见争辩是非。特斯集所译悉遵苏玄瑛式者:盖以马氏过重汉文格律,而轻视欧文之词义;胡氏过重欧文词义,而轻视汉文格律;惟苏氏译诗,格律较疏,则原作之词义皆达五七成体,则汉诗之形貌不失,然斯固偏见所及,未敢云当。②

在李思纯看来,胡适的译法也有不足之处——文学翻译的困难在于它同时承载了对语言和文化的解释,往往难以成公论。除了意指不同语言之间的转换,"翻译"一词在广义上还有其他一些引申含义,就文学理论的引介方面,介绍西方诗歌及理论是"翻译",有学者借由西方诗歌理论来比较探讨中国的古典诗歌和美学,说白了也应是一种"翻译"吧?"翻译"甚至可以指同一种语言范围内对特定书面作品的引介与阐释。像中国的古书流传到今天,版本不一,校释迥异,世人各取所需,体会的角度与层次各不相同。田晓菲的《尘几集》就梳理了陶渊明的诗歌在历史发展中一再被改写,一再被"误读"和"误译"的过程,田晓菲的这一做法,称得上是对古书的一种"翻译"。又比如诗歌选集,也可理解为编辑者为表明个人审美趣味所做的"翻译"。王士禛编选《唐贤三昧集》,因不收入李、杜诗,其辑诗旨趣过于"明确"为人诟病,《三昧集》可以说是诗人对唐诗主观性极强的一种"翻译"性诠释。

翻译在诗歌中的作用是多方面的。李思纯说自己在《仙河集》中的译诗是"遵苏玄瑛式",陈子展并不这样认为。在他看来,李思纯译诗虽用文言,还是"艰涩无味","却已另成一种风格,杂在中国人诗里,总会令人觉得生疏;不像马君武苏曼殊所译,总觉得太像中国诗"。③ 译者的风格部分受翻译作品限制,李思纯的译笔风格其实已经有法诗的影响在里面了。从这种角度考虑,胡适用翻译来"预备高明的文学方法",不失为文学改革的一条捷径。《仙河集》共选译法国"自中古时代以及现存的诗人"24人的诗作69首,包括了波德莱尔的《凶犯之酒》。波德莱尔对诗歌与翻译关系的看法很独特,他把诗人本身就看成"翻译者"和"辨认者"。既然象征手法在诗歌中的使用"取决于普遍的相似性","象征"可以被视为诗人对周遭

---

① 胡适:《〈哀希腊歌〉译序》,《尝试集》,上海亚东图书馆,1922年,第135—136页。
② 李思纯:《仙河集》,《学衡》47期,第64页。
③ 陈子展:《最近三十年中国文学史》,上海太平洋书店,1930年,第70页。

世界进行"翻译"的方式。波德莱尔由此认为：

> 一切都是象形的，而我们知道，象征的隐晦只是相对的，即对于我们心灵的纯洁、善良的愿望和天生的辨别力来说是隐晦的；那么，诗人（我说的是最广泛意义上的诗人）如果不是一个翻译者、辨认者，又是什么呢？在优秀的诗人那里，隐喻、明喻和形容无不取之于普遍的相似性这一取之不尽的宝库，而不能取之于别处。①

从这种意义上说，"象征"在诗歌中的这种角色似与中国古典诗学中的"用事"相近，都有暗示或借喻的作用在里面，需要诗人与读者双向的辨认与理解。诗与翻译的意义都存在"暧昧"的一面。就像好诗可一再解读，翻译过程中的"误读"也如影随形。就狭义的"翻译"而言，词语的意义产生于单一声音形式与单一概念的完美结合，任何多义性词语都可导致确切意义的丧失，而多义性是语言中的普遍现象，更何况不同语言之间的翻译，不仅关涉具体词语，还与文化背景的"陌生化"相联系，误译的很大一部分原因在于不同文化思维的差异。由以上分析可知，译本定稿除了原作内容，必然包含译者个人的理解和诠释，翻译中所谓的"误读"由此产生。有时候，翻译带来的差异导致了惯性思维的暂时停顿，反而为学者、诗人的相关思考提供了别样空间——翻译因此带来了"美丽"的误会。

当然，"误读"的存在绝不意味着译者对翻译可以持轻忽态度。林纾的翻译在五四前风行一时，钱锺书给了显然不那么忠实的林译小说很高的评价，觉得"许多都值得重读"，而对于那些同一作品后出的较忠实的译本，却"宁可读原文"，他认为这"是一个颇耐玩味的事实"②。庞德不懂中文，其《神州集》经费诺罗萨（Ernest Fenollosa）的遗稿转译，却被艾略特视为"我们这个时代的中国诗的发明者"③。他的译诗还被选入多个英美诗选本。庞德的这种"好运气的错误"（a happy mistake）④，与林纾值得回味的译作可谓异曲同工。翻译要译得了话语，还需译出风神，翻译中的创造不见得比诗歌创作来得少。作为瓦雷里在中国的入室弟子，梁宗岱引用过一句歌德的话，"一个人不通外国语，他对于本国文字只能懂得一半"。⑤ 他以此来强调翻译的

---

① 波德莱尔：《对几位同代人的思考》，《1846 年的沙龙》，郭宏安译，广西师范大学出版社，2002 年，第 86 页。
② 钱锺书：《林纾的翻译》，《钱锺书散文》，浙江文艺出版社，1997 年，第 276 页。
③ T. S. Eliot, *Introduction in Ezra Pound. Selected Poems*. London: Faber and Faber, 1959, p. 117.
④ 钱锺书：《通感》，《钱锺书散文》，第 268 页。
⑤ 梁宗岱：《非古复古与科学精神》，《梁宗岱文集》（Ⅱ），第 272 页。

重要性。梁宗岱是一位精通英语、法语,又勤于翻译的诗人,他本人对中国诗歌的相关诠释,真的可说是从通晓外语的角度,来讨论中国文字中的"另一半"。他会以"纯诗"来量度中国旧诗:"我国旧诗词中纯诗并不少(因为这是诗底最高境,是一般大诗人所必到的,无论有意与无意);姜白石底词可算是最代表中的一个。"①他也把翻译,一个不独传达原作的神韵而且尽可能遵循原作韵律和格调的翻译,作为移植外国诗体的一个"最可靠的方法"②。从周作人、胡适和梁宗岱算起,中国现代文学时期的诗人多译作并重:一手翻译,一手创作,才可能将外来诗歌频频"误读",化用起来不着痕迹。

本书有关"神韵"与"纯诗"的讨论,除须参考中国历代诗论,还有专章内容直接涉及爱伦·坡、艾略特的英文文论和波德莱尔、马拉美、瓦雷里等的英、法文作品。笔者除了必要时自译,主要参考了梁宗岱、段映虹、郭宏安和王恩衷等现当代学人的译本。除此之外,因为新文学时期全面引介西方诗学的特殊性,五四至今,波德莱尔、瓦雷里、艾略特等人的作品在中国译本迭出,像戴望舒、卞之琳等对波德莱尔诗歌的翻译,以及钱春绮等对波德莱尔诗论的译介,都"值得重读"。他们的译文珠玉在前,在作为研究对象存在的同时,更成为本书宝贵的参考资料。

学者对相关选题的论述

首先,试比较下列两段总结式的文字,第一段出自吴调公的《神韵论》:

神韵论对诗人的启发有其特殊的深刻意义:它可以引导诗人以有形寓无形,以有限表无限,以刹那以示永恒;而其聚焦点则为心理时空的扩充与审美自觉。③

在第二段文字中,梁宗岱正式提出了"象征"概念:

所谓象征是藉有形寓无形,藉有限表无限,藉刹那抓住永恒,使我们只在梦中或出神底瞬间瞥见的遥遥的宇宙变成近在咫尺的现实世界,正如一个蓓蕾蕴蓄着炫熳芳菲的春信,一张落叶预奏那弥天漫地的秋声一样。所以它所赋形的,蕴藏的,不是兴味索然的抽象观念,而是丰富、复杂、深邃、真实的灵境。④

---

① 梁宗岱:《谈诗》,《梁宗岱文集》(Ⅱ),第 88 页。
② 梁宗岱:《新诗底纷岐路口》,《梁宗岱文集》(Ⅱ),第 160 页。
③ 吴调公:《神韵论》,人民文学出版社,1991 年,第 1 页。
④ 梁宗岱:《象征主义》,《梁宗岱文集》(Ⅱ),第 66—67 页。

始终将全副精神灌注在形式上面，象征主义的诗歌是梁宗岱眼中"最完美最坚固的形体"，"纯诗"则是象征主义的"后身"①。不管是有意的借鉴还是无意的巧合，在以上两段话中，吴调公与梁宗岱两人分别针对神韵和象征做了有形/无形、有限/无限、刹那/永恒等对照，他们的说法也均不无道理。吴调公由此指出诗歌不泥形迹而专取神韵，用"有限"的语言生发出"无限"的意义，以顷刻再现宇宙与人生的永恒等特质，这些在梁宗岱眼里，可是独有象征手法才能达到的境界。

梁宗岱被公认为新文学时期"纯诗"理论的系统引介者。他笔下的"象征"与"神韵"传统诗学确实不乏契合。卞之琳追忆梁宗岱时就"法国象征派诗"曾说过，即便当时他接触的不过李金发、王独清、穆木天等"大为走样的仿作"和"率多完全失真的翻译"，也感到其气氛和情调上"与我国传统诗（至少是传统诗中的一路）颇有相通处"②。在评论闻一多的诗集《红烛》时，朱湘把闻一多诗中的"色彩"与戈蒂埃的"如画的诗"联系起来，并且"希望作者将本国的画家兼诗人的王维记起来"，王维的诗"是如画的，而又神韵悠然"。通过对《红烛》的赞赏，朱湘谈到了"谈新诗解放的人"所忽略的"抒情诗的题材"问题③。曹葆华作为现代诗论的系统引介者，也说："'纯诗'和'象征主义'，这两种成分本是常存在于古今诗韵中的，不过在近代诗中占着特别重要的位置，而且当作理论来探讨，却是近几十年的事。"④或许本就如此，"神韵"和"纯诗"天生存在着契合之处，所以国内不同时期和地域的学者在评较诗中"神韵"时，会不约而同地选取"纯诗"向度。在钱锺书看来，纯诗即是"对什么是真正的诗歌及相关诗歌底蕴的探讨"⑤，经过将法国"纯诗"与严羽等人的诗论进行比较，他也认为"纯粹诗"是"我们几千年前早有了"的东西：

> 一位中国诗人说："言有尽而意无穷。"另一位诗人说："状难写之景，如在目前；含不尽之意，见于言外。"用最精细确定的形式来逗出不可名言、难于凑泊的境界，恰符合魏尔兰论诗的条件……我在别处也曾详细说明贵国爱伦·坡的诗法所产生的纯粹诗，我们诗里几千年前早有了。⑥

---

① 梁宗岱：《自序》，《梁宗岱文集》（Ⅱ），第208页。
② 卞之琳：《人世固多乖：纪念梁宗岱》，《人与诗：忆旧说新》，安徽教育出版社，2007年，第32页。
③ 天用：《桌话》（续），《文学》144期，1924年10月20日。
④ 曹葆华：《〈现代诗论〉序》，《北晨学园》33期，1934年8月23日。
⑤ 钱锺书在评论白瑞蒙有关"纯诗"的著作时说："《祈祷与诗》重申不落理路之旨，自柏拉图、亚里士多德以来古典主义，皆遭排斥。以为即一言半语，偶中肯綮，均由开合，非出真知；须至浪漫主义大行，而诗之底蕴，始渐明于世。"钱锺书：《谈艺录》，第667页。
⑥ 钱锺书：《谈中国诗》，《钱锺书散文》，第533—538页。

进而在《谈艺录》中,钱锺书承认对《沧浪诗话》的看法随着时间的推移有所转变:"余四十年前,仅窥象征派冥契沧浪之说诗,孰意彼土比来竟进而冥契沧浪之以禅喻诗哉。"①钱锺书就兰波、马拉美、魏尔伦、白瑞蒙等人的诗论与《沧浪诗话》做了系统比较,由此阐述了诗歌与宗教相通的神秘品质。

有关中国新诗批评尚缺少"专题性研究的成果",这是刘继业就 1975 年至 2002 年止的新诗研究得出的结论。但从刘继业的统计及结论上看,近乎所有的新诗论家如胡适、周作人、郭沫若、闻一多、朱自清、朱湘、穆木天、戴望舒、卞之琳、梁宗岱、废名、朱光潜、李广田、李健吾、林庚、艾青、胡风、唐湜、袁可嘉等人的新诗批评,在当时的国内学界均受到不同程度的关注并产生了有价值的研究成果。这样一来,关于中国新诗具体批评文本的研究已经成熟,相对来说就具有了进行纵深式研究的条件。实际上,包括"纯诗"在内的"专题性"的成果在之后也迅速得到补充。诸如贺昌盛的《象征:符号与隐喻》、刘继业的《新诗的大众化和纯诗化》、吴晓东的《二十世纪的诗心》,以及张松建《现代诗的再出发——中国四十年代现代主义诗潮新探》《抒情主义与中国现代诗学》等论著相继出版。尤其高蔚在《"纯诗"及其中国化研究》一书中完整梳理了法国"纯诗"在中国的发展情况,并着意挖掘了邵洵美、于赓虞等人对"颓加荡"式美的寻求。但这种尝试大体上仍相当于一种"现状"研究。尽管提到了老庄哲学和严羽诗论,高蔚在导言中"二十世纪中国诗歌的纯诗意识,是在法国象征主义那里找回自己民族传统的文化记忆的"这一说法并没有得到展开。涉及一些细节诗学问题,比如周作人关于"兴"与"象征"的看法,由于论文作者没能对"纯诗"命题从根基处着手讨论,也就给予了完全否定的评价。国内对纯诗理论的研究近年来还有了向国别领域研究拓展的趋势。比如文学武、周雅哲的《论京派文学批评中的法兰西文学元素》、罗振亚《日本观念对初期中国"纯诗"的塑造》等都对此做了有效的尝试。

虽然国内学者多关注象征主义的研究,对"纯诗"的讨论还是相对较少,但需要指出的是,不同领域、地区的研究者在不同时期均注意到了"纯诗"论与"神韵"说的契合。举例来说,陈良运在《严羽的"无迹可求"与瓦雷里的"纯诗"》一文中,系统触及了"纯诗"与中国诗学的契合处。他最终的结论是,作为诗的最高审美境界、审美理想的理论诠释,南宋严羽《沧浪诗话·诗辩》实在不亚于纯诗;孙玉石在《新诗:现代与传统的对话——兼释 20 世纪30 年代的"晚唐诗热"》一文中则从废名的诗论开始,探讨了"现代"诗人因

---

① 钱锺书:《谈艺录》,第 683 页。

"纯诗"追求而回望本民族传统的"纯诗"运动；徐国能在《王士禛杜诗批评辨析》一文中认为王士禛的"神韵"说有几个地方美学内涵接近纯诗风格，严羽可以说是在理论上探究"纯诗"的先行者。

与国内学界比较，中国古典诗学一向是海外中国文学研究者最感兴趣的领域，有关神韵与纯诗诗学的比较，在西方诗歌理论界就不新鲜——这两脉诗学交汇于中国的"五四"之后，其影响直到今天，自然成为这些学者共同关注的对象。华裔学者"脚踏中西文化"，习惯于在比较视角中审视中国诗学，他们的诗歌观点相应地也可以给予更多启发。① 有关神韵与纯诗诗学理论的系统讨论，刘若愚、叶维廉、余宝琳等均有所涉足，这里简要介绍如下。

○ *刘若愚：《中国诗艺》《语言—悖论—诗学：一种中国观》《中国文学理论》*

在其第一部著作《中国诗艺》（*The Art of Chinese Poetry*，1962）中，刘若愚就表现出了对所谓"妙悟主义诗歌观"的偏爱。刘若愚把纯诗与神韵派诗学理论之间的契合，归于其中的"作为境界与语言的双重探索"：

> 我略述了作为境界与语言之双重探索的诗的理论。这个理论一部分来自我那时称为"妙悟派"（Intuitionalists）的一些批评家——严羽、王夫之、王士禛以及王国维——而一部分来自象征主义以及象征主义后的西洋诗人批评家，像马拉美和艾略特。②

神韵理论还被刘若愚视为一种"悖论的诗学"。在《语言—悖论—诗学：一种中国观》（*Language-Paradox-Poetics：A Chinese Perspective*，1988）中，刘若愚提出的"悖论的诗学"（the poetics of paradoxes）在美学追求上追求"含蓄"，其主要表述方式是"以含蓄代明晰，以简明代冗长，以间接代直接，以暗示代描述等方式"，专指"着言愈少，含义愈丰"的诗歌③。《中国文学

---

① 江弱水在评述"古典诗的现代性"问题时就认为："在很长时间里，受文学风会、阅读视野与知识结构的限制，国内古典文学研究者罕有将研究对象置于世界现代主义文学的大框架内加以省视，古典诗的现代性未能深予抉发。而近五十年来，海外华裔治传统词章的学者，却能够就近以西方现代文学为参照，每于专论某一诗人或流派之际，自然述及其与西方现代诗相通相应之处，凸现出中国古典诗历久弥新的现代性特征，启发了我们对于此一遗产的再认识与重新估价。"江弱水：《古典诗的现代性》，生活·读书·新知三联书店，2010 年，第 9—10 页。

② 在《中国诗艺》中，刘若愚把中国人的诗歌观分为说教诗观（the Didactic View）、个性主义诗观（the Individualist View）、技巧主义诗观（the Technical View）和妙悟主义诗观（the Intuitionalist View）。他把"妙悟主义"的诗歌观归为一种诗人对自己和世界凝思的方式。见 James J. Y. Liu, *The Art of Chinese Poetry*. Chicago and London：The University of Chicago Press，1962。

③ James J. Y. Liu, *Language-Paradox-Poetics：A Chinese Perspective*. Princeton：Princeton University Press，1988，p. 56.

理论》(*Chinese Theories of Literature*,1975)一书则对中国文学理论做了全景式研究,被认为"目前试图总括中国各种文学理论的第一部英文专著"①。但刘若愚在书中套用了埃布拉姆斯《镜与灯》中的理论来处理中国文论,这种做法多有争议,乐黛云就认为这是"一种体系对另一种体系的切割和强加"②。就具体诗学观点而言,刘若愚的观点于新颖处也多有缺憾。比如他认为,严羽诗论之于悖论的诗学有三个重要观点,其中一个是诗与理性知识无关。严羽在《沧浪诗话》中的本意仅指诗有自己特殊的理趣,刘若愚的观点显然有待探讨。

○ **叶维廉:《中国诗学》**

叶维廉作为学者兼诗人,其学术旨趣就在于诗学比较。著有《地域的消解:中西诗学对话》(*Diffusion of Distances:Dialogues between Chinese and Western Poetics*,1993)、《中国诗歌:主要样式与类型》(*Chinese Poetry:Major Modes and Genres*,1976)和《王维诗选译及评论》(*Hiding the Universe:Poems of Wang Wei*,1972)等。在《中国诗学》中与神韵诗学相关的七、八篇专论,均尝试"语言学的汇通",诠释了司空图的韵外味外的旨趣说,严羽续予发挥的兴趣说,以及王士禛偏嗜王维一派诗,以禅喻诗说唐诗的三昧、神韵,乃至近人王国维的境界说等,尤其对严羽做的专论角度别致。江弱水认为:"他侧重以中国古典山水诗,尤其是王维、孟浩然等人诗作为例,论证旧诗语言尽可能消泯述义性、串连性,纯以意象作当下的戏剧性演出,并利用将不同时空界面的经验并置的手法,实现向心理逻辑的转换,正与西方现代诗的发展方向不谋而合。"③叶维廉的著述中凡论诗处必与画偕,并以道、禅思想为支撑,其诗论使人觉得,叶维廉因受过西洋诗的洗礼,反而更热切地把握住了中国古典诗的审美特质。

○ **余宝琳:《中国诗论与象征主义》**

余宝琳(Yu Pauline Ruth)是从特定术语出发来研究中国诗歌及相关文论,这被宇文所安认为是当时"最好的也是最有洞见的"研究方法④。她曾对王维专门进行过研究,著有《王维诗歌:新译与评论》(*The Poetry of Wang Wei:New Tranditions and Commentary*)一书。余宝琳在《中国诗论与象征主义》一文中直接引用了刘若愚界定的"形而上学"文学理论,将从庄子到

---

① 宋柏年:《中国古典文学在国外》,北京语言学院出版社,1994 年,第 143 页。
② 乐黛云:《〈中国文论·英译和评论〉中西文论互动的新视野》,《中华读书报》,2002 年 7 月 10 日。
③ 江弱水:《古典诗的现代性》,第 11 页。
④ 宇文所安:《中国文论:英译与评论》,王柏华等译,第 11—12 页。

司空图、严羽、谢榛、王夫之、王士禛的诗歌主张与19世纪末、20世纪初的西方象征主义和后期象征主义做了详尽的比较。她认为，中国的"形而上学理论"和西方象征主义理论都提倡某种非写实的、富于暗示性的诗歌；都体现出对诗中直觉而不是逻辑形象的偏爱；都认为诗人应该把情感和景物融为一体。余宝琳因此得出中西诗学理论"相似仍大于分歧"的结论①。中国诗论与神韵，象征主义与纯诗，多存在包含与被包含的关系。实际上，余宝琳所论及的中国诗话多偏向神韵一类，她对象征主义的界定也不乏对诗歌本质的探讨。

○ 高友工：《美典》

《美典》②旨在探讨中国文化和艺术美学，"美典"一词是作者自己创造出来的术语，指整个中国文化史中形成的抒情艺术范式，"中国抒情传统"可以被视为全书的关键词。高友工在书中提出了一套"中国抒情美典"发展嬗变的"间架"，其中六朝奠基时期以文学理论为中心，隋唐实践时期以诗论和书法理论具体实现早期理论中所提出的理想，戏剧小说的勃兴都代表这个抒情传统的式微与求变。诗歌与书画、音乐并置作为戏剧小说的对立面，是这一"间架"中的重要组成部分。关于"抒情传统"这一提法，徐复观、王德威、萧驰、陈平原、普实克等都有类似表述。王德威因此提议：在革命、启蒙之外，"抒情"应代表中国文学现代性——尤其是现代主题建构——的又一面向③。高友工等人的这一理论高屋建瓴，与陈世骧对中国"抒情传统"的阐述属同一体系，其文学观的渊源甚至可上溯至周作人（"我只认抒情是诗的本分"）。

○ 奚密：《现代汉诗》

奚密多年致力于研究港台现代新诗，在她看来，"纯诗"理论"在1920年代由王独清和其他受法国象征主义影响的诗人首先予以表述，随后又由纪弦和他的台湾'现代派'同人于五六十年代重申"④。奚密也认为，在中国现代诗和传统之间，存在着"深刻、有机性"的联系⑤：

① 余宝琳：《中国诗论与象征主义》，《中外比较文学的里程碑》，李达三、罗钢主编，人民文学出版社，1997年，第97—119页。
② 高友工：《美典：中国文学研究论集》，生活·读书·新知三联书店，2008年。
③ 王德威：《有情的历史：抒情传统与中国文学现代性》，见《抒情传统与中国文学现代性》，生活·读书·新知三联书店，2010年，第3页。
④ 奚密：《现代汉诗：一九一七年以来的理论与实践》，奚密、宋炳辉译，上海三联书店，2008年，第15页。
⑤ 奚密：《英语版前言》，奚密：《现代汉诗：一九一七年以来的理论与实践》，第6页。

  不仅是受象征主义影响的诗人和批评家,诗应当依据自身的条件得到理解和评判的看法一直存在的,这一观点可以追溯到王国维,其著名的"境界"说明显吸收了传统诗学家,诸如王夫之、严羽甚至司空图的直觉诗观。①

  所谓旁观者清,海外华裔学者在初始的研究中视角新颖与观点独到,就是这个道理。然而,比较文学因涉及文化与语言差异,在讨论到具体诗学问题时往往难以展开,华裔学者虽在特定领域取得了多样性研究成果,也同样需要面对比较研究中的普遍问题。就以本选题相关内容为例,上述海外华裔学者均注意到了"纯诗"与"神韵"的共通之处,但往往对诗学细节问题缺乏系统、完整的讨论,而更倾向于在对整体文学甚至文化的考察中举出新的提法。有关中西方诗与诗论的比较研究,出于诗人和学者们在眼界、观念、方法和行文习惯等方面的差异,其关注点和研究取向本就大为不同,更何况"神韵"是中国诗歌中一直若隐若现存在着的特定品质,"纯诗"则是爱伦·坡确定诗的真正价值以来,主要出现于 19 世纪末欧美地区的诗学观点,两者分居异域,更不同时,其比较难度可想而知。然而,正是这两种诗学曾交汇于中国新文学时期,并共同影响了中国新诗。面对"神韵"与"纯诗",本书将从新诗论者对特定诗学问题的讨论出发,着重于这两种诗论交汇于中国新诗处的契合,主要考察两者之间存在的文学价值关系而不是事实关系,以发现其"无意中的巧合"。基于这种情况,本书将从五四后对中国新诗理论的讨论开始,在对两种诗学理论的比较中,通过对源自不同诗学思想的文本研究,以追溯诗学新问题的原阐释与老问题的新空间。

---

① 奚密:《现代汉诗:一九一七年以来的理论与实践》,第 15 页。

第一章　神韵与纯诗的理论谱系

引言　文学变迁的循环论

　　20世纪初,胡适把"活的文学"和周作人提出的"人的文学"并称为新文学运动两个中心理论,认为"活的文学"是文学工具的革新,后一种则是文学内容的革新,似乎胡、周的理论互为呼应,可共为一体。其实两人除了同有着文学革命的目的,文学观念与具体见解均大不相同,就像胡适与周作人都提倡使用白话,但提倡白话的理由全不一样。胡适认为古文是"死"文字,白话是"活"的。胡适所有的论点、看法均立足于"一般通俗社会",少数人的需求在他的文章中没有位置,如同"死"的一样,所以,用古文的文学作品全属于"死文学",反之就都是"活文学"。在胡适心里,王士禛和《秋柳》诗无疑属于"死文学"或"半死文学"之中的一种。即便《左传》和《史记》这样的经典,因为篇中使用了文言文,胡适也视其为"死"文学。他说,做文章(指古文的文学作品)的人,高的只求极少数的"知音"的欣赏,低的只求能中"试官的口味"。所以他们心目中从来没有"最大多数人"的观念①,胡适"古文只配做一种奢侈品"的说法,就是从这一角度得来的:

　　　　大凡文学有两个主要分子,一是"要有我",二是"要有人"。……那无数的模仿派的古文学,既没有我,又没有人,故不值得提起。我们在这七节里提起的一些古文学代表,虽没有人,却还有点我,故还能在文学史上占一个地位。但他们究竟因为不能与一般的人生出交涉来,故仍旧是少数人的贵族文学,仍旧免不了"死文学"或"半死文学"的评判。②

　　　　吾意味文学在今日不当为少数文人之私产,而当以能普及最大多数之国人为一大能事。吾又以为文学不当与人事全无关系;凡世界有

---

① 胡适:《中国新文学大系·建设理论集导言》,《中国新文学大系·理论建设集》,第6页。
② 胡适:《五十年来中国之文学》,《申报》五十周年纪念专刊《最近之五十年》,1923年3月。

永久价值之文学,皆尝有大影响于世道人心者也。①

周作人则认为,"文字的死活只因它的排列法不同,其古与不古,死与活,在文字的本身并没有明了的界限"②,他提倡用白话作诗文,是因为要"言志",要表达个人的思想与情感:

> 我们写文章是想将我们的思想和感情表达出来的。能够将思想和感情多写出一分,文章的艺术分子即加增一分,写出得愈多便愈好。这和政治家外交家的谈话不同,他们的谈话是以不发表意见为目的,总是愈说愈令人有莫知究竟之感。我们既然想把思想和感情尽可能多地写出来,则其最好的方法是如胡适之先生所说的,"话怎么说,就怎么写",必如此,才可以"不拘格套",才可以"独抒性灵"。③

周作人提倡使用白话主要着眼于表达具体个人的思想,而不是胡适的欲"影响于世道人心者"。他从不认为白话是文学评判的标准,由于西方思想的输入,人们对于政治、经济、道德等的观念,和有关人生、社会的见解,都和从前不同了,"想要表达现在的思想感情,古文是不中用的"④,周作人提倡用白话写作,只因古文这旧的皮囊已盛不下新的东西和新的思想。胡适激进地倡导反传统时,周作人早早看到了中国文化有延续性的一面。他把五四时期提倡用白话的主张视为是"从明末诸人的主张内生出来的"⑤,新文化运动的根本方向与明末的文学运动"完全相同",而胡适的"八不主义",在他看来是复活了明末公安派的"独抒性灵,不拘格套"和"信腕信口,皆成律度"的主张——只不过又加上了西洋的科学、哲学各方面的思想,两次运动就多少有些不同了,在根本方向上,则"仍无多大差异处"⑥。

这是周作人的见解,与周作人更重视本土诗学的变迁不同,胡适讨论的中国文学,是秉持全然外来的观点与思路。就以《尝试集》的命名为例,胡适一再声明:

> 因取放翁诗"尝试成功自古无"之语,名之曰《尝试集》。尝试者,即吾所谓实地试验也。⑦

---

① 胡适:《逼上梁山》,《东方杂志》3卷1期,1934年1月1日。
② 周作人:《中国新文学的源流》,郑恭三记录,北平人文书店,1934年,第105—106页。
③ 周作人:《中国新文学的源流》,第107—108页。
④ 周作人:《中国新文学的源流》,第109页。
⑤ 周作人:《中国新文学的源流》,第104页。
⑥ 周作人:《中国新文学的源流》,第102页。
⑦ 胡适:《寄陈独秀》,《新青年》3卷3号,1917年5月1日。

> 实验主义成了我的生活和思想的一个向导,成了我自己的哲学基础……,其实,我写《先秦名学史》《中国哲学史》都是受那一派思想的指导。我的文学革命主张也是实验主义的一种表现。《尝试集》的题名就是一个证据。①

也就是说,胡适的诗集名字虽取自陆游的诗句,"尝试"的"试验"意味全来自杜威的实验主义哲学观。胡适学术研究是以实验主义为参考,这不但是胡适自己的声明,更已成为中国学界公认的结论。从 1915 年胡适在哥伦比亚大学师从杜威起,至 1919 年 3 月力邀杜威来华,并陪同杜威前往全国各地讲学逾两年,胡适先后发表了《实验主义》和《杜威先生与中国》等文章,他声称:"我的思想受两个人的影响最大:一个是赫胥黎,一个是杜威先生。赫胥黎教我怎样怀疑,教我不信任一切没有充分证据的东西。杜威先生教我怎样思想,教我处处顾到当前的问题,教我把一切学说理想都看作待证的假设,教我处处顾到思想的结果。"②"我治中国思想与中国历史的各种著作,都是围绕着'方法'这一观念打转的,'方法'实在主宰了我四十多年来所有的著述。"③这里的"方法"无疑是指他师承杜威的实验主义。

影响胡适思想的赫胥黎和杜威都来自美国。赫胥黎教导胡适怀疑一切,杜威鼓励胡适试验一切,胡适是在美国开始起草"文学八事"的。事实上,胡适对中国文学问题的讨论同时基于中国与欧美两个思考维度进行。1915 年胡适曾作长诗一首(诗中他第一次用了"文学革命"这个名词),全篇 420 字,就包含了外国译音字 11 个。任叔永因此作了首游戏诗笑话他:

> 牛敦爱迭孙,培根客尔文,
> 索虏与霍桑,"烟士披里纯"
> 鞭挞一车鬼,为君生琼英。
> 文学今革命,作歌送胡生。④

胡适"活的文学"与周作人"人的文学"出发点不同,两人所持的文学观也就完全两样。胡适诗论的中心和最重心全在于提倡"白话文学"。尽管预计"赞成此说者今日未必甚多",他仍将白话文学"断言"为中国文学的"正

---

① 胡适:《胡适留学日记(一)》,《胡适作品集》,远流出版公司,1986 年。
② 胡适:《介绍我自己的思想》,欧阳哲生编:《胡适文集》(5),北京大学出版社,1998 年,第 507—508 页。有关赫胥黎治学的"萨迪法则",据胡适的说法,也"正是杜威所指出的法则"。见《胡适文集》(1),北京大学出版社,1998 年,第 268 页。
③ 胡适:《胡适口述自传》,欧阳哲生编:《胡适文集》(1),第 265 页。
④ 胡适:《逼上梁山》,《东方杂志》3 卷 1 期,1934 年 1 月 1 日。

宗"①。究其思想根源,胡适是以达尔文的"进化论"的观点看待文学的发展②,进化论作为一种按照线性逻辑思维的历史观,认为在时间上过去了的东西,就应该革除掉,只要是旧的,就应抛进历史的垃圾堆。就像胡适在《五十年来中国文学》中将特定时期的文学史同时归于"白话的发达史"和"古文的末运史",胡适认为文学一直是向着白话的路子走的,只因有很多障碍,所以直到现在才入了正轨,以后更会永远如此。周作人则在《中国新文学源流》中构建了独属于文学发展规律的"曲线循环论"。在他看来,文学发展中"新"的并非都是好的和有价值的,反之也如此。不同于胡适将中国文学描述为"活文学"与"死文学"双线演进的思路,周氏提出了中国文学史中"言志"与"载道"两种文学潮流相互消长的论断,"中国的文学,在过去所走的并不是一条直路,而是像一条弯曲的河流,从甲处流到乙处,又从乙处流到甲处。遇到一次抵抗,其方向即起一次转变"③。周作人的文学观念以文学传统为依托,胡适则"旁逸斜出",要自己重造一部文学史,胡适的大作多只有上部而无下部,从客观上证明了这条道路的艰难。

第一节 神韵诗学谱系

一 神韵观念的界定

胡适用"科学"的方法论研究文学。秉持历史进化论的理念,他才得出古文文学都是"死文学",白话文学都是"活文学"这样绝对的结论,整个中国文学发展史被归结为一个线性的不中断的体系,诗歌作品自然被纳入以进化论为指导的等级秩序中。他的这种线性进化论观点很值得商榷,为了更好地说明问题,笔者将引入法国学者福柯提出的"谱系学"(généalogie)概念,从对具体诗学问题的讨论出发,尝试以神韵说和纯诗论为轴,描画出一种以美学价值为中心的理论谱系,以与胡适在其诗论中构建的"死活分明"

① 胡适在《文学改良刍议》中也认定:"然以今世历史进化的眼光观之,则白话文学之为中国文学之正宗,又为将来文学必用之利器,可断言也"。见《新青年》2 卷 5 号,1917 年 1 月 1 日。
② 胡适自己在《四时自述》中说,他名字中的"适"用的就是"物竞天择,适者生存"之中的"适"字。胡适坚信因时递进,强调不同时代有不同的文学这一规律,认为适应社会发展的才是好的,并对社会的前行发展持一种乐观态度,这是当时新文化运动提倡者们的普遍看法。影响了胡适一生的杜威,蔡元培也说其哲学也是"用十九世纪的科学做根据,由孔德的实证哲学,达尔文的进化论,詹美士的实用主义推演而成的"。见蔡元培:《杜威博士生日演说词》,余研因编《蔡元培文选》,民声书店,1935 年,第 31 页。
③ 周作人:《中国新文学的源流》,第 35 页。

的"科学"体系做一区分。汉语中"谱系"的意思相当于"谱牒",原意为记录氏族世系的文件,无论在生物学还是历史学意义上,谱系概念都是指一种氏族间的血缘承继关系。福柯的"谱系学"概念从社会学角度出发,进一步对"谱系"的含义做了阐释。他认为,谱系学的真实任务是要关注局部的、非连续性的、被取消资格的或者非法的知识,以对抗整体统一的理论,这种理论以真正的知识的名义和独断的态度对之进行筛选、划分等级和发号施令①。

"局部"应是福柯谱系学相关概念的一个关键词。首先,文学史中的谱系学,也可以看作一种文学史上的"局部记忆";其次,还是福柯的看法,谱系学是建立在对"整体知识"的反抗之上。在福柯看来,与那种把知识纳入与科学相连的等级秩序的规则形成对照,谱系学应该被看成一种把历史知识从这种压制中解放出来的努力。也就是说,谱系学让"历史知识能够对抗理论的、统一的、形式的和科学的话语的威胁"②。神韵说作为中国诗学史上或隐或显一直存在的部分,可以被视为整个文学史的"局部",要想对神韵说进行系统的梳理,引入"谱系学"概念不失为一个好的选择,这正可以对抗由胡适等人建立起来的文学上的"科学"体系。黄继立曾尝试把神韵归于一种"诗学谱系",该做法新颖且不无道理,他由此归纳的神韵诗家主要罗列如下③:

表 2.1　主要神韵论家

主要神韵论家	代表作	成书朝代
钟嵘	《诗品》	南朝
皎然	《诗式》	唐
司空图	《二十四诗品》	唐
姜夔	《白石道人诗说》	南宋
严羽	《沧浪诗话》	南宋
"格调"派诗家	《诗薮》等	明
徐祯卿	《谈艺录》	明
薛蕙	《西原遗书》	明
孔天胤		明
王士禛	《带经堂诗话》	清

① 福柯:《权力的眼睛》,严锋译,上海人民出版社,1997 年,第 219 页。
② 福柯:《权力的眼睛》,第 220 页。
③ 黄继立:《"神韵"诗学谱系研究》,花木兰文化出版社,2008 年。

　　然而,黄继立构建谱系的方式值得注意,他从《带经堂诗话》为代表的诗学理论出发,是经由以王士禛诗论为基点的"后设观察方式"得出有关结论。王士禛虽为神韵说的集大成者和总结者,也是有缺陷的总结者,黄继立本人也承认,王士禛并没有全盘吸收司空图和严羽的理论,由他出发的这种谱系论显然还不够精准。举例来说,在黄继立拟定的神韵谱系中,除皎然和明代"格调"派为"隐性"的诗论家外,钟嵘、司空图、姜夔、严羽、徐祯卿、薛蕙、王士禛等均为显性神韵诗论家。黄继立把明代"格调"派(不包含徐祯卿)归于"隐性"一系,主要因为"格调派"的理论只给予了神韵说一些非紧要的间接影响,如叶梦得在《石林诗话》中用"以禅喻诗"的方式提出了"截断众流"一语,就影响到了王士禛神韵说的构建,但他仅仅因为王士禛没有提到,也把皎然列为"隐性"论者,这种理由就未免牵强了。皎然的《诗式》以十九字概括了诗体的分别,认为"两重意以上,皆文外之旨",并提出"但见情性,不睹文字,盖诗道之极也",其独到的诗学观点在钟嵘与司空图的两种《诗品》之间承上启下,皎然绝对应属于神韵谱系中一位重要的"显性诗家"。

　　其次,就时间来说,神韵说理论始于六朝,起于晚唐,终于清初(以神韵作为流派的时期),可谓源远流长。"神韵"不由某一人提出,而是被多人阐述征引,也非某一种诗里独有,而是整体古典诗中或多或少都会蕴含的艺术特质,这即是钱锺书所说的"兼总众有,不名一家"。中国文论本来在材料上极为零散,批评家的文论思想往往兼收并蓄,很难彻底归属于某一种流派,如此一来,就很难以具体的"人"为纯粹参照来拟定神韵谱系。与其用诗学观念作为联结"神韵"这一家族谱系间的血缘,不如我们索性把诗学观念作为谱系中的"人物"来看待。这样除黄继立在论文中提到的主要神韵诗家之外,就另有相当部分的诗歌论者,其诗学观念往往超出"神韵说"的范畴,但也应被纳入进来,比如,既然徐祯卿等已被特别拈出,诸如胡应麟等人的诗论尽可就论而论,可以不必在"格调"派群体里探讨。此外,如果不仅仅局限于诗歌领域,有关神韵说的比较重要的总结当始于刘勰的《文心雕龙》,该作品"体大而虑周",里面有不少关于神韵的精到论述。又比如,欧阳修在《六一诗话》中主张"含蓄不尽",这与严羽"言有尽而意无穷"的含义大同小异;王世贞在《艺苑卮言》中"神与境融""兴与境诣"和谢榛《四溟诗话》中"景乃情之媒,情乃景之胚"的说法相似,均重视情景交融在诗歌中的运用,与司空图的"思与境偕"说相合;合用"神韵"而成为一个审美范畴概念的,较早有明人胡应麟和陆时雍,其后还有清初的王夫之,这些人的特定诗论也可以视为神韵诗学的组成部分,只不过神韵可能只是论者诸多论说中的"一格",他们不能说是纯粹的神韵诗家。在中国诗史中,专以"神韵"诗学见长的重要论家至少还应包括范温①。范温《潜溪诗眼》虽只部分留存，他对"韵"的精要阐发已得其要。"神韵"体系如没有范温的"韵"论，肯定不能说完整。本书对神韵说的讨论，重点是具有代表性的神韵诗学观念。下表中提到的神韵论家绝不是全部，甚至他们也不见得是相关理论阐说得最好的。就像李杜的诗中有神韵特质，王士禛却宁取王韦入《唐贤三昧集》，此处罗列的神韵观念，不过是诗学理论讨论的入口，仅此而已。

表 2.2　神韵诗学观念

神韵论家	主要诗学观念
钟嵘	吟咏性情，直寻，文有尽而意有余
皎然	文外之旨；情在言外；但见情性，不睹文字；神诣；神会；言有尽而意无穷
司空图	味在酸咸之外；近而不浮，远而不尽；象外之象，景外之景；不著一字，尽得风流；思与境偕
姜夔	言有尽而意无穷；高妙；有余意
范温	韵者，美之极；悟入；有余
严羽	以禅喻诗；入神；妙悟；兴趣；言有尽而意无穷；活句言有尽而意无穷
薛惠	神韵；清远
徐祯卿	情者，心之精也；清远
王士禛	神韵；笔墨之外，自具性情；顿悟；色相俱空；偶然欲书；言有尽而意无穷

总之，神韵理论带有诗人论诗的特点，是个有诗歌文本支撑，由众多诗学观念层层构建出来的体系，"神韵说"范围要比"神韵派"广，而谈"神韵"也非自王渔洋始，并不与王士禛的"神韵派"等同。神韵说实际上是涵盖而不是被包含在王士禛的诗学理论中。

二　神韵说的代表论著

就前一节的分析，黄继立以王士禛为基点做后设观察固然可行，却不见得全面，更不意味着王士禛理所当然就是谱系中的"关键诗家"。然而，说王士禛的诗论是对前人的总结，确实恰如其分，从老、庄旷达到玄风通脱，从晚

① 范温在今天的"发现者"可以说是钱锺书，与其对王士禛时有贬斥的态度不同，钱锺书在《管锥编》中对范温多有推举。他指出范温文中因书画之"韵"推及诗之"韵"，"匪特为'神韵说'之宏纲要领，抑且为由画'韵'而及诗'韵'之转折进阶"，严羽的诗论"必受过《潜溪诗眼》的影响"，并认为其观点"融贯综赅，不特严羽所未逮，即陆时雍、王士禛辈似难继美也"。钱锺书：《管锥编》第四册，生活·读书·新知三联书店，2008 年，第 2121—2124 页。

唐意境说的深化到南宋妙悟说的形成,以至寓性灵于作品中的文人画在元代发展成熟,这一系列的艺术经验、审美情趣和文学理论都成为王士禛神韵诗说的源头。王士禛本人极少有"神韵说"的正面表述①,他在诗论中往往只是追本溯源,援引诗家的说法,或摘举若干诗句为例,以寻求神韵说的精要,这是王士禛身在古典诗总结时代的特殊之处。基于这两点理由,对"神韵"诗学理论的梳理不妨参照黄继立的做法,以对王士禛诗论的探讨开始。从王士禛诗论阐述的两种主要方式出发,可探究他援引诗家的喜好,以及选取具体诗句事例的标准。事实上,这两个方面在王士禛诗论中往往互为牵系,边界并不清晰。

王士禛对自己喜好的诗家有明确表述,见《带经堂诗话》卷二"评驳类"第一则:"余于古人论诗,最喜钟嵘《诗品》、严羽《诗话》、徐祯卿《谈艺录》,而不喜黄甫湜《解颐新语》、谢榛《诗说》。"②钟嵘《诗品》作为"神韵"相关论著的成书最早者,为中国专家论诗之祖,其"吟咏性情"等观点对后世诗学观念的发展影响极大。尤其钟嵘"文有尽而意有余"的论说,实为对《诗经》"六艺"中"兴"字的一种全新的诠释,王士禛曾专门对此说进行阐发。至于徐祯卿的《谈艺录》,王士禛在诗论中主要从中汲取了标举"性情",追求诗歌"清远之美"等诗学观念。王小舒认为,王士禛对徐祯卿诗学中的"神秘主义"倾向这一点,也有"心理默契之处"③。然而,无论就征引数量还是重视程度而言,《诗品》与《谈艺录》在王士禛这里均不及严羽的《沧浪诗话》。《四库全书总目》提纲挈领,在《渔洋精华录提要》中说:"士禛谈诗,大抵源出严羽,以神韵为宗。"④以此强调了《沧浪诗话》在王士禛诗学体系中的重要性。严羽确为王士禛最为倚重的神韵论家。"严沧浪以禅喻诗,余深契其说。"⑤王士禛因此给予了其诗论极高的评价:

> 严沧浪论诗,特拈"妙悟"二字,及所云"不涉理路,不落言诠",又"镜中之象,水中之月,羚羊挂角,无迹可寻"云云,皆发前人未发之秘。
> 严沧浪《诗话》,借禅喻诗,归于妙悟。如谓盛唐诸家诗,如镜中之

---

① 王士禛自诩以"神韵"评诗,首为学人拈出,其以"神韵"字眼评诗似乎也只见于不多的几条。如:"七言律联句,神韵天然,古人亦不多见。"王士禛:《带经堂诗话》,张宗楠纂集、戴鸿森点校,人民文学出版社,1998年,第71页。又《带经堂诗话》卷三"真诀类"第六则:"楚人词、世说,诗中佳料,为其风藻神远,去风雅未远。"王士禛:《带经堂诗话》,第78页。
② 王士禛:《带经堂诗话》,第58页。
③ 王小舒:《神韵诗史研究》,文津出版社,1994年,第362页。
④《四库全书总目》,李敏芙等整理:《渔洋精华录集释》附录,上海古籍出版社,1999年,第1983页。
⑤ 王士禛:《带经堂诗话》,第83页。

花,水中之月,镜中之象,如羚羊挂角,无迹可求,乃不易之论。①

至于第二方面,也就是诗句引介上,除了在《诗话》中对具体诗句的援引,王士禛还有个与众不同之处,为了申明"剔出盛唐真面目与世人看"②,他专门厘定了一部诗歌选集,即《唐贤三昧集》。

选集不是全集,内中往往含有编者确定的价值取向和标准。英文中的"选集"(anthology)在词源学上意指"花的汇聚"(gathering of flowers),汉语中的"选集"同义词为"文苑","苑"也就是"花园"。余宝琳因此认为:"选集在很多方面确实与花园相似,两者都经过精心设计,个人的作品或者花草的选择与排列也均以特定的方案或次序为依据。"③王士禛在《唐贤三昧集》中选取"开元、天宝诸公"共42人的诗篇④,是谓"唐贤",集中体现的明确旨趣则为"三昧","三昧"为梵文"Samadhi"的音译,旧称"三摩地"或"三摩提",是佛教中一种重要修行方式,后来的含义汉化为对某事,尤其诗画艺术方面深有造诣或体悟。据王立极在《唐贤三昧集·后序》中的解释:"盖一即有二,因至于三;言三即昧在其间。大要得其神而遗其形,留其韵而忘其迹,非声色臭味之可寻,语言文字之可求也。"⑤王立极在这里强调了诗中"三昧"独取神韵,不泥形迹的特质。正如王立极所说的,王士禛在选集中是借"三昧"一词抒怀表意,由此凸显了神韵诗"言有尽而意无穷"的悠远内涵,见王士禛《唐贤三昧集》序文:

> 严沧浪论诗云:"盛唐诸人,惟在兴趣,羚羊挂角,无迹可求,透彻玲珑,不可凑泊,如空中之音、相中之色、水中之月、镜中之象,言有尽而意无穷。"司空表圣论诗亦云:"味在酸咸之外。"康熙戊辰春抄,归自京师,日取开元、天宝诸公篇什读之,于二家之言,别有会心。录其尤隽永超逸者,自王右丞而下四十二人,为唐贤三昧集,厘为三卷。⑥

① 王士禛:《带经堂诗话》,第65页。

② 王士禛遴选《三昧集》是为矫当时七子肤廓之弊。他说:"吾盖疾夫世之依附盛唐者,但知学为'九天阊阖'、'万国衣冠'之语,而自命高华,自矜为壮丽,按之其中,毫无生气,故有《三昧集》之选,要在剔出盛唐真面目与世人看,以见盛唐之诗,原非空壳子,大帽子话。"何世璂:《燃灯记闻》,《清诗话》,丁福保辑,上海古籍出版社,1978年,第122页。

③ Yu Pauline, "Charting the Landscape of Chinese Poetry," *Chinese literature: Essays, Articles, Reviews*, Vol. 20, 1998, p. 72.

④ 《唐贤三昧集》分三卷,起自王维,终于万齐融,共收录盛唐诗人作品三百四十四篇。其中王维诗作被收录最多,计一百一十一篇,占了诗歌总数的将近三分之一;其次为孟浩然的诗作,计四十八篇。由此可知,王士禛编选盛唐诗选是明确以王、孟的清远诗风为代表。

⑤ 王立极:《〈唐贤三昧集〉后序》,王士禛辑:《唐贤三昧集》,周兴陆辑著,黄霖、陈维昭、周兴陆编著,凤凰出版社,2016年,第383页。

⑥ 王士禛辑:《唐贤三昧集》,前言页。

沈德潜在《说诗晬语》第八十则中表述了类似见解：

> 司空表圣云："不著一字，尽得风流"，"采采流水，蓬蓬远春"。严羽云："羚羊挂角，无迹可求。"苏东坡云："空山无人，水流花开。"王阮亭本此数语，定唐贤三昧集。①

由以上两则可知，司空图和严羽的具体诗论是王士禛在集中遴选诗歌的主要依据。有关严羽的《沧浪诗话》，黄继立认为，严羽的神韵说主要集中在《诗辩》一节，其对后世的影响也多在于此。"王士禛对《沧浪诗话》的接受，也主要集中在《诗辩》这一《沧浪诗话》的主要建构及纲领部分，此外有少许论述同《诗法》、《诗评》、《考证》相关；至于《诗体》部分，看不出王士禛被严羽影响的具体痕迹。"②实际上，王士禛诗论中对严羽的征引，主要集中在以下两段话中：

> 夫诗有别材，非关书也；诗有别趣，非关理也。然非多读书、多穷理，则不能极其至，所谓不涉理路、不落言筌者，上也。诗者，吟咏情性也。

> 盛唐诸人惟在兴趣，羚羊挂角无迹可求。故其妙处透彻玲珑不可凑泊，如空中之音、相中之色、水中之月、镜中之象，言有尽而意无穷。③

严羽提倡妙悟，以禅理说诗，主张效法盛唐，提倡"言有尽而意无穷"的诗歌创作观，《沧浪诗话》的核心观点的确体现在这两句话里。然而，王士禛对严羽诗学内涵虽把握精准，理解不见得全面。反映在具体诗歌评论上，严羽注重诗歌的整体与圆融之风，《沧浪诗话》谓："汉魏古诗，气象混沌，难以句摘。""建安之作全在气象，难以寻枝摘叶。"与之相比，王士禛诗论中多重警句，似更执着于诗句的细节。严羽重李杜，王士禛在《唐贤三昧集》中"不录李杜二公者，仿王介甫百家例也"④，以"体例不合"的理由将李杜排除在外。王士禛抑李杜而扬王韦，钱锺书说是"误解"，季羡林则认为其"以偏概全"，"曲解"或者更贴近事实⑤。作为神韵说的总结者，王士禛从"宗唐"到"宗

---

① 沈德潜：《说诗晬语》，霍松林校注，人民文学出版社，1998年，第255页。

② 黄继立：《"神韵"诗学谱系研究》，第294页。

③ 严羽：《沧浪诗话》，《历代诗话》，何文焕辑，中华书局，1981年，第688页。本文有关《沧浪诗话》的内容均引于此书686—708页，后续引文从略。

④ 王士禛说："王介甫昔选百家诗，不入杜、李、韩三家，以篇目繁多，集又单行故耳。"王士禛：《带经堂诗话》，第152页。

⑤ 季羡林认为："王渔洋喜欢优游不迫的诗，他自己的创作也属于这一类；他不喜欢沉着痛快的诗。这完全是个人爱好，无可厚非。但是他却根据自己的爱好，创立神韵说，他就不得不曲解严沧浪的说法，以偏概全。"季羡林：《国学漫谈》，中国城市出版社，2010年，第125—126页。

宋"，再"宗唐"，"论诗三变"终是偏主唐音，特别是盛唐的王、孟一派。王士禛力主诗之一偏的审美趣味过于偏窄："阮亭三昧之旨，则以盛唐诸家，全入一片空澄澹伫中。"①由上可知，要把握"神韵"诗学实质，尽管王士禛被认为是神韵论的集大成者，《带经堂诗话》洋洋万言，他所解析的神韵未见得妥帖，真正在神韵诗学中"取心析骨"的，应属《沧浪诗话》。

而司空图作为晚唐诗人论家，著有"四言诗"形式的《诗品》以及《与李生论诗书》《与王驾论诗》等诗论，以提出诗歌鉴赏中的"辩味"论著称。王士禛没有把司空图列入"最喜"诗家之列。他诗论中引用最多的诗论，却是"不著一字，尽得风流"这八个字。

汉语中的"味"本指饮食之味，属感官体验。从汉代起，人们不时将"味"与审美体验并提，《左传·昭公九年》中就有"味以行气，气以实志，志以定言，言以出令"的说法②，魏晋时"味"被正式移用于文学鉴赏，唐代王昌龄、皎然等多次言"味"，至司空图更以"辩味"来"品诗"，并以此为中心建立起自己的诗学理论。"味外味"或"象外之象"的观念为司空图《诗品》的核心思想。所谓"味在咸酸之外""味外味""味外之旨""象外之象、景外之景"以及"近而不浮、远而不尽"，说的都是"辩味"的相关论诗宗旨。在司空图看来，"辩味"是"言诗"的前提条件，这是他整篇《与李生论诗书》的主题之所在：

> 文之难，而诗之难尤难。古今之喻多矣，而愚以为辩于味而后可以言诗也。
>
> 近而不浮，远而不尽，然后可以言韵外之致耳。
>
> 今足下之诗，时辈固有难色，倘复以全美为工，即知味外之旨矣。③

司空图在《与李生论诗书》里还列举了自己的一些诗句，认为其符合"味外味"和"韵外之致"的标准：

> 愚幼常自负，既久而逾觉缺然。然得于早春，则有"草嫩侵沙短，冰清著雨销"。……得于江南，则有"书鼓和潮暗，船灯照鸟幽"，又"曲塘春尽雨，方响深夜船"。得于塞下，则有"马色经寒惨，雕声带晚悲"。……皆不拘于一概也。④

"不拘于一概"也就是指诗句类型多样，司空图眼中有"味外味"的诗歌并不

① 翁方纲：《石洲诗话》，《谈龙录·石洲诗话》，人民文学出版社，1981年，第34页。
② 孔颖达：《春秋左传正义》，北京大学出版社，1999年，第1274页。
③ 司空图：《与李生论诗书》，李壮鹰主编：《中国古代文论》，高等教育出版社，2008年，第294—295页。
④ 司空图：《与李生论诗书》。

局限于某一种诗歌类型。就诗歌中的语言而论，"味外味"应是超越语言文字的局限之后，而表达"韵外之致"和"言外之意"的。司空图将"韵外之致"与"近而不浮，远而不尽"相联系，吴调公就认为，"近而不浮"求意象的贴切，"远而不尽"求意象的开拓，包含了味外之味的体验深化，实际也就是"超越"了语言之外的一种诗味的路转峰回①。诗中的意象远近结合，自然有"余味"，从这一层上考量，姜夔"句中有余味，篇中有余意"的说法可与之呼应。味道的醇美离不开厨师的调制，司空图提出诗歌理论中的"辩味"说，客观上要求诗作者应善于用适合的诗歌创作技巧，将日常的诗歌题材化腐朽为神奇，他笔下的"味外味""味在咸酸之外""景外景"和"象外象"体现了诗歌与诗歌语言的辩证关系。司空图以饮食的"滋味"论诗和诗的语言，更像是严羽"言有尽而意无穷"之说的比喻版。

　　值得注意的是，自 1995 年陈尚君发表《〈二十四诗品〉辨伪答客问》一文，提出《二十四诗品》作者应为明人怀悦，就引发了学界对《诗品》作者真伪的持续争论。张健后来认为，《诗品》作者不是怀悦，应是元人虞集。更多的学者如张伯伟、张少康、陈良运、赵福坛等，则分别从怀悦《诗家一指》的"编集"性质、苏轼《书黄子思诗集后》的查考等角度，认为质疑司空图不是《诗品》作者似无充足理由。② 诗论真伪问题在文学史上并不鲜见，皎然《诗式》等作品也一度被质疑。如果司空图不是《诗品》的作者，无论其成书时间是明代抑或元代，《诗品》与《沧浪诗话》彼此的借鉴关系都要重新考量。但无论怎样，第一，鉴于司空图的"韵外之致""味外之旨""象外之象，景外之景""思与境偕"等言论均见于他的单篇论文，《诗品》真伪与司空图诗论的主旨内容并无紧要关联；第二，就《二十四诗品》自身的定位来说，《诗品》与《沧浪诗话》异曲同工，均体现了诗中"神韵"。二者连同《带经堂诗话》同属于神韵说中的关键论著，这一点毋庸置疑。

三　新诗诗人眼中的"神韵"

　　19 世纪末、20 世纪初的中国诗人与学者，一直在积极引进域外文学，与纯诗的评介相比，他们对中国古代诗学的探讨不是主流。就新诗本身的研究，周作人认为胡适、冰心和徐志摩的作品很像"公安派的"，和"竟陵派"相似的是俞平伯和废名。因为俞平伯和废名并不读竟陵派的作品，他把这些

---

① 吴调公：《神韵论》，人民文学出版社，1991 年，第 87 页。
② 论争具体细节见赵福坛：《司空图二十四诗品真伪辨析》，《广州师范学报》2000 年 12 期。

相似归于"无意中的巧合"①,大概也表明了传统的旧诗,对于新诗人来说更多是一种潜在的甚至是无意识的影响。就像废名所说的,现代作新诗的青年人与西方文学更接近,但等"稍稍接触中国的诗的文学",也觉得很好。② 和前初期白话诗作者相比,后来的新诗人不再从打倒旧诗的绝对观念出发,废名认为,这才是一种正确的态度。

在这种情况下,在当时有关古代的诗歌理论著作中,如杨鸿烈的《中国诗学大纲》(商务印书馆,1928)、田明凡的《中国诗学研究》(自刊本,大学出版社,1934)、江恒源的《中国诗学大纲》(大东书局,1928)、范况的《中国诗学通论》(商务图书馆,1935)以及断代史诗歌研究,如杨启高的《唐代诗学》等,用现代西方理论来研究中国诗学的著述就开始涌现,杨鸿烈就说自己是"把中国各朝代所有论诗的文章,用严密的科学的方法归纳排比起来,并援引欧美诗学家研究所得的一般诗学原理来解决中国诗里的许多困难问题"③。从单篇的论文上看,在当时与神韵说有关的研究中,王士禛诗文的专论占了绝大部分,代表性的有林欧斋的《王渔洋论丁林那子诗》(《文艺杂志》,1915)、吴天石的《王渔洋之七言绝句》(《无锡国专学生自治会季刊》,1930)、张宪渡的《渔洋著述版刻考略》(《山东省立图书馆季刊》,1931)等。系统的神韵理论总结可见于郭绍虞《中国文学批评史上之"神""气"说》(《小说月报》,1927)、张寿林译的《论神韵》(《晨报副刊》,1928)等篇。《中国文学批评史上之"神""气"说》系统梳理了"神"与"气"术语的演进,提出了"神""气"批评观发展变化的"五个时期"说。张寿林译的《论神韵》是日本学者铃木虎雄《中国诗论史》中的相关章节。铃木虎雄(Suzuki Torao,1878—1963)中西学养兼通,终生致力于中国文学研究,青木正儿、吉川幸次郎、小川环树等学人都出自其门下。他认为"神韵二字依普通的说法是风神余韵的意思","神韵不外是基于人品、音响等产生的语言,而将它应用于诗,指某诗意味的隽永而言"④。铃木虎雄的《中国诗论史》早在1925年即由日本京都宏文堂书房刊行,比中国最早的批评史专著——陈中凡的《中国文学批评史》(中华书局,1927)还要早两年。作为该书主要内容的《论格调、神韵、性灵三诗说》《周汉诸家的诗说》《魏晋南北朝时代的文学论》等三篇论文,曾分别发表于中国《艺文》杂志上。铃木虎雄是将"神韵"与"格调"和"性灵"放在一起比较。在"对于神韵说的臆解"一节,铃木虎雄将神韵说的特质归纳为:(1) 心理状

---

① 周作人:《中国新文学的源流》,第52—53页。
② 废名:《新诗问答》,《人间世》第15期,1934年5月5日。
③ 杨鸿烈:《中国诗学大纲》,商务印书馆,1928年,第1页。
④ 铃木虎雄:《中国古代文艺论史》(下),孙俍工译,山西人民出版社,2015年,第99页。

态要平静。（2）外界的境遇要广而且远。（3）物象虽不排斥其分明，但更适于稍稍茫昧。（4）关于时节，是春或秋，而春不如秋，夏不如冬好，昼不如夜，晴不如雨，暖不如寒，一日之中，日炎不如朝暮。（5）凡程度贵不高的。可明白认得的事物中，小贵于大，淡泊贵于秾厚。就诸事而言是消极的。（6）忌猛烈的活动表现，而要温和的，即使有动作也宜以静止为重。（7）清远。（8）不即不离，这是渔洋借佛典形容诗境的言辞。[1] 以上表述很好地抓住了神韵说清幽淡远、意在言外的诗学气质。除此之外，还有一位中国诗人学者的研究值得注意。他在新文学时期对"神韵"的相关阐释，要在2018年才成书出版，他就是顾随先生[2]。诗歌中的"神韵"并不由某一人提出，是整体古典诗中都会蕴含的艺术特质，钱锺书的这一观点顾随也说过。他认为：

> 王渔洋所谓"神韵"，好，而不敢提倡。后之诗人不能真作出"悠然见南山""江上数峰青"之好句，但模仿其皮毛。实则中国诗必有神韵。[3]

> 五言诗必有神韵，而神韵必酝酿，有当时的机缘，意思久有酝酿。[4]

神韵诗多高远，有静气，这种静在顾随看来还蕴含着生机：

> 静与死不同，静中要有生机，若曰"百虫绝"，则是死。寂静中有生机，即中国古哲学所谓道，佛所谓禅，诗所谓韵。[5]

不仅如此，"神韵"还是中国诗的最高境界。顾随评价王维的诗时说：

> 愁苦是愁苦，而又能美化、诗化，此乃中国诗最高境界，即王渔洋所谓"神韵"。

神韵诗的代表是王维，诗中神韵味道比较浓的还有谢朓和李商隐。只是诗歌即便境高而韵长，也不见得就是最好的诗。顾随接着在《王维诗品论》中写道：

> 说什么是什么，而又能超之，如此高则高矣，而生的色彩便不浓厚了，力的表现便不充分了，优美则有余，壮美则不足。[6]

---

[1] 铃木虎雄：《中国古代文艺论史》（下），第100—104页。
[2] 顾随的诗歌讲稿在2018年出版，是由其学生叶嘉莹的听课笔记最后整理成书。见顾随：《中国古典诗文讲录》，叶嘉莹、刘再昭笔记，高献红、顾之京整理，河北教育出版社，2018年。
[3] 顾随：《退之诗说》，《顾随讲唐宋诗（上）》，叶嘉莹笔记，高献红、顾之京整理，河北教育出版社，2018年，第222页。
[4] 顾随：《唐人诗短论》，《顾随讲唐宋诗（上）》，第339页。
[5] 顾随：《退之诗说》，《顾随讲唐宋诗（上）》，第246页。
[6] 顾随：《王维诗品论》，《顾随讲唐宋诗（上）》，第74—75页。

也就是说，第一，"神韵"是中国诗最基础的组成部分，换句话说，有神韵，才能有"诗味"；第二，"神韵"是中国诗的最高境界；第三，"神韵"指的是诗歌的"高致"之美，是优美而非壮美；第四，神韵和力不是一回事儿。在诗里面，神韵与诗歌中生的色彩和力的表现关系不大。在顾随看来，陆游和王维的诗歌可以代表中国诗的两面①。顾随心里的好诗，是"健全的诗"，是韵与力的结合。心里不调和，而将其用极调和的笔调写出，即是力。② 王右丞心中极多无所谓，写出的是调和，心中也是调和，故韵长而力少③。新文学时期的诗歌论家与胡适划清界限，多着力撇清诗与散文的关系。像废名的《论新诗》就力主用诗的语言写诗。顾随却说：

> 诗句不能似散文，而大诗人的好句子多是散文句法，古今中外皆然……。普通写人都不太具人味，或近于兽，或近于神。Man is not his man，我们喜欢的多是此种人。诗，太诗味了便不好，poem is not poetic④。读晚唐诗便有此感，姑不论其意境，至少在文法上已是太诗味了。如义山"五更疏欲断，一树碧无情"(《蝉》)，好是真好，可是太诗味了。"白云千载空悠悠""芳洲之树何青青"，似散文而是诗，是健全的诗。⑤

神韵诗是中国旧诗的最高境界，但不是最好的诗。现代诗要最好，一定要有韵和力的结合。那么，什么又是力呢？力并不是风趣、风格、风韵，然力可产生此三项。渔洋论诗主神韵，而渔洋诗法"瘟"，即因无力。力，要专一、集中。("一艺成名，不能只看人成功，不看人用功。")⑥顾随说：

> 余是入世精神，受近代思想影响，读古人诗希望从其中得一种力量，亲切地感到人生的意义，大谢及王维太飘飘然。⑦

顾随有关"力"的诗歌理论，还是受了近代思想的影响。在他看来，诗歌中的力也与内容有关，是要感到人生的意义的。如果以现代新诗的视域看，古代的"神韵"说与来自西方的"纯诗"论，它们的不同处很明显：神韵深植于中国古典诗学传统，反映了中国诗的特质；纯诗则内蕴于象征主义，强调了诗歌

---

① 在顾随看来，"若论品高、韵长，放翁诗是真，而韵不长"，右丞诗则是"韵长，其诗格、诗境(境界)高"。见顾随：《王维诗品论》，《顾随讲唐宋诗(上)》，第51页。
② 顾随：《王维诗品论》，《顾随讲唐宋诗(上)》，第56页。
③ 顾随：《王维诗品论》，《顾随讲唐宋诗(上)》，第57页。
④ 顾随：《太白古体诗散论》，《顾随讲唐宋诗(上)》，第147页。
⑤ 顾随：《太白古体诗散论》，《顾随讲唐宋诗(上)》，第147—148页。
⑥ 顾随：《陈子昂〈登幽州台歌〉》，《顾随讲唐宋诗(上)》，第17页。
⑦ 顾随：《王维诗品论》，《顾随讲唐宋诗(上)》，第84页。

的现代性质素,相对来说更能反映新鲜繁复的现实生活。就像顾随对波德莱尔的阐述,法国恶魔派诗人波德莱尔(Baudelaire)所作之诗集《恶之花》(*Flowers of Evils*),不满意日常生活,故写出许多常人不写的,故人名之曰恶魔。[①]

第二节　纯诗诗学谱系

一　纯诗论者的界定

与神韵说不同,纯诗理论谱系却可以用"人"来做,原因有两个:一,撇去潜在渊源不计,与神韵说相比,纯诗诗学出现的时间跨度小,大致来说不出象征主义思潮发展的轨迹范围,诗人的诗论观点相对来说较为单纯和严整;二,出于本书从中国新诗诗论出发的视角,关注的相应也是在其接受视野范围内的诗家,这进一步缩小了纯诗论者的预设,等于给谱系的拟定又加套上一个小圈子。诸如纯诗在欧美范围之外的影响,以及德国的诺瓦里斯等重要诗人诗论,因较少受中国诗人及学者关注,就不会涉及太多。关注中国现代诗论这一视角还会影响到对纯诗诗家的具体探讨。举例来说,马拉美在谱系中处于关键地位,如韦勒克所认为的:"他(指瓦雷里)提出纯诗的严肃理想,恐怕只有马拉美和他够得上这种纯诗成功的实践者。"[②]但在中国新文学运动期间,马拉美的诗学主要经由瓦雷里被接受,"主要通过梁宗岱对瓦雷里的介评,瓦雷里的精神之师、法国现代诗歌在观念上的创始人马拉美的文字创造性理论得到阐述"[③]。正式提出"纯诗"这一诗歌术语的是瓦雷里。1920 年,在为柳西恩·法布尔的诗集《认识女神》写的序言中,瓦雷里首先使用了"纯诗"一词。所谓"纯诗",即"想把诗歌的实质与其他东西实质确实分开使之孑然独立,它是一种近于音乐的'幻象'的存在"[④]。"纯诗"的这个定义首先确立了诗就是诗,不是任何别的东西。纯诗与音乐接近。依照这样的视角,瓦雷里在本书所占的篇幅就远多于马拉美。

需要指出的是,纯诗理论谱系虽以"人"为纲,不代表"纯诗"概念和成员界定的相关争议比"神韵"说来得少。诗歌史上的各种学说往往更像研究者

---

① 顾随:《论小李杜》,《顾随讲唐宋诗(上)》,第 321 页。
② 韦勒克:《二十世纪文艺批评关于形式与结构的概念》,《西方文艺理论名著选编》,伍蠡甫、胡经之主编,北京大学出版社,1987 年,第 642 页。
③ 黄晋凯等主编:《象征主义·意象派》,中国人民大学出版社,1989 年,第 139 页。
④ 吴晓东:《象征主义与中国现代文学》,安徽教育出版社,2000 年,第 44 页。

们的自娱自乐。就诗人和流派的关系，吴世昌的一个比喻很妙。他说："流派是一个标签，它贴在诗人的后背上，就像运动场的运动员一样，别人随时看见他背上的符号，而他本人却无从知道。"①诗人随性作诗，史家刻意评论之后，诗歌忽然变为一、三、五条。诗与论中间的差异就屡屡为诗人所斥，不若诗人自己同时以写诗的态度作论，这应是纯诗诗家多推崇"诗人论诗"的原因。"纯诗"概念由瓦雷里提出，其意在于论诗而非制作"标签"，所以他对"纯诗"的提法很节制，对之后白瑞蒙的系统"纯诗"理论也表现冷漠。由上可知，诗人的诗论虽简洁精当，往往就难以要求体系与逻辑上的严整。况且纯诗来自异域，与神韵诗谱系相比，探讨问题不仅需同样审慎，也理应要占去更多篇幅。本书所尝试的对"诗人论诗"的讨论，本意不在建宗立派，特别以"纯诗论"命名要讨论的纯诗理论，不过取其论述方便之意。从这些预设出发，纯诗谱系中的论家主要包括：

○ 爱伦·坡（Adgar Allen Poe，1809—1849）

爱伦·坡被公认为"象征主义的鼻祖"，著有《诗的原理》，并引发"纯诗"风潮。其诗论直接影响到了波德莱尔和马拉美。此外，作为"最伟大的技巧创新家之一"②，爱伦·坡同时还是侦探小说和科幻小说先驱。从 1847 年之后的 17 年里，波德莱尔持续地翻译爱伦·坡的作品，并通过诗歌"契合"理论（Correspondences）阐释和进一步发展了坡的文学思想。波德莱尔说："你们可知道我为何如此耐心地翻译坡的著作？因为他跟我相似。"③

○ 夏尔·皮埃尔·波德莱尔（Charles Pierre Baudelaire，1821—1867）

即便就整个法国文学史而言，波德莱尔都算得上最重要的诗人，他的影响已非国别和单纯的诗歌甚至文学领域所能局限。兰波称波德莱尔为"真正的上帝""第一个通灵人""诗王"④，皮埃尔·让·茹弗将他称作"圣人"，艾略特更形容他为"现代和一切国家最伟大的诗人"⑤。波德莱尔的诗被誉为象征主义诗歌的先驱，更被看作现代派文学的起点。波德莱尔对中国新诗诗人影响极深，他与瓦雷里的诗与诗论多有中文译本。

① 见蓝棣之：《现代诗的情感与形式》，人民文学出版社，2001 年，序言第 5—6 页。
② 本雅明：《发达资本主义时代的抒情诗人》，张旭东等译，生活·读书·新知三联书店，2007 年，第 61 页。
③ 波德莱尔：《恶之花·巴黎的忧郁》，钱春绮译，人民文学出版社，1991 年，译本序第 14 页。
④ Arthur Rimbaud, *Œuvres complètes*, Paris：Gallimard, 1983, p. 253.
⑤ Y. Bellenger, D. Couty, Ph. Sellier, M. Truffet & P. Brunel, *Histoire de la littérature française*, Paris：Bordas, 1981, pp. 478—483.

○ 斯特凡·马拉美（Stéphane Mallarmé, 1842—1898）

马拉美为了能阅读爱伦·坡作品原文曾专门去英国进修，并尊崇坡为"古今最高的诗魂"[1]。早年马拉美除了受爱伦·坡、波德莱尔的影响，还汲取过巴那斯派的营养，并"从戈蒂耶和邦维尔那里学到了对字句的重视和对形式美的追求"[2]。马拉美堪称法国诗坛的一代领袖人物。他认为，思想的各种意象均可以通过文本确定[3]，他的诗也以对诗艺的精微追求著称。通过文化沙龙"马拉美的星期二"，瓦雷里、纪德、德彪西等一大批诗人、音乐家和画家聚集在马拉美周围。

○ 保尔·魏尔伦（Paul-Marie Verlaine, 1844—1896）

魏尔伦著有文学评论集《被诅咒的人》。除受到马拉美的影响外，魏尔伦着迷于波德莱尔的诗歌，他自己的诗歌多为短诗，基本上是自述性的：一个豪饮苦艾酒的诗人形象成为诗歌的主题。魏尔伦重视诗歌的内在节奏，其诗作极富音乐性，写出了人心中难以捉摸的潜意识状态。与波德莱尔等人诗论与诗的全面渗透不同，魏尔伦和兰波主要在诗歌创作上影响到了李金发、戴望舒、卞之琳等一批中国新诗人。

○ 阿尔蒂尔·兰波（Arthur Rimbaud, 1854—1891）

虽然当时还没有"超现实"这个词，兰波作为早期象征主义诗歌的代表人物，其实已经在他反对浪漫主义的、有明显解构倾向的诗歌中做出实践了。兰波的诗注重声音和字母的连接，将音乐与诗歌相结合。他提出了"语言炼金术"，因在《通灵人书信》中对诗歌与诗的探讨颇受关注。通感从波德莱尔就开始被强调，还有就是意象的并置或并列的手法，这在当时是一种很新的姿态。尽管创作生涯短暂，兰波对字词现象的发掘和魏尔伦诗歌中的音乐性一道深化了波德莱尔开创的事业，并扩大了波德莱尔的影响。甚至可以说，兰波短短几年的作品改变了法国的诗坛。

○ 保尔·瓦雷里（Paul Valéry, 1871—1945）

瓦雷里先后接受了雨果、波德莱尔和马拉美的影响，他的诗与诗论更直接影响到了梁宗岱和卞之琳。瓦雷里的诗往往以象征的意境表达生与死、灵与肉、永恒与变幻等哲理性主题，倾向于体现内心的真实，追求形式

---

[1] Stéphane Mallarmé, *Œuvres complètes*, Bibliothèque de la Pléiade, Paris: Gallimard, ed. by Henri Mondor and G. Jean-Aubry, 1945, p. 531.
[2] 郑克鲁:《法国诗歌史》，华东师范大学出版社，2019年，第178页。
[3] 马拉美认为，世界被创造出来，实质上是"为了达到一本美的书的境界"。马拉美:《关于文学的发展》,《西方文论选》，伍蠡甫主编，上海译文出版社，1979年，第266页。

的完美。以保尔·瓦雷里为代表的一批诗人的创作，在匡正欧美当时浅陋直陈的诗风上，在加强诗歌的凝练、含蓄、韵味和质感等方面贡献巨大。在诗歌理论方面，瓦雷里也著述颇丰，最早提出"纯诗"概念，并有所阐发。

○ *亨利·白瑞蒙*（l'abbé Henri Bremond，1865—1933）

在《谈艺录》中，钱锺书视白瑞蒙为纯诗诗学的总结者：

> 一九二五年法国神甫白瑞蒙（Henri Brémond）夙以精研神秘主义文献得名，刊《诗醇》讲义，一时耳目为之更新。其书发挥瓦勒利（Valéry）（作者按：指瓦雷里）之绪言，贵文外有独绝之旨，诗中蕴难传之妙……由声音以求空际之韵，甘回之味。举凡情景意理，昔人所借以谋篇托兴者，概付唐捐，而一言以蔽曰："诗成文，当如乐和声，言之不必有物"……陈义甚高，持论甚辩。五十年来，法国诗流若魏尔仑、马拉美以及瓦勒里辈谈艺主张，得此为一总结。[1]

白瑞蒙以研究法兰西的宗教感情史见长，本身并非纯粹的诗人及文学研究者。在《诗与祈祷》与《论纯诗》两部论著中，他将诗与宗教相比，认为诗几乎等同于祈祷或神秘的颂词。他认为纯诗是一种"神秘的现实"[2]。雷达在《论纯诗》中认为，白瑞蒙引起的有关纯诗的辩论还源于爱伦·坡[3]。为了阐明其诗歌观点，白瑞蒙在诗论中"繁征博引"，提到了雪莱、佩特、华兹华斯、济慈、牛曼、白极德、汤姆生、罗斯金、迈尔斯、恩特喜尔、墨瑞等多位诗人。

二 纯诗与象征主义

很多时候，纯诗与象征主义论者更像是名称不同的同一群诗人。爱伦·坡和波德莱尔与象征主义文学和纯诗均有关涉。波德莱尔受爱伦·坡的启发，认为不同事物之间，包括自然与人之间的沟通都可通过象征实现，"我们的世界不过是一本象形文字的字典"[4]。他的《恶之花》被当成象征主

---

[1] 钱锺书：《谈艺录》，第 666 页。

[2] 白瑞蒙："诗之所以为诗，都要接受特定神秘现实的光临、照耀、改造和整合，我们把这种神秘现实叫作'纯诗'。"Henry Bremond, *La poésie pure，avec un débat sur la poésie par Robert de Souza*，Paris：Bernard Grasset，1926，p. 16.

[3] 雷达在《论纯诗》中说："由于法国人对于爱伦坡的热忱，最近在法国所引起的辩论，已由白瑞蒙神甫（Abbé Bremond）神父加以概述。此文载在他与稣尧（M·Robert de Souza）合作出版的书中。"见《现代诗论》，曹葆华编译，商务印书馆，1937 年，第 167 页。

[4] Charles Baudelaire, *Œuvres complètes*，ed. by Claude Pichois, Bibliothèque de la Pléiade, 2 vols，Paris：Gallimard，1975—1976，p. 59.

义的"开山之作",诗歌《契合》甚至被誉为"象征派的宪章"。马拉美、魏尔伦、兰波和瓦雷里等悉数被归为象征主义重要作者。在本书涉及的纯诗诗家中,只有白瑞蒙是纯粹的学者而非诗人,似乎与象征主义无涉。

　　然而,象征主义文学流派本身很难说是一个稳定的文学概念,它的理论实际上由各种不同甚至互相矛盾的倾向构成。法国拉鲁斯百科全书在"象征主义"词条起首说,比"象征主义"和"象征派"这两个更能引起争议的概念,是不多的①。金丝燕在列举了1883—1943年间法国49部象征主义论著后,得出的结论是:"他们所做的一切,都似乎在证明一个文学流派的历史,然而批评家们只在一点上达成共识:勾勒这一历史并承认它的难以确定性。"②被归入象征主义流派的著名诗人都不承认它,除了让·莫雷亚斯。1886年,定居法国的希腊诗人莫雷亚斯借用"象征"一词,在《费加罗报》文艺增刊上发表《文学宣言》,也就是后来文学史家所说的"象征主义宣言",首先从理论上确立了"象征主义"创作方法:

　　　　象征主义以"说教、朗读技巧、虚假感情和客观摹写"为敌,它要使观念具有触摸得到的形式;不过,创造这种形貌不是写诗的目的,写诗需表达观念,形式只处于从属地位。……自然景物、人的活动、种种具象都不会原样出现在象征主义艺术中,它们不表现自身,而是体现了它们与原始思想间密切的亲缘关系。③

瓦雷里则代表了另外的一种观点:他认为象征主义并非一个流派,它"终究只不过是约定俗成的一个词"④。它是"神秘主义的","有如一个正式信条那样有效地满足和滋养的心灵非止一人",但是,"不能十分肯定这场运动就是它的真名":

　　　　一旦我们分门别类看待那个时期的作品,归类于古典的、浪漫的或者现实主义的,我们剩下的便是无从归类的第四范畴的作品——比如阿尔蒂尔·兰波的《灵光篇》,或者马拉美的《牧神的午后》,这些作品毫无类似之处:它们彼此之间毫无相同之处。象征主义无非只是"与我们所列举的前面三堆作品彼此割裂开来的一种具有同一性的姿态"。⑤

① 黄晋凯等主编:《象征主义·意象派》,中国人民大学出版社,1989年,第702页。
② 金丝燕:《文化接受与文化过滤》,中国人民大学出版社,1994年,第11—14页。
③ Guy Michaud, "Un Manifeste Littéraire," *Figaro Littéraire*, 18 Septembre, 1886.
④ Paul Valéry, *Paul Valéry：Œuvres*, Bibliothèque de la Pléiade, 8 vols, Paris：Gallimard, 1957, p. 215.
⑤ Paul Valéry, *Paul Valéry：Œuvres*, p. 217—218.

瓦雷里忘记了,是他自己提到兰波与马拉美之间还存在着一个相同之处:他们的诗与诗学都受到了波德莱尔的直接影响。与波德莱尔身上鲜明的"现代性"特点相同,马拉美等人的诗歌在不同方面均具有艺术创作上的某种超前性。根据瓦雷里的说法,"魏尔伦和兰波是在感情和感觉方面将波德莱尔继往开来,马拉美则在完美和诗歌的纯粹方面将波德莱尔延续下去"①。波德莱尔成为联系诸位诗人的关键点。就时间上看,波德莱尔于象征主义而言只能是"先驱",他在"纯诗"诗学中的地位却非常重要,几可对应于神韵诗学中的严羽。他对诗歌纯粹本质的坚持始终如一,赫伯特·里德(Herbert Read)在《论纯诗》中就认为,所谓"纯诗","实际是波特莱尔的"②。如果我们一定要把"第四范畴的作品"凑在一起,波德莱尔肯定从中做了媒介。

实际上,与其诗歌体现的复杂内涵相同,波德莱尔的诗学理论极具包容性。如果流派可以作为诗人背后的标签,波德莱尔的标签实在不少:他以象征手法写诗,是象征主义文学的先驱;在诗歌主题上着力挖掘"恶中之美",被安德烈·布勒东等人视作"道德观上的第一位超现实主义者",成为颓废派的偶像;"恶"的主题还成为现代文学,尤其是现代派文学主要遵循的原则之一,其诗歌"契合"论也为现代派的出现开辟了道路,因此被誉为现代派文学的"鼻祖";他的诗歌艺术创作手法,加上他与爱伦·坡一脉相承,对诗歌本质的坚持始终如一,又使得他成为"纯诗"群体中的重要成员,波德莱尔的诗与诗论在客观上堪称欧美诗歌史上的"集大成"者。

然而,就像李杜的诗中有神韵特质,王士禛却宁取王韦入《唐贤三昧集》,有时候反而从马拉美、兰波、瓦雷里等人身上可以反映出更纯粹、更清晰的纯诗观念。将"纯诗"作为一个美学概念正式提出,自认是"这场轩然大波的始作俑者"③的就是瓦雷里。1920 年,在为法布尔的诗集《女神的诞生》所作序言中,瓦雷里从对爱伦·坡和波德莱尔的讨论开始,而有了"纯诗"这一提法:

> 最后到了 19 世纪中叶,法国文学中就呈现出一种伟大的企图,想把诗歌的实质与其他东西的实质确定分开并使之孑然独立。这种像化学般的对于纯诗的制作,曾经爱伦·坡很确切地首先开创而又介绍出来。所以这就不足惊奇,我们看见波特莱尔开始挣扎以求达到那种

---

① 引自郑克鲁:《法国诗歌史》,华东师范大学出版社,2019 年,第 186—187 页。马塞尔·莱蒙对象征主义和超象征主义的区分,也是强调了魏尔伦、兰波与马拉美对波德莱尔诗学分别的承继关系。See Marcel Raymond, *De Baudelaite au Surrealisme*, Paris: JoséCorti, 1982, p. 11.

② 雷达:《论纯诗》,《现代诗论》,曹葆华编译,第 171 页。

③ 瓦雷里:《论纯诗》,《准则与尺度》,潞潞编,北京出版社,2003 年,第 5 页。

需要自我满足的完美。

　　另外的一种改革也是属于波特莱尔。他在我们的诗人中算是第一个感受音乐底影响的;它向它祈求,向它询问各种问题。①

　　瓦雷里对"纯诗"的阐释可以说是从诗的价值与创作方面"两端立论"。他确认了诗之所以为诗的"实质",为了达到这一目的,他进而要求对诗进行一种"化学般的制作",把纯诗的定位更多放在音乐性的对语词关系的效果的研究上。在诗人看来,诗歌天地仅仅由语言构成,纯诗正是"语言异质之中纯金的某种掺和",基于这种对诗歌语言本质的论述,瓦雷里具体提出了"纯诗"概念:

　　　　纯诗是通过某种绞尽脑汁,对一首诗的散文要素的递增的抑制而产生出来的一种诗歌。所谓散文要素,我们所指的是,凡是也能够用散文来表达而完整无损的一切内容,包括历史、传说、逸闻、道德甚至哲学,纯诗仅仅凭借自身而存在,而不必假借必要的唱诵的合作。②

为了在阐述中尽可能地排除掉非诗的因素,瓦雷里将"纯诗"概括为"由语言支配的整个视觉领域的探索",这种诗篇作为"一字一句不容修正的所有部分组成的一个封闭系统"③,是"完全真空和气温的绝对零度——二者都是不可企及的理想,付出绞尽脑汁的系列努力为代价仅仅接近理想","我所说的纯,是物理学家所说的纯水的纯,没有任何非诗歌杂质的纯粹的诗作"④。将水提纯的这种说法不难使人想起波德莱尔和魏尔伦的诗中对酒的推崇。酒经过水的提炼,自然可算作水中精华。在瓦雷里看来,诗的纯粹显然应成为诗歌的最终判断标准:"诗的价值的大小,取决于包含多少纯诗。"⑤由上可知,诗人眼中的"诗"与"纯诗"并不是一回事儿。纯诗应是诗的一部分而非全部:

　　　　所谓诗,实际上是用摆脱了词语的物质属性的纯诗的片段而构成的。一句很美的诗便是诗的很纯的一种成分。通常将美的诗句比喻为一颗钻石,意在使人们看到这种纯质的感情是存在于各种精神之中的⑥。

---

① 瓦雷里:《前言》,《现代诗论》,曹葆华编译,第 223 页。

② Paul Valéry, *Entretiens avec Paul Valéry*, ed. by Frédéric Lefèvre, Henri Bremond, Le Livre, Chamontin et chez Flammarion,1926,pp. 65—66.

③ Charles Du Bos, *Journal*:1921—1923, Paris:Correa,1946,p. 222.

④ Paul Valéry, *Paul Valéry:Œuvres*, pp. 1275 - 1276,1451.

⑤ Paul Valéry, *Paul Valéry:Œuvres*, 1 vol, p. 1453.

⑥ 瓦雷里:《论纯诗》,《准则与尺度》,潞潞编,北京出版社,2003 年,第 8—9 页。

瓦雷里的诗与他的理论一样，同时注重诗之两端，是"智性"与"感性"的结合体，借用卞之琳对瓦雷里晚期诗艺的叙述，就是"格律谨严而运用自如"为一方面，"形象生动、意味深长而并非没有逻辑"为另一方面①。瓦雷里作为纯诗诗艺的代表人物，在"五四"之后的中国影响力不可小视。同样据卞之琳的回忆，梁宗岱在当时对瓦雷里的译介尽管用了太多的文言辞藻，他从中仍然"大受启迪"②。在江弱水看来，瓦雷里卓绝的形式感，对于卞之琳的吸引力"并不在象征技法之下"③。瓦雷里对于中国诗人的影响显然不止在诗歌技巧层面。

"纯诗"概念自瓦雷里提出之后，在1925—1926年间由白瑞蒙神甫加以阐发。白瑞蒙在法兰西学院以"纯诗"为题所做的演讲中，一开始就提到了爱伦·坡、波德莱尔、马拉美和瓦雷里这四位"纯诗的现代理论家"，称他们"并不像人们以为的那样是一些危险的创新者"，因为"就理论的实质而言，他们延续了一种令人尊敬的传统"④。在这一基础上，白瑞蒙继而提出了"纯诗"定义：

> 任何一首诗所特有的诗性都来自某种神秘现实的来临、照耀、改造和同一作用，这种神秘现实就叫作"纯诗"。⑤

这定义并不很明确，他只是强调：

> 它（指纯诗）不仅仅是最美的事物，还是所有主题中的主题，它是说尽了之后依然可说的部分，只可体会不可言传。没有人能界定纯诗。⑥

"纯诗"说到这里，已经很有些"羚羊挂角，无迹可求"的味道了。白瑞蒙的诗学观点一经面世就引发了法国文学史上的"纯诗之争"⑦，笔战主要在白瑞蒙与《时代报》专栏作者苏代（Paul Souday）之间展开。后来瓦雷里和克洛代尔也分别通过《纯诗》以及《就灵感问题给白瑞蒙神甫的信》委婉或明确地作

---

① 卞之琳：《新译保尔·瓦雷里晚期诗四首引言》，卞之琳编译：《晚期诗选》，湖南人民出版社，1983年，第230页。
② 卞之琳：《人世固多乖：纪念梁宗岱》，《人与诗：忆旧说新》，安徽教育出版社，2007年，第32页。
③ 江弱水：《卞之琳诗艺研究》，安徽教育出版社，2000年，第200页。
④ 秦海鹰：《诗与神秘》，《法国文学与宗教》，秦海鹰主编，人民文学出版社，2011年，第55页。
⑤ Henry Bremond, *La poésie pure, avec un débat sur la poésie par Robert de Souza*, Paris: Bernard Grasset, 1926, p. 16.
⑥ Henry Bremond, *La poésie pure, avec un débat sur la poésie par Robert de Souza*, p. 31.
⑦ 实际上，在1925年前后的英国、美国、德国、意大利等国家，有关纯诗的学术讨论也成为热点。新诗时期中国对欧美这一学术潮流的情况概述见詹姆生（R. D. Jameson）：《纯粹的诗》，佩弦译，《小说月报》18卷2期，1927年。

出回应。和白瑞蒙对瓦雷里的褒扬不同，瓦雷里从没有正面肯定过白瑞蒙的"纯诗"论。但这并不能否认白瑞蒙"纯诗"观在客观上彰显了诗歌与宗教相通的神秘本质，在特定角度不失为对瓦雷里"纯诗"观念的一种阐释性总结。

　　本书主体部分将要论证的是，"神韵"与"纯诗"诗学的相同点更多体现在诗歌观念的契合上。由于"纯诗"与"象征主义"诸种品质多有重合之处，当今中国学界多注重讨论象征主义，而很少论及纯诗。象征主义运动在文学史中的确至关重要。按照韦勒克的观点，不仅在法国，整个西方世界 20世纪的诗歌观念"都被法国象征主义者运动阐释的理论所支配"①，本书特别于"象征主义"中拈出"纯诗"，主要出于以下三点理由：首先，如本节开头所言，"象征主义"作为一个极其复杂的诗学概念，由于其涵盖范围和对象的广度，对具体诗学问题的讨论往往难以进行。将讨论范围限定在"纯诗"范围内，至少可以梳理出一系相对单纯的诗歌论家。其次，"现代性"是中国新诗发展中一直孜孜以求的一个"关键词"，西方诗歌的"现代性"主要来自波德莱尔。和其在象征主义诗学中的尴尬角色相比，波德莱尔在"纯诗"体系中无疑处主体地位。②波德莱尔始终执着于现代与传统的契合，他对于中国新诗影响颇巨，中国的现代派诗人群也对法国象征派诗"一见如故"，潜在的原因不知是不是在这里。最后，如果突出诗歌的"象征性"的话，就中西诗学比较而言，理应是"晚唐诗"一派与之存在更多的相似性，梁启超在《中国韵文里头所表现的情感》一文中就把李商隐等人的诗歌归为"象征派"③。废名也注意到，受象征诗派影响的一批诗人，如林庚、何其芳、戴望舒、卞之琳、冯至、王辛笛等都喜爱"晚唐诗"④。只有侧重讨论象征诗派中的"纯诗"品质，这一脉诗学才可以与神韵诗学两相对照。从这一点上，也间接印证了象征主义与纯诗之间存在的辩证关系。

① 韦勒克：《法国象征主义者》，《花非花》，柳扬编译，旅游教育出版社，1991年，第112页。
② 尽管于象征主义诗学贡献卓越，波德莱尔是否可归入象征主义并没有定论。据金丝燕的说法，法国的洛瓦夫人（Michelle Loi）就曾嘲笑中国学者将波德莱尔认作象征派诗人，以及研究其对李金发的影响。见金丝燕：《文学接受与文化过滤》，中国人民大学出版社，1994年，第15页。笔者以为，中国新诗界对波德莱尔的接受主要集中于他诗歌中的"现代性"等特定品质，有关"象征主义"的提法不过取其方便而已。
③ 梁启超：《中国韵文里头所表现的情感》，《饮冰室合集》（4），人民文学出版社，1989年，第118页。
④ 冯文炳：《谈新诗》，人民文学出版社，1984年，第183—187页。

第二章　否定的诗学：诗歌本体层面的共通

自画像

汪铭竹

在我纠蟠的发上，我将缢死七个灵魂；
而我之心底，是湍洄着万古愁的。
居室之案头.将蹲踞一头黑猫——爱仑坡
所心醉的；它眯起曼泽之眸子，为我挑选韵脚。

将以一只黑蝙蝠为诗叶之纸镇：墨水盂中
储有屠龙的血，是为签押于撒旦底圣书上用的。

闭紧了嘴，我能沉默五百年：
像无人居废院之山门，不溜进一点风。

但有时一千句话语并作一句说，冲脱出
齿舌，如火如飙风如活火山喷射之熔石。

站在生死之门限上，我紧握自己生命
于掌心，誓以之为织我唯一梦之经纬。

于愚昧的肉食者群中，能曳尾泥途吗：
我终将如南非之长颈鹿，扬首天边外。

世人呀，如午夜穿松原十里即飞逝之列车矫影，
位在你们的灵殿上，我将永远是一座司芬克司，永远地。

引言 诗歌艺术的评判标准

胡适是一名很合格的学者,他极其认真地思考和研究着中国文学存在的问题,但更多是以实验主义等外来的思想和方法,以他对《秋柳》的态度就可以看出这一点。胡适与朋友们讨论文学问题,任叔永就批评他说:

> 盖诗词之为物,除有韵之外,必须有和谐之音调,审美之辞句,非如宝玉所云"押韵就好"也①。

任叔永引用贾宝玉这一小说中虚构人物的话,像西方学者文章中引用论文中的学术观点一样自然。中国古典的诗论实在形式多样。文论中像《文心雕龙》《诗品》等系统性的作品不多,大量的主要为如下几种表现形式:(一)散见于子书中某些章节、片段的文论;(二)笔记体的诗话、词话;(三)文人之间来往的书信和各种文集的序跋;(四)小说(含戏剧)的相关评点;(五)散见于诗、词、笔记、小说、戏曲、经传训诂、艺人谚语中有关文学的言论等。② 以司空图的诗论为例,《二十四诗品》是系统的理论专著,《题柳柳州集后》为文集的跋,《与极浦书》和《与李生论诗书》则属于文人之间往来的书信。

即便同属一种写作样式,文论的表现形态也不同。像钟嵘的《诗品序》应该是诗歌理论,但文中大部分篇章又在叙述体之流变,甚至大部分段落是史、评不分,史、论融合的。另外值得注意的是,还有大量论诗的诗作进入文论系统中。像杜甫的《戏为六绝句》、刘禹锡的《杨柳枝词九首》、元好问的《论诗三十首》、王士禛的《戏仿元遗山论诗绝句》之类的以绝句论诗,以及陆机的《文赋》(赋)、欧阳修的《赠无为君李道士二首》(七律)和苏轼的《送参廖诗》(五言古体)等,都是以诗而论艺、论文和论诗,其形式是"诗",内容却是"论"。

文论形式的多样性主要由古典文论的独特机制造成。如叶维廉所说,中国传统的批评属于"点悟式"的批评,以不破坏诗的"机心"为理想,在结构上,用"言简而意繁"及"点到即止"去激起读者意识中诗的活动,使诗的意境重现,本就是一种"近乎诗的结构"③,这就不奇怪司空图的《诗品》为什么会以四言诗的形式写出——说《诗品》是他的文学创作也无不可。

---

① 见胡适:《逼上梁山》,《东方杂志》3卷1期,1934年1月1日。
② 韩湖初、陈良运主编:《古代文论名篇选读》,中国书籍出版社,1998年,绪论第8页。
③ 叶维廉:《中国诗学》,第9页。

这样一来,要研究中国文论,需要参考的资源就不能像研究西方文论那样明确和单一。中国的学者引述和阐释观点时和任叔永一样,很多时候会"英雄不问出处"的。那些非正式文论中的诗论绝不乏精彩的创见,《红楼梦》以反映中国社会的"百科全书"著称,其中的诗论就不少。第四十八回《滥情人情误思游艺,慕雅女雅集苦吟诗》,就有林黛玉从王维的诗开始,教香菱学诗的一节:

> ……香菱笑道:"我只爱陆放翁的诗'重帘不卷留香久,古砚微凹聚墨多',说的真有趣!"黛玉道:"断不可学这样的诗。你们因不知诗,所以见了这浅近的就爱,一入了这个格局,再学不出来的。你只听我说,你若真心要学,我这里有《王摩诘全集》,你且把他的五言律读一百首,细心揣摩透了,然后再读一二百首老杜的七言律,次再李青莲的七言绝句读一二百首。肚子里先有了这三个人作了底子,然后再把陶渊明、应玚、谢、阮、庾、鲍等人的一看。你又是一个极聪敏伶俐的人,不用一年的功夫,不愁不是诗翁了!"①

林黛玉的一番话,是对历代诗人次序与品第关系所做的一种品评。王维的诗歌被公认为富含神韵,和王诗相比,陆游的诗"过于浅近",王维的神韵诗冲淡,但绝不浅近。而和杜甫、李白的作品相比,王维的诗歌由于纯粹,又算最适合"入门"的诗歌类型。易学与不易学,与诗歌好还是不好不是一回事,这与王士禛《师友诗传录》中的说法很可以互证:

> 问:五古句法宜宗何人?从何人入手简易?
> 王答:古诗十九首如天衣无缝,不可学已。陶渊明纯任真率,自写胸臆,亦不易学。六朝则二谢、鲍照、何逊。唐人则张曲江、韦苏州数家,庶可宗法。②

王、韦等人的诗歌易学而不浅近,是可宗法的典范。王士禛编《唐贤三昧集》舍李杜而尊王韦,应也有这方面的考虑,同样的意思,林黛玉好像还比王士禛说得更明白些。而在胡适眼里,这些都不是"著作",中国两千年来的"著作"统共也就剩下了"七八部":

> 其实我们可以说这两千年来只有七八部精心结构,可以称作"著作"的书,——如《文心雕龙》,《史通》,《文史通义》等,——其余的只是

---

① 曹雪芹,高鹗:《红楼梦》第四十八回,人民文学出版社,2005年,第646页。
② 王士禛等:《师友诗传录》,丁福保辑:《清诗话》,上海古籍出版社,1999年,第133页。

结集,只是语录,只是稿本,但不是著作。①

蔡元培说胡适"旧学邃密"而且"新知深沉"②,胡适因此才能在"五四"之后以一己之力,用新方法整理国故的同时,改革北大英文系。然而,胡适倾向以纯西方的考证眼光和治学方法来看待中国文论,他的文学批评偏好明显,其诗歌观很有些地方有待商榷,其中也有部分是这一立场导致的结果。在这种情况下,看看胡适偏好哪些诗人,大致可看出他的诗学旨趣。朱经农的说法可提供佐证,见其与胡适探讨文学问题的信:

> 须知足下未发明"白话诗"以前,曾学杜诗(在上海做"落日下山无"的时代),后来又得力于苏东坡、陆放翁诸人的诗集,而且宋词元曲,融会贯通,又读了许多西人的诗歌,现在自成一派;好像小叫天唱戏,随意变更旧调,总是不脱板眼的③。

胡适学杜诗,苏东坡、陆放翁诗,宋词元曲和西人诗歌,涉猎不可谓不广。纯就古典诗层面而言,胡适学习老杜、苏陆,而不涉及李白、王孟和温李。即便是杜甫,胡适也有明确取舍——在其所著《白话文学史》中,他认为杜甫的《秋兴八首》和《咏怀古迹》"全无文学的价值,只是一些失败的诗顽艺儿而已"④,其诗歌偏好可见一斑。

胡适在诗学评论中还会以杜甫、韩愈和白居易作为中国诗人的代表。在《寄陈独秀》中,胡适以韩愈等的诗歌作品为正面事例,认为"在古大家集中,其最可传之作,皆其最不用典者也","以用典见长之诗,决无可传之价值"⑤。如此这般,李商隐的诗典故极多,在胡适看来,就"只是笨谜而已"⑥。

就诗歌作者的品第和选择方面,陈独秀与胡适有一致的看法。作为新文学运动时胡适坚定的战斗伙伴,陈独秀在《文学革命论》中认为,"诗之有律"和文之有骈一样,均大成于唐代:

---

① 胡适:《五十年来中国之文学》,《申报》五十周年纪念专刊《最近之五十年》,1923 年 3 月。事实上,这种观点在"全盘西化"的"五四"期间并不新鲜。茅盾甚至说:"中国一向没有什么正式的文学批评论,有的几部大书如《诗品》《文心雕龙》之类,其实不是文学批评论,只是诗赋,词赞……等等文体的主观定义罢了,所以我们现在讲文学批评,无非是把西洋的学说搬过来,向民众宣传。"见茅盾:《"文学批评"管见一》,《小说月报》13 卷 8 期。
② 蔡元培:《我在北京大学的经历》,徐如麟主编:《一生的美文计划》,团结出版社,2007 年,第 6—7 页。
③ 见胡适:《答朱经农》,《新青年》5 卷 2 号。原题《新文学问题之讨论》,1918 年 8 月 15 日。
④ 胡适:《白话文学史》,欧阳哲生编:《胡适文集》(8),北京大学出版社,1998 年,第 331 页。
⑤ 胡适:《寄陈独秀》,《新青年》2 卷 2 号,1916 年 10 月 1 日。
⑥ 胡适:《谈谈"胡适之体"的诗》,姜义华主编:《胡适学术文集·新文学运动》,中华书局,1998 年,第 466 页。

> 东晋而后,即细事陈启,亦尚骈丽。演至有唐,遂成骈体。诗之有律,文之有骈,皆发源于南北朝,大成于唐代。更进而为排律,为四六。此等雕琢的阿谀的铺张的空泛的贵族古典文学,极其长技,不过如涂脂抹粉之泥塑美人,以视八股试帖之价值,未必能高几何,可谓为文学之末运矣!①

在《文学革命论》结尾处,他以欧洲文学作比,认为韩、柳、元、白,应运而出,为之中枢。

朱光潜对胡适等人力捧韩愈和宋诗的做法大不以为然。在1933年发表的《替诗的音律辩护——读胡适〈白话文学史〉后的意见》一文中,他认为,胡适"作诗如说话"的根本原则是错误的,这个新诗运动的出发点是错误的,因为作诗绝不如同说话。他惊讶于胡适的文学史没有一个字提及许多重要诗人如李商隐等,惊讶于胡适讲韵文而把汉魏六朝的赋一概抹杀。和胡适的看法相反,朱光潜认为韩愈"是由唐转宋的一大关键,也是中国诗运衰落的一大关键",又说"宋诗的可取处大半仍然是唐人的流风余韵,宋诗的离开唐诗而自成风气处,就是严沧浪所谓'以文字为诗,以议论为诗,以才学为诗',就是胡先生所谓'作诗如说话'"②。朱光潜的评诗标准与胡适截然两分,与其说他替诗的音律辩护,不如说他是在为中国的诗运、唐诗的风骨与神韵,为诗歌根本的艺术性辩护。

第一节　神韵:诗有别趣

在讨论中国古典诗歌时,唐、宋诗多互为参照。宗唐还是宗宋意味着完全不同的两种诗学理路。即便宗唐,其中对于特定诗人,尤其李杜、王韦和元白的不同态度,亦成为衡量诗学观点异同的标尺。与唐诗相比,新文学初期的胡适等人更看重"作诗如作文"的宋诗,倾向于以杜甫、韩愈和白居易为诗人的代表。③朱光潜认为这就是严羽所批评的"以文字为诗,以议论为诗,以才学为诗",也就是"作诗如说话"④。宋代严羽的《沧浪诗话》以推崇盛唐著称。诗分唐宋,中国唐诗、宋诗的主要分别,正在"何以为诗"与"以何为

---

① 陈独秀:《文学革命论》,《新青年》2卷6号,1917年。
② 朱光潜:《替诗的音律辩护——读胡适〈白话文学史〉后的意见》,《东方杂志》30卷1号,1933年1月。
③ 胡适:《逼上梁山》,《文化月刊》,1934年第1期。即便对杜甫,胡适在诗论中也有明确取舍。他认为,杜甫的《秋兴八首》和《咏怀古迹》等诗作"全无文学的价值,只是一些失败的诗顽艺儿而已"。胡适:《白话文学史》,欧阳哲生编:《胡适文集》(8),第331页。
④ 朱光潜:《替诗的音律辩护》,《东方杂志》30卷1号,1933年1月。

诗"的根本处。

由于诗的概念不像诗歌风格那样多变，用以探讨诗学态度显得尤为可靠，似可为诗歌论家倚重。然而在很多时候，诗中的美又难以用概念捕捉，想用语言和文字说明"什么是诗"，这绝对是一个挑战。严羽以禅喻诗，就不说诗是什么，反而先论述诗不是什么。严羽的诗学见解是在对"非诗"因素的否定和过滤中得以彰显。与严羽异曲同工，法国神甫白瑞蒙在《纯诗》一书中，主要是通过排除"不纯粹"的诗来揭示诗歌的纯粹本质。[1] 其他纯诗诗人在阐释诗的时候，往往也会暂且放过研究思潮、流派甚至作者，而用很大的篇幅来讨论诗不是什么，试图在诗与其他艺术门类的区别中定义诗。西方神学思想里面专门有一种"否定神学"（Negative Theology），根据郑建华的研究，在《圣经·旧约》中，很多对神的描述都是否定性的，比如神是不可见的，神是众人不能接近的，只有被指定的人—神之间的媒介可以获准接近而不会发生危险，等等。不可见就很深刻地表明，神是超过了人的感官知觉的；不可接近也可以理解为人—神之间的沟通不可能通过人际的语言沟通来完成。如果一定要使用人类语言去接近、去力图表达神性，就只能采取一种迂回的形式，即"神不是什么"这样一种模式[2]。《沧浪诗话》用"羚羊挂角""镜花水月"等佛学意象比喻诗，这些说法原本用于阐发佛理。和这些比喻无法替代佛理一样，严羽用以论诗的禅也不会局限诗。相反，这种比喻正对应了语言在指涉范围内难以超越人类思维的局限这一事实。以禅论诗不失为用语言论诗的另一种合理选择。

在中国艺术史上，画论中提到"神韵"远较诗歌为早。如果不仅仅局限于诗歌领域，"神韵"说当始于南齐时谢赫的《名画品录》，钱锺书对此就有"赫草创为先，图润色为之后，立说由粗渐精也"的说法[3]。《名画品录》重在品画，钟嵘、司空图分别作的《诗品》意在评诗，无论怎样，"神韵"都是一个专用于评论艺术品质的词汇。钟嵘推崇曹植，皎然标举谢灵运，严羽重李杜，王士禛偏王韦，神韵诗家对诗人诗作的态度和立场极其明确，这种偏好表现在对诗歌品质的评判上，一言以蔽之，即严羽所说的"别材"与"别趣"：

> 夫诗有别材，非关书也；诗有别趣，非关理也。然非多读书、多穷
> 理，则不能极其至，所谓不涉理路、不落言筌者，上也。诗者，吟咏情

---

① Henry Bremond, *La poésie pure*, *avec un débat sur la poésie par Robert de Souza*, Paris: Bernard Grasset, 1926, pp. 110—113。

② 郑建华：《苏源熙的中国文学思想研究》，《北美汉学界的中国思想研究》，王晓路主编，巴蜀书社，2008 年，第 531 页。

③ 钱锺书：《管锥编》第四册，第 2126 页。

性也。

别材，别趣之"别"的含义，首先是确定了诗自身独特的存在价值。"诗"中需要特定的"理"和别样的"书"，才会获得诗独有的旨趣。"非关书也"可对应王士祯"韵胜于才"的说法，诗应以"神韵"，不以学识为先；"非关理也"则强调了诗的不从说教俗套，诗中的"理"与现实生活中的"理"不是一回事。至"然非多读书、多穷理，则不能极其至"一句，严羽虽不以"才学"为先，在学诗方面仍要求诗人博学广记，在诗的创作中并不排斥"苦思"；同样，不以议论为诗，也并不排斥诗中特有的理趣。在严羽看来，作诗的天赋来自诗人的独特性情，有天赋也得有解诗的训练，要通读大量的诗书，以把握诗的基准与方向。最终，"诗"只是诗，但兼有别样的"理"和"书"。严羽在承认诗歌与人类和社会的现实之间存在联系的同时，坚定地宣称了诗歌艺术的独立与自主。这就使严羽的诗论天然存在着一种张力，使诗自身与外界诸因素之间维持了一种微妙的平衡。

一　不以才学、文字为诗

"以才学为诗""以文字为诗"都可以说是"以文为诗"观念的重要体现。以韩愈为例，韩愈"文起八代之衰"，但常以散文的章法、句法和字法入诗，就屡为诗家贬责。沈括认为："韩退之诗乃押韵之文耳。虽健美富瞻，而格不近诗。"①王世贞甚至在《艺苑卮言》中断言，"韩退之于诗无所解"，他引用了陈师道在《后山诗话》中的说法，"退之以文为诗，虽极天下之工，要非本色"②。"以文为诗"在宋代至为流行，严羽批评苏轼与黄庭坚等变唐人之风，"始自出己意以为诗"，原因即出于此。

神韵真正强调的诗学特质不在才学上。严羽在《沧浪诗话》中认为孟浩然学力不及韩愈，其诗远远超过韩愈，原因在"一味妙悟而已"，由此引出了神韵说中至关重要的"妙悟"概念。"诗者，吟咏情性也"，"妙悟"重在诗人自己的体悟，严羽"须是本色，须是当行"的说法与"惟悟乃为当行，乃为本色"相对应，均强调诗歌创作中需有诗人的本色性情。而个体的生命气质成为作品的一部分，是为"传神"。刘勰在《文心雕龙》中早有关于才学与性情关系的贴切描述：

> 然才有庸俊，气有刚柔，学有浅深，习有雅郑；并情性所铄，陶染所

---

① 胡仔：《苕溪渔隐丛话》，人民文学出版社，1962年，第118页。这一说法后来还曾被惠洪在《冷斋夜话》中征引。

② 王世贞：《艺苑卮言》，《历代诗话续编》，丁福保辑，中华书局，1997年，第1012页。

凝，是以笔区云谲，文苑波诡者矣。故辞理庸俊，莫能翻其才；风趣刚柔，宁或改其气；事义浅深，未闻乖其学；体式雅郑，鲜有反其习：各师成心，其异如面。①

刘勰的这一观点是针对文学创作整体而发。"成心"在这里指作家自己的性情。作者的个性并非才、气、学、习的简单相加，须经过诸种因素的协调整合，才可以形成一种诗歌风格。有鉴于此，刘勰以先天的才、气为创作个性之基础，同时强调了后天的学、习的重要，提出了作者应"摹体以定习，因性以练才"的说法。

同严羽在《沧浪诗话》中的做法一样，神韵诗家对诗人"性情"的相关强调也往往通过与"才学"的比照得以凸显。钟嵘《诗品》以为陆机"咀嚼英华，厌饫膏泽，文章之渊泉也"，评其诗却是"尚规矩，不贵绮错，有伤直致之奇"②。与之相比，他对谢灵运评价极高："兴多才高，寓目辄书，内无乏思，外无遗物，其繁富，宜哉！然名章迥句，处处间起；丽典新声，络绎奔会。譬犹青松之拔灌木，白玉之映尘沙，未足贬其高洁也。"③薛蕙在《西原遗书》中的说法与钟嵘一脉相承。在"论诗"部分他以陆机与谢灵运两人作比：

> 陆士衡诗宏博繁富，张茂先谓之大材，信矣。至于清远秀丽，则不及康乐远甚。
>
> 论诗当以神韵为胜，而才学次之，陆不如谢正在此耳。④

"宏博繁富"不及"清远秀丽"，诗以"神韵"为胜，才学次之。与严羽对韩愈与孟浩然诗作的评定相同，钟嵘与薛蕙都认为，谢灵运的诗胜于陆机。诗中的"神韵"与"才学"相对，实在于诗歌"清远秀丽"的品质。

司空图在《与李生论诗书》中则将王、韦与贾岛做比较，也讨论到了"性情"与"才学"的关系：

> 诗贯六义，则讽喻、抑扬、渟蓄、温雅，皆在其间矣。然直致所得，以格自奇。前辈编集，亦不专工于此，矧其下者耶！王右丞、韦苏州澄澹精致，格在其中，岂妨于遒举哉？贾浪仙诚有警句，视其全篇，意思殊馁，大抵附于艰涩，方可致才，亦为体之不备也。⑤

与惯于推敲字句的贾岛相比，司空图更欣赏王、韦诗中清澄澹远的风格。皎

① 黄霖编著：《文心雕龙汇评》，上海古籍出版社，2005年，第97页。
② 钟嵘：《诗品》，《历代诗话》，何文焕辑，中华书局，1981年，第8页。
③ 钟嵘：《诗品》，《历代诗话》，第9页。
④ 薛蕙：《西原遗书》，《四库全书存目丛书·集部六九》，齐鲁书社，1997年，第406页。
⑤ 司空图：《与李生论诗书》，李壮鹰主编：《中国古代文论》，高等教育出版社，2008年，第294页。

然在《诗式》中提出，诗人"识"与"才"的关系如释宗之论"中道"。"不生亦不灭，不常亦不断，不一亦不异，不来亦不去"，不执两端，故谓之"中道"。在一众诗家中，谢灵运被皎然尊为力行"诗家之中道"的典范，认为诗人"上蹑风骚，下超魏晋"，真于情性，"风流自然"①。公认谢灵运的诗风以"清远秀丽"见长，可见皎然"诗家之中道"所暗含的审美取向。王士禛认为："咏物之作，须如禅家所谓不黏不脱、不即不离，乃为上乘。"②这种观念与皎然的说法正相呼应。又据《诗友诗传录》第一则：

> 问：作诗，学力与情性必兼具而后愉快。愚意以为：学力深，始能见性情。若不多读书、多贯穿而遽言性情，则开后学油腔滑调、信口成章之恶习矣。近时风气颓波，惟夫子一言以为砥柱。
>
> 答：司空表圣云"不著一字，尽得风流"，此性情之说也。扬子云云"读千赋，则能赋"，此学问之说也。二者相辅而行，不可偏废。若无性情而侈言学问，则昔人有讥"点鬼簿"、"獭祭鱼"者矣。学力深始能见性情，此一语是造微破的之论。
>
> 张历友答：严羽沧浪有云"诗有别才，非关学也。诗有别趣，非关理也"。此得于先天者，才性也。读书破万卷，下笔如有神。贯穿百万众，出入由咫尺。此得于后天者，学力也。非才无以广学，非学无以运才。两者均不可废。有才而无学，是绝代佳人唱莲花落也。有学而无才，是长安乞儿着宫锦袍也。近世风尚，每苦前人之拘与隘而转途于长庆、剑南，甚且改辙于宋、元，是以愈趋而愈下也。有心者急欲挽之以开宝，要不必借口于宗历下转令攻之者，树帜纷纷耳。
>
> 张萧亭答：有问王荆公者，杜诗何以妙绝古今？公曰"老杜固尝言之矣：读书破万卷，下笔如有神"。黄山谷谓"不读书万卷，不可看杜诗"。看尚不可，况作诗乎！韩文公《进学解》云"上规姚姒，浑浑无涯。周诰汤盘，诘屈聱牙。春秋谨严，左氏浮夸。易奇而法，诗正而葩，下逮庄骚"。太史所录子云、相如，同工异曲。熟此，其庶几乎。夫曰"诗有别才，非关学也。诗有别趣，非关理也"，为读书者言之，非为不读书者言之也。③

这段诗话论述细致，简直可以作为神韵说中"性情"与"才学"关系的讨论的总结。王士禛等就门人郎廷槐的提问，都肯定了"不以才学为诗"的观点，也

---

① 周维德：《诗式校注》，浙江古籍出版社，1993年，第17页。
② 王士禛：《带经堂诗话》，张宗楠纂集，戴鸿森点校，人民文学出版社，1998年，第305页。
③ 王士禛等：《师友诗传录》，《清诗话》，第125页。

均指出"性情""学问"二者之间应相辅相承，不可偏废。张萧亭说严羽"诗有别才，非关学也。诗有别趣，非关理也"是为读书者言之，非为不读书者言之，可谓一语中的。在《白石道人诗说》中，姜夔一方面强调"一家之语，自有一家之风味"，另一方面又认为"思有窘滞，涵养未至也，当益以学"的论述，也可以与此互证。

"以文字为诗"与"以才学为诗"同属于"以文为诗"的表现，此外，这些还隐含了诗人对文字刻意雕琢的一种游戏态度，也就是严羽说的"用字必有来历，押韵必有出处"。不无巧合的是，以钟嵘《诗品》始，神韵论家在阐述这一问题时，多以谢灵运的诗句"池塘生春草"作为相反的事例。① 论家的相关征引如此之多，在某种意义上，"池塘生春草"俨然已成为类似诗学观点的"代言"。

代言观点一：非引经据典者所能至。见钟嵘《诗品》：

> "思君如流水"，既是即目；"高台多悲风"，亦唯所见；"清晨登陇首"，羌无故实；"明月照积雪"，非出经史。观古今胜语，多非补假，皆由直寻。

又《师友诗传续录》第二十四则：

> 问："钟嵘诗品云：'吟咏性情，何贵用事？'白乐天则谓文字须调藻两三字文采，不得全直致，恐伤鄙朴。二说孰是？"
> 答："钟嵘所举古诗，如'高台多悲风''明月照积雪''清晨登陇首'，皆书即目，羌无故实，而妙绝千古"。②

在钟嵘诗论的基础上，王士禛在《师友诗传续录》中标举"皆书即目"，由此反驳了白居易"须调藻文采"的观点。此外，王夫之在《姜斋诗话》中秉持相同的立场，也认为"池塘生春草"等诗句"皆心中目中与相融浃"。诗歌中情与景互为吐纳、互为交感，也就是"景生情，情生景，哀乐之触，荣悴之迎，互藏其宅"③。王夫之对这一类诗句高度赞赏，使用了"珠圆玉润"一词来评价它。

代言观点二：非"思苦难言"者所能及。见叶梦得《石林诗话》：

> "池塘生春草，园柳变鸣禽"，世多不解此语为工，盖欲以奇求之耳。

---

① 严羽论诗亦极推举谢灵运，《沧浪诗话》"诗评"部分十一则云："谢灵运之诗，无一篇不佳。"但他对"池塘生春草"的引用并非出于褒义："晋以还方有佳句，如渊明'采菊东篱下，悠然见南山'，谢灵运'池塘生春草'之类。谢所以不及陶者，康乐之诗精工，渊明之诗质而自然耳。"严羽在这里强调了所谓"精工"与"自然"的区别。
② 王士禛：《师友诗传续录》，《清诗话》，丁福保辑，上海古籍出版社，1999年，第158页。
③ 王夫之：《姜斋诗话》，舒芜校点，人民文学出版社，1961年，第146页。

此语之工,正在无所用意,猝然与景相遇,借以成章,不假绳削,故非常情所能到。诗家妙处,当须以此为根本,而思苦言难者,往往不悟。钟嵘诗品论之最详,其略云:"'思君如流水',既是即目;'高台多悲风',亦唯所见;'清晨登陇首',羌无故实;'明月照积雪',非出经史。观古今胜语,多非补假,皆由直寻。……"余每爱此语简切,明白易晓,但观者未尝留意耳。①

同样是作为对钟嵘《诗品》中上述观点的佐证,叶梦得在此处提到了"池塘生春草"。该诗句"无所用意","不假绳削",叶梦得认为,"诗家妙处"正当以此为根本。

代言观点三:非附会说教者所可述。见王世贞《艺苑卮言》:

"明月照积雪",是佳境,非佳语。"池塘生春草",是佳语,非佳境。此语不必过求,不必深赏。若权文公所论"池塘""园柳"二语托讽深重,为广州之祸张本,王介甫取以为美谈,吾不敢信也。按权云:"池塘者,泉水潴溉之池。"今日生春草,是王泽竭也。豳诗所配一虫鸣为一候,今日变鸣禽者,候将变也。②

王世贞将"池塘生春草"和"明月照积雪"两句诗相对照,是针对唐代权德兴承汉儒以传统说教方式附会曲说"池塘生春草"而发。"不必过求,不必深赏",有诗句之妙处应本诸诗句本身,不依据外物界定之意,王世贞以此强调了诗歌文本的独立性。

神韵诗家对"池塘生春草"的倚重并非偶然。关于"池塘生春草"的写作过程,钟嵘在《诗品》中曾引用《谢氏家录》中的说法,以说明"池塘生春草"在创作过程中的倏忽而至,有若"神助":

康乐每对惠连,辄得佳语。后在永嘉西堂,思诗竟日不就。寤寐间,忽见惠连,即成"池塘生春草"。故常云:"此语有神助,非吾语也。"③

对于这一点,皎然在《诗式》中同样有所述及。在上述诗家的相关诗话中,钟嵘的"忽见",王夫之的"即得",叶梦得的"猝然",都描述了这一类诗句产生的突然性,该创作过程可以用"伫兴而就"来形容。这种崇尚直寻的感性状态,某种程度上可对应于现代诗论中的"灵感"一词,与瓦雷里对于诗歌本质的描述正相体合:"诗是极其不规则、不稳定、不由自主和脆弱的,我们

① 叶梦得:《石林诗话》,《历代诗话》,第426页。
② 王世贞:《艺苑卮言》,《历代诗话续编》,第994页。
③ 曹旭注:《诗品集注》,上海古籍出版社,1996年,第113页。

得到和失去它都出于偶然。"①在王士禛看来，最得诗文三昧的也在于"偶然欲书"："南城陈伯玑允衡善论诗，昔在广陵评予诗，譬之昔人云'偶然欲书'，此语最得诗文三昧。今人连篇累牍，牵率应酬，皆非偶然欲书者也。"②不以才学为诗，不以文字为诗，推举诗人的即兴创作，"偶然"，不失为神韵说与纯诗论中的一个关键词。

二 不以议论为诗

严羽说"不以议论为诗"，目的是极力淡化诗的社会公用。以"叫噪怒张""骂詈"为诗者，严羽尤其视为诗之"一厄"。白居易作为唐代的新乐府诗作者，作诗旨趣非常明确。他在《与元九书》中说：

> 自登朝来，年齿渐长，阅事渐多，每与人言多询时务，每读书史多求理道，始知文章合为时而著，歌诗合为事而作。③

要求歌诗为时、为事而作，这种诗学观套用严羽的说法，不就是"以议论为诗"吗？在《新乐府序》中，白居易进一步表明了他"独不为文而作"的立场：

> 其辞质而轻，欲见之者易喻也；其言直而切，欲闻之者深诫也；其事核而实，使采之者传信也；其体顺而肆，可以播于乐章歌曲也。总而言之，为君、为臣、为民、为物、为事而作，不为文而作也。④

元稹与白居易共同倡导了新乐府运动，诗风与白居易相近。元白"为事而作"的诗学观为神韵诗家所不取。司空图在《与王驾评诗书》中直接评价元白诗"力勍而气孱"⑤。王士禛则认为，元白诗风坐少"骨重神寒"四字，实乃司空图口中的"都市豪估"，这就关涉到了诗品的评判问题。见《带经堂诗话》卷一"品藻类"第九则：

> 予又尝谓钝翁："骨重神寒天庙器。""骨重神寒"四字，可谓诗品。司空表圣与王驾评诗云："元白力勍而气孱，乃都市豪估耳。"元白正坐

---

① 保罗·瓦莱里：《论诗》，《文艺杂谈》，第327页。
② 王士禛：《带经堂诗话》，第84页。
③ 白居易：《与元九书》，纪昀主编：《景印文渊阁四库全书》，台湾商务印书馆，1983年，第491页。
④ 白居易：《与元九书》，纪昀主编：《景印文渊阁四库全书》，第32页。
⑤ 见司空图《与王驾评诗书》："国初，上好文章，雅风特盛。沈、宋始兴之后，杰出于江宁，宏肆于李、杜，极矣！右丞、苏州，趣味澄复，若清沉之贯达。大历十数公，抑又其次。元、白力勍而气孱，乃都市之豪估耳。刘公梦得、杨公巨源，亦各有胜会。浪仙、无可、刘得仁辈，足以涤烦。厥后所闻，徒褊浅矣。"祖保泉、陶礼天：《司空表圣诗文集笺校》，安徽大学出版社，2002年，第189页。

少此四字，故其品不贵。[1]

"骨重神寒天庙器"一句出自李贺的《唐儿歌》，用以形容杜邠公之子的风采神态，可以说是以"神韵"品藻人物[2]。除了元白，王士祯对于现实性较强的一类诗人，包括刘禹锡、杜牧、杜荀鹤、罗隐等，也大体上倾向于排斥、指责的态度。就韦应物和柳宗元诗歌的比较，周振甫在《诗词例话》中就注意到了王士祯与苏轼的不同态度：

> 王士祯在《戏仿元遗山论诗绝句》里说："风怀澄淡推韦柳，佳处多从五字求。解识无声弦指妙，柳州那得并苏州。"《分甘余话》说："东坡谓柳柳州诗，在陶彭泽下，韦苏州上。此言误矣。余更其语曰：韦诗在陶彭泽下，柳柳州上。"所谓"无声弦"，也就是"不著一字"。苏轼说柳宗元的诗在韦应物上，王士祯认为韦应物在柳宗元上，这就是用不用神韵这个标准。从诗的思想性和艺术性说，从诗的反映生活、刻画景物说，柳宗元的诗在韦应物上，从"神韵"说，从含蓄说，韦应物的诗在柳宗元上。[3]

韦应物和柳宗元同为陶潜、王孟一派诗风的继承者，在文学史上两人往往并称。赵昌平认为，在清淡一派中，韦应物是"正格的最后一个高峰"，柳宗元则为"变调的第一个代表"[4]。王士祯视韦应物在柳宗元之上，是遵从诗歌"神韵"一系偏于保守的品评标准。从这一时间意义上说，"神韵"说实为中国古典诗学中最为稳定而持久的一脉诗歌源流。

神韵说"不以议论为诗"，认为诗应该"伫兴而作"。严羽和王士祯均不喜和韵诗。和韵诗作为应酬往来之作，多不是诗人性情所发，不会"悄恍而来，不思而至"，因此成为严羽和王士祯等人针砭药治的对象。王士祯更以王维的诗歌作比，以说明韩愈等人诗歌的不"自在"：

> 益都孙文定公(廷铨)咏息夫人云："无言空有恨，儿女粲成行。"谐

---

① 王士祯：《带经堂诗话》，1998年，第39页。需要说明的是，王士祯不欣赏元、白诗风，并不等于他对元、白一味地贬斥。《戏仿元遗山论诗绝句》其九云："草堂乐府擅惊奇，杜老哀时托兴微。元白张王皆古意，不曾辛苦道妃豨。"王士祯在诗中就称道元、白等的乐府诗不同于时人的剽窃模拟，颇有古意。

② 李贺《唐儿歌》："头玉硗硗眉刷翠，杜郎生得真男子。/骨重神寒天庙器，一双瞳人剪秋水。/竹马梢梢摇绿尾，银鸾矻光踏半臂。/东家娇娘求对值，浓笑书空作唐字。/眼大心雄知所以，莫忘作歌人姓李。"

③ 周振甫：《诗词例话》，江苏教育出版社，2006年，第444页。

④ 赵昌平：《韦应物、柳宗元在诗史上的地位如何评价？》，《古典文学三百题》，上海古籍出版社，1986年，第244页。

语令人费解。杜牧之"至竟息亡缘底事，可怜金谷堕楼人。"则正言以大义责之。王摩诘"看花满眼泪，不共楚王言。"更不著判断一语。此盛唐所以为高①。

　　唐宋以来，作《桃源行》最传者，王摩诘、韩退之、王介甫三篇。观退之、介甫二诗，笔力意思甚可喜。及读摩诘诗多少自在；二公便如努力挽强，不免面红耳热，此盛唐所以高不可及。②

说王维的诗句"更不著判断一语"，读其诗"多少自在"，这更像是司空图"不著一字，尽得风流"之说的另一种阐释。不以议论为诗，就意味着，诗人在诗句中尽量不进行主观评判，因为诗有别趣。

三　不以形器求诗

　　"诗有别趣，非关理也"，《沧浪诗话》中的这一说法预示了诗中的理实为"理趣"，与现实生活中的"理"不是一回事。诗歌中的真实与现实生活中的真实也有着不一样的评判标准。诗应以"神"会，不以"形器"求。有趣的是，中国的诗论探讨诗中的"真实"问题，常提起的反而是王维的画作。如王士禛在《带经堂诗话》卷三中的评述：

　　世谓王右丞画雪中芭蕉，其诗亦然。如"九江枫树几回青，一片扬州五湖白"，下连用兰陵镇、富春郭、石头城诸地名，皆寥远不相属。大抵古人诗画，只取兴会神到，若刻舟缘木求之，失其指矣。③

张宗楠针对这一观点又进一步补充说："诗家唯论兴会，道里远近不必尽合，此神到之作，古人有之，后人借口不得。"④"兴会"一词与"伫兴"的含义相似，形容诗人一种感兴的创作状态。"兴会神到"可对应于"伫兴而就"，即《文心雕龙》中的"寂然凝虑，思接千载；悄焉动容，视通万里。吟咏之间，吐纳珠玉之声；眉睫之前，卷舒风云之色"⑤。王士禛正是在"伫兴类"诗话部分提到了"雪中芭蕉"。将这一典故用于艺术评论的记述最早见于沈括的《梦溪笔谈》。以芭蕉比喻人的"空虚之身"为佛家惯用，芭蕉生长在热带地区，不太可能出现在雪花纷飞的冬季，沈括因此说：

　　书画之妙，当以神会，难可以形器求也。世之观画者，多能指摘其

---

① 王士禛：《带经堂诗话》，第53页。
② 王士禛：《池北偶谈》(下)，中华书局，1982年，第322页。
③ 王士禛：《带经堂诗话》，第68页。
④ 王士禛：《带经堂诗话》，第68页。
⑤ 黄霖编著：《文心雕龙汇评》，上海古籍出版社，2005年，第94页。

间形象、位置、彩色瑕疵而已,至于奥理冥造者,罕见其人。如彦远《画评》言:王维画物,多不问四时,如画花往往以桃、杏、芙蓉、莲花同画一景。余家所藏摩诘画《袁安卧雪图》,有雪中芭蕉,此乃得心应手,意到便成,故其理入神,迥得天意,此难可与俗人论也。①

王维阖家事佛,母亲崔氏和兄弟王缙都是北宗教主普寂的俗家弟子,王维号"摩诘",以佛经中的维摩诘居士自比,也多与禅宗僧侣来往。他的画如其诗,画面与主题均富禅意。据陈允吉统计,单《宣和画谱》所录当时御府所藏王维一百二十六轴画中,就有一半表现了宗教题材。②"雪中芭蕉"宗教意味浓厚,自当以"法眼观之"③,王士禛征引王维的"雪中芭蕉",讨论的就是诗歌内容的"真实性"问题。对诗中"真实"的讨论,还见于《带经堂诗话》"伫兴类"第三则:

> 香炉峰在东林寺东南,下即白乐天草堂故址;峰不甚高,而江文通《从冠军建平王登香炉峰》诗云:"日落长沙渚,层阴万里生。"长沙去庐山两千余里,香炉何缘见之?孟浩然《下赣石》诗:"暝帆何处宿,遥指落星湾。"落星在南康府,去赣亦千余里,顺流乘风,即非一日可达。古人诗只取兴会超妙,不似后人章句,但作记里鼓也。

"兴会超妙"或"兴会神到"与"雪中芭蕉"的寓意相同,都表述了诗歌有其特有的真实,应取"神"而不取"形"的意思。司空图《诗品》中的"离形得似",以及姜夔的"理高妙""碍而实通"等说法亦可与之相比拟。有学者认为,姜夔认为诗歌并非无"理",只是思想家的"理语"(如道学家及禅家语录之类)与文学家的"理趣",性质犁然有异,不可等同④,姜夔的"碍而实通",是专指诗歌艺术特有的情理而言,姜夔以"碍而实通"反驳了当时的理学家"诗人无理""作诗害道"的说法。

古典诗论中对"诗与真实"问题的讨论并不鲜见。杜甫的"碧瓦初寒外""月傍九霄多""晨钟云外湿""高城秋自落"等诗句,不以常理作,多无理而妙。叶燮在《原诗》中对此多有阐述。⑤ 这些看似荒谬,实与情理相合的诗

---

① 沈括:《梦溪笔谈》,诸雨辰译校,中华书局,2016年,第359页。
② 陈允吉:《王维"雪中芭蕉"寓意蠡测》《古典文学佛教溯源十论》,复旦大学出版社,2002年,第71页。
③ 北宋惠洪的说法,见《冷斋夜话》卷四"诗忌"一条:"诗者,妙观逸想之所寓也,岂可限以绳墨哉!如王维作雪中芭蕉,自法眼观之,知其神情寄寓于物,俗论则讥以为不知寒暑。"惠洪:《冷斋夜话》,陈良运主编:《中国历代诗学论著选》,百花洲文艺出版社,1998年,第396页。
④ 顾易生、蒋凡、刘明今:《中国文学批评通史》(宋金元卷),上海古籍出版社,1996年,第509页。
⑤ 叶燮:《原诗》,霍松林校注,《原诗 一瓢诗话 说诗晬语》,人民文学出版社,1979年,第30—32页。

句，正印证了诗"不以形器求"的特质。在纯诗诗论中，瓦雷里说，"不可思议"和"荒谬无理"的言辞却可能产生"有共鸣"的好诗①，这也是对诗中真实的一种变相的强调。

总之，王士禛及其他人有关"雪中芭蕉"的评议，均承袭了《梦溪笔谈》中的看法，是强调了诗歌作品"不拘形似"的一面。及至现当代，刘大杰（1904—1977）在谈到王维"意在笔先"的主张时，又把这一画作与"象征"手法联系起来：

> 意就是一种意象或境界，使读者观者可以在他的作品中得到一种神悟的情味。这一派的手法，同写实派的手法不同。他有"雪中芭蕉"一帧，极富盛名，这正证明他的艺术是着重于意境的象征，而不是刻画的写实。②

刘大杰继而评论认为，王维所追求的"是人人懂得而又是人人写不出的一种高远的意境，他鄙视那种惟妙惟肖的形象，因为在那形象里只有外貌而没有灵魂，后人称道他作品有神韵，有滋味，便是指这一点。"借由刘大杰的阐述，王维笔下"神韵"似乎就相当于"着重于意境的象征"。两者的相通之处，在于都强调了诗中特有的真实。

第二节　纯诗：诗的区分与比较

一　不是所有的诗都是真正的诗

在神韵说诗与文的立论中，诗文截然两分。司空图说，"文之难，而诗之难尤难"③，他认为诗文不同，并且诗难于文。严羽、王士禛等对韩愈多有贬抑，就出于韩愈"以诗为文"的缘故。与之相对应，对诗与散文的严格划分也成为纯诗诗人谈诗的关键点。爱伦·坡的诗歌理论就是在对诗与非诗的划分与比较中完成的。《诗的原理》作为爱伦·坡的诗论代表作，被认为是"他一生诗歌美学思想的总结"④。在文章中坡首先将人的精神世界划分为纯粹智力、趣味和道德感三类，这种划分一目了然。三者职责的划分也足够清

---

① Paul Valéry, *Paul Valéry*：*Œuvres*，p. 557.
② 刘大杰：《中国文学发展史》，百花文艺出版社，2007 年，第 372 页。
③ 司空图：《与李生论诗书》，李壮鹰主编：《中国古代文论》，高等教育出版社，2008 年，第 294 页。
④ Rachel Polinsky, *Poe's Aesthetic Theory*，*The Cambridge Companion to Edgar Allan Poe*，ed. by Kevin J. Hayes，Cambridge：Cambridge University Press，2002，p. 43.

楚，"智力本身与真理有关，趣味使我们感知美，道德感重视责任"①，坡因此说：

> 那个最纯洁、最高尚而又最强烈的快乐是来源于对美的冥想。在对美的考察中，我们分别发现，有可能去获得予人快乐的升华或灵魂的激动。我们把这种升华或激动看作诗的感情，它很容易区别于真理，因为真理是理智的满足；或者区别于热情，因为热情是心的激动。②

在美的世界里，能够使人获得快乐、体验趣味的艺术，还有散文、小说、戏剧……显然不止诗一种。通过将诗与其他文学体裁相区别，爱伦·坡确认了他关于诗的两个基本看法：一，不是所有的文学作品都是诗；二，不是所有的诗都是真正的诗。他开始以创作"目的"来区分诗与非诗：

> 据我的看法，一首诗与一篇科学散文的不同之处是诗的直接目的在于活的快感，而非求得真理；与小说的不同之处则是诗的目的在于获得含混的而非明确的快感，只有达到了这一目的才算诗。小说赋予可感知的意象以明确的情绪，而诗赋予的情绪并不确定，要达到这一目的，音乐是一个要素，因为我们对美妙音调的理解是一种最不确定的概念。音乐与给人以快乐的思想结合便是诗，没有思想的音乐仅仅是音乐，没有音乐的思想，凭着其确定性则是散文，因为它的情绪是明确的。③

这样一来，诗与其他文学体裁的不同依次得以确立：

诗与科学散文。诗注重"感觉"，属于人的情感范畴；散文注重"知识"，属于科学上的逻辑范畴。一首诗与一篇科学散文的不同之处在于：诗的直接目的是活的快感，而不是求得真理。

诗与小说。同属于人类情感领域的诗与小说，因表达情感类型的不同得以区分。诗与小说的不同之处是：诗的目的是获得含混的而不是明确的快感，只有达到了这一目的才算是诗；小说赋予可感知的意象以明确的情绪，而诗所赋予的是不确定的情绪。

诗与散文。通过区分诗与散文，坡在这里细致梳理了音乐、思想与诗三者之间的关系。只有音乐与"给人以快乐的思想"的结合才是诗。没有思想

---

① Adgar Allen Poe, *The Poetic Principle*, *The Complete Poetry and Selected Criticism of Adgar Allen Poe*, ed. by Allen Tate, New York：The New American Library，1981，p. 159.

② Adgar Allen Poe, *The Poetic Principle*, pp. 161—162.

③ Edgar Allen Poe, *The Raven and Other Poems*, see *Poems and Poetics*, ed. by Richard Wilbur, New York：The Library of America. 2003，p. 30.

的音乐仅仅是音乐,没有音乐的思想,凭着其确定性则是散文,因为它的情绪是明确的。

也就是说,与其他文学体裁不同,诗的目的应是活的快感、含混的快感和音乐所赋予的不确定情绪。音乐是诗歌形式中最关键的部分,是区分诗与散文的根本标准。诗歌的内容必须包含有"给人以快乐的思想",而与智力和道德无关,只有这样,诗才能真正成为诗。爱伦·坡的诗歌观可通过以下图示做一总结:

图1 爱伦·坡的诗歌体类观

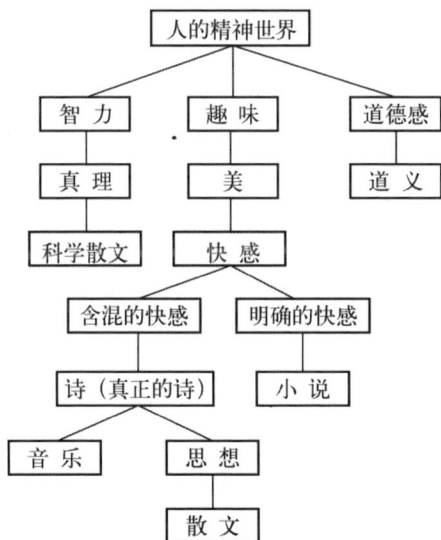

由图示可知,人的精神世界如此复杂,既然美只属于其中的一部分,除了美,诗的创作必然还有很多其他的动机,也必然存在多种类型的诗歌作品。爱伦·坡由此进一步推定,不是所有的诗都是真正的诗。

首先,长诗是不存在的。既然诗的价值与灵魂升华的刺激成正比:

> 由于人的心理特点,一切刺激都是短暂的。一首诗必须刺激,才配称为一首诗,而刺激的程度,在任何长篇中都难以持久。至多经过半小时,刺激的程度就减弱——衰微——一种厌恶感跟着出现——在效果和事实上,这首诗就不再成其为诗。[①]

爱伦·坡并没有把诗的篇幅长短视为衡量诗歌价值的真正标准,只是从诗的创作规律上断言,只有短诗可能是真正的诗。"短诗凝练,便于表达刹那

---

① Adgar Allen Poe, *The Poetic Principle*, p. 154.

间的感受,史诗篇幅过长,不利于这种表达,也就不是真正的诗。"①波德莱尔显然支持爱伦·坡的"长诗并不存在"这一说法。他认为:

> 的确,诗越是激励,越是征服灵魂,才越是名副其实,而一首诗的实在的价值来自这种对灵魂的激励和征服。然而,鉴于心理的必然性,任何激励都是短暂的、过渡的。读者的灵魂可以说被强制着进入一种特殊状态,而一首长诗却超越了人的本性所能具有的热情的坚持性,这种特殊状态所能持续的时间肯定不及对这样一首诗的阅读。②

从创作实践的角度看,纯诗诗人的作品多为短诗,数量通常也有限。63首诗外加一出没写完的诗剧,这就是爱伦·坡的全部诗作;波德莱尔的诗主要集中在一本《恶之花》里;马拉美毕生孜孜不倦地写作,不过完成了不足一百首诗、一册散文、几本小册子,以及一卷译成了散文的爱伦·坡的诗。③魏尔伦的诗歌同样篇幅短小,且诗作数量不多,这不妨碍他进一步扩大了波德莱尔在国际上造成的法国诗歌的声誉,"促进了象征派在国际上的传播"④。瓦雷里一生只发表过50来首诗,他的思想笔记总数可是超过了200本。

郑克鲁认为,诗歌要写得精粹,这一认识是从奈瓦尔开始,至波德莱尔得到确认,魏尔伦和兰波继承了这个传统,及至马拉美,则发展到新的高度。⑤因为单纯从法国诗歌史角度考量,他显然忽略了爱伦·坡在其中的影响。韦勒克也有波德莱尔的诗论更多来自法国国内的说法,但如果据波德莱尔自己的表述和具体诗论内容来看,爱伦·坡对他的影响无可置疑应排在首位。

在中国古典诗歌中,神韵诗也多为短诗。铃木虎雄在《中国诗论史》中就认为神韵"作为诗之一格自有可取之处,但宜于短篇不宜于长篇"。即便是倡导者王士禛本人,也是短篇出色,长篇则"莫不生出无气力而章法不完整的状态"。但铃木把"宜于短篇"当作弊病,并认为这不是神韵本身的弊病,而是奉行者"误用其说的结果"⑥,这种说法并不妥当。短诗应是神韵品

---

① Adgar Allen Poe, *The Poetic Principle*, p. 154.
② 波德莱尔:《再论埃德加·爱伦·坡》,《1846 年的沙龙》,第 180 页。
③ 卡斯泰评论说:"马拉美虽和兰波一样没有多少作品;不过,就其涉及问题的广泛而言,其作品对诗歌天地的大胆开拓,这耀眼的光亮远远超过了兰波。"See Super P. Castex P. -G, *Manuel des études littéraires françaises*, XVIII siècle, Paris:Hachette, 1968, p. 272.
④ Super P. Castex P. -G, *Manuel des études littéraires françaises*, XVIII siècle, p. 272.
⑤ 郑克鲁:《法国诗歌史》,华东师范大学出版社,2019 年,第 179 页。
⑥ 铃木虎雄:《中国诗论史》卷首,洪顺隆译,台湾商务印书馆,1972 年,第 101 页。转引自蒋寅《铃木虎雄〈中国诗论史〉与中国文学批评史叙述框架的形成——尤以明清三大诗说为中心》,《安徽大学学报(哲学社会科学版)》2013 年第 3 期,第 45 页。

质的一个基本体现。

二　不以教训为诗

在爱伦·坡看来,所谓"教训诗"也身份可疑。如图1《爱伦·坡的诗歌体类观》所示,爱伦·坡否定了诗的最后目的是真理或道义。他甚至认为,真理和诗在给予印象时尤其表现出"根本性的"和"判若鸿沟的"差别:

> 对于诗来说,它的唯一裁判者是趣味。智力或者良心,于诗只是间接的关系。除了偶然情况,诗对于道义或真理,均没有任何牵连。①

> 真理的要求是严肃的;她对鲜花毫无同情。诗中必不可少的一切,与真理毫不相干。给真理戴上宝石和花朵,只会把她弄成一个似是而非的怪物。②

诗既然与真理、道德无涉,与真理、道德发生关系的诗就不是真正的诗。爱伦·坡由此把教训诗视为"异端"。有关诗与道德这一主题,波德莱尔也有类似表述,从中明显可看出爱伦·坡的观点对他的影响。并且,与坡特别区分诗与科学散文的做法相同,波德莱尔也将"科学"与"道德"一道放在了诗歌的对立层面:

> 诗不能等同于科学和道德,否则诗就会衰退和死亡;它不以真实为对象,它只以自身为目的。表现真实的方式是另外的方式,在别的地方。真实与诗了无干系。造成一首诗的魅力、优雅和不可抗拒性的一切东西将会剥夺真实的权威和力量。显示的情绪是冷静的、平和的、无动于衷的,会弄掉诗人的宝石和花朵,因此它与诗的情绪是对立的。③

诗就是诗。"宝石"和"花朵"独属于诗,它们要在真理那儿,会把真理弄成"虚假的怪物"。诗与道德、科学包括真理的区分,根本上都源于作品中"情绪"的不同,波德莱尔借由这一看法肯定并进一步完善了爱伦·坡对艺术、道德和真理的区分。波德莱尔确信关于道德与哲理,诗歌不会"有意为之"。真正的艺术品不需要"指控"④。在波德莱尔看来,从诗中得出有关道德的结论,或是追求"真"与"善",都是读者,而不是诗人该做的事。他还说,"我注意到(这不是笑谈),过于喜欢实用和道德的人通常是忽视语法的,正如那种

---

① Adgar Allen Poe, *The Poetic Principle*, p. 154.

② Adgar Allen Poe, *The Poetic Principle*, p. 159.

③ 波德莱尔:《再论埃德加·爱伦·坡》,《1846年的沙龙》,第181页。

④ 波德莱尔:《论〈包法利夫人〉》,《1846年的沙龙》,第51页。

被激情所裹挟的人"一样①。因此：

> 我一贯认为文学和艺术追求一种与道德无涉的目的,构思和风格的美于我足矣。②

> 那个真善美不可分离的著名理论不过是现代哲学胡说的臆造罢了。③

《恶之花》是波德莱尔题赠给法国诗人与理论家戈蒂埃的。戈蒂埃把波德莱尔的"颓废"风格形容为"万词之词",认为它可以表达一切东西,并且敢冒风险达到事物的极致。④ 在 1835 年的《〈莫班小姐〉序言》中,戈蒂埃明确反对文学为道德和功利服务,波德莱尔的类似观点可以说是对戈蒂埃的一种应和。与此同时,波德莱尔也对浪漫主义排斥道德、哲理的后果做了反思：

> 否认所谓浪漫派作出的贡献是不公正的。浪漫派使我们注意到形象的真实,摧毁了学院派的陈词滥调……但是,它的原则本身就注定了它的造反是短命的。"为艺术而艺术"派的幼稚的空想由于排斥了道德,甚至常常排斥了激情,必然是毫无结果的。它明显地违背了人类的天性。⑤

> 驱赶激情和理智,就是要文学的命。否认以往社会(基督教的或哲学的)的努力,就是自杀,就是拒绝改善的力量和方式。⑥

> 任何拒绝和科学及哲学亲密同行的文学都是杀人和自杀的文学。⑦

波德莱尔的最终观点是,道德与哲理与诗无涉,又自会介入诗中,或作为本质存在,或与之混合。就像是《恶之花》,一方面可以说人们会从中引出"高度的道德",另一方面又可以说"这本书本质上没有用处,绝对无邪,写作它除了娱乐及锻炼我克服障碍的兴趣外没有其他目的"⑧。所以,诗与道德之间最终就形成了一种只能以"神秘"一词来形容的联系：

---

① 波德莱尔:《对几位同代人的思考》,《1846 年的沙龙》,第 95 页。
② 波德莱尔 1857 年 7 月 9 日给母亲的信,Charles Baudelaire, *Correspondances Générale*, tome 1, Bibliotheque de la plelade, Paris：Gallimard, 1973. p. 59.
③ 波德莱尔:《论泰奥菲尔·戈蒂耶》,《1846 年的沙龙》,第 64 页。
④ 戈蒂耶:《回忆波德莱尔》,陈圣生译,上海译文出版社,2011 年,第 19 页。
⑤ 波德莱尔:《论彼埃尔·杜邦》,《1846 年的沙龙》,第 22 页。
⑥ 波德莱尔:《再论埃德加·爱伦·坡》,《1846 年的沙龙》第 177 页。
⑦ 波德莱尔:《异教派》,《1846 年的沙龙》,第 44 页。
⑧ Charles Baudelaire, *Œuvres complètes*, tome 1, pp. 193, 181.

这不是那种喜欢训诫的道德,那种因其学究的神气、教训的口吻能够败坏最美的诗的道德,而是一种受神灵启示的道德,它无形地潜入诗的材料中,就像不可称量的大气潜入世界的一切机关之中。道德并不作为目的进入这种艺术,它介入其中,并与之混合,如同融进生活本身之中。①

诗人有关诗的道德观似乎更多取决于诗人对人性的重视。他对瓦格纳关于诗与音乐的乐评相当关注,并有所借鉴。瓦格纳曾提出,与有关智力的主题相比,"支配心灵的纯粹人性的动机"才是主宰诗的形式和表现的最高准则:

在人生的画卷中,只对抽象的智力才有意义的主题让位于支配心灵的纯粹人性的动机,惟有这样的人生画卷才可以被称为诗的画卷。这种倾向(即有关诗的主题的创造的那种倾向)是主宰诗的形式和表现的最高法则……对于诗人来说,节奏的安排和韵律的装饰(几乎是音乐性的)是确保诗句具有一种迷人的、随意支配感情的力量的手段。这种倾向对诗人来说是本质的,一直把他引导到他的艺术的极限,音乐立刻接触到的极限,因此,诗人的最完整的作品应该是那种作品,它在其最后的完成中将是一种完美的音乐。②

大体来说,其他纯诗诗家有关诗与道德的论说均与波德莱尔同一理路。马拉美认为,文学完全是"个人"的。③ 他在《骰子一掷消灭不了偶然》一诗中写道:"璀璨与凝思/均发生在停留于/最后献身的落点之前/骰子一掷散落一切思想。"这让人想起柏拉图《理想国》第十卷中的一句话:

就像在(掷骰子时)骰子落下后决定对掷出的点数怎么办那样,根据理性的决定下一步的行动应该是最善之道。④

柏拉图考虑的是骰子落下以后的状态,马拉美作为诗人的思绪则流连在骰子最后的"献身"之前。哲学家与诗人关注点的不同不是一个偶然事件。骰子落下后的理性与善的观念是哲学讨论的必然,却不是诗人考虑的必须。

瓦雷里以"理性"诗人著称,他对诗中非诗的因素保持了同样的一份警惕。尽管他的诗不少富于哲理,诗人强烈反对所谓的"哲学家诗人"。在瓦

---

① 波德莱尔:《对几位同代人的思考》,《1846 年的沙龙》,第 89 页。
② 见波德莱尔:《理查·瓦格纳和〈汤豪舍〉在巴黎》,《1846 年的沙龙》,第 493 页。
③ 马拉美,《关于文学的发展》,《西方文论选》,伍蠡甫主编,上海译文出版社,1979 年,第 263 页。
④ 柏拉图:《理想国》,郭斌和、张竹明译,商务印书馆,1986 年,第 604 页。

雷里看来，用诗去研讨哲理，无论过去和现在，都是想"按照国际跳棋的规则来下国际象棋"，或是"把一位海景画家同一位海军上校混为一谈"①。诗与哲理、道德和善无关，自然无须"议论"与"雄辩"的参与。魏尔伦在《诗艺》中也说："抓住雄辩，拧断它脖颈！"②魏尔伦的《诗艺》于 1874 年写成，文中反对在诗歌中进行议论，认为议论与抒情诗相悖。他在 1872 至 1873 年写成的诗《无言小浪漫曲》是这篇宣言的最好注脚。诗人提倡"没有装腔作势或滞涩"，就是说诗歌无关于议论，要写得流畅、优美和自然。

三 不以真实为诗

既然诗歌是精神性的，是一种完整自足的存在，纯诗诗家就都将诗的目的看得很严肃，甚至神圣。在他们的眼中，诗中有自己的"另一个世界的真实"③。植根于此，他们在诗论中进一步确立了诗歌以自身为基准的评判标准。爱伦·坡在《诗的原理》中一反柏拉图以来对诗歌价值的贬损，用了许多笔墨描摹了诗的尊贵与高尚：

> 天下没有也不可能存在比这样的一首诗——这一首诗本身——更加彻底尊贵和极端高尚的作品——这一首诗就是一首诗，此外再没有什么别的——这一首诗完全为诗而写。④

在坡的世界里，诗只为了诗而存在，甚至诗本身都不是"目的"，而是"一种激情"：

> 对于我而言，诗并非一个目的，而是一种激情。这种激情应该得到尊崇。它们不应该，而且也不可能为了人们微小的报偿或为了更无谓的赞赏而轻易唤起。⑤

和坡一样，波德莱尔同样认定真正的诗是自足的，"从不求助于外界"⑥，只有这样，诗才能只为诗而写：

> 诗除了自身之外没有其他目的；它不可能有其他目的，除了纯粹为写诗的快乐而写的诗之外，没有任何诗是伟大、高贵、真正无愧于诗这

---

① 陈力川：《瓦雷里诗论简述》，《国外文学》1983 年第 2 期。
② Paul-Marie Verlaine, *L'Art poétique*, *Œuvres Poétiques Complètes*, Paris：Gallimard, 1962, p. 226.
③ Charles Baudelaire, *Œuvres complètes*, tome 2, p. 59.
④ Adgar Allen Poe, *The Poetic Principle*, pp. 158-159.
⑤ Edgar Allen Poe, *The Raven and Other Poems*, see *Poems and Poetics*, p. 31.
⑥ 波德莱尔：《对几位同代人的思考》，《1846 年的沙龙》，第 94 页。

个名称的。[①]

波德莱尔确认诗的目的在于"美的观念的发展"[②]，马拉美在《关于文学的发展》中更坚信诗为仪式和仪仗而作。因为诗在文化上的这种定位，诗的地位才"尊贵"[③]。马拉美认为诗中要表现的，只是些纯粹的理念，是那些"万花之上的花"：

> 一朵花，在我内心深处，一直存有作为众所周知的他事物的花萼的各种难以忘怀的姿态，一种美妙的思想便从那儿音乐般地冉冉升起，那就是万花之上的花。[④]

值得注意的是，马拉美论及的音乐也不是普通的乐曲，而是指古希腊意义上的音乐，是理念的节奏。那是一种"存在于整体之中的关系整体"，某种"较之一般交响乐更为超凡的东西"。马拉美认为，诗歌容不得低劣，在接近理念也就是"臻为化境"时即为音乐。[⑤] 由以上可知，在诗歌的评判方面，纯诗诗家均以诗歌自身，而非生活中的真实为目的。诗歌中的真实才是"唯一的真实"。所以，虽然诗在本质上是哲理的，由于诗首先是宿命的，它之为哲理就并非"有意为之"[⑥]。诗注定以自身为目的，而超越生活中的真实，成为比一般交响乐更为超凡的音乐，成为"万花之上的花"。"诗表现的是更真实的东西，即只在另一个世界是真实的东西"[⑦]，反之，在波德莱尔的眼中，诗就会以现实中的真实为对象，会等同于科学和道德。

体现在诗歌评判方面，波德莱尔就认为，诗歌批评应该以自身，而不是以道德、科学和哲理等为标准，这是进行诗歌批评的"第一步"[⑧]。他说，这种忠于自身而具有排他性的批评，反而可以获得一种最广泛的视野：

> 公正的批评，有其存在理由的批评，应该是有所偏袒的，富于激情

---

① 波德莱尔：《再论埃德加·爱伦·坡》，《1846 年的沙龙》，第 181 页。
② 波德莱尔认为，"节奏对于美的观念的发展是必要的，而后者是诗的最伟大、最高贵的目的。"《1846 年的沙龙》，第 178 页。
③ 马拉美：《关于文学的发展》，《西方文论选》，第 263 页。
④ 查尔斯·查德威克：《象征主义》，郭洋生译，花山文艺出版社，1989 年，第 6 页。
⑤ 韦勒克：《近代文学批评史》，杨自伍译，上海译文出版社，2009 年，第 619 页。
⑥ 波德莱尔就认为："我不是说诗不淳化风俗，其最终的结果不是将人提高到庸俗的厉害之上；如果是这样的话，那显然是荒谬的。我是说如果诗人追求一种道德目的，他就减弱了诗的力量；说他的作品拙劣，亦不冒昧。诗不能等同于科学和道德，否则诗就会衰退和死亡；它不以真实为对象，它只以自身为目的。"《1846 年的沙龙》，第 181 页。
⑦ Charles Baudelaire, *Œuvres complètes*, tome 2, p. 59.
⑧ 波德莱尔说："有什么用？当批评想迈出第一步时，这巨大而可怕的问号就一把揪住了它的领子。"《1846 年的沙龙》，第 189 页。

的，带有政治性的，也就是说，这种批评是根据一种排他性的观点作出的，而这种观点又能打开最广阔的视野。①

诗的创作目标是能够产生最完美、唯一真实的艺术作品，在波德莱尔看来，这种目标只有"联合一切艺术"才能达到。只有这样的诗，才能被读者欣赏。波德莱尔在这里将"纯诗"与小说相比较，其中的讨论涉及了不同艺术门类之间的"契合"问题：

> 节奏对于美的观念的发展是必要的，而后者是诗的最伟大、最高贵的目的。而产生节奏的各种手法对于思想和表现的细腻展开是一种不可克服的障碍，后者的目标是真实。因为真实可以经常成为中短篇小说的目的，还有推理，这构成一部完美的中短篇小说的最好工具。这就是为什么这种地位不如纯诗高尚的体裁能够提供更丰富多彩的、更容易为普通读者所欣赏的作品。②

瓦雷里则将生活中的真实描述为"虚假的现实"。瓦雷里崇尚瞬间的诗的世界，诗歌传达出"远远高于自我的某个自我的概念"③，才可以写出这个世界唯一的真实。从个体的情感出发，瓦雷里也认为，诗歌的目的在于"引发或者再造活生生的人的整体性与和谐"：

> 诗不会强加给他一种虚假的现实，要求他心灵驯服，克制身体。诗会扩展到整个身心；它用节奏来刺激其肌肉组织，解放或者激发其语言能力，鼓励他充分发挥这些能力，它对人的影响是深层的，因为诗的目的是引发或者再造活生生的人的整体性与和谐，当人被某种强烈的情感所占据时，他的任何力量也不能闲置一旁，这时就表现出了这种非凡的整体性。④

借由诗歌的真实问题，瓦雷里把诗的意义与形式联系为一个整体。诗以自身为目的，这注定了诗在现实世界中的纯粹而无用。也就是说，在"神"与"美"的领域里，生活的真实不再有效，只有诗的本身决定其细节。然而，无用又是它最大的魅力，纯粹导致了它的不足，也成全了它的完美。就像波德莱尔对这个世界，对城市和人群的认知，诗能让你成为人群中的人的同时，成为你自己。

---

① 波德莱尔：《1846 年的沙龙》，《1846 年的沙龙》，第 190 页。
② 波德莱尔：《再论埃德加·爱伦·坡》，《1846 年的沙龙》，第 178 页。
③ 保罗·瓦莱里：《诗与抽象思维》，《文艺杂谈》，第 304 页。
④ 保罗·瓦莱里：《论诗》，《文艺杂谈》，第 338 页。

总之,在诗的价值层面,神韵说不以文字、才学为诗,不以议论为诗,不以"形器"求诗。纯诗论为追求诗的精粹,也坚持不以散文、小说为诗,不以教训为诗,不以真实为诗,剔除诗歌中一切非诗的因素。正如江弱水对"神韵"说所做的总结:

> "用笔宁疏略而毋细密",就是叫人以少少许胜多多许,"不著一字,尽得风流",留给读者更多的想象空间。我只讲两三分、三四分,你就有七八分、五六分好去自个儿揣摩。"欲露不露,反复缠绵,终不许一语道破",跟马拉美所讲的简直一模一样了,诗的趣味在于不说出,一说出就完了,就不是"纯诗"了。……神韵派要求削减具体要素的写法,做的是减法。①

两种诗学都在诗歌中做了"减法",都在对非诗因素的否定中肯定诗,说它们同属于一种否定的诗学,应不无道理。而在这里,值得注意的是,在讨论诗之为诗的时候,神韵说与纯诗论最终都把关注的重心放在了"诗与性情"的讨论上。

第三节　诗与性情

在新文学时期,周作人的"人的文学"理念可谓振聋发聩。它与胡适"活的文学"观的一个明显不同,就在于其"平民"和"贵族"文学观念上的差异。周作人认为:"只从文艺上说,贵族的与平民的精神,都是人的表现,不能指定谁是谁非,正如规律的普遍的古典精神与自由的特殊的传奇精神,虽似相反而实并存。"平民文学是叔本华所说的求生意志的表述,贵族文学属于尼采在求生意志上的表述,基于以上观念,周作人批评平民文学缺乏超越的精神,但是,"我不想因此来判分那两种精神的优劣。因为求生意志原是人性的,只是这一种意志不能包括人生的全体,却也是自明的事实"。周氏最后的观点是,"以平民精神为基调,再加以贵族的洗礼,这才能造成真正的人的文学"②。如果对应周作人的说法,神韵说与纯诗论似乎更倾向属于"贵族的洗礼"。两种诗论论诗于一偏,只着重诗歌的纯艺术特质,又意在"学诗",在讨论诗句的体格技巧上一板一眼。诗人太执着于对自身性情的强调,单从这一意义上,神韵说和纯诗论都是真正的"贵族"诗学——一种对作者和读者都有明确要求的"片面"的诗学。

---

① 江弱水:《咫尺波涛:读杜甫〈观打鱼歌〉与〈又观打鱼〉》,《读书》2010 年第 3 期,第 153 页。
② 周作人:《贵族的与平民的》,《晨报副刊》,1922 年 2 月 19 日。

一 神韵：向内的路向

一般认为，与小说注重对外在世界的描述相比，诗歌相对更多体现了人内在的、主观的想象世界。而根据高友工的看法，中国的抒情文化都以"内"为重心①。不论历史家和思想家基于怎样的立场写作，就作品的文学价值而言，读者往往以其抒情性为标准，高友工由此提出一套"中国抒情美典"，其中对发展"间架"的讨论关涉到了中国艺术史上的几个转折点：

> 先秦两汉萌芽时期以音乐美典为中心，六朝奠基时期以文学理论为中心，隋唐实践时期以诗论和书法理论具体实现早期理论中所提出的理想，其后宋元是一个综合时期新的画论，能把前一时期偏颇一隅的理论放在一个有综合性的大架构上。最后在当时置而未论的是明清之转变时期，戏剧小说的勃兴都代表这个抒情传统的式微，以及不得不求变。②

如果单就诗歌的发展情况而言，高友工认为，五言诗的出现也许可以溯及东汉初期，但在《古诗十九首》中，我们才初次看到抒情由"外投"转向"自省"。以后"田园""山水"的发展以至"律诗"的建立为五百年来"外向"和"内向"的对立逐步演变的过程③。自元明以来诗人的诗作，无论形式还是音节，总逃不出汉魏六朝和唐宋人的范围——其时旧体诗似乎已发展到了最高的程度，之后一旦停滞就必须另求新的发展了。高友工对抒情传统的讨论是放在史学的大框架下进行的。从这种发展趋势可以看出，诗最终倾向成为一种"向内的路径"的艺术。高友工的总结不无道理，纵观神韵诗的历史，似乎可以说，"着眼于认识心灵自身，再放诸外界"，具有向内的路向的这种诗，才是我们这里要讨论的"神韵诗"。

之所以断定神韵诗在主旨上走一种"向内的路径"，还出于"神韵"本意就与"人"自身密切相关。从文字学层面上看，"神韵"原本是两个词。"神"作名词与人相关，通常指天地万物的创造者和统治者，亦指能力、德行高超的人物或死后的精灵④，巧合的是，韵在汉语里也有形容人之"美

---

① 高友工：《美典：中国文学研究论集》，第 108 页。
② 高友工：《美典：中国文学研究论集》，第 164 页。
③ 高友工：《美典：中国文学研究论集》，第 167 页。
④ 在中国，作为名词的"神"首先牵涉到宗教和神话领域，多与"灵"相通，《大戴礼记》《广韵》《尸子》和《风俗通》等书中都有类似说法，如《大戴礼记·曾子问》中的"阳之精气曰神，阴之精气曰灵"，《广韵》中的"神，灵也"；《尸子》中的"天神曰灵"；《风俗通》中的"灵者，神也"。

好"的含义,晋代品藻人物屡用天韵、性韵、风韵一类词语。徐复观在解释谢赫的"气韵生动"时提道:"神"的全称是精神,始见于《庄子》,魏晋时期所谓"精神"正承此而来,主要是落在神的一面。至于"韵"字,大约于曹植《白鹤赋》的"听雅琴之清韵"中始见①。钱锺书在《管锥编》中将以"韵"论人与范温以"韵"品目诗文书画的做法相联系,在征引《答赵士舞德茂宣义论弘词书》之后,他的结论是,观此可识谈艺仅道"韵"者,意中亦有生人之容止风度在,也就是说,无论格物,还是谈艺,人人"皆肖己之心性气质",从这种意义上,"气韵""神韵"等即出于"赏析时之镜中人自相许矣"②。镜是人用于审视自身的器物,钱锺书以"镜中人"一说探讨"气韵"和"神韵"喻示了神韵与人之间的密切联系。首先,"镜"有"观照"之意,要有人,"镜"的作用才能得以体现,"镜"中之人也是"境"中之人;其次,"镜中人"如严羽笔下"空中之音、相中之色、水中之月、镜中之象"的比喻,中间有人的意象在,又无从捕捉,应是指渗透着作者思想、感情、风度、气质的境外之味。

鉴于"神""韵"字的含义均与人相关,"神""韵"的意义似乎就存在了可以互换的一面。范温在《潜溪诗眼》中以"韵"为"极致",似乎即严羽《沧浪诗话》中的"诗之极致有一,曰入神"③。实际上,严羽论诗的最终旨归,所谓"言有尽而意无穷"这一说法,正显示了一种对诗人主体意识的张扬。"言有尽而意无穷"就意味着,诗使诗人和读者的情绪流露于诗句之中,又使曾经沉浸于这些情绪中的灵魂借助于诗句以及诗句中的音乐,不再受内容的约束,而超乎其上。这样就能使人为自己的内心独辟出一个空间,使其超越于现实生活,最终获得自由。这时候,具体的诗句就不再是诗的主要因素,诗之所以为诗,是因为诗表达了人的内心生活。

这样一来,诗人写诗,诗有诗人自身的性情在里面,诗与性情之间实际上就构成了一种应和。波德莱尔在《遨游》中写道:在镜中观察自己,一如在他人身上对自身的观照,它"映照在自身的应和之中"。他的诗中也不乏"镜"与"人"的对应:

---

① 徐复观:《中国艺术精神》,华东师范大学出版社,2001年,第156—162页。曹植《白鹤赋》情景交融,赋里的"韵"就是指音乐的律动。全文如下:"嗟皓丽之素鸟兮,含奇气之淑祥。薄幽林以屏处兮,荫重景之余光。狭单巢于弱条兮,惧冲风之难当。无沙棠之逸志兮,欣六翮之不伤。承邂逅之侥幸兮,得接翼于鸾凰。同毛衣之气类兮,信休息之同行。痛美会之中绝兮,遭严灾而逢殃。共太息而祗惧兮,抑吞声而不扬。伤本规之违连,怅离群而独处。恒窜伏以穷栖,独哀鸣而戢羽。冀大纲之难结,得奋翅而远游。聆雅琴之清韵,记六翮之末流。"
② 钱锺书:《管锥编》第四册,第2116页。
③ 范温:《潜溪诗眼》,叶朗:《中国美学史大纲》,上海人民出版社,1985年,第308—312页。

> 昏暗清晰面对着面，
> 心变成自己的明镜。[1]

　　既然有人方可有神韵，主要就由诗人的性情决定了作品的风格，诗人独特的性情因此为神韵诗家倚重。见姜夔的《白石道人诗说》：

> 一家之语，自有一家之风味。如乐之二十四调，各有韵声，乃是归宿处。模仿者语虽似之，韵亦无矣。鸡林岂可欺哉！[2]

"鸡林"是朝鲜古国新罗的旧称，可借用指称鸡林一带商贾，在姜夔的论述中有"辨诗行家"之意，"鸡林岂可欺哉"喻指经模仿而来，而非自出机杼的诗作，终归会被行家识破。姜夔的这一论述主要是借乐调声韵之说，明确了诗人性情与诗歌风格之间不可分的关系，这一说法后来也被王士祯在诗话中征引。又谢榛《四溟诗话》卷三第二十二则：

> 作诗譬如江南诸郡造酒，皆以曲米为料，酿成则醇而为一。善饮者历历尝之曰："此南京酒也，此苏州酒也，此镇江酒也，此金华酒也。"其美虽同，尝之各有甄别，何哉？做手不同故尔。[3]

以江南诸郡喻不同的诗人，曲米作为诗歌创作基础的语言文字，善饮者为鉴赏者。各"造酒者"均以语言文字为料，最后酿出的"醇酒"风味个别，为行家所赏，这实在是一个妙喻。"气韵"与"神韵"原出自"赏析时镜中人自相许矣"，诗人的"性情"与诗之间存在着相互依存的契合关系。这就意味着，写诗可以为大众而作，但前提就应是对诗中真性情的一种尊重。

二　诗人的条件

　　需要强调的是，就像宗教和神话范畴内的"神"可视为"超人""仙人"，"神韵"也只可用于形容"非常"之人与卓异之事。诗中"神韵"有着这样一层含义：绝妙，妙到绝处，妙到"非常"的地步，神秘的地步。神韵研究者王小舒就认为，徐祯卿的诗论中颇有神秘之处，因此多为王士祯所引介。[4] 严羽以禅喻诗，禅教因为与儒学，尤其道教等中国本土文化存在汇通关系，严羽的这一做法还被学者视为是以道教喻诗，甚至以儒家的思想

---

① 波德莱尔《不可救药》(L'irrémédiable)："Tête-à-tête sombre et limpide/Qu'un coeur devenu son miroir!"
② 姜夔：《白石道人诗说》，《历代诗话》，第 683 页。
③ 谢榛、王夫之：《四溟诗话·姜斋诗话》，宛平校点，人民文学出版社，1961 年，第 74 页。
④ 王小舒：《神韵诗史研究》，文津出版社，1994 年，第 362 页。

内核喻诗。① 无论源出哪里,不可否认,"神韵"诗学像宗教一样,天然有着神秘的色彩。

　　与此同时,"绝妙"中的"妙"与"俗"对,《沧浪诗话》"诗法"部分第一条即为"学诗先除五俗"。严羽对神韵特质的探求,不是采取"小乘禅"的态度,而是主张"立志须高",要"从上做下",要求诗人作诗之前博览诗书。禅宗也叫佛心宗,在直指人心中顿悟佛性,其信教方式较之于其他宗派法门更直接明了,严羽以禅喻诗的做法就体现了一种直指人心的内省态度。他的诗论主要是给有学识的"士人"看的。诗中"神韵"非常人所能到,就比如,"入神"这一诗歌的极致在严羽看来,只李杜得之,"他人得之盖寡也"。

　　在中国新文学初期,胡适等新诗论者要求"我手写我口",多喜元白诗风,康白情后来在《新诗短论》中却认为:

> 　　惟其诗是贵族的,所以从历史上看,他有种种形式的变迁,而究其实一面是解放,一面却是束缚,一面是容易作,一面却是不容易作好……惟其诗是贵族的,所以诗尽可以偏重主观,触物比类,宣其性情,言词上务求明了,只尽力之所能及而不必强求人解——见仁见智,不是作者所宜问的。②

在康白情看来,诗的本身天生带着"贵族"性。在中国诗歌史上,有元稹和白居易等以诗歌语言和内容的通俗浅白著称,"神韵"则可以说是中国士文化中最为精致的美感呈现。在神韵诗家对所谓"清淡之趣"的追求中,浅白其实并不被欣赏。在王士禛的论诗标准中,"雅俗"甚至先于"工拙"③。王士禛的弟子伊应鼎通过"神韵"一说,将诗的雅俗问题直接与性情联系起来。他认为:

> 　　诗之妙在于神韵,而神韵之妙存乎性情……本乎性情,征于兴象,发为吟咏,而精神出焉,风韵流焉。故诗之有神韵者,必其胸襟,先无适俗之韵也。④

"性情"在于诗人应"胸襟先无适俗之韵",伊应鼎的这种要求不是人人能达

---

① 吴调公在《神韵论》中就视神韵为一种"社会思潮",文人们力图超越现实,因此"综合儒、佛、道而建构起一种足以供人们遨游和托命的玲珑巧妙的心灵载体"。吴调公:《神韵论》,人民文学出版社,1991年,第30页。

② 康白情:《新诗短论》,《草儿》,上海亚东图书馆,1922年,第374页。

③ 见《燃灯记闻》第三则:"为诗且无计工拙,先辨雅俗。品之雅者,譬如女子,靓妆明服固雅,粗服乱头亦雅;其俗者,假使用尽妆点,满面脂粉,总是俗物。"何世璂:《燃灯记闻》,《清诗话》,第119页。

④ 伊应鼎:《渔洋山人精华录会心偶笔》,广文书局有限公司,1968年,第218页。

到,这样的诗也非人人能领会。皎然在《诗式》中引用了谢灵运的"池塘生春草"等诗句,视之为"情在言外"①,也就是"但见情性,不睹文字"。在富有神韵的诗歌中,作者的"情性"经由文字显露,往往"旨冥句中",非敏锐的读者不能会其意,故皎然感慨曰:"常手览之,何异文侯听古乐哉!"②"文侯听古乐"是指魏文侯听古乐而眠的历史典故,如同音乐一样,诗对读者也有明确选择,此语可道,但只"与解人道"。

司空图在《二十四诗品》中标举"象外之象"和"景外之景",描摹了总计二十四种诗境。诸如"清涧之曲,碧松之阴。一客荷樵,一客听琴",这不是普通人可以做的,而更像是高士在世外桃源中冶炼性情。相应的,司空图所标举的诗往往也只能求于"高士"的理解。在《与极浦书》中他说:"戴容州云,'诗家之景,如蓝田日暖,良玉生烟,可望而不可置于眉睫之前也',象外之象,景外之景,岂可容易谈哉?"③阳春白雪如诗,只能由知音欣赏。

司空图在"味外味"中体会诗中情感,王士禛不仅推崇性情,更进一步把"性情"与"笔墨之外"联系起来。在《带经堂诗话》卷六"自叙类上"第六则,卷八"自叙类下"第二十一则,以及《渔洋诗话》第九十八则中,王士禛屡次提到张九徵对《过江集》的评语:"笔墨之外,自具性情;登临之余,别深怀抱。"他将之评定为"知己之言也"。

自钟嵘算起,神韵论家普遍学识较高,自然会在诗的鉴赏上要求"知音"和"解人"。以王士禛为例,惠栋在《王士禛年谱》"顺治十三丙申(1656)二十三岁"条下补注说:"山人自乙未五月买舟归里,始弃帖括,专攻诗。聚汉、魏、六朝、隋唐、宋、元诸集,无不窥其堂奥而撮其大凡。"④钱锺书在《谈艺录》也评价道:"渔洋论诗,宗旨虽狭,而朝代却广,于唐、元、宋、明集部,寓目既博,赏心亦当,有清一代,主持坛坫如归愚、随园辈,以及近来巨子,诗学特识,尚无有能望项背者。"⑤博学是王士禛论诗的根基,是其深厚的学识,助益他成为神韵一脉诗歌的总结者。

性情由文字体现,又在"笔墨之外",最终被定位于"言外"的位置,王士

<hr/>

① 在上述引文中,皎然将原为刘勰所提出的"隐秀"之说,误记为钟嵘之语。周维德:《诗式校注》,第17页。
② 周维德:《诗式校注》,第17页。
③ 司空图:《与极浦书》,纪昀主编:《景印文渊阁四库全书·集部二二·司空表圣文集》,台湾商务印书馆,1983年,第501页。
④ 惠栋:《王士禛年谱》,孙言诚点校,中华书局,1992年,第13页。
⑤ 钱锺书:《谈艺录》,第685页。

禛以禅喻诗,将性情与诗中文字的关系视为"舍筏登岸"①。渡船到彼岸之后,船也就不需要了。"舍筏登岸"阐述了诗与语言之间的相互依赖,又彼此超越的关系,指出了诗应体现文字之外的"不传之意",也就是"言外之意"。然而,禅宗"不立文字,直指人心",禅学中的无言之境是真的无言,由于诗对于文字的绝对依赖,"舍筏登岸"在诗里的意思不可能与佛学中等同。可以肯定的只是,诗与禅的"舍筏登岸"都导致了主体关注重点的转移,从语言的表面意义转向了超脱语言束缚的心灵世界。② 王士禛推崇不可直说的言外性情,要体会内中雅意,对读者的要求不低,对言外性情的理解,注定也只能求诸"解人"。

严羽在《沧浪诗话》中以禅喻诗,渲染诗的神秘品质;提倡"拟古",要求诗人的博识广闻;推崇盛唐,因偏执于诗的精微品质而饱受争议。司空图、王士禛等的诗论也多是如此。中国画中有士人画,他们似乎也在标举一种士人的诗。神韵诗的境界不是人人都可以达到,也不是随便什么人能欣赏的。神韵诗家注重个体的生命感受,均视诗歌为一门少数人的艺术,神韵诗论为读书人而作,更确切地说,是为读书人中的资质上乘者而作。

三 纯诗:从自身出发

与神韵说相比,纯诗论也更关注诗歌自身的诗之一端。在现代文学阶段,梁宗岱作为瓦雷里在中国的入室弟子,对相关诗歌类型的划分值得注意。他把歌德和瓦雷里同时归为"我们底向导与典型",并认为其诗歌作品有着两条不同的路径:

> 一个先要对从自身法则有澄澈的认识和自觉,然后施诸外界底森罗万象;一个则要从森罗万象找出共通的法则,然后从那里通到自我底最高度认识。梵乐希是选择前一条的,歌德是选择后一条的。③

在梁宗岱看来,虽然经由两条不同的路径,瓦雷里与歌德同样地引我们"超过那片面的狭隘的唯心论和唯物论的前头"④。但是,瓦雷里的诗歌是先着眼于认识心灵自身,再放诸外界的。与歌德相比,瓦雷里的诗作缺乏量的丰富和质的普及,对读者也有着明确的选择,即读者应是"思想家和诗人",

---

① 据《带经堂诗话》卷五"序论类"第二则,王士禛称誉朱彝尊时提道:"诗则舍筏登岸,务寻古人不传之意如文句之外,今之作者未能或之先也。"见王士禛:《带经堂诗话》,第114页。
② 钱锺书也认为,诗、禅之别,主要在"了悟以后,禅可不著言说,诗必托诸文字"钱锺书:《谈艺录》,第249页。
③ 梁宗岱:《歌德与梵乐希》,《梁宗岱文集》(Ⅱ),第151—152页。
④ 梁宗岱:《歌德与梵乐希》,《梁宗岱文集》(Ⅱ),第154页。

而非"一般读众"①。

梁宗岱的这一说法是针对歌德与瓦雷里诗歌产生的不同社会效果而言。相应神韵说中对"诗为何而作"的讨论，体现在现代诗论中就是诗歌为个人还是为大众的问题。在"五四"新文学时期，胡适出于启蒙民众的需要，近乎无条件地肯定"白话"。为了扩大文学作品对启蒙内容的负载量，他一直试图消解诗歌中文学语言与现实语言的区分，这就使诗人的身份变得尴尬。周作人则认为：

> 功利的批评也有一面的理由，但是过于重视艺术的社会的意义，忽略原来的文艺的性质，他虽声言叫文学家做指导社会的先驱者，实际上容易驱使他们去做侍奉民众的乐人，这是较量文学在人生上的效用的人所最应注意的地方了。②

而之后在中国文学史的走向上，出于社会、政治因素的影响，类似胡适的这种诗学观念不断发展和强化。文学的内容一度压倒了语言形式，诗人开始以"意义"作为文学价值判断的第一标准。从 19 世纪后期开始形成到 20 世纪 30 年代逐渐确立的"绝对大众原则"，使"五四"时期的个体意识最终向集体意识靠拢，单一叙述的模式直接造成了个体艺术趣味的颓败，以及个性艺术语言的式微。

有关诗歌为个人还是为大众，纯诗诗家对此同样有自己的独特解答。从爱伦·坡起，诗人与公众之间就存在着一种特别的关系。在爱伦·坡看来，诗并非一个目的，而是一种"激情"③，作为激情的诗自然不会偏于公众一端。波德莱尔在评论爱伦·坡时也说：

> 某些人是人群中的孤独者，沉湎于独白，不需要太挑剔公众。说到底，这是一种基于蔑视的博爱。④

"人群中的孤独者"这一提法很有趣。在本雅明看来，波德莱尔有着"稠人广坐中的孤独"⑤。诗能够反映人群，但绝不以一种附和的轻率态度，诗人依群而独立。根据郭宏安的考证，波德莱尔一度认为写诗是为了"公众的乐趣"，但自 1848 年革命失败，特别是 1851 年拿破仑政变后，诗人就放弃

---

① 梁宗岱：《歌德与梵乐希》，《梁宗岱文集》(Ⅱ)，第 154 页。
② 周作人：《诗的效用》，《自己的园地》，岳麓书社，2019 年，第 22 页。
③ Edgar Allen Poe, *The Raven and Other Poems*, see *Poems and Poetics*, p. 31.
④ 波德莱尔：《埃德加·爱伦·坡的生平及其作品》，《1846 年的沙龙》，第 163 页。
⑤ 本雅明：《发达资本主义时代的抒情诗人》，张旭东等译，生活·读书·新知三联书店，2007 年，第 68 页。

了本来就十分模糊的政治观念,脱离了那些具有共和思想的朋友,受到了坡的启发和影响,对上述问题给出了不同的回答,更偏重于"形式方面"①。

马拉美将追求共性,也就是"社会性",视为是诗人个性的"庸俗化"。他认为诗本身不应被参破,或者说没必要被全部理解。波德莱尔与马拉美对诗人个性的态度也为瓦雷里所承继。瓦雷里曾以赞赏的语气说,波德莱尔绝不会像雨果那样"向群众做媚态"②。就雨果和波德莱尔关于"大众"的不同内涵,本雅明也曾进行系统的区分。他认为,波德莱尔作品中的大众"并不为阶级或任何集团而生存,不妨说,他们仅仅是街道上的人,无定形的过往的人群"。波德莱尔总是意识到人群的存在,虽然它并未被用作他哪一部作品的模特,但它作为一种隐蔽的形象"在他的创造性上留下了烙印"。而雨果愿意与大众血肉同躯,他的"还政于民""民主"和"进步"口号美化了大众生存,并且遮掩了一条隔离个体与群体的门槛;波德莱尔却保护着这条门槛,这一点使雨果与波德莱尔有了区别。总之:

> 雨果把自己作为英雄放在人群中,波德莱尔却把自己作为无名英雄从人群中分离出来。③

神韵说坚持诗与人相关,不为事,不为时而作。纯诗诗家的看法与神韵说相同。尽管对"大众"不乏真正的同情与尊重,与取媚"大众"相比,波德莱尔等显然更注重个体的生命体验;相对于迎合"大众"的创作方式,也更注重艺术的自律和个体的创作趣味。雨果是"取媚于大众"的,波德莱尔的诗中有大众,但当大众只是为了实现艺术目标的一种资源。在纯诗诗学那里,诗人不是大众,而有自己不同凡俗的特别角色。在写于1863年的《现代生活的画家》一文中,波德莱尔说:

> 构成美的一种成分是永恒的、不变的,其多少极难以加以确定;另一种成分是相对的、暂时的,可以说它是时代、风尚、道德、情欲,或是其中一种,或是兼容并蓄。它像是神糕有趣的、引人的、开胃的表皮,没有它,第一种成分将是不能消化和不能品评的,将不能为人性所接受和吸收。我不相信人们能发现什么美的标本是不包含这两种成分的。④

这段话据说体现了波德莱尔有关"现代性"的诗学观点,因此多为学者征

① 郭宏安:《〈1846年的沙龙〉序》,《1846年的沙龙》,序言第8—9页。
② 瓦雷里:《波德莱尔的位置》,戴望舒译,《戴望舒诗全编》,浙江文艺出版社,1989年,第167页。
③ 本雅明:《发达资本主义时代的抒情诗人》,第84页。
④ 波德莱尔:《现代生活的画家》,《1846年的沙龙》,第416页。

引。在对"美"的成分的划分中，波德莱尔暗示了"美"的目的在于要能为人性"接受和吸收"。在诗人的"现代性"观念里，"人"是至关重要的存在。纯诗诗学中的"美"与神韵中的"神"与"韵"，都是用来描绘人或事物的词汇。"美"作为人对于自身或外界所做的评价，天然有"人"在里面。至于"神"，或是作为人的更高级阶段，或作为人衡量事物的尺度，"神"也必须依附于人。然而，人性是"美"的目的，不是"美"要为大众服务。"美"与"神"所反映的因为出自人的眼睛，才与自然界的客观真实不同——外在的真实是可以独立于人的。神韵诗与纯诗作为反映了"美"与"神"的诗行，它们独属于人，同时又无功利性也无目的性，是反映了人心真实的独立存在。

四　诗人的角色

在纯诗中，诗人是博学者、叛逆者、通灵者以及贵族。诗人的角色特点分明。

○ *诗人即博学者*

严羽认为，学诗的前提是"从上做下"，所以诗人作诗之前应博识广闻。而如韦勒克所说，在法国，学识与批评之间的脱节"远不如其它国家严重"[①]，事实确是如此。在一众纯诗诗家中，波德莱尔的理论批评范围之广令人惊讶，包括了诗歌、小说、戏剧、绘画、雕塑、音乐、舞蹈等多个领域[②]；马拉美把世界看成一本书，他用博识与才情一手造就了著名的文化沙龙"马拉美的星期二"；瓦雷里的兴趣广泛，1892 年他放弃了写诗而转向哲理思索之后，在 59 年中写满了 257 本笔记本；白瑞蒙自认是个"书呆子"（a rat de bibliothèque）[③]，他在论著中也多"繁征博引"[④]。诗人的博学使其对"诗人论诗"角色的承担成为可能。在诗歌赏析层面，神韵论者求诸"解人"，纯诗论

---

① 韦勒克：《二十世纪西方文学批评》，《西方文艺理论名著选编》，伍蠡甫、胡经之主编，1987 年，第671 页。
② 波德莱尔相信最好的批评是那种既有趣又有诗意的批评，而不是那种冷冰冰的代数式的批评，对于一幅画的评述不妨是"一首十四行诗或一首哀歌"。波德莱尔：《对几位同代人的思考》，《1846年的沙龙》，第 119 页。波德莱尔的美学批评因此几乎涵盖了所有艺术种类。
③ See John Claude Curtin, *Pure Prayer and Pure Poetry in Nenri Bremoud*, Michigan：Ann Arbor, 1973, Preface iii.
④ 钱锺书在《谈艺录》中说："白瑞蒙繁征博引，自佐厥说。于英国作者，舍雪莱、佩特外，华兹华斯、济慈、牛曼、白极德、汤姆生、罗斯金、迈尔斯、恩特喜尔、墨瑞等十许人，皆所援据；尤推服布拉德莱，称其为诗而诗之说，即自作《诗醇》所本，生平得力于斯人为多。"钱锺书：《谈艺录》，第 666 页。这里的《诗醇》即白瑞蒙的著作《纯诗》。

者在期待"行家"的同时,自己也努力成为"行家"。爱伦·坡认为:"有人说一篇好的诗评可以出自一位非诗人之手。据你我对诗的见解,我认为这是谬论。批评家越无诗才,其评论就越欠公允,反之亦然。"①波德莱尔也说:

> 一切伟大的诗人本来注定了就是批评家。我可怜那些只让唯一的本能支配的诗人,我认为他们是不完全的……一个批评家成为诗人,那可是件大好事;而一个诗人身上,也不可能不蕴涵着一个批评家。因此,读者不必诧异,我是把诗人看做最好的批评家的。②

波德莱尔本人的经历是他这一说法的最佳注脚。鲍林斯基认为,就爱伦·坡的美学理论来说,其影响比实质更有名,与它的内容相比,世人对它的接受也更耐人寻味。③ 世人对坡的关注其实有相当部分是经由波德莱尔开始,是波德莱尔把其时寂寂无名的爱伦·坡全面介绍给了法国。从爱伦·坡的诗、福楼拜的小说、瓦格纳的音乐到世界博览会上的画作,波德莱尔的美学批评无所不包,其中不变的观点是,诗是为了诗而写,艺术也一样。

○ 诗人即叛逆者

很多时候,真正的诗与诗人自身天然带着毒性,就像药品中往往要加入一点有疗效的阿片。波德莱尔的诗歌以"丑""恶"主题闻名,他是第一个在诗中引入现代都市、现代机械化和与此相关的城市人群等意象的诗人。本雅明认为,波德莱尔作品中的大众总是"城市中的大众"。城市生活似乎带着与生俱来的暴力,充斥着剥削和杀戮,《圣经》中建造城市的开山鼻祖该隐(Cain)就是世上第一个谋杀者。在波德莱尔的笔下,最完美的雄伟美是"弥尔顿笔下的撒旦"④。马拉美则认为,诗人是"在进行反对社会的罢工"⑤。魏尔伦在1883年写了《被诅咒的诗人》(Les Poètes maudis),向读者介绍了

---

① 爱伦·坡:《爱伦·坡集:诗歌与故事》,奎恩编,曹明伦译,生活·读书·新知三联书店,1995年,第4页。

② 波德莱尔:《理查·瓦格纳和〈汤豪舍〉在巴黎》,《1846年的沙龙》,第494—495页。

③ Rachel Polinsky, *Poe's Aesthetic Theory*, *The Cambridge Companion to Edgar Allan Poe*, ed. by Kevin J. Hayes, Cambridge University Press, 2002, p.44.

④ Charles Baudelaire, *Œuvres complètes*, ed. by Claude Pichois, Bibliothèque de la Pléiade, 1 vols, Paris: Gallimard, 1975—1976, pp. 657—658. 按戈蒂耶的说法,波德莱尔在名义上选择了上帝和工作,却不妨碍他更亲密地"接近撒旦"。戈蒂耶:《文学与恶》,董澄波译,北京燕山出版社,2006年,第35—36页。

⑤ Stéphane Mallarmé, *Œuvres complètes*, Bibliothèque de la Pléiade, Paris: Gallimard, ed. by Henri Mondor and G. Jean-Aubry, 1945, pp. 869—870.

柯比埃尔、兰波和马拉美，第一个提出真正的诗人是"可诅咒的人""为世人所不容的人"，是"时代的叛逆者"。兰波则提出"打乱所有的器官"，"他探索自己，他用尽自身的一切毒素，以求保留精髓。在不可言传的痛苦折磨下，他需要保持全部信念，全部超凡的力量，他要成为一切人中最伟大的病人、最伟大的罪人、最伟大的被诅咒的人"①。在这里，兰波显然是以波德莱尔在《人造天堂》中的阐述为楷模的。

○ *诗人即通灵者*

诗人是"通灵人"（Voyant）的说法，取自兰波的《通灵人书信》。兰波在信中肯定了诗人的作用。在兰波眼里，雨果、戈蒂埃、勒贡特·德·利尔、邦维尔、波德莱尔、魏尔伦等都是"通灵人"②。马拉美会把所有的诗都看作短暂的出神（ecstasy），在它半飞翔的状态中被捕捉而被描绘（evocation）："这种出神是感情或感觉的一种智力的转换，以氛围掩饰着，如同变成一首诗，最后这种出神变成了纯粹的美。"③瓦雷里将诗歌中"通灵"的观点与诗歌的纯粹本质联系起来。他认为诗是在"最彻底的放弃或最深沉的期待中形成或被传达"④，对诗歌的研究应从其本质处着手。诗的批评与诗歌本身一样充满了神秘和不确定的因素，与诗具有自发的任意性相适应，写诗的诗人也是"无法定义的类型"⑤。但是，每一个真正的诗人，其正确辩理与抽象思维的能力，比一般人想象的要"强得多"⑥。瓦雷里说：

> 诗人们是蒙上双眼来解决这些问题的，——但是他们，只是时不时地，解决问题（这才是最重要的）……时不时，这可是一个大词！这就是不确定性，这就是时刻以及个人的变化无常。这就是我们最主要的事实。这个问题有待仔细讨论，因为一切艺术，无论是否是诗歌艺术，就在于抵抗这种时刻的变化无常。⑦

在瓦雷里看来，诗人的命运"苦涩而又矛盾"，诗人是借用起源于统计学的毫

---

① 郑克鲁：《法国诗歌史》，第 149 页。
② Arthur Rimbaud, *Œuvres complètes*, Paris：Gallimard, 1983, p. 253.
③ 阿瑟·西蒙斯：《象征主义文学运动》，《花非花》，第 98—99 页。
④ 保罗·瓦莱里：《诗歌问题》，《文艺杂谈》，第 250 页。
⑤ 保罗·瓦莱里：《诗学第一课》，《文艺杂谈》，第 318 页。
⑥ 瓦雷里在《诗歌问题》一文中认为："对于通常看来没有任何用处的东西，这些人却体会到必需，而且，在另一些人眼里完全随意的某些词语发安排，有时他们却看出不知什么样的规矩。"保罗·瓦莱里：《诗歌问题》，《文艺杂谈》，第 242 页
⑦ 保罗·瓦莱里：《诗学第一课》，《文艺杂谈》，第 322 页。

无特色的手段,来实现抒发和表达"最纯粹和特别的自我"①。这种非实用的目的注定了诗的无用性,但也注定了诗的与众不同。

○ 诗人即贵族

无论是对纯粹的坚持,对读者的高要求还是对诗歌品质的讲究层面,纯诗堪称是各类型诗歌中的"贵族"。爱伦·坡与波德莱尔都出身良好,对诗歌的态度上就很有"贵族"的意识。波德莱尔在《埃德加·爱伦·坡的生平及其作品》一文中以肯定的语气提到,爱伦·坡公开表示他的国家的大不幸是"没有贵族血统",因为"在一个没有贵族的民族中,对美的崇拜只能蜕化、减弱直至消失"②。爱伦·坡在《诗的原理》一文中也提道,"在所有高贵的思想中,在所有超凡脱俗的动机中,在所有神圣的冲动中,在所有慷慨无私、自我牺牲的行为中——诗人获得其灵魂的神圣滋养"③,这种对超凡脱俗的坚持在大众中间就显得清高而疏离,马拉美认为诗人必须具有两重性,既是"民主派又是贵族"。他写道:

> 任何一位诗人,一位崇敬者,无论他们是崇敬超绝之美,还是崇拜平庸之美,他们都不会对艺术法庭的投票判决满意,这种做法使我大为恼火和不能理解。人可以是民主派,而艺术家则必须既是民主派又是贵族,而且必须是贵族。④

瓦雷里则是从诗歌创作的角度来看待诗歌的"贵族性"以及"拟古"问题的。他认为,还能使现代人对古代文学感兴趣的地方不属于"知识范畴",而属于"榜样和范例的性质"⑤,所以"我们不必赞叹这些天真单纯的主人公:优美而有力的诗句才永远是一首诗的主要人物"⑥,是诗歌使用的语言决定了诗人与大多数凡人决裂开来⑦。纯诗论者给诗人规定的独特的角色一如神韵说中对诗人条件的苛刻规定,诗之为诗的本质决定了他们对"诗人"和"读者"的要求。

---

① 保罗·瓦莱里:《论诗》,《文艺杂谈》,第330页。
② 波德莱尔:《埃德加·爱伦·坡的生平及其作品》,《1846年的沙龙》,第149—150页。
③ Adgar Allen Poe, *The Poetic Principle*, p.177.
④ 葛雷、梁栋:《现代法国诗歌美学描述》,北京大学出版社,1997年,第107页。
⑤ 保罗·瓦莱里:《论博须埃》,《文艺杂谈》,第50页。
⑥ 保罗·瓦莱里:《关于〈阿多尼斯〉》,《文艺杂谈》,第35页。
⑦ 保罗·瓦莱里:《波德莱尔的地位》,《文艺杂谈》,第185页。

第三章　暗示的诗学：诗歌创作层面的共通

入　梦

卞之琳

设想你自己在小病中
（在秋天的下午）
望着玻璃窗片
灰灰的天与疏疏的树影
枕着一个远去了的人
留下的旧联
想着枕上依稀认得清的
淡淡的湖山

仿佛旧主的旧梦的遗痕
仿佛风流云散的
旧友的渺茫的行踪
仿佛往事在褪色的素笺上
正如历史的陈迹在灯下
老人面前黄昏的古书中
你不会迷失吗
在梦中的烟雨

引言 旧诗体的解放

在《建设的文学革命论》中,胡适最终把"文学八事"的内容缩减为四句,这四句话表现在诗歌革命上,就是胡适倡导的"诗体的解放":

> 我们做白话诗的大宗旨,在于提倡"诗体的解放"。有什么材料,做什么诗;有什么话,说什么话;把从前一切束缚诗神的自由的枷锁镣铐,拢统推翻:这便是诗体的解放。①

这里可以清楚地看到,胡适极不赞成给白话诗立形式的规矩。胡适眼中的文学是启蒙的工具,文学需要改革的不是"文",而在"质":"今日文学大病在于徒有形式而无精神,徒有文而无质,徒有铿锵之韵,貌似之辞而已……工具僵化了,必须另换新的,活的,这就是'文学革命'……历史上的'文学革命',全是文学工具的革命。"②所以胡适一方面承认"文学史与他种史同具一古今不断之迹,其承前启后之关系,最难截断"③,另一方面又反对诗歌的一切"束缚",以非文学的标准来评判文学。即便《左传》和《史记》这样的经典,因为篇中使用了文言文,胡适就视其为"死"文学:

> 我也承认《左传》《史记》在文学史上有"长生不死"的位置。但这种文学是少数懂得文言的人的私有物,对于一般通俗社会便同"死"的一样④。

每完成一件作品,胡适恨不得像白居易一样,也读给井边劳作的老妪,以达到最大程度的社会启蒙的目的——他要解放诗体,当然不会着意将诗句形式细细地打磨。用胡适自己的话说,"文学形式"往往是乐意妨碍束缚文学的"本质"的⑤,在《答任叔永》中他宣称:"律诗总不是好诗体,做不出完全好诗。"⑥在《答朱经农书》中胡适又说:"凡文的规则和诗的规矩,都是那些做《古文笔法》《文章轨范》《诗学入门》《学诗初步》的人所定的,从没有一个文学家定下作诗作文的规矩。"⑦胡适说的不对,"诗人论诗"算得上中国古代

---

① 胡适:《答朱经农》,《新青年》5卷2号,1918年8月15日。
② 胡适:《逼上梁山》,《东方杂志》3卷1期,1934年1月1日。
③ 胡适:《寄陈独秀》,《新青年》3卷3号,1917年5月1日。
④ 胡适:《答朱经农》,《新青年》5卷2号,1918年8月15日。
⑤ 胡适:《逼上梁山》,《东方杂志》3卷1期,1934年1月1日。
⑥ 胡适:《答任叔永》,《新青年》5卷2号,1918年8月15日。
⑦ 胡适:《答朱经农》,《新青年》5卷2号,1918年8月15日。

文论的传统，不少体现了神韵特质的诗论，都更像是一些编给入门者的书。

第一节　神韵：言有尽而意无穷

"神韵"这一提法是由谢赫在《名画品录》中首先作画评使用。作为中国第一部系统的画论，《名画品录》主要提出了绘画"六法"，其中第一条"气韵生动"在六法中起着统辖作用，其他五条，"骨法用笔""应物象形""随类赋彩""经营位置"和"传移模写"，这些属于对创作技巧的具体要求，都可以说是用以达到"气韵生动"的条件。谢赫在文中反复地要求"神气""生气""神韵""情韵"，把"神韵气力"放到一块或者分开来讲，他一共在陆绥、毛惠远等九位画家身上使用。从"绘画六法"对画作的品评可知，谢赫一方面强调画中所写的对象（尤其是人物）能表现出一种情怀，另一方面则突出了技巧（譬如骨法用笔）本身可以有表现力，这二者虽为两事，在绘画中往往融为一体。"气"和"韵"或为一词，或作二语，就成为一种艺术理想的表现。高友工认为，这个理想是中国艺术史上的"中心思想"，但它的含义经过多次变化，迄今仍"没有肯定的解释"①。可以说，《名画品录》对画作采取的这种整体气质与技巧上的双重品鉴角度，正体现了中国式艺术评论的特质。

一　为不能诗者作

"诗人论诗"算得上中国古代文论的传统，不少体现了神韵特质的诗论，与《名画品录》兼重气韵与创作技巧的特点相似，都更像是一些编给入门者的书。

皎然的《诗式》本身就有着浓厚的引人入门的"诗格"性质，其撰著目的是使"偏嗜者归于正气，功浅者企而可及"②。徐祯卿在《谈艺录》中则提出了有关学诗的"诗之流"概念：

> 盖因情以发气，因气以成声，因声而绘词，因词而定韵，此诗之源也。然情实眇眇，必以思以穷其奥；气有粗弱，必因力以擎其偏；词难妥

---

① 高友工：《美典：中国文学研究论集》，第 135 页。这种说法实际上也暗示了《名画品录》在中国艺术史上的重要地位。今道友信认为，《名画品录》由张彦远《历代名画记》加以普及后，甚至成为"统治东方艺术论的典范"。今道友信：《东方的美学》，蒋寅等译，生活·读书·新知三联书店，1991 年，第 31 页。

② 皎然："今所撰《诗式》，列为等第，五门互显，风韵铿锵。使偏嗜者归于正气，功浅者企而可及，则天下无遗才矣。时在吴兴西山，殊少诗集，古今敏手，不无阙遗。俟乎博求，续更编次，冀览之者悉知此意焉。"周维德：《诗式校注》，第 108 页。

帖，必因才以致其极；才易飘扬，必因质以御其侈。此诗之流也。^①

徐祯卿认为，"诗之源"重在"论诗"，反映了中国诗歌文化的整体性特质，"诗之流"重在"学诗"，徐祯卿以此提出了以思、力、质御情、气、才的说法。

其实，神韵论者中重视诗歌创作表现的首推姜夔。姜夔的《白石道人诗说》论述系统，结构明确，本意就是为"不能诗者"作的：

> 《诗说》之作，非为能诗者作也，为不能诗者作，而使之能诗；能诗而后能尽我之说，是亦为能诗者作也。虽然，以我之说为尽，而不造乎自得，是足以为能诗哉？后之贤者，有如以水投水者乎？有如得兔忘筌者乎？噫！我之说已得罪于古之诗人，后之人其勿重罪余乎！^②

姜夔在《诗说》中经营诗中的"余意"，提出"尾句"形式等具体营造言外之意的创作方法，在诗学技巧的探讨上尤其具体而颇有卓见。及至严羽，《沧浪诗话》起始就涉及了"学诗"，诗话可以视作为"诗歌入门者"磨炼作诗的"工夫"而写：

> 夫学诗者以识为主，入门须正，立志须高，以汉魏晋盛唐为师，不作开元天宝以下人物。
>
> 工夫须从上做下，不可从下做上，先须熟读楚词，朝夕风咏，以为之本；及读古诗十九首、乐府四篇；李陵、苏武、汉魏五言皆须熟读；即以李杜二集枕藉观之，如今人之治经。然后博取盛唐名家酝酿胸中，久之自然悟入。

有关王士禛的《燃灯记闻》内容也与"学诗"有关。"学诗当先辨门径，不可堕入魔道"^③，这其实相当于严羽的"夫学诗者以识为主，入门须正，立志须高，以汉魏晋盛唐为师，不作开元天宝以下人物。若自退屈，即有下劣诗魔入其肺腑之间，由立志之不高也"的说法。《带经堂诗话》中更不乏有关学诗的讨论。王士禛多推崇王、韦，但王、韦诗作不是他认为的好诗的全部，他对《诗经》中的诗，比如《蒹葭》，古诗十九首，以及陶渊明的诗作等均持欣赏态度。而他编选《唐贤三昧集》以王、韦等为主，里面应该有便于读者"可宗法"这一角度的考虑。见《师友诗传录》：

> 问：五古句法宜宗何人？从何人入手简易？

---

① 徐祯卿：《谈艺录》，《历代诗话》，第 765 页。
② 姜夔：《白石道人诗说》，《历代诗话》，第 680 页。
③ 何世璂：《燃灯记闻》，《清诗话》，第 119 页。

王答：古诗十九首如天衣无缝，不可学已。陶渊明纯任真率，自写胸臆，亦不易学。六朝则二谢、鲍照、何逊。唐人则张曲江、韦苏州数家，庶可宗法。①

神韵说诗家论著芜杂，说法迥异，但就"入门"而言，自司空图起就有一种公认的说法，即尊崇盛唐。需要注意的是严羽提出盛唐说时的前后次序问题。在《沧浪诗话》"诗辩"部分的结尾处，严羽说："故予不自量度，辄定诗之宗旨，且借禅以为喻，推原汉魏以来，而截然谓当以盛唐为法。""以盛唐为法"是在其以禅喻诗，界定"兴趣"为"诗之宗旨"之后，也就是说，"以盛唐为法"与"以禅论诗"相同，在严羽这里是一种论诗方法，"盛唐"代表的是特定类型的诗，而不是指特定的历史时期②。严羽以"兴趣"为宗旨，以盛唐为法，最终要实现的是"言有尽而意无穷"，也就"言外之意"的艺术效果。

总之，从本书表 2.2 对神韵的诗学观念的介绍可知，神韵诗家追求诗中高调，背后有对诗歌技巧的精微探讨作为支撑。其追求诗歌技巧的具体表现，就在于对诗歌"言外之意"的强调和营造。在神韵诗家眼里，诗可学，可宗法，是一种形式上有规律的艺术门类，而且诗的规律独属于诗。诗人作诗的规矩，正在"言有尽而意无穷"这一句话里。神韵说强调的内容，涉及了诗作为一种艺术的最普遍的因素和最根基的东西。从这种意义上，神韵说可以被看作一种"入门者"的诗学。

二 妙悟与伫兴

神韵说肯定了诗应具有"言有尽而意无穷"的品质，那么，"言外之意"究竟的含义是什么？诗人又该如何造就诗歌的"余意"呢？

在"言有尽而意无穷"这一说法中，"言"与"意"、"有尽"与"无穷"构成了两组对照关系。"言有尽而意无穷"重在"意"，体现了诗人对"意"这种人生情感的重视。科学逻辑看似严密，往往将要分析的事物逐一解剖、区分，各部分之间壁垒分明。与科学比较，诗中意义暧昧不明，反映的却是真正丰富的人生况味。诗人使用语言时倾向于追求一种类似于"涅槃"的乐趣，即倾向于离开生活中的逻辑事实，最终靠近"意"。

---

① 王士禛等：《诗友诗传录》，《清诗话》，第 133 页。
② 唐朝时有宋诗，宋朝时也有唐诗。诗分唐宋貌似关乎时间，实质上关乎诗本身的风格、特色。龚鹏程也曾提出"文化意义上的盛唐"这一说法。他由此举的例子中包括了王士禛："这个盛唐，存活于宋元明清实际的人文活动中，在那些时代，人们说盛唐是什么，往往也就是在讲他们自己的诗是什么（如李攀龙、王渔洋）。"龚鹏程：《中国诗歌史论》，北京大学出版社，2008 年，第 16 页。

此外,据神韵说总结者王士禛的说法,"神韵"其实在"文句之外"①。又,其《戏仿元遗山论诗绝句》第二首云:"五字清晨登陇首,羌无故实使人思。定知妙不关文字,已是千秋妇幼词。"②王士禛的《戏仿元遗山论诗绝句》是从建安时期说起的评诗文本。翁方纲在《石洲诗话》中称其为"二十九岁作,与遗山之作,皆在少壮,然二先生一生识力,皆具于此,未可仅以少作目之"③,由此肯定了《论诗绝句》实为渔洋论诗的精粹之作。王士禛认为,"妙"不关文字,诗的"神韵"也在字句之外。同"意"一样,诗歌的"神韵"或"妙处"均不以字句为旨归,而与字句构成一组相对的概念。"意""神韵"与"妙"三者都区别于诗中的语言,似乎"意"存在之处,也就是诗歌中的"妙"与"神韵"栖居的地方。

这样一来,既然三者与诗中的语言同为对立关系,要界定"意"的精微含义甚至讨论诗之"神韵",有关诗歌"妙"处的分析必然有所涉及。"妙"可经"妙悟"达成,《沧浪诗话》中严羽将韩愈与孟浩然的诗歌相比较,认为诗歌"一味妙悟而已"。"妙悟"这一概念是神韵诗学中的重要一环。范温在《潜溪诗眼》中认为:"识文章者,当如禅家有悟门。夫法门百千差别,要须自一转语悟入;如古人文章,直须先悟得一处,乃可通其他妙处。"④严羽以禅喻诗,强调"妙悟",应是承继了《潜溪诗眼》中的说法。司空图对"妙悟"也有所强调。他主要提倡的"辨味论",根据徐国能的分析,"味外味"也就是"悟",是"刹那间的领略"⑤。司空图提出的"象外之象"概念先以"象内之象"为基点,须通过"妙悟"方能由形入神。

如果由"妙悟"的含义加以引申,严羽说盛唐诸人唯在"兴趣"。"盛唐诸公,透彻之悟也","兴趣"中的"趣"大体上指诗人追求的目的和诗所要求的东西,"兴"与"妙悟"应也存在联系。钱锺书在《谈艺录》"妙悟与参禅"一条曾提道:

> 若夫俯拾即是之妙悟,如《梁书·萧子显传》载《自序》所谓:"每有制作,特寡思功,须其自来,不以为构",李文饶外集《文章论》附《笺》所谓:"文之为功,自然灵气,惝怳而来,不思而至"。⑥

---

① 王士禛曾评价其兄长的两首作品"秀绝人区,神韵在文句之外"。据汪楫麟的《锦瑟词话》,"王阮亭士禛曰:欧、晏正派,妙处俱在神韵,不在字句"。见《续修四库全书·集部》第 1725 册,上海古籍出版社,1980 年,第 255 页。
② 王士禛:《渔洋山人精华录训纂》(二),《四库全书存目丛书》,齐鲁书社,1997 年,第 201 页。
③ 翁方纲:《石洲诗话》,《谈龙录·石洲诗话》,人民文学出版社,1981 年,第 239 页。
④ 范温:《潜溪诗眼》,叶朗:《中国美学史大纲》,第 309 页。
⑤ 徐国能:《王士禛杜诗批评辨析》,《汉学研究》24 卷 1 期,2007 年,第 326 页。
⑥ 钱锺书:《谈艺录》,第 249 页。

又王士禛《带经堂诗话》卷三"伫兴类"第一则：

> 萧子显云："登高极目，临水送归；蚤雁初莺，花开叶落。有来斯应，每不能已；须其自来，不以力构。"王士源谓孟浩然诗云："没有制作，伫兴而就。"予平生服膺此言，故未尝为人强作，亦不耐和韵诗也。①

在以上诗话中，钱锺书和王士禛都引用了萧子显的观点，钱锺书强调"妙悟"，王士禛则着眼于"伫兴"。"妙悟"与"伫兴"都与"刻画"，即诗中一味地雕词琢句相对，两者的含义确有互通之处。就诗歌创作层面，这种相通还可以表述为，诗人作诗不仅需要"妙悟"，还要有一个合理的创作过程，须"伫"妙悟而"就"之。两者的不同之处在于，"妙悟"除了指诗人的创作，也可用于读者对诗歌的鉴赏，"伫兴""乘兴"和"伫兴而就"则专指诗人的创作过程，属于诗人在创作中对"瞬间"发生之体悟，在现代诗学词汇中可对应于"对灵感的捕捉"。

与现代诗学中的"灵感"相同，"妙悟"与"伫兴"均突出了诗人一刹那间的主体印象。神韵诗在语言上多以简驭繁，在时间上从片面见永恒，就像在绘画中，画家在笔法上以少驾多，色彩上以淡写浓，空间上从咫尺见千里。诗歌的"羚羊挂角，无迹可求"，就要求诗人突出一刹那的主体感受的"伫兴而就"的创作状态，去寻求读者能体会的多重含义。因此，"伫兴"或"妙悟"总伴有一种倏忽即逝的感觉，要求诗人诗兴恰来之时，须有陆机所说的"观古今于须臾，抚四海于一瞬"的心态②，并且，"当其触物兴怀，情来神会，机括跃如，如兔起鹘落，稍纵即逝矣。有先一刻、后一刻不能之妙"③。王士禛因此提出"偶然欲书"，并视其为"作诗文真诀"。见《带经堂诗话》卷三"微喻类"第五则：

> 僧宝传：石门聪禅师谓达观云颖禅师曰：此事如人学书，点画可效者工，否者拙。何以故？未忘法耳。如有法执，故自为断续。当笔忘手，手忘心，乃可。此道人语，亦吾辈作诗文真诀。④

"笔忘手""笔忘心"体现了诗人抒情体性的一面。诗人出自内心的真实欲望和冲动，"伫兴而就"而不"强作"，即为"作诗文真诀"。

---

① 王士禛：《带经堂诗话》，第65页。
② 这就要求诗人在创作中有一个时间上的把握。严羽在《沧浪诗话》中说："学者须从最上乘、具正法眼悟第一义，若小乘禅声闻辟支果，皆非正也。"在古代，汉传佛教中以"大乘顿教"为高。也就是说，严羽的"妙悟"说应指"顿悟"而不是"渐悟"。
③ 王士禛等：《师友诗传录》，《清诗话》，第128页。
④ 王士禛：《带经堂诗话》，第82页。

神韵说特别拈出"妙悟"与"伫兴"，强调了诗歌创作中"最富于生发性的顷刻"①，宇文所安因而把司空图、严羽的诗论与西方印象主义诗学联系起来。他认为，严羽提倡的"气象"是指诗歌品质的完整，西方文学批评中印象主义的说法通常就属于"气象"②。关于司空图的《二十四诗品》，宇文所安则评论道：

> 并不是所有的中国审美词汇都像它们在翻译中看起来的那样含糊和空洞，但在中国传统审美词汇中确实有那么一个分支，以朦胧模糊为最高价值；吸引司空图的正是这种纯粹的"印象主义的"（impressionistic）风格。③

中国新时期的诗人穆木天，在诗论中对"纯诗"概念多有涉及。源自法国的象征主义，在穆木天看来，与印象主义之间存在着微妙的联系：

> 象征主义是印象主义的潮流的一个支派，换言之，就是在抒情诗领域中的印象主义。④

印象主义一度是 20 世纪艺术界的共通潮流，的确为纯诗诗家倚重。马拉美在其诗论代表作《关于文学的发展》一文中就有关于"瞬间印象"的肯定性描述：

> 印象主义一词，始于法国作家莫奈展出作品《日出印象》（1874），代表十九世纪七十年代以后一个重要画派。它反对古典主义传统和保守画风，大胆革新，要求在阳光下直接描绘对象，强调光和色的表现效果以及**瞬间印象**。西方文学批评也讲瞬间感受，即印象式的批评，例如英国赫斯列特、法国圣·配韦和法郎士。⑤

真正的控制寓于完全的认知，但在诗歌创作中，太多的分析又可能压抑直觉。从穆木天将象征主义与印象主义相关联可以看出，诗人敏锐地注意到了象征诗（也包括其中的纯诗）为了延续印象式的"转瞬即逝的美妙"所做的技巧上的努力⑥。神韵论者心中的最美妙的意象可以是朦胧而含蓄的，踌

---

① Gotthold Ephraim Lessing, *Laocoon: Or the Limits of Poetry and Painting*, Trans. by W. A. Steel, Cambridge University Press, 1985. p. 102.
② 宇文所安：《中国文论：英译与评论》，第 439 页。
③ 宇文所安：《中国文论：英译与评论》，第 331 页。
④ 沈起予：《什么是信浪漫主义》，《文学百题》，郑振铎、傅东华编，生活书店，1935 年，第 106 页。
⑤ 马拉美：《关于文学的发展》，《西方文论选》，第 267 页。
⑥ 瓦雷里在《论诗》中认为："一切艺术的建立，根据各自的本质，都是为了将转瞬即逝的美妙延续和转化为对无限的美妙时光的把握。"保罗·瓦莱里：《文艺杂谈》，第 328 页。

躇不定的,其妙处如吴调公所说,表现了审美感知"未必能毕其功于一役的特色"①。与印象主义中对"印象"的把握相符,诗因而成为一种"偶然"的创造。

三 言外之意

20世纪20年代,周无在一篇长文中全面介绍了波隆(Alfred Poizat)的《象征主义》一书。波隆认为:"象征主义的崛起,确是文学上最大的事件……他有时可以使自然界的事物都能现出意志来。于微笑之中,便说明了人生的动态。这都是象征主义的长处。但是他于冥冥之中,却含有一种不健康的根芽。因为他有时明明的倾向着神秘主义 Mysticisme 叫人不知不觉的,便到了迷离恍惚的幻想……所以在象征主义里,每每令人于最后便感觉着与最初同样的不满足。"②波隆所说的象征主义,"自然界的事物都能现出意志来",象征主义的长处,在这里就变成了一种情景交融。

严羽提出"妙悟"说,兴趣说以及推崇盛唐说,都是为了实现"言有尽而意无穷"这一诗歌的品质。对"言外之意"的营造是神韵诗家最重视的诗歌创作技巧。顾名思义,"言外之意"涉及了"语言"和"意义"的讨论。由于重视"无意而为",诗人关注的重点会从"有意的"内容意义转移到"无意的"形式意义上。那么,该怎样处理诗与语言这样一种相互依赖而又对抗的关系,以摆脱和超越语言客观上对诗造成的束缚呢?在司空图的诗论中,"不著一字,尽得风流",即是要追求诗歌中的"思与境偕"。在严羽的《沧浪诗话》里,追求"言外之意"的具体体现,则在于作诗时的"须参活句,勿参死句"。

"思与境偕"就是"情景交融"。司空图在《与王驾评诗书》中视"思与境偕"为"诗家所尚者"。"思与境偕"还与姜夔在《白石道人诗说》第十九则中的说法相近,即:

> 意中有景,景中有意。③

诗中情与景的交融使富于神韵的诗多有画意。严羽推举的盛唐诗注重境界,擅长抒情于景,较之宋诗显然更易入画。司空图喜爱王、韦饶有画意的诗篇,他的诗作《独望》因"含画意"也为苏轼和许彦周称道④。王士禛的《秋柳》诗意蕴深长,像一幅典型的中国画。对于渔洋诗"意蕴含蓄、笔触

---

① 吴调公:《神韵论》,第 87 页。
② 周无:《法兰西近世文学的趋势》,《少年中国》2 卷 4 期,1920 年 10 月 15 日。
③ 姜夔:《白石道人诗说》,《历代诗话》,第 682 页。
④ 司空图《独望》:绿树连村暗,黄花出陌稀。远陂春草绿,犹有水禽飞。

飘逸、色彩秀丽的亦诗亦画",吴调公在《神韵论》中认为,"怕都只有用元、明写意画的技法才能更好地表达出来"①。另一方面,袁枚视渔洋诗为内廷的特殊"盆景"②,这种说法不管是否妥当,实际上都道出了其诗多融情入景,与文人山水诗关系密切的品质。

神韵诗的确多得力于对"眼前景"的深刻领会。王维的"辋川"、孟浩然的"鹿门山"、司空图的"中条山",这些地方均以诗人的灵感频生之地闻名。其中的原因与其说是诗人多受禅学影响(佛家悟禅惯于借助特定的自然景象),不如说诗与禅均体现出的人的神秘情感所致。这是诗人在诗中意图超越现实而作的神秘举措,正如詹姆斯·里德所说,"当永生的感觉在我们心中朦胧暗淡的时候,恢复我们永生感的最有效的方法就是去欣赏美景"③。尤其在少见爱情诗的中国,景物堪称诗人抒发情性的最佳载体。在这种情况下,"思与境偕"手法往往成为诗歌创作的必然选择。

从整个中国文学史考量,这也就是为什么公认的神韵诗人往往多为山水田园诗派的一员。山水田园诗发端于东晋末年陶渊明、谢灵运的创作时期,经初唐接续,至盛唐逐渐盛行,据葛晓音的研究,山水田园诗派实际上包含三层内涵:"就盛唐而言,指以王孟为代表,包括储光羲、常建等在内的一批风格相近的诗人。就唐代而言,主要指王、孟、韦、柳,而就中国诗歌史而言,则应以陶谢、王孟、韦柳为一个完整的派系"④。作为情、景的统一体,山水田园诗中的自然既指整个自然界,也包含自然界中的人,可喻指人的自然天性。山水诗人追求自然之美,多通过描摹景物风致,去追求自身与周边万物的和谐同一。诗所独有的神秘,诗人主体精神的不可触摸,都融汇在诗人对景物的描摹里。诗中神韵正体现了这种"情性所至,妙不自寻"的精神旨趣。诗人创作的快乐不由自然景象直接唤起,读者读诗的目的也不在于知晓客观的现实,重要的是诗中的"兴味",那种诗中蕴含着的人格与情感。诗人在诗中留存的"回忆",更多地成为读者的一种情感上的"获取"。因为只求个人心境的安适,避开和现实社会的"接触与暴露",刘大杰形容王维为代表的自然诗派为"浪漫派诗人中的高蹈者"⑤。诗人在描摹山水中抒情体怀,使山水田园诗多富有韵外之致和象外之趣,很大程度上就体现出了诗的"神韵"特质。周振甫甚至认为,王士禛的所谓神韵,就是用"清俊的词笔"绘出

---

① 吴调公:《神韵论》,第227、212页。
② 袁枚称王士禛的诗为"盆景诗"。袁枚:《随园诗话》,人民文学出版社,1982年,第239页。
③ 詹姆斯·里德:《基督教的人生观》,蒋庆译,三联书店,1989年,第211页。
④ 葛晓音:《诗国高潮与盛唐文化》,北京大学出版社,1998年,第129页。
⑤ 刘大杰:《中国文学发展史》,百花文艺出版社,2007年,第386页。

的"特定景与情的交融"：

> 王士禛提倡神韵，什么叫神韵，从他的诗话里可以窥见一斑。他引了"登高极目，临水送归"，指出"有来斯应，每不能已"，这是景与情交融的说法。这种由外界事物像"早雁初莺，花开叶落"引起的情，"每不能已"，用含蓄的手法表达出来。这种"每不能已"的情，不明白说出，只通过景物来透露，才是"不着一字，尽得风流"……这样的景物和情境，用清俊的词笔表达出来，就是神韵。①

郭绍虞在比较格调说与神韵说时也认为：

> 读古人诗而得朦胧的印象，这是格调；对景触情而得朦胧的印象，这是神韵。②

及至《二十四诗品》中，司空图利用自然所铺陈的情境作为间隔与中介，每一种风格都有一个自然情境与之呼应，套用现代诗歌术语，这样的"思与境偕"就体现出了一种情与景的象征关系。诗人的情感融于对景物的书写，而不必以直说的方式完全表露，诗因此具有了一种富"言外之意"的含蓄之美。王夫之在《姜斋诗话》中评论谢灵运的诗句："'池塘生春草'、'蝴蝶飞南园'、'明月照积雪'，皆心中目中相与融浃，一出语时，既得珠圆玉润，要亦各视其所怀来而与景相迎者也……即所谓'景生情，情生景，哀乐之触，荣悴之迎，互藏其宅'。"③因了景物之于情感的承载作用，"思与境偕"由此成为神韵诗家构建"言外之意"的有效方式。

需要指出的是，"思与境偕"的创作手法虽为神韵诗的特质之一，但绝非神韵诗所独有。唐代佛教盛行，诗人受禅学的影响，开始追求高远的意境，情景相融的诗风随之流行。不仅王维、孟浩然，白居易等人的创作也都惯于以情入景。至宋代，诗风进一步发展为融景入理，诸如苏轼的《后赤壁赋》《题西林壁》等作品，就充满了哲学思辨的意味。苏轼推重陶王韦柳，认为文字取于自然。在《次韵黄鲁直书伯时画摩诘》《至真州再和二首》等作品中他以王维自喻，以孟浩然喻王胜之。神韵最能于王孟的山水诗中体现，至今已成公论。但正如本书所述，"神韵"不仅为"诗之一品"，实为"众品皆有"，更是"诗之极境"之所在。苏轼的诗虽不能用神韵诗概括，他的某些作品具神韵特质，也不可否认。

---

① 周振甫：《诗词例话》，第444页。
② 郭绍虞：《中国文学批评史》，第542页。
③ 谢榛、王夫之：《四溟诗话·姜斋诗话》，第146、150页。

有关"须参死句，勿参活句"，严羽在《沧浪诗话》"诗法"部分中说：

> 诗难处在结尾，譬如番刀须用北人结尾，若南人便非本色，须参活句，勿参死句，词气可颉颃，不可乖戾。

"死句"和"活句"的说法自禅学中来。禅家重视语言文字的圆活，在说明、阐述佛理时往往采用"不即不离"的不二法门，持一种既不肯定，又不否定的模糊逻辑。禅学用"活句"是为了超越语言使用上的局限，尽可能地保持语言的弹性，诗中的"活句"亦如是。钱锺书在《谈艺录》中说：

> 禅宗"当机煞活"者，首在不执著文字，"句不停意，用不停机。"古人说诗，有曰"不以词害意"而须"以意逆志"者，有曰"诗无达诂"者，有曰"文外独绝"者，有曰"含不尽之意见于言外者"。不脱而亦不黏，与禅宗之参活句，何尝无相类处。[1]

王士禛在诗论中频频借用《沧浪诗话》中"死句"与"活句"的说法。见《师友诗传录》第三十一则："摩诘诗如参曹洞禅，不犯正位，需参活句。然顿根人学渠不得。"[2]又《带经堂诗话》卷三"微喻类"第七则：

> 林间录载洞山语云："语中有语，名为死句；语中无语，名为活句。"予尝举似学诗者。今日门人邓州彭太史直上（始抟）来问予选唐贤三昧集之旨，因引洞山前语语之，退而笔记。[3]

有关《唐贤三昧集》的宗旨，朱东润将诗学"三昧"的内涵阐释为：一，得之于内；二，语中无语；三，偶然欲书；四，在笔墨之外。[4] 对应神韵说，"妙悟"强调了"得之于内"；因为"兴会"，方有"偶然欲书"；"在笔墨之外"就是"言外之意"；"语中无语"又名"活句"，则体现了"言外之意"的营造。王士禛编选《唐贤三昧集》的目的还可归于"活句"，由此可知，"言有尽而意无穷""味在酸咸之外""隽永超逸"等类似诗语反映在严羽和王士禛的诗论中，也以使用"活句"代表。

至于诗人该怎样使用"活句"，以达到"语中无语"的效果，如《沧浪诗话》的"诗法"部分所示，严羽主要将难点放在了诗的结尾处。说到"尾句"，《白石道人诗说》中论诗的观点堪为代表。见《诗说》第二十八则：

> 一篇全在尾句，如截奔马。词意俱尽，如临水送将归是已；意尽词

---

① 钱锺书：《谈艺录》，第248页。
② 王士禛等：《师友诗传录》，《清诗话》，第136页。
③ 王士禛：《带经堂诗话》，第82页。
④ 朱东润：《古代四象论述评》，《中国古代文论研究论文集》，上海古籍出版社，1989年，第170页。

不尽，如抟扶摇是已；词尽意不尽，剡溪归棹是已；词意俱不尽，温伯雪子是已。所谓词意俱尽者，急流中截后语，非谓词穷理尽者也。所谓意尽词不尽者，意尽于未当尽处，则词可以不尽矣，非以长语益之者也。至如词尽意不尽者，非遗意也，辞中已彷佛可见矣。词意俱不尽者，不尽之中，固已深尽之矣①。

"临水送将归"取自战国宋玉的《九辨》："憭慄兮若在远行，登山临水兮送将归"。② "抟扶摇"的说法出于《庄子·逍遥游》："齐谐者，志怪者也。谐之言曰：'鹏之徙于南冥也，水击三千里，抟扶摇而上者九万里，去以六月息者也。'"③"剡溪归棹"，说的是东晋王徽之夜访戴安道，"乘兴而行，兴尽而返"的故事④，王徽之的这种放达任性之举正是魏晋名士风度的典型表征。"温伯雪子"取用的则是《庄子·田子方》中孔子赞温伯雪子能存道之典。⑤ 通过对以上诸典故的征引，姜夔从中说明了诗歌尾句"不尽之中，固已深尽"的道理。

其实，不仅仅尾句要意味深长，具神韵的诗整体往往都力求含蓄，所谓"妙悟者不在多言"。见姜夔《白石道人诗说》第十七则：

语贵含蓄。东坡云："言有尽而意无穷者，天下之至言也。"山谷尤谨于此。清庙之瑟，一唱三叹，远矣哉！后之学诗者，可不务乎？若句中无余字，篇中无长语，非善之善者也；句中有余味，篇中有余意，善之善者也。⑥

在第十七则中，姜夔视篇中有"余意""余味"，而不是"无余字"，"无长语"为诗歌的美学理想。神韵诗以有限的语言来表达无限的意义，必然要求诗歌的言短味长。有余意、余味而又语言简洁的诗歌体裁，非古诗中的绝句莫属。绝句妙在可以表达真正的"诗"，而非"散文"的内容。见《带经堂诗话》"仿兴类"第五则：

唐人五言绝句，往往入禅，有得意忘言之妙，与净名默然，达磨得髓，同一关捩。观王裴《辋川集》及祖咏《终南残雪诗》，虽钝根初具，亦能顿悟。程石臞有绝句云："朝过青山头，暮歇青山曲；青山不见人，猿

① 姜夔：《白石道人诗说》，《历代诗话》，第682—683页。
② 宋玉：《九辩》，《楚辞补注》，洪兴祖撰，中华书局，1985年，第182页。
③ 陈鼓应注释：《庄子今注今译》，中华书局，1983年，第3页。
④ 刘义庆：《世说新语》，上海古籍出版社，1982年，第396—397页。
⑤ 陈鼓应注释：《庄子今注今译》，第532—533页。
⑥ 姜夔：《白石道人诗说》，《历代诗话》，第681页。

声听相续。"予每叹绝，以为天然不可凑泊。……皆一时伫兴之言，知味外味者当自得之。①

正由于对言外之意的追求与营造，在王士禛看来，诗歌宜短而不宜长，所谓"吟诗不须务多，但意尽可也"：

祖咏试终南望余雪诗云云，主者少之。咏对曰："意尽。"王士源谓孟浩然："每有制作，伫兴而就，宁复罢阁，不为浅易。"山谷亦云："吟诗不须务多，意尽可也。"古人或四句或两句便成一首，正此意。②

"言外之意"向来为神韵诗家倚重。钱锺书论诗时认为，神韵说标举的"言外之意"能使诗具"神秘之感"。在钱氏的诗论里，能生出"神藏鬼秘之感"的还有"爱伦·坡与马拉梅所主张"，他在《管锥编》中说：

爱伦·坡与马拉梅所主张，流传尤广，当世一论师说之曰："使人起神藏鬼秘之感，言中未见之物仿佛匿形于言外，即实寓虚，以无为有，若隐而未宣，乃宛然如在"。③

"言中未见之物仿佛匿形于言外"可不就是"言外之意"吗？"言外之意"颇能体现出诗所特有的神秘品质。严羽等将诗的语言分为"死句"与"活句"两类，相应的，在纯诗诗家中，瓦雷里也将语言分为"普通语言"和"诗歌语言"两种。某种程度上，瓦雷里"语言中的语言"，恰似严羽等孜孜以求的"活句"。

四　神韵：声之远出

神韵说多推崇盛唐，新诗时期胡适提倡"作诗如说话"，朱光潜将之归因于胡适更欣赏宋诗。唐诗与宋诗的大不同，在于唐诗的多蕴藉，有乐感。严羽在《沧浪诗话》中标举盛唐，反对"以文字为诗，以才学为诗，以议论为诗"，就因为这些做法对诗中的一唱三叹之音"有所歉焉"。任半塘以大量文献资料证明了唐诗中的相当部分可作为歌词传唱，他把可以入乐入舞的诗称为"歌诗"④。神韵诗由于其韵味悠远，多可作"歌诗"。中国经典古乐《阳关三叠》(《北词广正谱》大石调)就源自王维的诗歌《阳关曲》：

渭城朝雨浥轻尘，

① 王士禛：《带经堂诗话》，第 69 页。
② 王士禛：《带经堂诗话》，第 69 页。
③ 钱锺书：《管锥编》第四册，第 2121 页。
④ 任半塘：《唐声诗》，上海古籍出版社，2006 年，第 1 页。

更洒遍客舍青青，弄柔凝千缕；

更洒遍客舍青青，弄柔凝翠色；

更洒遍客舍青青，弄柔柳色新。

休烦恼，劝君更尽一杯酒！人生会少，富贵功名有定分。

休烦恼，劝君更尽一杯酒！旧游如梦，（只恐怕）西出阳关，眼前无故人。

休烦恼，劝君更尽一杯酒！（只恐怕）西出阳关，眼前无故人。①

在中国诗中，神韵虽"众品皆有"，并不妨碍其在特定诗歌中"独占一格"。前文已提到，具有典型神韵特质的诗歌往往篇幅不长，形式多为绝句。"绝句"作为篇幅精简而又含义深远的一种诗歌形式，就带有先天的音乐性。陈钟凡甚至把音乐视作绝句诗成为唐代新体文学的唯一原因。他说：

自汉代通西域以来，外乐输入，形成长短参差、高下错杂的新乐声，必有新的歌词才能与之调谐。求之于五七言古体诗和近体诗中，往往觉其形式板滞，变化无多，不能与之适合。唯有绝句诗，每首只有四句，句只五七言，可以自由运用，较适宜合乐。②

绝句的这一特点证明了诗像音乐一样，也需要由声音来体现。"神韵"中的"韵"字首先与声音有关，"韵"字本意是古代调和编钟音调的器具，后来用以形容乐曲的听觉效果。《文心雕龙》里"异声相从谓之和，同声相应谓之韵"，范文澜评注认为："异声相从谓之和，指句内双声叠韵及平仄之和调；同声相应谓之韵，指句末所用之韵。"③范温在《潜溪诗眼》中交代了中国艺术史中"舍声言韵"的历史："自三代秦汉，非声不言韵；舍声言韵，自晋人始；唐人言韵者，亦不多见，惟论书画者颇及之。"④《潜溪诗眼》原著已佚，但"严羽必曾见之"，钱锺书将之视为"'神韵说'之宏纲要领"⑤。按照范温的理解，神韵之"韵"不仅指声音，还可比拟"弦外之遗音"⑥。有余意谓之韵，即"大声已去，余音复来，悠扬宛转，声外之音"：

① 王维《阳关曲》：渭城朝雨浥轻尘，客舍青青柳色新。劝君更尽一杯酒，西出阳关无故人。
② 陈钟凡：《〈中国音乐文学史〉序》，《中国音乐文学史》，朱谦之著，上海世纪出版集团，2006 年，第 6—7 页。
③ 黄霖编著：《文心雕龙汇评》，上海古籍出版社，2005 年，第 114 页。
④ 范温：《潜溪诗眼·论韵》，李壮鹰主编：《中国古代文论》，高等教育出版社，2008 年，第 330 页。
⑤ 钱锺书：《管锥编》第四册，第 2122 页。
⑥ 钱锺书：《谈艺录》，第 110 页。钱锺书在《管锥编》中也说："范温释'韵'为'声外'之余音遗响，及言外或象外之余意，足徵人物风貌与艺事风格之'韵'，本取譬于声音之道。"《管锥编》第四册，第 2121—2122 页。

　　且以文章言之，有巧丽，有雄伟，有奇，有巧，有典，有富，有深，有稳，有清，有古。有此一者，则可以立于世而成名矣；然而一不备焉，不足以为韵，众善皆备而露才用长，亦不足以为韵。毕也备重善而自韬晦，行于简易闲澹之中，而有深远无穷之味，……测之而益深，究之而意来，其是之谓也。其次一长有余，亦足以为韵；故巧丽者发之于平澹，奇伟有余者行之于简易，如此之类是也。①

　　无论文章风格怎样，有余意即可以有"韵"。范温视"韵"为诗中的基本质素，诗中有"韵"，方可意多而语简。范温以《论语》《六经》，左丘明、司马迁、班固之书，尤其陶渊明的诗作为例，认定文学作品"可以晓其辞，不可以名其美，皆自然有韵"，"意多而语简，行于平夷，不自矜衒，故韵自胜"，"是以古今诗人，惟渊明最高，所谓出于有余者如此"②。钱锺书借由此说，在《管锥编》中提出了"韵"的概念：

　　　　画之写景物，不尚工细，诗之道情事，不贵详尽，皆须留有余地，耐人玩味，俾由所写之景物而冥观未写之景物，据其所道之情事而默识未道之情事。取之象外，得于言表（to overhear the understood)，"韵"之谓也。③

钱锺书在这里对"韵"的阐发，可以视为对神韵说类似观点的一种总结。"不贵详尽""留有余地"指诗不应过分依赖语言，即追求姜夔所说的"有余意"；由诗中"冥观"未写之"景物"和"情事"，这应是指诸诗家标举的"言外之意"；"取之象外"正可对应司空图的"得于环中"；对照严羽的《沧浪诗话》，钱锺书对于"韵"的解释，不就是"言有尽而意无穷"的别一种说法吗？"韵"体现出了诗歌中含蓄、有余味的特质。神韵重"韵"，重视诗句中的"声音"，在很大程度上肯定了诗所具有的音乐美。

　　神韵诗家中对音乐尤其倚重的当数姜夔与王士禛。《白石道人诗说》多有以乐论诗的地方，这与姜夔兼有音乐家与诗人的双重身份，深解音律有密切关系。与严羽的做法相同，在《白石道人诗说》第十七则中，姜夔也把"言有尽而意无穷"与"一唱三叹"联系起来：

　　　　语贵含蓄。东坡云："言有尽而意无穷者，天下之至言也。"山谷尤谨于此。清庙之瑟，一唱三叹，远矣哉！④

---

① 范温：《潜溪诗眼·论韵》，李壮鹰主编：《中国古代文论》，第330页。
② 范温：《潜溪诗眼·论韵》，李壮鹰主编：《中国古代文论》，第330页。
③ 钱锺书：《管锥编》第四册，第2118页。
④ 姜夔：《白石道人诗说》，《历代诗话》，第681页。

"清庙之瑟,一唱三叹"之说可见于《礼记》:"《清庙》之瑟,朱弦而疏越,一倡而三叹,有遗音矣"①。1197年,姜夔曾献南宋朝廷以《大乐议》《琴瑟考古图》,建议重整雅乐。中国论古乐大体分雅、俗、古、新,雅乐有抑制动势,追求和静的趋向,姜夔重视雅乐,与其主张"句调欲清、欲古、欲和"的诗歌音韵美准则相合,由是或可略窥姜夔在音韵方面的审美倾向。

王士禛重视诗歌中的音律,有专论近体律格的《律诗定体》,以及论古诗平仄、音节规律的《古诗平仄论》流传于世。《燃灯记闻》一书中专门记有他对古诗音节的理解:

> 古诗要辨音节。音节须响,万不可入律句,且不可说尽,像书札语。

音节"且不可说尽",也就是言有余意,乐有余音的意思。又《燃灯记闻》第五则:

> 韵有阴阳。阳起者阴接,阴起者阳接,不可纯阴纯阳,令字句不亮。②

王士禛特别以阴、阳之说论"韵",注重诗歌音律的和谐本质。其观点还可见《师友诗传续录》:

> 无论古、律、正体、拗体,皆有天然音节,所谓天籁也。唐、宋、元、明诸大家,无一字不谐。明何、李、边、徐、王、李辈亦然。③

"天籁"一说取自《庄子·齐物论》。音乐堪称自然界一种最为古老的语言,"林籁结响,调如竽瑟;泉石激韵,和若球锽",刘勰在《文心雕龙》中的表述,正对应了庄子所谓的"天籁""地籁"说,自然界中原本就充满了音乐的和谐与美妙,这种绝对的"语言"不可翻译也不可说出——说诗歌不可译,很大程度上也是出于诗的音乐性,也就是诗的形式与内容中含有的音乐要素。这就涉及了同源于人类情感的诗与音乐之间的契合问题。王士禛追求诗中"无一字不谐";马拉美也认为,"每一个灵魂都是一首美妙的歌曲,它们需要协调,因为各自是长笛或六弦提琴"④。波德莱尔更因此提出了诗歌契合论:

> 读者知道我们的目的是什么:证明真正的音乐在不同的灵魂中启示类似的观念……因为真正使人惊讶的,是声音不能暗示色彩,色彩不

---

① 《礼记·乐记》,胡平生、张萌译注:《礼记》(下),中华书局,2017年,第717页。
② 王士禛等:《师友诗传录》,《清诗话》,第119页。
③ 王士禛:《师友诗传续录》,《清诗话》,152页。
④ 见阿瑟·西蒙斯:《象征主义文学运动》,《花非花》,第103页。

能使人想到旋律,声音和色彩不适于表达思想;自从上帝说世界是一个复杂而不可分割的整体那一天起,事物就一直通过一种相互间的类似彼此表达着。①

在波德莱尔看来,诗与音乐都显示出了诗人极力想要把握的,艺术与人类情感之间的神秘感应。无论是诗还是音乐的旋律里,人心的真实均以一种不能靠语言所能表达的形式,象征性地被揭示着。音乐只影响人的情绪和感受,天生不具有理性、道德或者教育的内容。至于个人从中体会到了道德或是别的什么,那是个人的事情,真正的诗也一样。诗有其自身的存在价值,不用也不能附庸在特定领域之下。瓦雷里因此极力要证明诗歌的无用性。庞德在谈到艺术的特点时曾说过:

> 艺术却从来不要求任何人去作什么,去想什么,去成为什么。艺术就像一棵香蕉树那样存在着,你既可以观赏它,也可以在树荫下小坐,也可以摘香蕉吃,还可以把它当柴烧,你满可以随心所欲。②

吴调公在《神韵论》中为了说明神韵诗的品质,也引用了庞德的这一说法③。无论是在内容和形式上,神韵说确实同纯诗论一样,都着重强调了诗歌无功利性的一面。

第二节　纯诗：语言中的语言

在系统地介绍法国象征主义诗学之前,韦勒克在《二十世纪西方文学批评》一文中曾总结说:

> 近五十年来法国批评的方法主要是直觉的,时常又是印象的:其形式是文章、随笔(以至于不少批评家似乎从未写过一本正式的书),对于系统理论很少兴趣,因为批评被认为只是一种艺术,一种自我发现和自我表现的手段,而不是知识和判断的主体。④

韦勒克的这一论断是着重对法国文学批评的整体而发,他的总结是否准确姑且不论,这一看法倒颇适用于对纯诗理论的论说。"直觉的"和"印象的"批评,与中国的传统诗话亦不无相似处。"神韵"说与"纯诗"论两种理

---

① 波德莱尔:《1846年的沙龙》,第487页。
② 庞德:《严肃的艺术家》,林骧华译,《西方文论选》,第260页。
③ 吴调公:《神韵论》,第89页。
④ 韦勒克:《二十世纪西方文学批评》,《西方文艺理论名著选编》,第673页。

论同有着对诗之为诗这一理念的尊重。在探讨诗与性情的关系时，本书已证明，人类丰富的内心情感只能以语言暗示，在诗中往往难以明确表达。在诗论中，与科学认知的清晰逻辑相比，纯诗诗家往往也会彰显出诗歌模糊暧昧的特质。因此，相对于神韵说，纯诗论同样倾向于以作诗的混沌态度评诗，以诗的本质和根本处论诗，以及在对诗歌技巧的精微探讨中论诗。就像瓦雷里对自己诗论的总结，他说："本人有一个奇怪而危险的癖好，那就是愿意在一切问题上都从开端开始（换言之，从我个人的开端开始），也就等于重新开始，在一条路上重新走一遍，好像别的许多人未曾开辟过这条路，未曾在这条路上走过……"[1]在纯诗理论中，诗人对诗歌的探讨往往就是以这样一种特别的方式开始的。

一 初始的门径

诗的目的与情感密切相关，要在普通语言中发掘出最能表现细微情感的词汇，这种对诗的要求决定了诗人有"雕词琢句"的一面。根据艾略特的看法，纯诗是一系"重视人工安排的西方诗学渊源"，最早源于贺拉斯的《诗艺》，而最近的是爱伦·坡的《写作哲学》。[2] 值得注意的是，艾略特的这一表述是出现在为瓦雷里所写的序里。所谓"重视人工安排"，就像波德莱尔重视诗歌中守旧与传统的东西，因为这一切均来源于"漂亮"和"公式化"[3]。在纯诗诗家里面，即便是大胆、先锋如兰波也会说："旧式诗在我文字的炼金术里也不无地位。"[4]"为了完善一部无论什么语言的词典，必须做一名科学院院士——比老学究更古板。"[5]艾略特的"重视人工安排"这一说法体现了纯诗诗人对诗歌创作技巧的重视。瓦雷里曾带着一种崇敬的语气写道："通过对产生诗歌快感的条件所作的分析，通过将绝对诗歌定义为穷尽——爱伦·坡指出了一条道路，他讲授了一门很诱人也很严格的学说，某种数学与某种神秘主义相结合的学说……"[6]瓦雷里视严格的诗律规律是"人为的伎俩"[7]，"我总是一面作诗，一面观察我自己怎样作诗"[8]。他在其

---

① 保罗·瓦莱里：《诗与抽象思维》，《文艺杂谈》，第 278 页。
② T. S. Eliot, "Introduction," in Paul Valéry, *The Art of Poetry*, trans. Denise Folliot, London: Routledge, 1958. p. x.
③ 波德莱尔：《1846 年的沙龙》，《1846 年的沙龙》，第 239 页。
④ 兰波：《文字的炼金术》，程抱一译，《象征主义·意象派》，黄晋凯等主编，中国人民大学出版社，1989 年，第 249 页。
⑤ 兰波：《致保尔·德梅尼》，程抱一译，《象征主义·意象派》，第 34—35 页。
⑥ 保罗·瓦莱里：《波德莱尔的地位》，《文艺杂谈》，第 180 页。
⑦ 保罗·瓦莱里：《关于〈阿多尼斯〉》，《文艺杂谈》，第 30 页。
⑧ 瓦雷里：《一个诗人的笔记》，引自郑克鲁：《法国诗歌史》，第 196 页。

诗论中对作诗基本技巧的强调，在客观上也开拓了一门为"入门者"提供的诗学。

瓦雷里的诗学思考从来不缺材料，诗人同时热衷于诗歌、建筑、数学、物理、音乐、舞蹈和绘画，在谈诗论艺中兴趣广泛。在其74岁的一生中，瓦雷里作为诗人的时间并不多，他放弃了写诗而转向文学思想与哲理思索的结果，可是59年中的整整257本笔记。他的诗论相对完整而纯粹，就是因为于其中凝注了大量心力。关于诗的性质，瓦雷里在审慎思考之后得出的结论是，诗不可学，但诗的形式似乎可作"初始门径"①。他把诗的内容和形式视为一个不可分割的整体：

> 在诗歌中区别内容和形式；主题及其展开；声音和意义；研究节律、格律和诗律，好像它们可以自然而轻易地与语言表达法本身、词语本身和句法分离开来；这些就是对诗不理解或者无感觉的症候。将或者让人将一首诗变成散文；将一首诗当作教育或考试的材料，这样做并非无足轻重的歪门邪道。如此挖空心思地颠倒一门艺术的原则是真正的堕落，相反，需要做的是引导人们进入一个语言世界，它与用符号来交换行为或思想的普通体系毫不相干。②

考虑到当时文坛对意义的过度关注，这种看法实际上是强调了形式在诗歌中的重要作用。在诗的创作中，传统的形式框架历经时间的考验，并不乏兼容并包的气度，就像下棋，在制定规则之后，反而更能包容个性化和自发的东西，从而具有了历久弥新的魅力。瓦雷里认为，每一门艺术中都有一些实践经验值得推荐，十分严格的条件，甚至那些苛刻的条件，让艺术家免于做出很多棘手的决定，"推卸掉在形式方面的许多责任"，同时还往往激励艺术家去进行一些"他们在最自由的状态下永远也不会想到的创造"③。特定的规则和限制有助于艺术家成功地实现其意图，而艺术家了解并遵守这些规则和限制于他自己"大有裨益"④。瓦雷里由此把诗歌形式归为语言和诗歌本质的范畴：

> 这种形式完成了艺术与自然的结合，它似乎对韵律的锁链浑然不觉，相反，它将锁链化为一件饰物，有如给赤裸的思想披上一条织锦。⑤

---

① 保罗·瓦莱里：《关于〈阿多尼斯〉》，《文艺杂谈》，第32页。
② 保罗·瓦莱里：《诗歌问题》，《文艺杂谈》，第253页。
③ 保罗·瓦莱里：《诗学第一课》，《文艺杂谈》，第307页。
④ 保罗·瓦莱里：《诗学第一课》，《文艺杂谈》，第307页。
⑤ 保罗·瓦莱里：《论女人费得尔》，《文艺杂谈》，第59页。

这种说法，堪称是对诗"戴着镣铐跳舞"的目的最好的解释。关于诗的"得到"，既然诗的形式似乎可作初始门径，在瓦雷里看来，能够学习的东西一定要有一些基本特征，有"规定的数目、韵和固定的形式"的存在①，他因此给"诗的形式"下的定义为：

> 诗的形式，也就是说其中包含节奏、韵律、和谐、修辞的对称、反衬等一切称得上形式的基本特征的手段。②

相应的，瓦雷里对格律、修辞等种种形式创作手法的刻意使用都明确表示了肯定态度。比如，他认为"格律诗"中的"格律"是"通过约定俗成对普通语言的自由加以一定的限制"③；而"倒装"，因为它"堂堂正正地扰乱天然的语序和平淡的表达"，对诗而言它不仅意味着一种自由，而且是一种"有意义"和"有用的"自由④。马拉美说过，诗歌不是去"创作"，而仅仅是要"发现"⑤。瓦雷里接受了古典主义的一切规则，其诗歌相应地也具有一种严整性。既然无须在形式上有大的变动，他与马拉美的看法大体上一致，认为诗人写诗不像是创造，而是"等待"："我们等待着意想不到的词，它不能预见，但是可以等待。我们是第一个听到它来临的人。"⑥鉴于瓦雷里在诗歌创作中恪守传统，法国批评家皮埃尔·吉罗曾把瓦雷里与魏尔伦、兰波等放在一起，统称为"机械主义的破坏者"⑦。可以说，瓦雷里诗论一反当时诗坛的实用主义倾向，于回望传统中完成了"五个世纪经验的综合"⑧。

以上即为瓦雷里诗学主张的基本出发点。瓦雷里认为诗歌天地仅仅由语言构成。瓦雷里从语言等形式的约束，而不是内容中看到了诗歌的本质。

---

① 瓦雷里对诗歌形式的倚重源于他对"美"的追求。在瓦雷里看来，诗里面"规定的数目、韵和固定的形式，所有这些任意性一旦被接受就与我们相对立，就具有一种特别的和哲理性的美"。保罗·瓦莱里：《关于阿尼多斯》，《文艺杂谈》，第32页。
② 保罗·瓦莱里：《用形式进行创造的维克多·雨果》，《文艺杂谈》，第150页。
③ Paul Valéry, *Paul Valéry: Œuvres*, Bibliothèque de la Pléiade, p. 231.
④ 保罗·瓦莱里：《蓬图斯·德·梯亚尔》，《文艺杂谈》，第23页。
⑤ 马拉美说："一首成功的诗不过是对我们熟悉的一些事物所做崭新的观察及了解之接触方式"。见费罗：《法国近代文学史：从梵乐希到沙特》，陈亦莲等译，万象图书公司，1994年，第185页。
⑥ 见郑克鲁：《法国诗歌史》，第197页。
⑦ 梁宗岱：《保罗·梵乐希先生》，《梁宗岱文集》（Ⅱ），第22页。
⑧ 皮埃尔·吉罗对瓦雷里的评论是："正当大家力图把诗歌从形式的约束中解放出来的时候，瓦莱里却从这些约束中看到诗歌的本质；他正是利用这些约束把诗歌从内容的要求中解放出来。他完成了五个世纪经验的综合，而且正当诗歌创作似乎走进死胡同的时候；他将种种价值观全新地翻了个儿，革新了整个前景……他指出了形式毫不抽象，而且属于语言和思想的本质范畴；他的分析是对至今不过是画室技巧的能量与局限的一种领悟。"引自郑克鲁：《法国诗歌史》，第195页。

总而言之,瓦雷里强调诗人应该用"自己的眼睛"来评判诗歌①,如果想探究纯诗诗人对诗歌形式一些基本问题的思考,瓦雷里很可以做纯诗论在写作构思与机制方面见解的代表。韦勒克就认为,瓦雷里在一个非常有限的范围之内是一位"实践型批评家",而且"首先是推究创作过程或者思索自己技艺的一位不断实践的诗人"②。从这种意义上,就不难理解瓦雷里对于诗歌的断言,"形式具有金子的价值"③。正是从这一原则出发,瓦雷里最终提出了诗歌的"纯诗"概念。

二 天启与人工

"仁兴"中"兴"的产生,往往源于诗人的诗意被生活中某一个场景或细节触发,之后又经由诗人学识的积累与其互动而实现。与"仁兴""兴会"相对应的现代诗学词汇,应是"对灵感的捕捉",由兴会而达到"有神"的状态,就是由灵感形成诗的过程。对应神韵说中"兴会超妙"和"兴会神到"的讨论,纯诗诗人往往也会谈到灵感的获取问题。在诗歌创作这一"预设"事件中,神韵说与纯诗论都提倡诗人进入一种"非预设"的感性状态,需要情感方面的灵光乍现,之后诗人又必须用超乎寻常的热情与创造力,审慎选择诗歌的形式和创作技巧,细细地将灵感进行梳理、总结和归类,在雕词琢句中化"腐朽"为"神奇"。这样一来,诗的创作就同时体现了诗人对人生瞬时感悟与创作过程的独特把握,一首好诗的最终完成,往往接受了来自诗人情感和技巧的双重影响。

同有着对诗之为诗这一本质的尊重,纯诗诗人对于灵感的态度,与神韵说中"妙悟"与"仁兴"的讨论不无契合。纯诗诗人首先会承认灵感的作用。与日常生活的既定程序相比,人们对偶发事件的兴趣总会大得多。因了对情感的偶发和随机性的捕捉,好诗往往包含了超出诗人预设,甚至也不在读者预期范围内的立意。要写出这样的诗句,与神韵诗家相似,纯诗诗人会着重强调创作中的"瞬间"状态。江弱水就认为,波德莱尔对瞬间现实的强调,就是将"诗的语言从时间序列中解放出来,置于以视觉为主导的空间中来"④。瓦雷里发现,"诗人不知不觉地在一系列可能的关系和变形中不断移

---

① 瓦雷里说:"我试图涉足的领域是有限的,但只要我们注意不要超越我们自己的经验、自己的观察所得和自己体验到的方法,那么一切都在我们的能力范围之内。我尽力永远不要忘记每个人皆是事物的尺度。"保罗·瓦莱里:《诗学第一课》,《文艺杂谈》,第324页。
② 韦勒克:《近代文学批评史》卷八,杨自伍译,上海译文出版社,2006年,第266页。
③ 保罗·瓦莱里:《维庸与魏尔伦》,《文艺杂谈》,第9页。
④ 江弱水:《古典诗的现代性》,第266页。

动，从中他察觉和跟踪的只是那些当他处于内心活动的某个状态时感到重要的瞬间和特别效果"①。诗人在这里敏锐地注意到了，诗与诗人情感在瞬时的感性状态上的体合。

但是，就像神韵诗家以"入门者"的基本角度论诗，严羽"一味妙悟"之后转而讨论"诗体"和"诗法"，纯诗论者同样不会高估灵感的作用。诗人在承认灵感的同时，会尊重诗歌语言的创作规律，而更多地考虑到形式对于诗的诸多限制。《一首诗的缘起》是波德莱尔为爱伦·坡《乌鸦》一诗译文所写的前言，最初发表于 1859 年。在文中诗人这样描述坡："他肯定拥有巨大的天才和比任何人都多的灵感，如果灵感指的是毅力、精神上的热情，一种使能力始终保持警觉、呼之即来的能力的话。"②但与此同时，波德莱尔还引用了爱伦·坡《创作哲学》中的一句话，说明了坡在写作中"以力构"的一面：

> 我认为我可以自夸的是，我的作品中没有一点是被偶然地抛出来的，整个作品都带着数学问题的精确性和严密逻辑一步步走向它的目的。③

以上评论可以看出爱伦·坡与波德莱尔两位诗人对"灵感"的真正态度。灵感不仅是一种精神上天生的热情，还需要诗人所做的"数学计算"式的参与，诗要留住灵感就必须耗费心力。诗人对形式的构建在这里被视为灵感获取的必要条件，有毅力不见得有灵感，没有毅力，是绝不会"留住"灵感的。所以在波德莱尔看来，灵感说到底不过"每日练习的报酬而已"④。在神韵说中，"识"与"才"的关系被反复讨论，"天启"与"人工"也构成了纯诗说中的一组对照概念。波德莱尔眼中的诗的创作是"一件最累人的营生"⑤，诗人对字句反复推敲，甚至不放过一个标点符号，他认为只有这样，灵感才能"像饥饿、消化、睡眠一样听话"⑥。

马拉美也把灵感视为是一个方法问题。诗人更应该在"艺术创造过程中重视自觉和刻意的因素"，马拉美要说的就是爱伦·坡强调过的"计算"，"尽管诗人的心灵所追求的并不是逻辑或科学意义上的真理所追求的，它却

---

① 保罗·瓦莱里：《诗歌问题》，《文艺杂谈》，第 249 页。
② 波德莱尔：《一首诗的缘起》，《1846 年的沙龙》，第 185 页。
③ 波德莱尔：《一首诗的缘起》，《1846 年的沙龙》，第 185 页。
④ 波德莱尔：《评雷翁·克拉代尔〈可笑的殉道者〉》，《1846 年的沙龙》，第 134 页。
⑤ Charles Baudelaire, *Correspondances Générale*, ed. by Claude Pichois, p. 79. 波德莱尔在《对青年文人的忠告》一文中也认为，儿童专心致志于形式和色彩时所感到的快乐比什么都更像人们所说的灵感。但是，灵感显然只是"每日工作的姊妹"。波德莱尔：《对青年文人的忠告》，《1846 年的沙龙》，第 15—16 页。
⑥ 波德莱尔：《对青年文人的忠告》，《1846 年的沙龙》，第 16 页。

必须像科学家的心灵一样训练有素"①。马拉美"怀着炼丹士的耐心,准备为此而牺牲一切虚荣和愉快,就像过去人们劈了家和房梁来生炉子一样地喂养着我的大著作的火炉":

> 这是一言难尽的:一部书,一部多卷本的地地道道的书,一部事先构思好的讲求建筑艺术的书,而不是偶然灵感——即使这些灵感是美妙绝伦的——的集子。②

同马拉美一样,瓦雷里也会强调作诗不仅需要天启之"灵感",更在于诗人后天的努力。瓦雷里认为:

> 神灵好意地轻易给了我们这样的第一句诗;但是,要靠我们写出第二句诗,它应该同第一句诗相配合,要配得上它超自然的兄长。为了让它成为一句天才的好诗,需要运用一切经验和智力的方法,这不是太过分的。③

在瓦雷里看来,"灵感"在诗中的作用往往会被夸大。④ 艾略特不大谈灵感,但他对瓦雷里等人有关灵感的意见给予了充分肯定:"这是浪漫主义态度的一种矫正,这种俗话叫作'灵感'的态度,倾向于有意无意地认为,诗人在写一首诗的过程中,仅仅扮演一个中介的、不相干的角色。"⑤艾略特重视诗人的学力、智力和剥笋式的创作手法,以要求诗歌应有"统一感受力",而以"客观对应物"结束著称。这其实可以被视为是一种对纯诗理论的借鉴和发展。如同神韵诗家对"妙悟"和"仁兴"的强调,纯诗也强调灵感的不期而至,他们对诗的态度再次验证了瓦雷里的说法:"诗是极其不规则、不稳定、不由自主和脆弱的,我们得到和失去它都出于偶然。"⑥诗出于偶然是因为,诗是与人生一样反复无常的存在。诗人对人生短暂与无常的独特体验,科学无从置喙,银行家和商人也无从取代。

三 空白与暗示

马拉美与瓦雷里都肯定了诗人在把握灵感的过程中,应具有坡所说的

---

① 卡列内斯库:《现代性的五副面孔》,顾爱彬等译,商务印书馆,2002 年,第 65 页。

② 马拉美:《马拉美诗全集》,葛雷等译,浙江文艺出版社,1996 年,第 379 页。

③ 引自郑克鲁《法国诗歌史》,第 197 页。

④ 瓦雷里在《诗与抽象思维》一文中说:"在几分钟之内,读者受到的冲击却是诗人在长达几个月的寻找、期待、耐心和烦躁中积聚起来的发现、对照以及捕捉到的表达方式的结果。他归功于灵感之处远远多于灵感可以带给诗人的东西。"保罗·瓦莱里:《文艺杂谈》,第 302 页。

⑤ T. S. Eliot, "Introduction," in Paul Valéry, *The Art of Poetry*, p. xii.

⑥ 保罗·瓦莱里:《论诗》,《文艺杂谈》,第 327 页。

那种"数学家式的精确"，这种看法与波德莱尔对形式的重视一脉相承。波德莱尔认为，从诗的形式中可以发现"一块精细加工过的金属和矿物的美"①。与之相对应，兰波在后来干脆将作诗视为一种"语言炼金术"。无独有偶，司空图在《二十四诗品》中，也曾使用了"犹矿出金，如铅出银"的说法以形容诗的"洗炼"风格。

在对诗的形式的探索中，波德莱尔和马拉美是两个里程碑式的存在。以兰波对诗歌语言的讨论为例，自由诗是兰波、拉福格（Jules Laforgue）等人最先进行尝试的，真正的自由诗却是马拉美创造的。马拉美把语言特有的韵律限制看作主要限制，持一种"符号学语音"的观点，并将之转化为"音位学体系"②。兰波提出了"语言炼金术"，如兰塞所说，又是波德莱尔，这个自称"整个一生都用来学习构造句子"的诗人③，兰波眼中的"诗王"，第一次在诗歌史上实践了真正的语言"炼金术"，由此打开了诗歌"现代性"的新纪元。④ 兰波堪称现代诗歌语言改革的先锋。他能如彗星一般照亮诗坛，波德莱尔和马拉美从中起到了重要的影响作用。两位诗人对"纯诗"理论的大力开拓，才使魏尔伦与兰波等在诗歌形式上的实践上走得更远，而最终，瓦雷里也得以在前人基础上提出"纯诗"概念，成为"纯诗"理论的践行者。

神韵说提倡作诗以简驭繁，着意削减诗歌形式上的具体要素。与之相似，纯诗诗人同样利用了"空白"与"暗示"等手法，用一种间接的门径追求诗意，在诗歌形式的构建中也做了"减法"。波德莱尔曾这样评价音乐："在音乐中，如同在绘画中，甚至如同在文字中一样，虽然文字是一种最确实的艺术，总是有一种需要由听者的想象力加以补充的空白的。"⑤波德莱尔对音乐的要求，马拉美通过诗做到了。马拉美的诗充满了形式上的美，其最有震撼力的特点，就是诗人对"空白"与"间隔"手法的运用。以诗歌《骰子一掷消灭不了偶然》的结语部分为例：

> veillant
>> doutant
>>> roulant

---

① Charles Baudelaire, *Correspondances Générale*, ed. by Jacques Crépet, 3 vol., Bibliotheque de la plelade, Paris：Gallimard, 1947 - 1953. pp. 39—40.

② 郑克鲁：《法国诗歌史》，第 180 页。

③ Charles Baudelaire, *Correspondances Générale*, ed. by Claude Pichois, p. 307.

④ Dominique Rincé, *Les fleurs du mal*：*Charles Baudelaire*, Paris：Les Editions Nathan, 1994, p. 7—8.

⑤ 波德莱尔：《理查·瓦格纳和〈汤豪舍〉在巴黎》，《1846 年的沙龙》，第 484 页。

　　　　　　brillant et méditant

　　　　　　　　avant de s'arrêter

　　　　　　　à quelque point dernier qui le sacre

　　　　Toute Pensée émet un Coup de Dés

　　警惕

　　　怀疑

　　　　翻滚

　　　　　璀璨与凝思

　　　　　　均发生在停留于

　　　　　最后献身的落点之前

　　　骰子一掷散落一切思想

　　这是一首别出心裁的自由诗。诗中的词语位置的排列非常奇特：有时呈楼梯式，有时一行只有一个词（在整首诗中，有时一页也只有一个字或几个字）。与诗中晦涩的内容相比，诗歌形式中的空白紧张而强烈，它们的设立就像宇宙中每个天体之间真空的距离，充满了宇宙空间神秘而意味深长的力量。当我们于距离和间隔的框架中回望天体，对于这些宇宙组成物的印象就不再能以大小不一的球体涵盖，它们是一个整体。马拉美就作诗的手法说："直陈其事，这就等于取消了诗歌四分之三的趣味，这种趣味原是一点一点去领会的。暗示才是我们的理想。"[①]当马拉美的诗于空白和间隔中次第进行的时候，经过字与词组的有机组合，暗示最终产生的效果真是妙不可言。

　　希腊文的词汇"诗"（pioêma）源于"制作"（piein），是将事物按已有的模式"制作"出来，使之得到认识。"纯诗"理论的基石也主要构建于语言和形式方面。有关纯诗诗家对创作过程与技巧的重视程度，怎么说都不过分。马拉美的诗可以代表纯诗对形式的倚重与雕琢的那一面。在某种意义上，"纯诗"更多地是指诗歌形式而非内容上的纯粹，没有杂质，"纯诗"之"纯"不是对现实内容的摒弃，而更多意味着一种文体或形式意识的觉醒。因为这样，爱伦·坡在《诗的原理》中才会反复地强调诗的篇幅短长。《恶之花》中对丑恶现实的描述内容，与波德莱尔同样是"纯诗"说的倡导者也并不矛盾。诗人要实现诗的神圣目的，必然力求形式的完美。一首十四行诗的布局、结构，也可以说是框架，因此被波德莱尔视为"精神作品所具有的神秘生命的

————————

① 马拉美：《马拉美谈文学运动》（1889 年答于勒·内芮问），闻家驷译，《外国文学》1983 年第 2 期。

最重要的保障"①。

魏尔伦和兰波对诗歌形式的尝试同样大胆。魏尔伦的诗中常见含蓄与暗示，篇末浑茫，惯以不结束为结束，刻意追求淡出的效果。卞之琳在1934年曾将尼柯孙（Harold Nicolson）的《魏尔伦》一书中的三节总结式文字译成中文。② 这一段文字专论魏尔伦诗中的亲切（Intimacy）与暗示（Suggestion），并且指出，这两个"在象征主义的机器上占了重大的地位"。尼柯孙认为，为了达到"亲切"，并使"暗示的质素变得富裕"，魏尔伦走的是一条"间接的门径"，诗人的尝试主要用了两方面的技巧完成。首先的一条就是魏尔伦对诗歌尾句部分的特殊处理，"他显然有意想出诡计来把对于无穷的一瞥放在最后一行里"③。这心思似乎是所谓"象征主义"诗人的共识，尼柯孙因此将讨论扩大到了整体"象征主义"诗的范围：

> 在他们看来，创作中不可救药之事为终局之感：一首杰作应该到了表面上是结尾的地方才开头；仅仅描写还不够，它得暗示；它在后面得留下不曾表白出来的颤动。就是这个暗示性，这个把不可及的指点出来的方法，成为魏尔伦对于新学说的主要贡献了。④

还有一种有关诗歌开头的技巧。卞之琳在这里将之译为："还有一种方法，他常常用来暗示言外之意。"⑤尼柯孙说："他作诗，往往一开头就暗示外界的景象，朦朦胧胧一变化，就借来说明和表明他的心情。"就像下面的几行诗：

> 在那连绵不尽的
> 旷野的厌倦里，
> 野花恍惚不定地
> 闪烁得像沙子。⑥

旷野中"厌倦"的氛围、野花恍惚不定地闪烁得像沙子，诗里没有人，而有自我的情绪消融在其中。魏尔伦的诗句往往由一连串的"印象"构成，"半明半暗中聚合着精致的菘蓝色"⑦。诗人对世界极为敏感，他说："在我身上，眼

---

① 波德莱尔：《再论埃德加·爱伦·坡》，《1846年的沙龙》，第180页。
② 哈罗德·尼柯孙：《魏尔伦与象征主义》，卞之琳译，《学文》1卷1期，1934年5月1日。
③ 哈罗德·尼柯孙：《魏尔伦与象征主义》，卞之琳译，《学文》1卷1期，1934年5月1日。
④ 哈罗德·尼柯孙：《魏尔伦与象征主义》，卞之琳译，《学文》1卷1期，1934年5月1日。
⑤ 哈罗德·尼柯孙：《魏尔伦与象征主义》，卞之琳译，《学文》1卷1期，1934年5月1日。
⑥ 哈罗德·尼柯孙：《魏尔伦与象征主义》，至《卞之琳译文集》整理出版时，卞之琳又重译了译文中的诗歌部分。见江弱水整理：《卞之琳译文集》，安徽教育出版社，2000年，第262页。
⑦ 引自郑克鲁：《法国诗歌史》，第165页。

睛,尤其是眼睛,非常早熟。我盯着看一切,任何东西的外形都逃不过我的注视。我不断地追逐形式、色彩、阴影。"①诗人的心情似乎迤逦着消融在景物里,换句话说,是诗中整幅的风景赋予了心灵内在的力度。景因为情而难以捕捉。怪不得,魏尔伦主张一首诗应该写成半透明状态的东西,既可以看到什么,又什么也看不清楚。兰波的诗在对隐喻的使用中常见这种暧昧,它甚至在波德莱尔的诗中已见端倪。根据萨特的看法:"波德莱尔与世界有一种原始的距离。这不是我们的距离:在客体和他之间,存在一种微暗的半透明体,像夏天的热气在震动。"②这是诗人的情感在其中的颤动,只有用暗示,诗人才可以抓住这"即景而生,一纵即逝的感触",诗因此有了自己的音调:

> 他知道,只要用拉梵婀林(violin)的手段,轻轻一点上,他能叫否则只是浮光掠影的诗情发出袅袅余音。他比什么人都明了:如何使一首顶脆弱的诗带有远不可及的韵味。③

因为知道自己的箭袋里只有"为数不多的几支箭",所以"经济",所以"手法极准"。想创造袅袅余音和远不可及的效果,魏尔伦对诗中暗示性结构的重视,正对应姜夔对尾句的刻意经营;魏尔伦融情入景的创作手法,似也可对应司空图的"思与境偕"。与具有神韵的诗相似,魏尔伦语贵含蓄,其诗也多为短诗。卞之琳曾在译文中提出一个问题:魏尔伦的诗为什么特别合中国人的口味? 他继而回答说:

> 其实尼柯孙这篇文章里的论调,搬到中国来,应当是并不新鲜,亲切与暗示,还不是旧诗词的长处吗? 可是这种长处大概快要——或早已——被当代一般新诗人忘掉了。④

卞之琳自己显然没有忘记这一点。借由对魏尔伦诗中暗示手法的借鉴,卞之琳在诗歌创作中再现了中国古典诗含蓄不尽的深远意味。

如果进一步考察,纯诗诗家对"空白"与"暗示"手法的重视,还来自他们刻意对语言的"提纯"态度上。瓦雷里眼中的诗歌是一门"语言的艺术"⑤,诗歌创造中首要的和最值得注意的是"话语"。与音乐家等艺术家相比,语言

① 引自郑克鲁:《法国诗歌史》,第 165 页。
② 萨特:《波德莱尔》,施康强译,北京燕山出版社,2006 年,第 26 页。
③ 哈罗德·尼柯孙:《魏尔伦与象征主义》,《学文》1 卷 1 期,1934 年 5 月 1 日。
④ 哈罗德·尼柯孙:《魏尔伦与象征主义》,《学文》1 卷 1 期,1934 年 5 月 1 日。
⑤ 保罗·瓦莱里:《美学创造》,《文艺杂谈》,第 353 页。

使诗人的装备"完全不同"①。在《普通语言学教程》中，索绪尔把人的言语活动分成"语言"（langue，语言的规范系统）和"言语"（parole，具体交流中呈现出来的语言事实）两部分②。"语言"是言语活动中的社会部分，它不受个人意志的支配，"言语"则带有个人发音、用词和造句的特点。瓦雷里说："艺术家哪怕在自白的时候也是有所选择的，此处轻描淡写，彼处夸大其辞。"③与索绪尔所说的"语言"相比，诗人关注的无疑是"言语"。更确切地说，他只关注独属于诗人的、语言中不再"实用而自由"的那一部分：

> 事实上，诗人运用词语的方式完全不同于人们出于习惯和需要对词语的使用。也许是同样一些词语，但丝毫不是同样的涵义。"下雨了"，诗人关心的正是其无用之处，其言外之意；一切肯定和表明他不是在用散文体说话的东西，在诗人那里就是好的。④

诗的语言与承担了基本交际功能的日常语言的区别，意味着它与"散文体语言"截然两分。瓦雷里因此把诗的语言定义为"语言中的语言"：

> 那些不同于普通话语的话语，即诗句，它们以奇怪的方式排列起来，除了符合它们将为自己制造的需要之外不符合任何需要；它们永远只谈论不在场的事物，或者内心深刻感受到的事物；它们是奇怪的话语，似乎不是由说出它们的人，而是由另一个人写成的，似乎不是对聆听它们的人，而是对另一个人说的。总之，这是语言中的语言。⑤

诗中的语句都是"无关"的（永远只谈论不在场的事物）、"无语"的（似乎不是对聆听它们的人，而是对另一个或一些人说的），和处于"非常"状态中的语言（奇怪的话语）。它们独属于诗，是"语言中的语言"。比之于神韵说，瓦雷里的这一语言观念简直像是对"言外之意"的别一种解释。神韵说要求"意在言外"，纯诗论坚持诗独有的语言。从形式意义上，神韵与纯诗诗学均

---

① 瓦雷里认为，正是凭借语言，诗歌得以在诗意世界的创造过程中超越音乐、绘画、建筑等艺术模式，最终脱颖而出："一切艺术的建立，根据各自的本质，都是为了将转瞬即逝的美妙延续和转化为对无限的美妙时光的把握。一件作品只是这种增殖或可能的再生的工具而已。音乐、绘画、建筑，都是对应于不同感官的不同模式。然而，在所有这些制造或再现一个诗意世界的方式中，在对它加以组织以使它变得持久并用审慎的工作来扩充它的方式中，最古老，也许也是最快捷，但却是最复杂的方式，——是语言。"保罗·瓦雷里：《论诗》，《文艺杂谈》，第322,328页。

② Ferdinand de Saussure, *Cours de Linguistique générale*, Paris: Charles Baily et Albert Séchehaye, 1996, p. 77.

③ 保罗·瓦莱里：《维庸与魏尔伦》，《文艺杂谈》，第5页。

④ 保罗·瓦莱里：《诗歌问题》，《文艺杂谈》，第253页。

⑤ 保罗·瓦莱里：《诗与抽象思维》，《文艺杂谈》，第287页。

立足高远。人与人肩并肩站着的时候，是一种"只缘身在此山中"的状态，这与人从高远处向下望的全景式视角完全不同。视角尽量广阔，才可能还原出人生真实的状态。强调与生活语言的不同，出乎其内而又超乎其外，诗所以好的地方就在这里。

值得注意的一点是，瓦雷里将诗的语言本身区分为"意义"和"声音"两部分，并特别给予了"声音"以不同寻常的关注[1]。马拉美认为，"写诗用的根本不是思想，而是词语"[2]。瓦雷里则进一步认定，诗歌不是思想：它是将"声音神圣化"[3]。声音需要于普通语言中"提取"，就要求纯粹、完美，诗人在创作中必须持之以恒、讲究技巧，"如果我们想产生一部好作品的话；这部作品最终要显得是一系列绝妙的、连接得非常好的拳击那样"[4]。

瓦雷里特别强调了诗歌中的"声音"，这并不意味着其诗歌观超越了时代，而恰恰需要在当时人们过分注意文学作品意义的背景中理解。这种观点是对"意义"具有的压倒性影响的反拨。就诗人的观点，因为有了声音的参与，诗歌才具有"非凡的完整性"；有了语言整体的介入，才会成为"和小说不同的，相对独立的纯粹体系"[5]。关于诗的"失去"，往往也是"去掉声音以及需要的声音"，从而导致了整体性的丧失。

在瓦雷里有关语言和"声音"的论述后面，无疑有着马拉美的影响。马拉美也认为，"语言有粗糙语言和细腻语言，有一时性语言和永久性语言之分。诗的语言是细腻和永久的，另一类语言是属于散文和其它文类的"[6]。马拉美毕生追求一种完全脱离了日常功能的诗歌语言，按照韦勒克的说法，这一目标首先是"否定性的"：旨在远离现实，排斥社会，展现自然和艺术家本来的面目[7]。这就难怪马拉美的诗以晦涩难懂著称。马拉美在诗中着意

---

[1] 在瓦雷里看来，自然而成的诗，应是"意象"与"声音"不同寻常的相遇："一首诗是一段话语，它在目前的声音和将要来到的声音之间要求并且引起一种连续的联系。这个声音应该成为一种必要，那首诗是它激起的情感状态唯一的口头表达。去掉声音以及需要的声音，一切都成为任意的了。诗变成了一系列符号，它们之间的联系仅仅在于一个接一个被实际地勾画出来。"保罗·瓦莱里：《诗学第一课》，《文艺杂谈》，第315页。出于对诗歌形式的重视，瓦雷里显然把话语的声音放在了与诗的意义同等重要的位置。

[2] 保罗·瓦莱里：《诗学第一课》，《文艺杂谈》，第315页。

[3] 瓦雷里认为："这一切借助的是普通语言这一本质上是实用性的工具，这一处于不断变化之中，不断遭到污染，为所有人所使用的工具，我们的任务是从中提取出一个纯粹、完美的声音，它悦耳动听，无损瞬间的诗的世界，它能够举重若轻地传达远远高于自我的某个自我的概念。"保罗·瓦莱里：《诗学第一课》，《文艺杂谈》，第304页。

[4] 引自郑克鲁：《法国诗歌史》，第197页。

[5] 保罗·瓦莱里：《纪念马塞尔·普鲁斯特》，《文艺杂谈》，第230—231页。

[6] 郑克鲁：《法国诗歌史》，第179页。

[7] 韦勒克：《近代文学批评史》第四卷，第621页。

采用有启示性的、古老的、罕见的、难理解的词,会改变一般的句子排列次序,将动词和主语、原型动词和副动词分割开来,并增加同位语(放在相关的词前面)的使用。从根本上说,诗人的做法是根据语言的音响效果来组织字句,从中"抽出声音的启示功能"①,以造成一种新颖的效果。葛雷认为,马拉美的诗的意味和境界全在不言之中：

> "以不言言之,悱不言页,寄言也。如寄深于浅,寄厚于轻,寄劲于婉,寄直于曲,寄实于虚,寄正于奇,皆是。"马拉美的诗堪称"意在言外,使人思而得之"。②

在马拉美的世界里,一部作品或一出芭蕾舞,与"可见的大自然"处于同等地位,它们构成了"符号的整体",以致"书写"的概念大为扩展。也就是说,"书写"同"话语"一样,都可看作语言的基本表现形式。以书写的方式来对待语言,诗行中的空白与停顿自然成为诗不可或缺的部分。如果再进一步追溯,这种对语言形式的追求与波德莱尔和巴那斯派一脉相承,只不过马拉美走得更远些罢了。通过对诗中语言的提纯与精简,马拉美意图创作"纯粹的诗歌",其有关诗歌技巧的见解也成为后来"纯诗"理论的基石。③

四　文字制造的音乐

韵,"声之远出",诗之"神韵"与音乐先天存在着联系。神韵说与纯诗论均强调了诗中的音乐性,这是它们另一个明显的契合之处。朱谦之把中国文学视为"音乐文学",他眼中的另一种音乐文学正是"法国的象征诗"：

> 其实散文决不是真正表现情志的文学,更不是文学的极点,如他们极力提倡散文诗,以为散文诗才是完全脱离音乐拘束的自由诗,其实自由诗虽反对定形的音节,但绝不是什么散文体的,如法国象征派诗人所提倡的自由诗,才是真正的音乐文学哩!④

朱谦之认为,自由诗绝不等于散文体;表现情志的文学和文学的"极点",只与一个标准相关,即是不是真正的音乐文学。法国象征诗之着重"以声传神",都过于其"以画形色",例如爱伦·坡的《钟》,"玎玎珰珰,玎玎珰珰,音

---

① 郑克鲁：《法国诗歌史》,第 180 页。
② 葛雷、梁栋：《现代法国诗歌美学描述》,第 107 页。
③ 葛雷、梁栋：《现代法国诗歌美学描述》,第 113—114 页。
④ 朱谦之：《中国音乐文学史》,第 35 页。

乐般地流喷"。在朱谦之看来:

> 这派里有好几位诗人,描写之时,都是舍"工笔"而用"泼笔",但是你读了每一首诗几行之后,意义虽还没有明了,而这几行的音调,已经激起一种情调。[①]

他认为,魏尔伦的"不要色彩,只要阴影",这种气味的浑漠、情调的抒写,正是"音乐文学的条件"[②]。的确,有意无意地,神韵与纯诗论者对音乐都抱有一种非专家式的特殊兴趣。所谓"言有尽而意无穷",神韵诗要使无限的意义在有限的语言中得到表达,必然要借助音乐等一些特殊手段。纯诗诗家也正是用音乐来区分诗与散文,音乐和诗在诗人眼中很多时候可以相提并论。爱伦·坡就认为:"音乐与给人以快乐的思想结合便是诗,没有思想的音乐仅仅是音乐,没有音乐的思想,凭着其确定性则是散文。"[③]语言是否富有韵律是"纯诗"能否存在的重要前提。接近于音乐的纯粹和彻底也成为"纯诗"努力的方向。"诗的感情可以在绘画、雕刻、建筑、舞蹈各种方式中,特别在音乐中,发展它自己"[④]。音乐在坡看来,就成为诗的境界中"最迷人"之处:

> 借助于诗——或借助于诗的境界中最迷人的音乐——我们发现自己被化成泪水了。[⑤]

波德莱尔同样视诗与音乐为一种并列关系。对于诗与音乐的共性,波德莱尔曾总结为"一种迷醉的感觉":

> 在这三种表达中,我都发现了对精神和肉体的迷醉的感觉,对孤独的感觉,对观照某种无限崇高无限美的东西的感觉,对一种赏心悦目直至迷狂的强烈光芒的感觉,总之,对伸展至可以想像的极限的空间的感觉。[⑥]

这三种表达指的是瓦格纳、李斯特和波德莱尔对《罗恩格林》序曲所表达的三种不同感想。波德莱尔最终提出的诗歌契合论,显然部分源自音乐家瓦

---

① 朱谦之:《中国音乐文学史》,第 28 页。
② 朱谦之:《中国音乐文学史》,第 28 页。
③ Edgar Allen Poe, *The Raven and Other Poems*, see *Poems and Poetics*, p. 30.
④ Adgar Allen Poe, *The Poetic Principle*, p. 161.
⑤ Adgar Allen Poe, *The Poetic Principle*, p. 160.
⑥ 波德莱尔:《再论埃德加·爱伦·坡》,《1846 年的沙龙》,第 180 页。

格纳的启发①。这一理论很大程度上显示了诗与音乐的契合：

> 读者知道我们的目的是什么：证明真正的音乐在不同的灵魂中启示类似的观念……因为真正使人惊讶的，是声音不能暗示色彩，色彩不能使人想到旋律，声音和色彩不适于表达思想；自从上帝说世界是一个复杂而不可分割的整体那一天起，事物就一直通过一种相互间的类似彼此表达着。②

在波德莱尔诗论里，诗歌与音乐构成了艺术的"双重"性："一种艺术的极限，正是另一种艺术开始的地方。"③它们都可以作为人的灵魂追求彼岸之"美"的原因和手段：

> 正是这种对于美的令人赞叹的、永生不死的本能使我们把人间及人间诸事看做是上天的一览，看做是上天的应和。人生所揭示出来的对于彼岸的一切永不满足的渴望最生动地证明了我们的不朽。正是因为诗，同时也通过诗，由于音乐，同时也通过音乐，灵魂窥见了坟墓后面的光辉；一首美妙的诗使人热泪盈眶，这眼泪并非极度快乐的证据，而是表明了一种发怒的忧郁，一种精神的请求，一种在不完美之中流徙的天性，它想立即在地上获得被揭示出来的天堂。④

几乎所有纯诗诗家都看重音乐。马拉美的诗几乎打破了日常句式的所有法则，因为他作诗的最高理想就是"写出精神的音乐"⑤。诗篇中追求韵律的语言超越日常语言的结果，很大程度上是在向音乐靠拢，纯诗诗人对音乐的重视多源于他们对语言和形式的重视。这就毫不奇怪，马拉美主张诗应向音乐借鉴，"向它索回自己的财产"⑥。

魏尔伦也格外注重诗歌中音乐节奏的和谐，他的《秋歌》一诗被"设计"的极富乐感。魏尔伦主张诗歌应具有难以暗示的音乐性，通过细微差异、误

---

① 波德莱尔在《理查·瓦格纳和〈汤豪舍〉在巴黎》一文中曾引用瓦格纳的说法："我的确认识到，正是在一种艺术达到不可逾越的极限的那个地方，极其准确地开始了另一种艺术的活动范围。因此，通过两种艺术的密切的结合，人们就能以令人满意的清晰表达任何单独的艺术所不能表达的东西。相反，任何用其中一种艺术的手段表达只能由两种艺术共同表达的东西的企图，都不可避免地要导致晦涩，首先是混乱，然后是每一单独的艺术的退化和变质。"波德莱尔：《1846年的沙龙》，第491页。
② 波德莱尔：《理查·瓦格纳和〈汤豪舍〉在巴黎》，《1846年的沙龙》，第487页。
③ 波德莱尔：《理查·瓦格纳和〈汤豪舍〉在巴黎》，《1846年的沙龙》，第490页。
④ 波德莱尔：《再论埃德加·爱伦·坡》，《1846年的沙龙》，第182页。
⑤ CLaude Duchet：*Histoire Litteraire de la France*，Paris：deitions Sociales，1977，p.417.
⑥ Paul Valéry, *Paul Valéry*：*Œuvres*, p. 221.

会和灵活的象征，写出近乎难以捉摸的半意识状态：梦境、思乡、不安或幸福，这也使他为中国新诗诗人所看重。

瓦雷里在白瑞蒙发表《纯诗》之前，已经为法布尔（Fabre）的诗集《女神的诞生》写下《前言》，《前言》被认为是"纯诗"理论的主要史料之一。在《前言》中诗人说：

> 音乐本身带着一种生命，它用物理的定律加诸我们；至于文学杰作则要求我们把这种生命付诸它们。[1]

诗人要求诗歌里"音乐之美一直持续不断"[2]。"一首诗就是一部'乐谱'，读者要用自己的心灵和脑子演奏。这样便产生无限的可能性"[3]，在瓦雷里的诗论中，诗歌与音乐的对等地位在于它们同为"感情嬗变的最高形式"：

> 在太阳下，在纯洁天空的无边形式中，我梦想一个炽热的场地，那里任何明晰的东西都不存在，任何东西都不长久，但是任何东西都不停止，仿佛毁灭本身刚一完成便自行毁灭一样。我失去了存在与不存在的区别感。有时音乐强加给我们这种印象，这种印象超越了其他一切印象。我想，诗歌难道不也是感念嬗变的最高形式了吗？[4]

白瑞蒙被钱锺书视为纯诗理论的总结者。他最重要的论著有两部，《诗与祈祷》以及《纯诗》。钱锺书引用了诺瓦利斯的一句话，认为其"一语道尽"了白瑞蒙《纯诗》的宗旨，即"人常谱诗入乐矣，何为不以乐入诗耶"[5]。但是，与音乐相比，白瑞蒙更看重诗歌与宗教相同的一面，他的诗学观在本书的下一部分将会被详细论及。

和诗一样，音乐艺术并不乏神秘的色彩。音乐中的音符如同语言，也发展了自己的一套"结构、语法和词汇"，有人类不能左右的神秘之处。音乐中的音节体系很可能源于五度音环（the circle of fifths），这个环几乎是一个封闭的圆，傲慢的人类总觉得应该对自然界作出某种纠正，把圆弄得更圆一点，而自然总允许有某种神秘、进化或发展的因素存在。五度音环就是这样：当你回到你当初开始的那个音符上时，你会发现，要是这五个音符全都被调得很准确，那么你返回的这个音符总会略升高一点。人类只好等待毕

---

① 瓦雷里：《前言》，《现代诗论》，第 224 页。
② 见郑克鲁：《法国诗歌史》，第 200 页。
③ 郑克鲁：《现代诗论》，第 198 页。
④ A. Adam, G. Lerminier, Sir E. Morot, *Littérature française*, 2 vol., Paris: Larousse, 1968, p. 296.
⑤ 钱锺书：《谈艺录》，第 673—674 页。

达哥拉斯来建立精确的差异数学，即人们所说的"毕达哥拉斯音差"。中国是最早研究五度音之间关系的民族。与西方音乐不同，乐曲中的"五音"在唐代时用"合、四、乙、尺、工"；更早时则用"宫、商、角、徵、羽"，正宗中国古乐只有五个音阶。这样一来，五音或者五声，与古代的所谓阴阳五行、五味、五色等朴素的理论形式一样，通常被人看作是整个东方音乐的基本形态。中国文化中特有的自然与人的神秘契合，同样体现在了音乐中。在纯诗说中，爱伦·坡一开始就把美界定在了"彼岸"，纯诗理论中的音乐同样不乏神秘。《契合》一诗中的自然是一座庙宇，其实音乐也是一座庙宇。音乐给了我们一瞥更加完美的世界的机会，通过它，人们能最大程度地接近纯粹的极限，最终到达神圣的精神领域。正是从这种意义上，爱伦·坡说："从人间的一张竖琴，也能弹奏出天使们不可能不熟悉的曲子，这种惊人的快乐时常使我们震颤。"[1]"音乐是最远离物质性的艺术，只表达纯粹的运动，并不参照实际的物体，具有看不见的翅膀，也就是精神的翅膀"[2]，这是德国哲学家谢林的一句话。音乐这种纯粹的、非物质的特性表现在诗的形式上，就构成了诗歌内在的一种超越性：那不朽的美属于"彼岸"，即便疯狂地努力，即便人们心向往之，也终不能至。爱伦·坡认为，毫无疑问，我们将只能在诗与通常意义的音乐相结合中，寻到发展诗的"最最广阔的领域"[3]。

真正的音乐天生地排斥某种气质，真正的诗似乎都是"严肃""严厉"的反面，这其实是诗中的音乐性在起作用。维也纳是欧洲的音乐之都，维也纳人经常挂在嘴边的词是"gemütlish"，它几乎不可翻译，其含义可以是"舒适的""怀乡的"，也可以是"刺激的""兴奋的"，总之，是"严肃""严厉"的反面。在某种意义上，这就是音乐的气质，也是富有乐感的诗歌的气质。作为继浪漫主义而兴起的诗学思潮，纯诗天然带着这样的气质。在神韵说中，司空图虽兼重"雄浑"与"冲淡"。他主张的"雄浑"并不同于"犷悍"或者"刚强"。诗人提倡的诗作需笔力千钧，而又吐属自然，也不与"冲淡"矛盾。有关司空图对于"雄浑"与"冲淡"关系的见解，吴调公将对其相关的讨论上升到了哲学层面：

> 冲淡在于守素持静，雄浑在于包容万物。冲淡是无用，雄浑是有用，中国哲学中首先把"雄浑"与"冲淡"两者统一起来的是老庄，老子是"无用之以为用"，庄子是"无用之用"，到了司空图手里，则是"持之非

---

① Adgar Allen Poe, *The Poetic Principle*, p. 161.

② 见恩里科·福比尼：《西方音乐美学史》，修子建译，湖南文艺出版社，2005年，第213页。

③ Adgar Allen Poe, *The Poetic Principle*, p. 161.

强,来之无穷"。①

至严羽那里,在《答出继叔临安吴景仙书》中,严羽说用"健"字不得,他同样认为诗歌天生地应排斥某种气质:

> 又谓盛唐之诗,雄深雅健。仆谓此四字,但可评文,于诗则用"健"字不得。不若《诗辩》雄浑悲壮之语,为得诗之体也。毫厘之差,不可不辨。坡、谷诸公之诗,如米元章之字,虽笔力雄健,终有子路事夫子时气象。盛唐诸公,如颜鲁公书,既笔力雄壮,又气象浑厚,其不同如此。只此一字,便见吾叔脚跟为点地处也。②

就诗与音乐的关系,如果用图表示,我们有理由相信,音乐存在于纯诗之"纯"的部分,以及神韵诗所以能言"韵"的地方。纯诗与神韵的特质均存在于诗与音乐艺术的交叉之处,诗的本质也包括诗本身所包含的,能够在形式上为感觉所理解的音乐本质。

当然,作为两种艺术,诗与音乐的不同之处也很明显。音乐用音符抒情表意,诗毕竟还包括文字内容,要使用"语言中的语言"。音乐与诗都依

图 2　神韵·纯诗·音乐

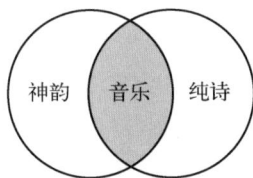

赖于听觉,黑格尔却说:"声音在诗与音乐里面的作用是不同的:声音在诗里却不像在音乐里那样仍保持一种独立的价值或效力,单凭声音的组织安排就可以完全达到音乐艺术的基本目的,而是含有精神世界的观念和观照的明确内容,仿佛就是这种内容意义的纯粹外在的符号。"③这样一来,诗人一方面被音乐中非理性的魔力所吸引,另一方面怀着对旧日传统的平静和平衡的渴望,在对文字的使用和技巧的因袭中,他又被拖回到诗歌领域。和谐只存在于不相同的事物,诗与音乐因此构成了观念和技巧上的某种应和。因为语言,诗最终超越了音乐,成了诗。

---

① 吴调公:《神韵论》,第 211 页。
② 严羽:《答出继叔临安吴景仙书》,《历代诗话》,第 706 页。
③ 黑格尔:《美学》,朱光潜译,商务印书馆,1979 年,第 113 页。

第四章　神秘的诗学：诗歌价值层面的共通

预　言

何其芳

这一个心跳的日子终于来临，
你夜的叹息似的渐近的足音。
我听得清不是林叶和夜风私语，
麋鹿驰过苔径的细碎的蹄声。
告诉我，用你银铃的歌声告诉我，
你是不是预言中的年轻的神？

你一定来自温郁的南方，
告诉我那儿的月色，那儿的日光。
告诉我春风是怎样吹开百花，
燕子是怎样痴恋着绿杨？
我将合眼睡在你如梦的歌声里，
那温馨我似乎记得，又似乎遗忘。

请停下，停下你长途的奔波，
进来，这儿有虎皮的褥你坐！
让我烧起每一个秋天拾来的落叶，
听我低低唱起我自己的歌。
那歌声像火光一样沉郁又高扬，
火光一样将我的一生诉说。

不要前行，前面是无边的森林，
古老的树现着野兽身上的斑纹。
半生半死的藤蟒一样交缠著，
密叶里漏不下一颗星星。

你将怯怯地不敢放下第二步，
当你听到第一步空寥的回声。

一定要走吗？请等我和你同行！
我的足知道每条平安的路径，
我可以不停地唱着忘倦的歌，
再给你，再给你手的温存。
当夜的浓黑遮断了我们，
你可以不转眼地望着我的眼睛。

我激动的歌声你竟不听，
你的足竟不为我的颤抖暂停。
像静穆的微风飘过这黄昏里，
消失了，消失了你骄傲的足音……
呵，你终于如预言所说的无语而来
无语而去了吗，年轻的神？

引言　现代诗的古典美

新文学运动伊始，胡适等新诗论者唯白话马首是瞻，重视语言逻辑似乎要多于诗的成分。但他们不会没有注意到，最好的白话已经在古典文学传统里面。就以《红楼梦》中的一段文字为例：

> 一日清晓，宝钗春困已醒，搴帷下榻，微觉轻寒，启户视之，见园中土润苔青，原来五更时落了几点微雨。[1]

这段有关初春夜雨的景物描写，文字精简灵动，让人想起了孟浩然的《春晓》：

> 春眠不觉晓，处处闻啼鸟。夜来风雨声，花落知多少？

《春晓》寥寥数字，着眼于人的日常感受，同样描摹出了雨后的清晓春光。在语言上，《春晓》的一、二、四句均以三声结尾，再三用声调模拟了一种回顾和回环的动作。"春"与"晓"都可形容"初生"的状态，孟浩然暮年时作《春晓》，字句间有惜春的惆怅，又洋溢着生机，甚至夹杂着些许莫名的喜悦。诗作简朴、自然，令人回味。其实更多时候，人于吟咏情性的诗歌中欲展现的，不是索取而是存留。《春晓》中没有"别材"。诗里那些平凡生活场景中的偶然感触，是每个人的记忆和想象中所熟悉的。诗人没有从特殊的角度突出景物，他甚至无须在旅途中探索真与美。

"运用平常的文字，写出平常人的情感，因为手段的高，写出难言的美。"[2]这是卞之琳写出最初一批诗之后的 1931 年，沈从文赞赏卞之琳的话。卞之琳诗的古典美与十年前《尝试集》的粗简突兀迥然两样。卡希尔曾认定，令人惊叹的东西、不可思议的东西、神秘的东西才是真正的诗歌形式所承认的"唯一题材"[3]，至少《红楼梦》《春晓》与带有古典特质的卞诗的存在都证明了，诗的神秘之处也在于表现了日常情感中"难言的美"。戏剧与小说直接反映了常理，但毕竟多数的人不会用一生去履行相同的情节，传奇地生活或死去。诗不是这样，诗与情感的常态妥帖地契合，诗在我们日常的世界中兴旺发达。在诗中我们认识自己，发现生活，如瓦雷里的说法，诗歌首先

---

[1] 曹雪芹：《红楼梦》，人民文学出版社，2005 年，第 810 页。

[2] 沈从文：《〈群鸦集〉附记》，《创作月刊》，1931 年第 1 期。

[3] 卡希尔：《艺术在文化哲学中的地位》，《西方文艺理论名著选编》，伍蠡甫、胡经之主编，北京大学出版社，1985 年，第 755 页。

须"无个性",才能臻于"完美"①。

《春晓》之美的"难言"主要在于其整体的浑融之气。王士禛在《唐贤三昧集》中没有收录孟浩然的《过故人庄》与《春晓》,就是因为它们浅白到"寒俭",不符合渔洋论诗先求"雅"的要求。②《沧浪诗话》中的"羚羊挂角,无迹可求"之说强调了诗所特有的神秘境界,与之相比,王士禛似乎更重诗句而非全篇,这是他与严羽的一个不同处。郭绍虞将其中的原因归结为"没有兴趣":

> 模山范水精心刻画之作,并不是不好,但没有兴趣,在句则有眼可举,在篇则有句可摘,这也不是无迹可求,所以还须恰到好处,使表现的形象不是死的形象,所以要"如空中之音,相中之色,水中之月,镜中之象"。③

天地有大美而不言。诗于日常、无用的状态中自成机杼,这种力量生机勃勃,且难以被固定和梳理。严羽尊重诗的浑融状态,偏于直觉,以禅论诗,视谢灵运与"盛唐诸公"同为"透彻之悟也"④。中国新文学期间一度热衷于以科学、逻辑议诗,客观上往往就导致了诗歌中"生气"的委顿。

第一节　神韵:兴趣说

一　"神"与"气"

宋代的严羽在《沧浪诗话》中推崇盛唐,以过去的诗歌作品为典范。作为神韵说的总结者,王士禛也认为:"学诗须有根柢。如三百篇、楚词、汉、魏,细细熟玩,方可入古。"⑤面对这样一种"拟古"的诗学,为究其本质,也不妨追本溯源,从"神韵"说初始处谈起。

---

① 见韦勒克:《二十世纪文学批评》,《西方文艺理论名著选编》,第674页。
② 见《带经堂诗话》"品藻类"第八则:"汪钝翁(琬)尝问予:'王孟齐名,何以孟不及王?'予曰:'正以襄阳未能脱俗耳。'汪深然之,且曰:'他人从来见不到此。'"王士禛:《带经堂诗话》,第39页。见《师友诗传续录》第十五则:"问:'王、孟假天籁为宫商,寄至味于平淡,格调谐畅,意兴自然,真有无迹可寻之妙。二家亦有互异处否?'答:'譬之释氏,王是佛语,孟是菩萨语。孟诗有寒俭之态,不及王诗天然而工。'"王士禛:《师友诗传续录》,《清诗话》,第151页。
③ 郭绍虞:《沧浪诗话校释》,人民文学出版社,1961年,第22页。
④ 有关严羽重视直觉,其实是在进行"形象思维"的类似说法,可见于郭绍虞的《沧浪诗话校释》,第22页。郭绍虞认为:"沧浪喻诗,本受时风影响,偏于艺术性而忽于思想性,故约略体会到形象思维和逻辑思维的分别,但没有适当的名词可以指出这分别,所以只好归之于妙悟。"
⑤ 何世璂:《燃灯记闻》,《清诗话》,第119页。

中国文学批评始自诗论,钟嵘的《诗品》成书最早。有关诗的源起,钟嵘在《诗品·序》中首先营造了"气——物——人"三者的对应,提出了所谓"物感"说:

> 气之动物,物之感人,故摇荡性情,形诸舞咏。照烛三才,晖丽万有。灵祇待之以致享,幽微藉之以昭告。动天地,感鬼神,莫近于诗。①

"气之动物,物之感人",为阐明其说,钟嵘在《诗式》中标举的"古今胜语",诸如"思君如流水""高台多悲风""清晨登陇首""明月照积雪"等诗句,多是对景物的描摹抒情体怀,具有鲜明的"物感"色彩,可谓"一切景语皆情语也"②。然而,今天的学者解析"物感",多注意到"物——人"的感应,少有人提及"气——物"与"气——人"的联系。"气"在中国传统文化中是一个很重要的概念。早在公元前6世纪,《左传》作为古代第一部记事详尽的编年史,已有了关于"气"的叙述,认为气由天、地始,继而味、声、色又由气生③,"气"由此联结了自然与人两端,使世界万物成为一个整体。"气——物——人"的组合体现了中国哲学崇尚天人合一的整体观念,是对自然万物感应关系的一种强调。

在文化意义上,"天人合一"观念与"阴阳五行"学说均可以视为中国传统美学的基础。诗歌作为传统文化整体中的一环,诗论者谈诗论文,每每惯于从头谈起。刘勰《文心雕龙》第一部分就是论"自然之道":

> 文之为德也,大矣;与天地并生者,何哉?夫玄黄色杂,方圆体分,日月叠璧,以垂丽天之象;山川焕绮,以铺理地之形。此盖道之文也。仰观吐曜,俯察含章;高卑定位,故两仪既生矣。惟人参之,性灵所钟,是谓三才。为五行之秀,实天地之心。心生而言立,言立而文明,自然之道也。④

刘勰从天地万物推及诗文之道,描述了一幅天地万物相互吐纳、周流不息的自然图景。及至司空图的《诗品》,"荒荒坤轴,悠悠天枢"一句,更写活了浩浩乎不知所以来的宇宙的辽阔,映照出了与之相对的个体生命的渺小。

---

① 钟嵘:《诗品》,《历代诗话》,第2页。
② 王国维:《人间词话》,姚淦铭等主编:《王国维文集》(上),中国文史出版社,2007年,第86页。
③ 见《左传·昭公二十五年》:"夫礼,天之经也,地之义也,民之行也。天地之经,而民实则之。则天之明,因地之性,生其六气,用其五行。气为五味,发为五色,章为五声。淫则昏乱,民失其性。是故礼以奉之。"孔颖达:《春秋左传正义》,北京大学出版社,1999年,第1449—1450页。《左传》在这里是以礼来确定天地万物的生长、位置、秩序等的相互联系,其中,"气"就成为联结天地与世间万物的关键一环。
④ 黄霖编著:《文心雕龙汇评》,上海古籍出版社,2005年,第13—14页。

战国时代的《庄子》是以"道"为核心论说。《左传》中的"气"是指充塞天地间的万物构成元素,庄子在《人间世》里则假借孔子之口为"气"提供了别一种解释:

> 若一志,无听之以耳,而听之以心,而听之以气。……气也者,虚而待物者也。唯道集虚。虚者,心斋也。[1]

在这里,"气"与"心"一样,是在"耳"之上的。《老子》第十六章里说:"致虚极,守静笃。万物并作,吾以观复。"从这里已提出了主体虚静的重要性。庄子继承并发展了老子这一思想,"听之以气"提倡的是人的一种空虚澄明的心理状态。这里的"气"如陈鼓应的分析,是指"心灵活动到达极纯精的境地。换言之,'气'即是高度修养境界的空灵名觉之心"[2]。据此而论,钟嵘《诗品》中"气——人"的对应实际上就构成了"生气",即"生命之气"。"物感"说因为有了"气"的介入,才使"物"与"人"二者的关系不再是双方之间的单向推进,而变成了多向的可以回溯的构成。凭借其建立的"气——物——人"体系,钟嵘最终肯定了诗的"动天地、感鬼神"的崇高地位。

钟嵘"物感说"所喻示的自然万物与个人的紧密联系,是理解神韵说的关键。历代神韵诗家对"气"多有提及。皎然在《诗式》中说:"气象氤氲,由深于体势;意度盘礴,由深于作用。"他认为美妙的意象总是"气象氤氲""意度盘礴"的,难怪吴调公视皎然为"体验审美的混融心态相当深刻的一位宗师"[3]。新诗时期的顾随论诗,也特别提到了"氤氲"一词。在他看来,诗的姿态,夷犹缥缈与坚实两种之外,还有氤氲:

> 氤氲乃介于夷犹和坚实之间者,有夷犹之姿态而不甚缥缈;有锤炼之功夫而不甚坚实。氤氲与朦胧相似,氤氲是文字上的朦胧而又非常清楚,清楚而又朦胧。锤炼则黑白分明,长短必分;氤氲即混沌,黑白不分明,长短齐一。故夷犹与锤炼、氤氲互通,全连宗了。矛盾中有调和,是混色。若说夷犹是云,锤炼是山,则氤氲是气。[4]

顾随从中国文字的角度,认为其混沌玄妙,所以谈及诗的姿态时选择了"氤氲"二字。司空图列"雄浑"之品为二十四诗品之首,将"雄"的基础归结于"浑"。"大气无敌为雄,元气未分曰浑",这话简明地指出了诗的本体在于"元气未分"。以自然的元气为师,就能"具备万物",富有"具备万物"的素

① 陈鼓应注释:《庄子今注今译》,中华书局,1983年,第117页。
② 陈鼓应注释:《庄子今注今译》,第117页。
③ 吴调公:《神韵论》,第37页。
④ 顾随:《退之诗说》,《顾随讲唐宋诗(上)》,第230页。

养,按照吴调公的分析,自然也就能"横绝太空"了①。就其诗论的特点而言,司空图以重视诗歌深层的"味"著称。他以"雄浑"为二十四诗品之首,正体现了"味"由"气"生的基本道理。② 姜夔则在《白石道人诗说》开篇中说:

> 大凡诗,自有气象、体面、血脉、韵度。气象欲其浑厚,其失也俗;体面欲其宏大,其失也狂;血脉欲其贯穿,其失也露;韵度欲其飘逸,其失也轻。③

"气象"在诗的包含内容中起首。"气象浑厚"是指诗的整体意境而言,以气象论诗,往往要求文学作品"浑然天成"。严羽在《沧浪诗话》中标举盛唐气象,就是强调诗的浑融意境,反对"四灵"的纤仄清苦之风。

及至明代,陆时雍开始视"生气"为神韵的关键要素:"诗之佳拂拂如风,洋洋如水,一往神韵,行乎其间。班固《明堂》诸篇,则质而鬼矣。鬼者,无生气之谓也。"④徐祯卿,这位王士祯最欣赏的诗论者之一,又把诗的源起归于"情——气——声——词——韵"的演进,他还进一步梳理了思、理、才、质与上述因素的关系:

> 盖因情以发气,因气以成声,因声而绘词,因词而定韵,此诗之源也。然情实眇眇,必以思以穷其奥;气有粗弱,必因力以擎其偏;词难妥帖,必因才以致其极;才易飘扬,必因质以御其侈。此诗之流也。⑤

王夫之在文学史上以"气"论著称。他在"气"论基础上引入了"神"的概念。王夫之认为,诗歌内在结构的关键就在于"气"的运行。由于气的绵延不断,这才构成了作品的整体性。"气无可容吾作为,圣人所存者神尔"⑥,因而"神"可以被看作是诗歌微妙的节奏运动。将"气"与"神"结合而论的还有谢榛,他在《四溟诗话·序》中一段诗论被王士祯所引用:

> 当七子结社之始,尚论有唐诸家,茫无适从;茂秦曰:"选李、杜十四家之最佳者,熟读之以夺神气,歌咏之以求声调;玩味之以裒精华:得此三要,则造乎混沦,不必塑谪仙而画少陵也。"⑦

---

① 顾随:《退之诗说》,《顾随讲唐宋诗(上)》,第 36 页。
② "味"由"气"生,所以司空图才会重视诗人情感与外物之间的冥契,提出诗家所尚的"思与境偕"一说。
③ 姜夔:《白石道人诗说》,《历代诗话》,第 680 页。
④ 陆时雍:《诗镜总论》,《历代诗话续编》,第 1403 页。
⑤ 徐祯卿:《谈艺录》,《历代诗话》,第 765 页。
⑥ 王夫之:《张子正蒙注》,中华书局,1975 年,第 6 页。
⑦ 谢榛、王夫之:《四溟诗话·姜斋诗话》,第 129 页。

谢榛重"神气",称"夺神气"之法为"提魂摄魄"①。其"神气"说颇与王士禛的"学古得神"之说相通,所以才被王士禛直接引用。但谢榛只重"神气",或者更贴切地说是重"气格"。这从他对前人诗作的窜点中就可见一斑。② 谢榛将窜点诗作的理由悉数归为"气格",他因此不属于神韵一系。

相应于"气"在中国文化上的"无所不在","气"在传统文论中同样是一个极宽泛的概念,它的含义可涵盖从客体到主体,从物质到精神,从具体到抽象意义上的各个层面。宇文所安在翻译中国古代文论时,"变""意"等其他词多译为英文,而"气"几乎总是以拼音的形式出现。③ 在神韵说中,因了"神"的关系,"气"才同样成为不可或缺的存在。

二　无迹可求

"兴趣"是严羽认定的诗之宗旨。严羽基于"兴趣"提出盛唐说。诗分唐宋,对于中国诗,这一立论已超越地域与宗派差异,成为诗歌判断的一种根本立场。钱锺书认为:"唐诗、宋诗,亦非仅朝代之别,乃体格性分之殊。天下有两种人,斯分两种诗。唐诗多以风神情韵见长,宋诗多以筋骨思理见胜。"④中国历史上的"盛唐",大致上是指开元、天宝至代宗大历初年一段时间,将诗进一步按唐代历史分期,是严羽的一大创见。历代"推举盛唐"的说法,也以《沧浪诗话》中的说法最为透彻:

> 盛唐诸人惟在兴趣,羚羊挂角无迹可求。故其妙处透彻玲珑不可凑泊,如空中之音、相中之色、水中之月、镜中之象,言有尽而意无穷。

"兴趣"是《诗话》中形容盛唐诸人的关键词。叶嘉莹曾为严羽的"兴趣"说提供了一种解释,她说,盛唐诗人作诗唯在"兴趣",应指"由于内心之兴发感动所产生的一种情趣"⑤,而非以文字、才学、议论为诗。严羽没有直接说"兴趣"是什么,而使用了带比喻性质的禅语来解释。"羚羊挂角"最早见于《埤雅·释兽》:"羚羊夜眠以角悬树,足不着地,不留痕迹,以防敌患。"即王士禛

---

① 见《四溟诗话》卷二第五十一则:"诗无神气,犹绘日月而无光彩。学李杜者,勿执于句字之间,当率意熟读,久而得之。此提魂摄魄之法也。"谢榛:《四溟诗话》,第46页。
② 试举谢榛评诗两例:"谢榛杜牧之清明诗曰:'借问酒家何处有。牧童遥指杏花村。'此作宛然如画,但气格不高。或易之曰:'酒家何处是,江上杏花村。'此有盛唐调。""刘禹锡怀古诗曰:'旧时王谢堂前燕,飞入寻常百姓家。'或易之曰:'王谢堂前燕,今飞百姓家。'此处不伤气格。"评点竟是如此,难怪王士禛对谢榛论诗多有不满。谢榛、王夫之:《四溟诗话·姜斋诗话》,第29页。
③ 宇文所安:《中国文论:英译与评论》,第15页。
④ 钱锺书:《谈艺录》,第3页。
⑤ 叶嘉莹:《王国维及其文学批评》,河北教育出版社,1998年,第283—284页。

在《带经堂诗话》中提到的："释氏言：羚羊挂角，无迹可求。古言云：羚羊无些子气味，虎豹再寻他不着，九渊潜龙，千仞翔凤乎。"①这些说法都是借对羚羊独特生活品性的描述，取其"无迹可求"的含义，严羽以此比喻"兴趣"在诗学性质上的难以捉摸。

"空中之音、相中之色、水中之月、镜中之象"是形容"兴趣"的妙处，这些说法也出自佛典。尤其"镜花水月"的比喻屡屡见于佛经，钱锺书对此有详细考证②。与"镜花水月"相同，"空中之音"和"相中之色"等说法在佛教中也至为普及，并在中国广为流传。音、色、月、象本为具体事物，可闻可见，其性质"透彻"；空中之音、相中之色、水中之月、镜中之象又难以实求，"玲珑"而"不可凑泊"。这样一来，严羽笔下盛唐诗歌的妙处如空中之音，不可见而可闻，或似水中之月，不可近而可见。严羽在《沧浪诗话》中引用此类禅语，目的是形容诗歌的不可解释之处。

就"羚羊挂角，无迹可求"的说法，除用以描述"兴趣"以外，有学者认为还可用以形容"妙悟"一说。郭绍虞认为：

> 沧浪所谓妙悟，正指下节所谓"羚羊挂角，无迹可求"之意。从这一点讲，则王士禛之神韵之说最和沧浪意旨。③

郭绍虞由此将严羽诗学的精髓界定为"神韵"。王士禛论诗与严羽多有契合，在《师友诗传续录》第五则中，王士禛将"镜花水月"与"羚羊挂角"的说法相结合，为严羽以禅论诗多补充了一重说法：

> 严仪卿所谓"如镜中花，如水中月，如水中盐味，如羚羊挂角，无迹可求"，皆以禅理入诗。④

"如水中盐味"的比喻至少喻示了两重含义。一是指出了神韵"兼总众有"的艺术品质。就像咸为百味之首的这样一种地位：糖、醋、酱油等调料只是"品之一格"，盐却不可或缺。无论何种类型的诗歌，神韵都可以为其中一品。二是，就像盐化到了水里，我们吃起来有淡淡的盐味，但永远找不到里面的咸盐粒子，有神韵的诗就要求达到这么一个境界。盐与酒同属"味道"之说，这两种比喻都确定了诗的某种浑融特质。神韵诗家以"水中盐味"来形容诗的"无迹可求"的韵味，在纯诗中，就其蕴含的提炼与混沌意义，"酒"也是波德莱尔、魏尔伦等诗人形容诗时喜欢使用的一个词。此外，钱锺书在分析

---

① 王士禛：《带经堂诗话》，第 83 页。
② 考证细节见钱锺书：《谈艺录》，第 679 页。
③ 郭绍虞：《沧浪诗话校释》，第 22 页。
④ 王士禛：《诗友诗传续录》，《清诗话》，第 150 页。

"形"与"神"、"声"与"韵"的关系时，也征引了有关食盐的典故：

> 《百喻经》第一则云："有愚人至于他家，主人与食，嫌淡无味，主人为益盐。既得盐美，便自念，言：所以美者，缘有盐故；少有尚尔，况复多也！便空食盐。"①

"便空食盐"者很有指诗家经营"神韵"太过，以至于不接地气的意思，钱锺书以此指斥南宗画作和神韵派诗末流之弊。他敏锐地注意到了诗歌如果形神分离，就会流于空洞，他也用"盐"来比拟"神韵"，而重提了神韵说所体现的具备万物的浑融一面。盛唐诗虽说流派各有不同，大体说来，浑融醇厚是其主要特点，即严羽所谓的"有似粗而非粗处，有似拙而非拙处"。胡应麟以"神韵轩举"说明盛唐气象的"混沌"②，这正是盛唐诗难以企及的地方。从这种意义上，"神韵"不仅仅为"诗之一格"，更是诗之"极境"之所在。严羽以禅喻诗的目的在于"但欲说得诗透彻"③，他提出"兴趣"说的同时，自己提倡浑融与感兴的诗学观也得以阐明，严羽对《沧浪诗话》颇为自诩，不是没有理由的。

然而，严羽的"兴趣"说有一点需注意。严羽认为学诗应以师法盛唐为主，他"舍汉魏"的理由主要是盛唐"古律之体备"，并不是专取盛唐。诗人标举盛唐，本意不在于推崇特定时期的诗歌作品，实为明确地"拟古"。"然则近代之诗无取乎？曰：有之。吾取其合于古人者而已。"《沧浪诗话》所做的，不外是系统整理了传统中留存下来的一些诗歌特质。神韵论者不取元白，也均与他们"拟古"的诗歌观有关。在谈到诗歌与前人作品的关系时，姜夔用了"如水在器"这一描述：

> 作者求与古人合，不若求与古人异；求与古人异，不若求与古人合而不能不合，不求与古人异而不能不异。彼惟有见乎诗也，故不求与古人合而不能不合，不求与古人异而不能不异。其来如风，其止如雨，其印如泥，如水在器，其苏子所谓不能不为者乎！④

器的功用在于承载水。如果诗歌是"水"，那么诗歌的形式就是"器"了。姜夔"如水在器"的比喻，同样强调了诗歌与文学传统之间的承继关系。

---

① 钱锺书：《管锥编》第四册，第 2126 页。
② 胡应麟：《诗薮》，上海古籍出版社，1979 年，第 98 页。
③ 在《答出继叔临安吴景仙书》中严羽说："吾叔谓说禅非文人儒者之言。本意但欲说得诗透彻，初无意于文，其合文人儒者之言与否，不问也。"严羽：《答出继叔临安吴景仙书》，《历代诗话》，第 706 页。
④ 姜夔：《姜夔诗话》，《宋诗话全编》，吴文治主编，凤凰出版社，1998 年，第 7551—7552 页。

三　自然高妙

诗所以为诗，还在于声音的参与。在神韵诗中，"气"与"神"合，"神"又需与"韵"通。谢赫的"气韵生动"被历代论家看作艺术创作、欣赏与批评的最高准则，范温在《潜溪诗眼》中却认为这还不够：

> 夫生动者，是得其神，曰神则尽之，不必谓之韵也。①

作诗因此需要"神"与"韵"的结合。徐祯卿在《谈艺录》中说："诗者，所以宣元之思，光神妙之化者也。"又第三则："诗者乃精神之浮英，造化之秘思也。"②诗同时体现了世态人心的神秘之处。通过"神"，诗能使人洞见内心的真实状态；通过声音和语言，这些内心的活动又能与外在世界结合，最终成为一个有机整体。只有这样，诗歌方可真正"达意尽蕴"。当代吴调公在《神韵论》中着重提出了"生气"这一说法，就是从神韵诗家注重"人籁"与"天籁"交流的角度出发："由于神韵论者是会心人，懂得举重若轻之理，楔入群体意识的深处而综括人籁与天籁的交流与交会，所以能汲取神韵论中最重要的因素：生气。"③他讲到情境交融时，就注意到了司空图提出的"偕"字：

> 由于主客体融合，特别是客体的人化，结果就静中有动，或静而生动，实而虚运，这样，盎然的生意也就横溢于篇章之中了。司空图把"流动"作为最后带有总结性的一个品，正是为了突出"思与境偕"所产生的妙处，也就是"偕"字的妙用。④

思与境偕，"韵"经由"思"而得于具体可见的语言之外，诗就具有了一种律动之美。事实上，司空图、严羽和王士禛所阐述的都不是单纯的"气格"，而是"神"与"韵"结合而成的"生气"，这也是神韵说的美学艺术本质之所在。"神韵"体现在诗歌评判上，姜夔就以"自然高妙"为诗歌的第四种妙处。根据《白石道人诗说》的说法，诗有四种高妙，一曰理高妙，二曰意高妙，三曰想高妙，四曰自然高妙，"高妙"在这里是作为"价值判断语"出现的。"自然"不是指自然界，而可以说是姜夔经由诗的整体美感境界出发所揭示的美学理想，用以描述诗歌经由具体技巧所能达到的神化境界。中国艺术史上的"神化"一词往往与《庄子》中"庖丁解牛"的故事相联系：

---

① 范温：《潜溪诗眼》，引自叶朗：《中国美学史大纲》，上海人民出版社 1985 年，第 308—312 页。
② 徐祯卿：《谈艺录》，《历代诗话》，第 765—766 页。
③ 吴调公：《神韵论》，第 72 页。
④ 吴调公：《神韵论》，第 15 页。

庖丁释刀对曰："臣之所好者道也；进乎技矣。始臣之解牛之时，所见无非牛者。三年之后，未尝见全牛也。"方今之时，臣以神遇而不以目视，官知止而神欲行。依乎天理，批大卻，导大窾，因其固然，枝经肯綮之未尝微碍，而况大軱乎！良庖岁更刀，割也；族庖月更刀，折也。今臣之刀十九年矣，所解数千牛矣，而刀刃若新发于硎。彼节者有间，而刀刃者无厚；以无厚入有间，恢恢乎其于游刃必有余地矣。是以十九年而刀刃若新发于硎。①

不著绳削、浑然天成，"知其妙而不知其所以妙"，庖丁解牛的过程在今天看来，实兼具效率和乐感，内中可见一种整体的美。能臻此境界的作品，不再像其他三种高妙，能以理、以意、以想来解释，而是有严羽所指的"不涉理路，不落言筌"，及至"玲珑透彻，不可凑泊"，与造化相契合的"神化"迹象了。诗中"神韵"不取形而取神的哲学依据，在于"形"这种外在的真实，并不能反映出事物的本质。庖丁解牛三年之后，已不再能见到整头的牛，这是庖丁的技术浑成，"以神遇"的结果。因此，如张月云所说的，符合"自然高妙"理想的诗歌作品，大抵有着"造语平淡，却含不尽的余味；多道平常事物，却日久弥新"的特色。② 孟浩然的《春晓》应属这一类型的诗歌，王士禛不喜欢《春晓》，他显然也对诗歌的整体美感境界缺少关注。又见《带经堂诗话》"入神类"第四则：

或问"不著一字，尽得风流"一说。答曰：太白诗"牛渚西江夜，青山无片云；登高望秋月，空忆谢将军。余亦能高咏，斯人不可闻；明朝挂帆云，枫叶落纷纷。"襄阳诗："挂席几千里，名山都未逢；泊舟浔阳郭，始见香炉峰。尝读远公传，永怀尘外踪；东林精舍近，日暮但闻钟。"诗至此，色相俱空，政如羚羊挂角，无迹可求，画家所谓逸品是也。③

王士禛在这里将"不著一字，尽得风流"等说法与作为书画评语的"逸品"概念相提并论，"羚羊挂角，无迹可求"的诗歌理想境界由此被阐释为"色相俱空"，这种观点多为学人所讥刺。翁方纲在《石洲诗话》中就认为王士禛力主诗之一偏，其审美趣味过于偏窄：

阮亭三昧之旨，则以盛唐诸家，全入一片空澄澹伫中。④

---

① 陈鼓应注释：《庄子今注今译》，第95—96页。
② 张月云：《姜夔的诗论》，《故宫学术季刊》3卷2期，1985年，第108页。
③ 王士禛：《带经堂诗话》，第70—71页。
④ 翁方纲：《石洲诗话》，《谈龙录·石洲诗话》，人民文学出版社，1981年，第34页。

其实，王士禛的"色相俱空"观也不见得如翁方纲所说的那样绝对。王士禛以品评画作的"逸品"一词评诗，关于诗歌的"传神"观念，他也曾从画史中得到启发。原《古夫于亭杂录》中有这样一段评述：

> 吴道子画钟馗，手捉一鬼，以右手第二指抉鬼眼，时称神妙。或以进蜀主孟昶，甚爱重之。一日，召示黄筌，谓曰：若以拇指掐鬼眼，更有力，试改之！筌请归，数日，看之不足，以绢素别画一钟馗。如昶旨，并吴本进纳。昶问之。对曰：道子所画，一身气力色貌，俱在第二指，不在拇指。今筌所画，一身气力、意思并在拇指，是以不敢轻改。此虽论画，实诗文之妙诀。读《史记》《汉书》，须具此识力，始得其精义所在。①

钟馗画作的"神"在虚处，诗作技法却在实处。"虚""实"相生，"神"在此体现于画作中笔法的不可轻动，客观上正显示出了诗歌的一种内容与形式交融的整体性特质。王士禛的诗论虽偏于轻灵，大体上仍具"神韵"精髓。

到了当代，钱锺书依据司空图"近而不浮，远而不尽"，"象外之象，景外之景"，"超以象外，得其环中"，以及"远引若至，临之已非"之说而得出"神韵"的定义：

> "神韵"不外乎情事有不落言筌者，景物有不着痕迹者，只隐约于纸上，俾揣摩于心中。以不画出、不说出示画不出、说不出（to evoke the inexpressible by the unexpressed），犹"禅"之有"机"而待"参"然。②

这是论诗之中又谈到了"作诗"的问题。所谓"以不画出、不说出示画不出、说不出"，表达的不就是以"暗示"的形式来作诗吗？神韵诗家视"神韵"为诗中的极境，无独有偶，印度学者同样把"暗示的韵"（dhvani）称作"诗的灵魂"。古印度说诗亦有主"韵"（dhvani）一派，Dhvani 来源于词根 ndhvan，意思是"发出声音"，有"echo"（暗示，回响，共鸣）的意思，后来超越了声音的范畴，演变为"暗示"。中国的"韵"最初也是指"声音"，之后开始转向意义范畴。季羡林认为，9 世纪欢增（nandavardhana）的名著《韵光》，把语法学家、逻辑学家和哲学家的分析运用到对诗的词和义（形式和内容）的分析上来。10 世纪新护（Abhinavagupta）的著作《韵光注》和《舞论注》又继承和发展了欢增的理论。他们的理论以韵论和味论为核心，展开了一系列的独辟蹊径的探讨，从注重词转而注重义，创立了新的"诗的灵魂"的理论，也就是暗示

---

① 王士禛：《带经堂诗话》，第 85 页。
② 钱锺书：《管锥编》第四册，第 2118 页。

的韵的理论①。"韵"与 dhvani 这两个不同国别的不同词汇，似乎表达了相同的含义。季羡林在钱锺书相应观点的基础上，还提供了别一种解释：

> 钱锺书先生说："范氏释'韵'为'声外'之'余音'遗响，足征人物风貌与艺事风格之'韵'，本取譬于声音之道。古印度品诗言'韵'，假喻正同。"这些意见都非常好。但是，我仍然觉得，声音之韵与人物风貌以及书、画、诗、文等艺事之韵，何以相通？相通之处究竟何在？似乎还有必要从生理和心理的角度来进一步深入探讨。我用"和谐"来解释，聊备一说而已。②

据季羡林的研究，和谐同美有联系，所以"韵"才蕴含了"美""好"以及"风雅"的意思③。"神"意味着"和谐"，由此也预示了诗的一种整体价值。

总之，诗歌中"神"与"韵"的结合，体现了诗中主、客体的结合以及内容与形式的统一。诗如同禅，讲究整体相，而不讲差别相，体现在内容上，具有神韵的诗可能更为内心化、灵魂化，而可能不会那么在乎有现实时限的家国历史。"神""韵"的结合还意味着诗人个体意识与宇宙意识合而为一，要体会"神韵"之"神"的含义，不仅要注意到它与"气"之间的关系，还需从"神韵"这一说法的整体层面上考量。这种整体观体现在文学批评中，就要求诗的"浑然天成"，具有一种混沌的美感，也就是严羽所标举的"雄浑气象"。波德莱尔视诗歌艺术为普遍性和特殊性的统一，其诗歌主题恶的背后有善的依托，一如神韵说中"有浑融之气"的诗歌，体现了对诗歌的"入神"层面的重视。

第二节　纯诗：契合论

一　万物照应

谈起波德莱尔的诗歌理论，绕不过"契合"这个词，这一命名直接取自他的十四行诗《契合》：

---

① 季羡林：《国学漫谈》，中国城市出版社，2010 年，第 126 页。

② 季羡林：《国学漫谈》，第 132 页。

③ 季羡林说："《世说新语》'道人蓄马不韵'，可以为证。用'韵'字组成的复合词很多，比如'韵宇'、'韵度'、'韵事'、'风韵'、'韵致'等等，都离不开上面说的这几种意思。我个人以为，其原因就在于用声音表示'和谐'这个概念，最为具体，最容易理解。我们现在讲的'神韵'，也可以归入这一类词汇。"《国学漫谈》，第 129 页。

自然是一庙堂，那里活的柱石
不时地传出模糊隐约的语音……
人穿过象征的森林从那里经行，
树林望着他，报以熟稔的凝视。

正如悠长的回声遥遥地合并，
归入一个幽黑而渊深的和谐——
广大有如光明，浩漫有如黑夜——
香味、颜色和声音都互相呼应。

有的香味新鲜如儿童的肌肤，
柔和有如洞箫，翠绿有如草场，
　　——别的香味呢，腐烂，轩昂而丰富。

具有着无限的品物的扩张，
如琥珀香、麝香、安息香、篆烟香，
那样歌唱性灵和观感的欢狂。①

《契合》发表于初版的《恶之花》，约作于 1845 年左右。"契合"这一概念直接表达了波德莱尔的美学理想，是诗人常挂在嘴边的字眼。除诗歌以外，他在其诗论文章中，如《浪漫派艺术：瓦格纳和汤豪塞》《一八五五年博览会》等，也一再地论述了"契合"主题。严羽以禅喻诗，强调诗歌"羚羊挂角，无迹可求"的特质，《契合》的译者杜国清也注意到了波德莱尔"契合"诗文观中的宗教意味，因而将《契合》（Correspondances）一诗译为《万物照应》②。他认为，波德莱尔的契合论不仅与莱布尼兹（Leibnitz）、斯威登堡（Swedenborg）

---

① *Correspondances*：*La Nature est un temple où de vivantspiliers/Laissent parfois sortir de confuses paroles*；*/L'homme y passe à travers des forêts de symboles/Qui l'observent avec des regards familiers.* /*Comme de longs échos qui de loin se confondent/Dans une ténébreuse et profonde unité*，*/Vaste comme la nuit et comme la clarté*，*/Les parfums*，*les couleurs et les sons se répondent.* /*Il est des parfums frais comme des chairs d'enfants*，*/Doux comme les hautbois*，*verts comme les prairies*，*/-Et d'autres*，*corrompus*，*riches et triomphants*，*/Ayant l'expansion des choses infinies*，*/Comme l'ambre*，*le musc*，*le benjoin et l'encens/Qui chantent les transports de l'esprit et des sens.* 这首诗的中文译本有多种，包括《应和》（戴望舒版、郭宏安版）、《交感》（卞之琳版）、《契合》（梁宗岱版，有英、法版译本各一）、《万物照应》（杜国清版）、《万法交彻》（浦原有朋版）和《对应》（钱春绮版）等。译者的译文各具特色，笔者在这里依据自己的理解，选取了梁宗岱的译名和戴望舒版的译文。
② 见波德莱尔：《恶之华》，杜国清译，台湾大学出版中心，2011 年，第 394 页。

和爱伦·坡等西方神秘论者不无关联，而且与"东方的佛教思想，尤其是七八世纪中国的华严哲学，却也有不谋而合的莫大类似性"。日本学者浦原有朋（Kambara Ariake）因此甚至把《契合》译为《万法交徹》，这种译法带有相当浓厚的佛教色彩。杜国清的这种见解突出了波德莱尔诗文的神秘一面。

《契合》整首诗在结构上分四小节。值得注意的是诗的起首："自然是一庙堂。"庙堂通常为构造谨严的建筑，世人在这里膜拜神灵。自然与庙堂经过诗人的规定而对等，广袤的自然成为人工的建筑物，开始有了"形状"。紧接着的前两节诗句，波德莱尔从中设置了"自然——象征——人""声——色——香"等多组呼应；还有"混沌——深邃""黑暗——光明"等相对的概念陆续出现，对立中有统一，诗人由此描述了自然与人之间、自然万物之间、人的各种感官之间内在的、隐秘的、应和的关系，亲切、善意的和谐背后却"幽黑而渊深"——《契合》字句间就这样带了一抹神秘的宗教色彩。在诗里面，人在自然中"经行"，自然在人之外以种种形态呈现，波德莱尔描摹出了一种特殊的氛围，不管我们朝哪个方向转，就像诗人曾说过的一句话，"自然总像一个谜一样地包裹着我们"。[1] 人工的庙堂建筑被森林包围，自然似乎赋予了庙宇更多活的生命的气息。这其中香味、颜色和声音的氛围悠远而湿润，森林、庙堂甚至回声都与水无涉，却使人感觉到了些许黏糊糊的水汽！似乎总有着什么，形态不定，我们越刻意去找，它就越发神秘，无处遁形，又无从捕捉。

至诗的后两节，形式、姿态、运动、光与色、声音与和谐等对立似乎都模糊了，消失在"新鲜，柔和，翠绿"或是"腐烂，轩昂而丰富"的气味和"无限的品物的扩张"里。诗节的美妙处在于它不停变化的动感。就像波德莱尔笔下瓦格纳的音乐，各种音符和节奏在其中结合，统一，相互适应，如果可以用一个不规范的词来表达这种素质的极限的话，那就是"谨慎地**锁在一起**"[2]。诗中的氛围在神秘中趋于暧昧和堕落：自然的水汽涌动，蒸发，开始有了酒的醇味。

分析波德莱尔的诗，似乎只以"感觉"的方法最合适。毕竟按诗人的观点，无论诗还是自然，人在其中所能做的，只能是去"理解和感知"。在《契合》中，你无法找到合适的词汇去形容自然，这里的一切都是"象形"的。在不同事物之间，包括自然与人的沟通也通过象征来实现，难怪《契合》一诗被

---

① 波德莱尔：《论泰奥菲尔·戈蒂耶》，《1846 年的沙龙》，第 66 页。
② 波德莱尔：《理查·瓦格纳和〈汤豪舍〉在巴黎》，《1846 年的沙龙》，第 503 页。

称为"象征派的宪章"①，波德莱尔自己也说，"我们的世界只是一本象形文字的字典"②。不管诗中还蕴含了怎样的寓意，单从《契合》的诗句层面，《契合》中总包含着"水汽"，整体感觉似乎与"水"存在着象征层面上的牵系。

波德莱尔曾经提到过，对于那些其精神多少具有艺术性又因"印度大麻"而焕发出来的人来说，水具有一种骇人的魅力，"流水，喷泉，和谐的瀑布，大海的广袤的蔚蓝，在您的精神的深处流动，睡觉，歌唱"③。水，包括水的别样形式：云、雨、雾、喷泉、瀑布、大海甚至酒，在波德莱尔的诗篇里，总能无声地"罩住我的头脑和我的心"。诗人把云比作"上帝用水蒸气建造的活动房子"，认为其变幻不定，具有一种"神秘的魅力"④；在《人与海》中，人和海在爱恨中纠缠，成为一对"仇深的兄弟"⑤；由水酿制的酒，更成为波德莱尔笔下的宠儿，被波德莱尔视为诗这一稀世奇花的"种子"⑥。

《道德经》曰："上善若水。"⑦水善利万物而不争，是为善；变化无穷并包容一切，是为柔；可滴水而至石穿，是为刚。水是生命的必需，却因其普遍往往不为庸碌红尘中的人看重。在某种意义上，作为文学体裁之一的诗，正是这样一种水的性格。水利万物而不争。纯净的水，无色、无味、无形，无倒退之说，也就无进步可言。根据郭宏安的说法，继波德莱尔的契合论之后，诗人的地位和使命大大改变了，"不屑再为人类社会的进步鼓吹"⑧。波德莱尔确实是把"进步"看作很时髦的错误，他写道，"我躲避它犹如躲避地狱"，"这盏现代的灯笼在一切认识对象上投下了黑影，自由消逝了，惩罚不见了"⑨。诗人所认定的诗的发展不是"进步"，而是与人类个体精神发展的轨迹相同的，一种水流一般的往复循环。诗人所期待的是，各个时期周期性地产生着的现象和观念，在每次复活的时候总是从变化和时势中获得"补充性的特点"。⑩ 科学的、诗的、艺术的同样的问题年复一年地不断重新出现，"一切都

---

① Cherix, Robert-Benoit, *Essai D'une Critique Intégrale. Commentaire Des "Fleurs Du Mal"*, Geneva：Pierre Cailler, 1949, p. 31.
② Charles Baudelaire, *Œuvres complètes*, p. 59.
③ 波德莱尔：《人造天堂》，郭宏安译，三联书店，2009 年，第 20 页。
④ 译者钱春绮认为，波德莱尔对云特别偏爱，这在他的诗歌《异邦人》中也有明确体现。波德莱尔：《恶之花　巴黎的忧郁》，第 233 页。
⑤ 波德莱尔：《恶之花·巴黎的忧郁》，第 40 页。
⑥ 波德莱尔：《恶之花·巴黎的忧郁》，第 244 页。
⑦ 老子：《道德经》，苏南注评，江苏古籍出版社，2001 年，第 20 页。
⑧ 郭宏安：《〈1846 年的沙龙〉序》，《1846 年的沙龙》，序言第 6 页。
⑨ 波德莱尔：《论 1855 年世界博览会美术部分》，《1846 年的沙龙》，第 318 页。
⑩ 波德莱尔：《理查·瓦格纳和〈汤豪舍〉在巴黎》，《1846 年的沙龙》，第 492 页。

失去了,一切都得从头做起"①,具体到诗文里,波德莱尔就不喜欢讨论的问题有明确的结论。他认为,文学应该到一种"更好的氛围中"锤炼它的力量②。

水的形状变化无穷,像人的情感一样。诗也永远在变,不可持久。所以波德莱尔支持坡"长诗是不存在的"这一说法。真正的诗篇幅都不会长:

> 诗越是激励,越是征服灵魂,才越是名副其实,而一首诗的实在的价值来自这种对灵魂的激励和征服。然而,鉴于心理的必然性,任何激励都是短暂的、过渡的。读者的灵魂可以说被强制着进入一种特殊状态,而一首长诗却超越了人的本性所能具有的热情的坚持性,这种特殊状态所能持续的时间肯定不及对这样一首诗的阅读。③

水包容一切的"普遍性",也是波德莱尔诗学中被广泛认可的品质。波德莱尔相信,"最好的批评是那种既有趣又有诗意的批评,而不是那种冷冰冰的代数式的……对于一幅画的评述不妨是一首十四行诗或一首哀歌"④。评论德拉克罗瓦时,波德莱尔赞叹他像"一切大师"一样,是"学问(即一个全面的画家)和真率(即一个全面的人)的混合"⑤,"全面"这个词被诗人着重提出,并一再强调。他认定了艺术家的主要特点之一就在于普遍性。在《契合》中,世间万物相互牵系,彼此应和,如水一般普遍,包容,往复循环,变化无穷。笔者大胆揣测,诗歌契合论与"水"之间隐性的联系,是理解波德莱尔的诗学观念,甚至是理解纯诗理论时不可轻忽的重要环节。

二　一个象形的梦

值得注意的是,根据叔那尔的说法,波德莱尔并不能容忍自由状态的水,他要求水在码头的几何形墙壁之间被囚禁,"戴上枷锁"⑥。波德莱尔一方面发现了水"骇人的魅力",然而他又憎恶水:这是一种无孔不入的、微温的、充沛的伟力。他憎恶这种微温、这种充沛。其中的原因,据为诗人立传的萨特推测,他喜爱珍稀,而自然根据同一个范本能复制几百万份,这只能使他"大为反感"⑦。就像《契合》的森林里杵着座人工的庙堂,波德莱尔欣赏

---

① 波德莱尔:《理查·瓦格纳和〈汤豪舍〉在巴黎》,《1846 年的沙龙》,第 490 页。
② 波德莱尔:《异教派》,《1846 年的沙龙》,第 44 页。
③ 波德莱尔:《再论埃德加·爱伦·坡》,《1846 年的沙龙》,第 180 页。
④ Charles Baudelaire, Œuvres complètes, p. 167.
⑤ 波德莱尔:《1846 年的沙龙》,第 206 页。
⑥ 见萨特:《波德莱尔》,施康强译,北京燕山出版社,2006 年,第 76 页。
⑦ 萨特:《波德莱尔》,第 77 页。

诗歌中如水的品质,前提是它必须具有人工干涉后的独特形式。诗人在作品中多次提出的撒旦的恶,被萨特视为"意志和人工蓄意制造的产物"①。同理,出于对"人工"的期许,波德莱尔期待将水装入有几何形状的墙壁,在作诗时他必然也会倚重诗的形式,"因为形式的束缚,思想才更有力地迸射出来"②。被赋予了固定形式的诗,是不是很像纳入几何形池子中的水呢?波德莱尔的"现代性"主要体现在诗的内容,而不是形式上。他的诗歌形式还是传统的、古典的,《恶之花》中有不少诗都是用十四行体的谨严格律写成。他说:"一首十四行诗即需要一个布局,结构,也可以说是框架,是精神作品所具有的神秘生命的最重要的保障。"③

总之,波德莱尔偏爱纯粹而自由的东西,但他期待的是有条件的自由,这种条件的设定者是诗人自己。非常的趣味就需要牺牲,而杰作永远只是"自然的各种提取物"④。在《1846 年的沙龙》一文中波德莱尔写道:"折中派没有考虑过,人的注意力越是有所限制,越是自己限制其观察的范围,才越是集中。谁抱得太多,谁就抱得不紧。"⑤由此,"提取物"与"自然"一样,成为波德莱尔诗作中同样看重的两极。

"杨子谈经所,淮王载酒过。兴阑啼鸟换,坐久落花多。"(《从岐王过杨氏别业应教》)在神韵诗中的酒,往往不是为了遣怀抒志,而多是社会交往中对友情与亲情的表达。"下马饮君酒"(《送别》),"劝君更尽一杯酒"(《渭城曲》),"置酒长安道"(《送綦毋潜落第还乡》)。西出阳关劝君酒,只因前路再无故人。水的魅力于波德莱尔的作品中,同样更多地变成了人工佳酿"酒的歌唱"⑥。酒与水的关系,对于诗人就如同诗之于他人,于自然:

> 这就是酒用它那神秘的语言唱的歌。那些有一颗自私的、对其兄弟的痛苦封闭着的心的人永远听不见这支歌,他们是不幸的。⑦

地球上有无以数计的无名人群,睡眠不足以平复其苦。酒对他们来说成了

---

① 萨特:《波德莱尔》,第 73 页。
② 波德莱尔还举过类似的例子:您见过从天窗,或两个烟囱之间,或两面绝壁之间,或通过一个老虎窗望过去的一角蓝天吗?这比从山顶望去,使人对天空的广袤有一个更深刻的印象。Charles Baudelaire, *Correspondances Générale*, tome 1, p. 125.
③ 波德莱尔:《再论埃德加·爱伦·坡》,《1846 年的沙龙》,第 180 页。
④ 波德莱尔:《1846 年的沙龙》,《1846 年的沙龙》,第 205 页。
⑤ 波德莱尔:《论包法利夫人》,《1846 年的沙龙》,第 243 页。
⑥ 波德莱尔在《恶之花》卷首《告读者》中写道:"我们一路上把秘密的欢乐偷尝。"他在《人造天堂》中更宣称:"劳动使日子兴旺,酒使礼拜日充满希望。"波德莱尔:《人造天堂》,第 6 页。
⑦ 波德莱尔:《人造天堂》,第 7 页。

歌曲与诗。①

　　波德莱尔更在《恶之花》中专辟一章,为了酒：

　　　　我是永远播种者的珍贵的种子,

　　　　植物园的琼浆,我将流进你体中,

　　　　为了让我们的爱的结晶凝成诗,

　　　　像一朵奇花,向天主的面前供奉!②

　　对《酒魂》与《拾垃圾者的酒》这两首诗,波德莱尔在《人造天堂》中分别又做了改译,他在文中写道,这是酒"用心在说话,用一种精神才能听见的精神的声音"：

　　　　我像植物的精华落尽你的胸膛。我是谷粒,将使痛苦地掘开的沟垄长满庄稼。我们密切的结合将创造出诗。我们两个将创造一个上帝,我们将朝着无限飞翔,像小鸟,像蝴蝶,像圣母的儿子,像香气,像一切有翅膀的东西。③

如同他将美分为"绝对的美"和"特殊的美",在《印度大麻之诗》中,波德莱尔也把人的梦分为两类。一是"自然的梦",它就是人本身;另一种"象形的梦",很明显地代表着"生命的超自然的一面",古人因为它荒诞才认为它神圣。④　象形的梦的荒诞是与自然的梦的"正常"相比,它的超越也属于对自然的一种提取和变形。诗人祈求限制中的自由,期待着诗这一神秘艺术的升华与凝聚。波德莱尔指出了诗之于诗人的双重要求。灵与肉,"生之狂喜"与"生之憎厌",矛盾的内容并存,体现了诗人的"精神的分裂"⑤。他曾在诗歌《自惩者》中写道:"我是伤口,同时是匕首! /我是巴掌,同时是面颊! /我是四肢,同时是刑车,/我是死因,又是刽子手!"⑥根据古希腊的哲学观念,人的一半是阿波罗式的,总在追求明澈清晰、稳健适度;另一半是俄狄浦斯式的,永远耽于幻想和狂欢放荡,由此在艺术发展上,尼采提出了"日神精神"和"酒神精神"两个基本命题。其中处于"酒神状态"中的人既对个性的毁灭

---

① 波德莱尔:《恶之花》,第 8 页,郭宏安评译,漓江出版社,1992 年。

② 波德莱尔:《恶之花·巴黎的忧郁》,第 244 页。"En toi je tomberai / végétale ambroisie,/Grain précieux jeté par l'éternel Semeur,/Pour que de notre amour naisse la poésie /Qui jaillira vers Dieu comme une rare fleur!"

③ 波德莱尔:《人造天堂》,第 20 页。

④ 波德莱尔:《恶之花》,第 36 页。

⑤ 萨特:《波德莱尔》,第 55 页。

⑥ 波德莱尔《自惩者》(L'héautontimorouménos):"Je suis la plaie et le couteau! /Je suis le soufflet et la joue,/Je suis les membres et la roue,/Et la victime et le bourreau!"

感到恐惧，又在这毁灭中体验到了极度的喜悦。波德莱尔本人沉溺于酒甚至大麻，要在感官的享受中寻找作诗需要的想象力、创造力和灵感："我们陶醉于我们的感官享受，一如陶醉于我们心灵的创造力，它因此与沉醉相当。"①他说过："儿童专心致志于形式和色彩时所感到的快乐比什么都更像人们所说的灵感。"②一般地说，孩子具有一种奇特的能力，他能在布满黑夜的背景上看到或者创造一整个"充满古怪的幻觉的世界"，所以诗人说，"儿童看一切都有新鲜感；他永远带着醉意"③。波德莱尔描绘出的诗歌的"契合"至境，你可以把它想象成是人微醺的，甚至是迷幻的状态。这时候，个人与集体的区分不再重要，甚至可以说，个体自我已经与自己所处的集体相互应和，弥漫和扩散到了群体中。诗人仍然是"人群中的孤独者"，只是凭借了诗，才得以在特定的时刻，与相邻的一切达成了一致、和解，逐渐融为一体。

在《现代生活的画家》一文中，波德莱尔提出了"现代性"概念："他就这样走啊，跑啊，寻找啊。他寻找什么？……他寻找我们可以称为现代性的那种东西，因为再没有更好的词来表达我们现在谈的这种观念了。"他从爱伦·坡的作品中得出的结论是，"要寻找现代的方法，去表现现代的内容"④。波德莱尔是"第一个使现代性成为一个具有普遍意义的概念的人"⑤。他宣称，"现代性就是过渡、短暂、偶然，就是艺术的一半，另一半则是永恒和不变。"⑥这其实也是波德莱尔对诗歌概念的理解。波德莱尔是从过渡、短暂、偶然中追求不变和永恒。诗歌，就是要从流行的东西中提取出它可能包含着的，在历史中富有诗意的东西，从过渡中抽出永恒。

"水"与"酒"、"自然"与"人工"，包括"流行"与"历史"、"过渡"与"永恒"，这些概念在诗人笔下构成了相互矛盾而又同时并存的存在。波德莱尔的诗歌中那"丑"的背后，香气、亮光、回音，生命也在其中产生、繁衍和变化，就像小溪的水在蒸发，变成雾和云，又化作雨滋润大地，重回源头，生生不息；在那"恶"的背后，也凝聚了一种大脑的真正的欢乐，"感官的注意力更为集中，感觉更为强烈；蔚蓝的天空更加透明，仿佛深渊一样更加深远；其音响像音

---

① 耶胡迪·梅纽因，柯蒂斯·戴维斯：《人类的音乐》，冷杉译，人民文学出版社，2005 年，第Ⅲ页。
② 波德莱尔：《1846 年的沙龙》，《1846 年的沙龙》，第 420 页
③ 萨特：《波德莱尔》，第 106，33 页。
④ 郑克鲁：《法国诗歌史》，第 197 页。
⑤ 这种说法见伊夫·瓦岱：《文学与现代性》，田庆生译，北京大学出版社，2001 年，第 41 页。
⑥ 波德莱尔：《现代生活的画家》，《波德莱尔美学论文选》，人民文学出版社，2008 年，第 439—440 页。

乐,色彩在说话,香气述说着观念的世界"。①　总之,波德莱尔的诗歌契合论追求矛盾之中的和谐统一,体现了他对诗歌的整体和谐与神秘之美的重视。

三　"契合"的含义

爱伦·坡将真正的诗歌效果归因于某种"和谐"②,这应对波德莱尔有所启发。然而,"契合"理论并非由波德莱尔独创,其灵感来源也不仅仅取自爱伦·坡。有学者认为,这种理论古已有之,"上溯可至古希腊的柏拉图、普洛丁和中世纪的神学家,近世则在浪漫派作家拉马丁与巴尔扎克诸人的创作中留下踪迹"③。从波德莱尔诗论中的引用就可以看出,他的理论至少还融汇了斯威登堡的神秘主义和霍夫曼的"应和论"④。同时,基于诗人对瓦格纳等人的看重,他肯定也从音乐等相关艺术中得到了某些启发或理论印证。之后,波德莱尔的"契合论"又影响到了马拉美、兰波和瓦雷里等人。

诗歌的契合论涉及范围也很广。在诗人看来,人与自然、人的精神与物质层面、诗歌的形式与内容乃至各种艺术之间都存在着"契合"关系。

第一,在人与自然的契合关系上,如本章第二节所述,波德莱尔更倾向于一种"拟人化"的自然。既然"杰作永远只是自然的各种提取物",诗人视"拟人化或寓意化"为真正的"诗歌最原始和最自然的形式之一"⑤。波德莱尔憎恶自然,喜欢人工的产物,其目的在于强调艺术创作中"人"的视角。诗人因此写道:

> 一个折中派不知道艺术家的第一件事就是用人取代自然,并向自然提出抗议。这种抗议并不像一种规则或一种修辞学那样冷冰冰地来自于某种规定,它是激烈的,天真的,像恶习,像激情,像食欲。因此,一个折中派不是一个人。⑥

① 波德莱尔:《论 1855 年世界博览会美术部分》,《1846 年的沙龙》,第 334—335 页。
② Adgar Allen Poe, *The Poetic Principle*, p.176.
③ Robert-Benoit Cherix, *Essai D'une Critique Intégrale. Commentaire Des "Fleurs Du Mal"*, Geneva:Pierre Cailler, 1949, p.8.
④ 波德莱尔在评论雨果时引用过威斯登堡《天国及其惊异》中的一段话:"威斯登堡早就教导我们说,天是极伟大的人,无论在精神界或自然界,形式,运动,数,色,香,一切都有深长的意义,都是相互的、转换的、感应的。"另外,他还引用过德国浪漫派作家霍夫曼的作品《克赖斯列里阿那》中的一节:"不仅是在梦中,不仅是在入睡前的轻微的梦幻心境中,就是在醒着听到音乐的时候,我都发现在声、色、香之间有某种类似性和某种秘密的结合。"波德莱尔:《1846 年的沙龙》,第 85,197 页。
⑤ "自然提取物"一说见波德莱尔:《1846 年的沙龙》,第 205 页。有关"拟人化"或者"寓意化"的说法见郑克鲁:《法国诗歌史》,第 138 页。
⑥ 波德莱尔:《1846 年的沙龙》,《1846 年的沙龙》,第 244 页。

　　对于诗人与诗的关系，马拉美也有自己的见解。他说："文学总必须富于智力才行，因为客观事物本来就存在，我们不必去创造它们；我们只须把握它们的关系；正是这些关系的相互联系构成了诗和管弦乐队。"①马拉美想要说明的是，因为客观事物本来就存在，我们须尊重自然万物的存在形式，不必去创造它们；而重要的是，替代我们去创造的，是用诗人的内心去把握它们之间存在的契合关系。这种看法与波德莱尔"拟人化"的自然可谓一脉相承，也正应和了布拉德雷（Bradley）的看法："纯粹的诗，不是对一个预先想到的和界说分明的材料，加以修饰。模糊不清的想象之体在追求发展和说明自己的过程中，含有创造的冲动，纯粹的诗便是从这冲动中生发出来的。假如诗人预先已确切知道他想说什么，他为什么还要写诗呢？这首诗事实上已被写成了。……写诗并不是一个完全成形的灵魂在寻找一个躯体：它是一个未完成的灵魂寄寓在未完成的躯体之中，这躯体只有两三个模糊的观念，以及一些零散的短语。这种躯体把它的身量长足、使它的形状完美，也就是构思的自我确定的过程。所以这类诗篇是以创造，而不是以制作来打动我们的，并具有仅是修饰所不能产生的魅力了。"②或许只有为诗而诗，才可以不必去"创造"一首诗。

　　第二，就个人来说，诗因此与人的想象力关系密切。"想像力是各种才能的王后。想像力是一种近乎神的能力，它不用思辨的方法而首先觉察出事物之间内在的、隐秘的关系，应和的关系，相似的关系。"③波德莱尔所谓的想象是有其特定含义的，不同于以往对想象的一般要求。他在阅读英国作家卡特琳·克劳的作品时，已经注意到想象力（fancy）和创造性的想象力（constructive imagination）之分④。基于诗人个体的角度，正是"契合"这种同一切生命形态进行沟通的成分，把我们的过去与未来联结起来。自然事件发生在各自固定的时间里，相同的人对同一段时间的感觉因身体状况和心情不同却并不一样。决定时间感的不是历史事实，而是历史中特定个人的想象与记忆，诗歌艺术重现了这种生命个体对时间的真实感觉。

　　第三，诗歌的契合存在于诗自身的内容和形式之间。"契合"会产生于诗与诗的语言之间。如兰波所说，诗人寻找的语言应是"灵魂对灵魂的语

---

① 马拉美：《关于文学的发展》，《西方文论选》，第265页。
② 布拉雷德：《为诗而诗》，《西方文论选》，第109—110页。
③ 波德莱尔：《1846年的沙龙》，《1846年的沙龙》，第264页。
④ 郑克鲁：《法国诗歌史》，第139页。

言,它结合一切芳香、声音、颜色,思想与思想的纵横交错"①。诗人祈求有朝一日,能够"以本能的节奏来创造足以贯通任何感觉的诗文字"②。马拉美视艺术为一个"超凡、错综的有机体",一本"书经"③。就诗的内容和形式问题,瓦雷里则特别拈出"和谐"一词,并由此提出了诗歌艺术的评判标准:

> 在形式与内容、声音与意义、诗与诗的状态之间,表现出了一种对称,一种重要性。价值和权力的平等,这在散文中是没有的;它与散文的规律相反,后者表现出语言的两个部分之间是不平等的。诗的机制中最根本的原则即用话语产生诗的状态的条件,在我看来,就在于表达与印象之间这种和谐的交换。④

瓦雷里《幻美集》中的"幻美"一词取自拉丁文 carmina,意为有节奏、有魔力的形式和歌,或是诗歌。诗歌在瓦雷里眼中更像是一种巫术和魔法,是一瞬间爆发的神秘的火花。只从行为的角度去评判诗,意味着"关注作品的形成或制作过程远甚于作品本身"⑤,这是瓦雷里一向坚持的事,这样还可以将诗从散文及散文精神中稍微解脱出来。

第四,"契合"甚至可以超越诗歌的内容与形式层面,产生于诗与散文、小说之间。波德莱尔《巴黎的忧郁》中的文学作品被称为"小散文诗"或是"散文体的诗",这些作品没有诗韵和节奏,但像诗一样富有诗意和音乐性,能够"适应心灵的抒情冲动,适应梦想的起伏和意识的跳跃"⑥。这种体裁为法国散文诗开辟了一条新的道路,后来的诗人如马拉美、魏尔伦、洛特雷亚蒙都进行过这种体裁的创作。据波德莱尔自己说,《巴黎的忧郁》仍然是《恶之花》,不过有"更多的自由、更多的细节和更多的讽刺"⑦。从诗歌的整体性角度,瓦雷里也探讨了诗与小说的不同之处。他认为,诗歌要求我们的参与更接近于完整行为,而小说更多地让我们"服从于梦想和我们产生幻觉的官能"⑧:

---

① 兰波:《兰波诗全集》,葛雷等译,浙江文艺出版社,1996年,第280页。
② 兰波:《文字的炼金术》,程抱一译,《象征主义·意象派》,黄晋凯等主编,中国人民大学出版社,1989年,第248页。
③ Stéphane Mallarmé, Œuvres complètes, Bibliothèque de la Pléiade, Paris: Gallimard, ed. by Henri Mondor and G. Jean-Aubry, 1945, p. 663.
④ 保罗·瓦莱里:《诗与抽象思维》,《文艺杂谈》,第296页。
⑤ 保罗·瓦莱里:《诗与抽象思维》,《文艺杂谈》,第292页。
⑥ Charles Baudelaire, Correspondances Générale, tome 2, p. 615.
⑦ Charles Baudelaire, Correspondances Générale, tome 2, p. 615.
⑧ 保罗·瓦莱里:《论诗》,《文艺杂谈》,第339页。

诗作为语言的装饰性和可能性的纯粹体系，它的世界基本上是封闭和自足的，而小说的世界，即便是志怪小说，也是与现实世界相联系的，就像逼真的布景与可触摸的东西放在一起，观众往来其间。①

（小说读者与诗歌读者的态度）诗不会强加给他一种虚假的现实，要求他心灵驯服，克制身体。诗会扩展到整个身心；它用节奏来刺激其肌肉组织，解放或者激发其语言能力，鼓励他充分发挥这些能力，它对人的影响是深层的，因为诗的目的是引发或者再造活生生的人的整体性与和谐，当人被某种强烈的情感所占据时，他的任何力量也不能闲置一旁，这时就表现出了这种非凡的整体性。②

第五，"契合"也存在于不同艺术门类之间。在波德莱尔看来，"现代诗歌同时兼有绘画、音乐、雕塑、装饰艺术、嘲世哲学和分析精神的特点，不管装饰得多么得体、多么巧妙，它总是明显地带有取之于各种不同的艺术的微妙之处"③。"如果各种艺术不致力于力求互相代替，至少要力求互相借用新的力量。"④所以诗人一直致力于诗歌与不同艺术门类之间的沟通与结合。他曾写道：

但愿诗歌的句子能模仿（由此它接触到音乐艺术和数学）水平线、直升线、直降线；但愿它能笔直升上天空，好不气喘，或者以地心吸力的速度下降到地狱；但愿它能沿着螺旋形前进，画出抛物线，或者画出一系列重迭角的曲线；

但愿诗歌同绘画艺术、烹调术和美容术结合起来，因为有可能表达一切甜蜜和愁苦，惊呆或恐惧的感觉，只要将某一名词与某一相同或相反的形容词组合起来。⑤

在神韵诗家那里，艺术在不同门类间也是相通的。王士祯会以画论来悟诗文之道，同时也将"神韵"一词用于评点书法。⑥他提出"三昧"一说，将之视

---

① 保罗·瓦莱里：《纪念马塞尔·普鲁斯特》，《文艺杂谈》，第 231 页。
② 保罗·瓦莱里：《论诗》，《文艺杂谈》，第 338 页。
③ 波德莱尔：《对几位同代人的思考》，《1846 年的沙龙》，第 119 页。
④ Charles Baudelaire, Œuvres complètes, p. 183.
⑤ Charles Baudelaire, Œuvres complètes, p. 183.
⑥ 见《带经堂诗话》卷二十二"书画类下"第十九则："米南宫写阴符经墨迹细行书，结构精密，神韵溢于楮墨。"王士祯：《带经堂诗话》，第 660 页。

为画与诗精要的相通处①。作为神韵一脉的总结者，王士禛还将"意在笔墨之外"视为鉴赏诗文作品"真"与"假"的标准。"诗家三昧""不著一字，尽得风流""意在笔墨之外""意在言外""言有尽而意无穷"等说法由此作为"诗文之道"被联系到一起。

"契合"是理解纯诗诗学的一个关键词。在波德莱尔的契合论中，诗人强调了世间不同事物之间彼此的表达，实质上反映了诗歌艺术的整体观。经由契合，世间事物的"多"最终成为"一"，不能不说，这是一种全面的、善于变化的、重视个体区别的"结晶型"诗学理论。把诗歌作品作为一个整体来理解是很重要的事情。因为这就是人生本来的样子。世界万物有它特定的法则和构造，音乐、诗歌等艺术亦如是。诗歌中各部分互为整体，往往难以句摘。现代人习惯用逻辑，把诗歌甚或是人生分割成单位，这并不能增加我们人生的容量。"契合"体现了对自然万物与生命规律的尊重。对于自然与人生既定的种种规则与限制，你能做的往往只有接受，只有尊重，这种"顺应天命"在另一方面也成了宗教之源。

第三节　诗与神秘

如罗家伦所说，在高扬"科学"与"民主"的新文学时期，一切以"进化论"马首是瞻，而"宗教的第一大敌就是进化论"。② 胡适曾专门进行过禅学方面的学术研究。③ 如果大胆将胡适与严羽谈禅的方式相比较，两人谈禅的本意都不在"禅"上。胡适研究禅主要将其作为一门"学问"，方法以考证为主。严羽在《沧浪诗话》中以禅论诗，禅是用以论诗的媒介和手段。严羽主要依据其对禅学本质的理解论诗，胡适秉持的却是全然远离禅学宗教

---

① 见《带经堂诗话》卷三"微喻类"："予尝闻荆浩论山水而悟诗家三昧矣。其言曰：'远人无目，远水无波，远山无皴。'又王楙野客丛书有云：'太史公如郭忠恕画天外数峰，略有笔墨，意在笔墨之外也。'诗文之道，大抵皆然。"王渔洋提起的可悟诗家三昧的"论山水语"，相传出自五代画论家荆浩所作的《山水赋》："凡画山水，意在笔先，丈山尺树，寸马豆人，此其格也。远人无目，远树无枝，远山无皴，高与云齐，远水无波，隐隐似眉，此其式也。"又："新唐书如近日徐道宁辈画山水，是真书也。史记如郭忠恕画天外数峰，略有笔墨，然而使人见而心服者，在笔墨之外也。右王楙野客丛书中语，得诗文三昧，司空表圣所谓'不著一字，尽得风流'者也。王士禛：《带经堂诗话》，第85—86页。
② 罗家伦：《近代西洋思想自由的进化》，《新潮》2卷2号，1919年12月1日。
③ 作为其"整理国故"的一部分，《胡适文存》中专门辑有胡适整理佛教史料的一卷文字，包括《禅学古史考》《从译本里研究佛教的禅法》《论禅宗史的纲领》等8篇文章。基本上胡适发表的禅宗文章就是要肯定北宗神秀的"渐修"学说而否定南宗慧能的"顿悟"说，并且证明所谓《六祖坛经》里"五祖弘忍传慧能法衣"的故事，只是慧能的弟子神会和尚为了和北宗争夺皇室的供养所编造出的神话。

特质的"唯科主义"立场。即便就其研究的"科学性"而言，何建明经考证认为，由于胡适全盘西化的佛教文化观，其对佛教的学术探讨只停留于"科学主义的现代性"层面，不能进入到真正的具有"理解之同情"的客观、公正的科学性研究。这是他在佛教研究上不能与陈寅恪、陈垣和汤用彤等同时代学者相提并论的重要原因。① 在中国新文学时期，近乎一夜之间，与禅关系密切的旧诗被新诗取代，佛教对于诗的影响也渐次衰颓、消隐。在这样的背景中回顾诗与神秘的关系，似乎多少有一些讽刺意味。从诗之所以为诗的层面上看，这样的讨论又至为重要，不可或缺。

一 以禅喻诗

谈起佛教对中国文学理论的影响，刘勰的《文心雕龙》实肇其端。神韵诗家对此也多有关注，诸如皎然提出"诗家之中道"，司空图主张"象外之象、景外之景"，王士禛在《居易录》中曾尝试用"佛家语"来评定诗人语言风格的差异，其观点至今学者多有征引②。

但就"宗教与诗"这一话题，人们于中国文论中首先想到且不得不提的，当数严羽的《沧浪诗话》。严羽以禅学喻诗，主要体现于以下四方面：

第一，诗作如同宗教宗派一样，可分门别类，有高下优劣之分。宗教各派的等级划分是源自"判教"之说。在佛教最初传入中国时，各种佛教流派异说并兴，往往互相矛盾而漏洞百出，客观上需要通过判教统一区划整理。严羽以禅宗宗派来比喻诗派的风格，由此就涉及了诗作等级的判定：

> 禅家者流，乘有小大，宗有南北，道有邪正。学者须从最上乘、具正法眼悟第一义，若小乘禅声闻辟支果，皆非正也。论诗如论禅，汉魏晋与盛唐之诗则第一义也；大历以还之诗则小乘禅也；已落第二义矣；晚唐之诗则声闻辟支果也。学汉魏晋与盛唐诗者，临济下也；学大历以还之诗者，曹洞下也。

正如黄景进所做的解释，这是一个很复杂的比喻系统："是用上大小（乘）、正反（邪）、等级（第一义、第二义）、范围深浅（透彻、分限、一知半解之悟）、风格（临济、曹洞）等比较性概念来说明诗歌发展的三变（汉魏晋与盛唐、大历、晚

---

① 何建明：《胡适的佛教文化观及其学术史意义》，《世界宗教研究》2010 年第 2 期，第 53—60 页。
② 王士禛说："尝戏论唐人诗，王维佛语，孟浩然菩萨语，刘眘虚韦应物师语，柳宗元声闻辟支语，李白常建飞仙语，杜甫圣语，陈子昂真灵语，张九龄典午名士语，岑参剑仙语，韩愈英雄语，李贺才鬼语，卢仝巫觋语，李商隐韩渥儿女语，苏轼有菩萨语有剑仙语有英雄语，独不能作佛语圣语耳。"王士禛：《带经堂诗话》，第 42 页。

唐）。"①黄景进认为，严羽对于禅宗的分类实属"一家之言"。佛教里大小乘的分别并无关正邪，又禅宗各派内，"临济""曹洞"二宗均属大乘佛教，严羽不仅将"曹洞"归于小乘教中，而且认定其劣于"临济"，与佛家说法并不相符。这在客观上也说明，严羽本意不在参禅，而是借禅以为喻，借此对当时的江西派、四灵派和江湖派等诗派进行是非褒贬。

第二，诗如同禅一样都可经"妙悟"达成。严羽由此把诗的创作技巧与近乎神秘的诗人情性调和在一起。禅家的"妙悟"意指人内心的直觉活动，严羽用大乘禅而不喜曹洞宗，认定诗"从顶上做来"，"谓之顿门"，应属偏于"直往菩萨"的"顿教"一脉。他在《沧浪诗话》中以孟浩然和韩愈的诗为例，以说明学力高不见得诗好，"妙悟"才是严羽厘定诗歌等级的最终标准：

> 大抵禅道惟在妙悟，诗道亦在妙悟，且孟襄阳学力下韩退之远甚，而其诗独出退之上者，一味妙悟而已。惟悟乃为当行，乃为本色。然悟有浅深，有分限，有透彻之悟，有但得一知半解之悟。汉魏尚矣，不假悟也。谢灵运至盛唐诸公透彻之悟也。他虽有悟者，皆非第一义也。

郭绍虞在《神韵与格调》一文中将诗禅间的关系分为两类：一是"以禅论诗"，一是"以禅喻诗"。"以禅论诗"的特点在于"只是指出禅道与诗道有相通之处，所以与禅无关"，"以禅喻诗"则是"以学禅的方式去学诗，所以与禅有关"②。他认为王士祯是以禅论诗，而严羽则是以禅喻诗。这种说法有根据可循，与肯定"诗禅一致"的王士祯相比，严羽诗论的重心在诗，尤其更注重"学诗"一路。怎样"学诗"才能"悟入"呢？《沧浪诗话》在一开头就提出了诗歌入门的具体方法：

> 夫学诗者以识为主，入门须正，立志须高，以汉魏晋盛唐为师，不作开元天宝以下人物。

> 工夫须从上做下，不可从下做上，先须熟读楚词，朝夕风咏，以为之本；及读古诗十九首、乐府四篇；李陵、苏武、汉魏五言皆须熟读；即以李杜二集枕藉观之，如今人之治经。然后博取盛唐名家酝酿胸中，久之自然悟入。

严羽的"妙悟"说似取自范温。范温对"诗"与"悟"的关系早有阐述，"盖古人之学，各有所得，如禅宗之悟入也"③。《潜溪诗眼》中"识文章当如禅家

---

① 黄景进：《严羽及其诗论重探》，《中华学苑》31 期，1985 年 6 月，第 102 页。
② 郭绍虞：《郭绍虞说文论》，上海古籍出版社，2000 年，第 115 页。
③ 范温：《潜溪诗眼》，叶朗：《中国美学史大纲》，第 309 页。

有悟门"，"学者先以识为主，禅家所谓'正法眼藏'"等类似论述，与严羽的"妙悟"说实相契合。

此外，尽管于诗、禅的关系各有侧重，王士禛在《带经堂诗话》中所说的"顿悟"，其实与严羽的"妙悟"表达了相似的含义：

> 唐人五言绝句，往往入禅，有得意忘言之妙，与净名默然，达摩得髓，同一关捩。观王裴辋川集及祖咏终南残雪诗，虽钝根初具，亦能顿悟。①

第三，诗与禅在追求极境的手段，也就是语言的运用上存在某种共通。"诗为禅客添花锦，禅是诗家切玉刀"②，在《沧浪诗话》中，禅语举目可见。与严羽的做法类似，神韵诗学的用词在根本处多为禅语。皎然提出"诗家之中道"，"中道"指不着两边而取其中的观念或方法。《诗式》卷一"诗有四不""诗有二要""诗有二废""诗有四离""诗有六迷""诗有六至"诸条，谈的都是"诗家之中道"的问题。王士禛诗论中虽没有对皎然的直接引用，并不乏类似提法。见《带经堂诗话》"赋物类"第二则："咏物之作，须如禅家所谓不黏不脱、不即不离，乃为上乘。"③经由王士禛"色相俱空"的演绎，诗与禅已近乎为一体。

第四，诗与禅最终都追求一种极境，也就是"入神"。英语中 religion（宗教）一词的词源之一即"联系之物"。宗教往往以"人"为关注点，热衷于探讨人和宇宙、自然的关系，这就与诗具有了某种程度的互通。在神韵诗家眼中，诗的最高境与宗教多有牵系。"境"字本为佛家常用语，主要是指客观诸物，另外还可以指佛境，即佛教徒修行所能达到的最高程度。后一义移之于诗，往往喻指诗中"美"的极致。诗僧皎然最早明确对"境"的问题有所讨论。他提出了诗歌创作上的"取境""造境"问题。"取境"需"至难至险"，故须"苦思"。在《诗式》起始，皎然就尝试为诗"定义"，"夫诗者，众妙之华实，六经之菁英。虽非圣功，妙均于圣。彼天地日月，元化之渊奥，鬼神之微冥，精思一搜，万象不能藏其巧"。他继而又将"诗道之极"评定为"但见情性，不睹文字"，说：

> 两重意以上，皆文外之旨。若遇高手如康乐公，览而察之，但见情性，不睹文字，盖诗道之极也。向使此道尊之于儒，则冠六经之首；贵之

---

① 王士禛：《带经堂诗话》，第 69 页。
② 元好问：《赠嵩山隽侍者学诗》，《元遗山诗集笺注》，施国祁撰，人民文学出版社，1959 年，第 172 页。
③ 王士禛：《带经堂诗话》，第 305 页。

于道,则居众妙之门;精之于释,则彻空王之奥。①

所谓"诗道之极",即诗歌艺术的极境之所在。"但见情性,不睹文字"一说由释迦牟尼"实相无相、微妙法门,不立文字,教外别传"的"偈子"而来。但是,皎然显然认为这种说法并不是佛教独得之秘,儒家早有"言不尽意"说,道家"得意忘象""得意忘言"的说法亦可与之通融。皎然将"但见情性,不睹文字"冠以"诗道之极也",认为其可与儒家中六经之首、道家之众妙之门和释家之空义之尊相比拟。

薛蕙在《西原遗书》中则将"诗之至美"归于"清远兼之":

> 曰清、曰远,乃诗之至美者也,灵运以之,王、孟、韦、柳,亦其次也。"白云抱幽石,绿筱媚清涟",清也;"表灵物莫赏,蕴真谁为传",远也;"何必丝与竹,山水有清音","景昃鸣禽集,水木湛清华",可谓清远兼之矣。②

薛蕙在这里引用的四联诗句中包含了三个"清"字,且都侧重于描绘情景的交融。在诗人看来,单止写景或抒情的句子还不足以称得上"至美",诗之"至美"应为"景清而意远"。

王士禛眼中的"品之最上者"和"绝妙"的诗境均取自司空图的《二十四诗品》,见《带经堂诗话》卷三"要旨类"第二则:

> 司空表圣作诗品,凡二十四,有谓"冲澹"者,曰:"遇之匪深,即之愈希。"有谓"自然"者,曰:"俯拾即是,不取诸邻。"有谓"清奇"者,曰:"神出古异,澹不可收。"是品之最上者。表圣论诗,有二十四品,予最喜"不著一字,尽得风流"八字。又云:"采采流水,蓬蓬远春"二语形容诗境亦绝妙,正与戴容州"蓝田日暖,良玉生烟"八字同旨。③

"神出古异,澹不可收"的"清奇"一品,被王士禛视作"品之最上者"。"神出古异",有诗出自"非常"的味道。司空图的"冲澹""自然"和"清奇"三品是《二十四诗品》中禅味最为浓厚的三品。及至"采采流水,蓬蓬远春"这两句,又贴切地描绘出了人世间万物生长的蓬勃气息。王士禛从中留意到了诗境与禅境的衔接。

值得一提的是,当代也有人将纯诗概念与"禅"联系起来。台湾诗人林亨泰就认为,纯诗乃在发掘不可言说的隐秘,故纯诗发展至最后阶段即

---

① 周维德:《诗式校注》,第1页。
② 薛蕙:《西原遗书》,《四库全书存目丛书·集部六九》,齐鲁书社,1997年,第406页。
③ 王士禛:《带经堂诗话》,第72页。

成为"禅"，真正达到不落言诠、不着纤尘的空灵境界，其精神又恰与虚无境界合为一个面貌，难分彼此，而"还原到文学以前的那种混沌状态"。①

二　神诣：造极之旨

神韵诗家对诗之极境的不同阐释，可以说是从不同角度和层面丰富了诗的"入神"论说。"神韵"的"神"字作名词时多指神仙或精灵，本身具有不可知的神秘色彩。严羽的"入神"是指诗歌创作中超越了技艺层面的化境，宇文所安把"入神"译为"divinity"，这是宗教色彩极其浓厚的一个词，意思是"神"或接近于"神"的品质和状态(the quality or state of being a god or like god)。② 这表明了宇文所安对"入神"一词具有宗教性含义的一种理解。

其他神韵论者对诗歌的神秘性也多有述及。钟嵘认为，作诗不是单靠诗人的努力就能完成的，所谓"终朝点缀，分夜呻吟，独观谓为警策，众睹终为平钝"③。皎然作《诗式》，意在"使无天机者坐致天机"，他在卷五中说：

> 夫诗人造极之旨，必在神诣。得之者妙无二门，失之者邈若千里，岂名言之所知乎？ 故工之愈精，鉴之愈寡，此古人所以长太息也。④

据黄继立从《说文解字》中查考，"诣"本意为季节、气候的来临，本身蕴含"到达"的意思，在古代更带有"神秘"的意味。⑤ "神"的出现突然而不可预测，所以皎然用"诣"字描述"神"的来临。至于末句"故工之愈精，鉴之愈寡，此古人所以长太息也"，似正与钟嵘的相关见解互为参照。在《诗式》卷五"立意总评"的起始部分，皎然还提过"神会"一词：

> 评曰：前无古人，独生我思。驱江、鲍、何、柳为后辈，于其间或偶然中者，岂非神会而得也。⑥

"神会"在这里等同于"神诣"。皎然将"诗人造极之旨"归于"神诣"和"神会"。在王士禛有关诗歌创作的诗论中，提出了"咏物须有神"一条。见《花草蒙拾》：

① 洛夫：《诗人之镜——〈石室之死亡〉自序》，《创世纪》第 21 期，1964 年 12 月，见中国作家协会诗刊社编：《中国新诗百年志》(上)，中国工人出版社，2017 年，第 312 页。
② Stephen Owen, *Reading in Chinese Literary Thought*, Cambridge: Harvard University Press, 1992, p. 21.
③ 钟嵘：《诗品》，《历代诗话》，第 3 页。
④ 周维德：《诗式校注》，第 107 页。
⑤ 黄继立：《"神韵"诗学谱系研究》，第 106—107 页。
⑥ 周维德：《诗式校注》，第 108 页。

疏影横斜、月白风清等作,为诗人咏物极致。若"认桃无绿叶,辨杏有青枝",及李筼翁之"胜如茉莉,赛得荼蘼",刘叔拟"看来毕竟此花强,是欠些香",岂非诗词一劫。程村尝云:"咏物不取形而取神,不用事而用意。"二语可谓简尽。①

这种说法可归结为同时要求"取神"与"用意"的传神观念。"神"因为属于人情内蕴的范畴,而与"形"相对,王士禛所肯定的"神韵"诗,倾向以有限之"形"涵盖无限之"神",用意而不用事。在王士禛看来,如此方为诗人咏物之"极致"。

总的看来,神韵说中的"入神""传神""神诣"等观念,都注意到了诗兴产生的偶然性和突发性,对应于叶梦得的"猝然与物相遇"之说,体现在诗的创作上,就须"伫兴而就"。此外,要"入神"还需要诗人卓越的想象力和艺术感受力。诗人作诗倾向于以神变形,往往不拘泥于现实中的形体,追求不似而似。以王维的《雪中芭蕉》为例,这种创造性就是因传"神"而得"韵"。

神韵之"神"与宗教的联系还体现在神韵诗中"虚静使能明"的一面②。"禅"字梵文为 dhyana,意译"静虑""思维修",指"心专一境,通过凝神沉思、静观冥想而进入一种单纯、空明的心理状态,从而获得对佛教真理的终极认识"③。神韵诗作中常见虚明之境。王维诗中"空山不见人""空山新雨后""夜静春山空""寒空法云地"等句,"空"多取"虚静"的含义。文学创作上也多求"静","是以陶钧文思,贵在虚静,疏瀹五藏,澡雪精神"④。皎然作为诗僧,兼受天台、禅宗的影响,其《诗式》中有"天予真性,发言自高"之说,认为诗歌境界是象外之美,"工于诗"者求才,"达于诗"者求"明"。皎然之后,能承皎然之论并有所发挥的是刘禹锡。与同时期白居易等对六朝诗的鄙薄完全不同,刘禹锡对六朝文学持肯定评价,并受道、佛家启发,认为"虚静始能明"⑤。司空图在诗歌创作中注意捕捉景物中的静趣和细微现象,"素处以默,妙机其微","默"和"微"也是他常常强调的地方。

---

① 王士禛:《花草蒙拾》,《词话丛编·二十四》,唐圭璋编,中华书局,1986 年,第 683 页。
② 无论中外,"神"与"静"的联系似多取自宗教上的意义。钱锺书在《谈艺录》中所举诗例对此多有涉及。如:德国古宗教诗人库尔曼(Quirinus Kuhlmann)喻心如火之热而烈,神如光之明而静(Der Geist wird voller stärk in seiner Feuermacht; /Die Seele leuchtet sanft aus ihrer Lichtesstill)。白瑞蒙解 catharsis,实皆自阿奎纳(Thomas Aquinas)论美物能使人清心平气息欲来。荷尔德林海后生作诗所云"唯美斯静"可以要括,而歌德名篇发端所云"万峰之巅,静动皆息"可以借喻。钱锺书:《谈艺录》,第 668 页。
③ 敏泽主编:《中国文学思想史》,湖南教育出版社,2004 年,第 622 页。
④ 黄霖编著:《文心雕龙汇评》,上海古籍出版社,2005 年,第 94 页。
⑤ 霍松林主编,漆绪邦等撰著:《中国诗论史》,黄山书社,第 516 页。

因为对"虚静"的追求，神韵诗家才会有对诗歌"清远"质素的倚重。薛蕙提出的"清远"论，在明、清引起很大的回响。据黄继立的统计，王渔洋《带经堂诗话》、孔天胤《文谷集》杂卷十三、胡应麟《诗薮·外编》卷二及许学夷《诗源辨体》都对此或直接，或间接地作过引述与讨论。① 钱锺书认为，渔洋"三昧"本源于严羽，不过指含蓄吞吐而言，《池北偶谈》卷十八引汾阳孔文谷所说"清远"是也②。严羽以禅喻诗，音、色、月、象是实景，空中之音、相中之色、水中之月、镜中之象则代表了虚妄的宗教镜像。"镜花水月"说用于诗歌批评，突出了诗歌中的"清远"质素。这种对诗歌神秘境界的寻求，是任何的以文字、才学、议论为诗者，均难以达到的艺术效果。

说到神韵说与宗教之间的联系，有两点需要注意。首先，以佛境写诗非神韵诗独有。新诗时期的诗人盛成非常独特，其两本诗集《秋心美人》和《狂年吼》都是用法语写的，1928 年《我的母亲》由瓦雷里作序，出版不久即被译成英、德、荷、西班牙及希伯来等多种文字，风靡全球。盛成说："我国唐代之张若虚、白居易香山，宋代之苏东坡，皆以佛学之意境写诗，而法兰西之若虚、香山、东坡，当为瓦乃理无疑。"③"瓦乃理"即瓦雷里，盛成的说法不见得精准，但禅学对中国诗歌影响甚深，为相当数量的诗家取借，这是不争的事实。其次，神韵诗家常以禅喻诗，但神韵诗不等于玄言诗。从本质上看，玄言诗属于哲学诗，"直接论道而不藉助于象征手段"④。刘勰曾提道："自中朝贵玄，江左称盛；因谈余气，流成文体。是以世极迍邅，而辞意夷泰；诗必柱下之旨归，赋乃漆园之义疏。故知文变染乎世情，兴废系乎时序；原始以要终，虽百世可知也。"⑤即指玄言诗受两晋士人清谈的影响，内容平淡空洞，吟诗不出《老子》的宗旨，作赋像对《庄子》的发挥。这与钟嵘在《诗品》序所说的玄言诗由"稍尚虚谈"起，"平典似《道德论》，建安风力尽矣"的说法不谋而合⑥。神韵诗好谈禅论道，却又借助象征手段，这是它与玄言诗的区别所在。或许正因为注意到了这一点，钱锺书在《谈艺录》中指出，西方 19 世纪象征派诸诗人说诗已近于严羽的以禅说诗，"有径比马拉美及时流篇什于禅家'公案'或'文字瑜伽者'；有称里尔克晚作与禅宗文学宗旨可相拍合者；有谓法国新结构主义文评巨子潜合佛说，知文字为空相，破指事状

① 黄继立：《"神韵"诗学谱系研究》，第 402 页。
② 钱锺书：《谈艺录》，第 108 页。
③ 见钱林森：《光自东方来》，宁夏人民出版社，2004 年，第 253 页。
④ 王葆玹：《正始玄学》，齐鲁书社，1987 年，第 352 页。
⑤ 黄霖编著：《文心雕龙汇评》，第 148 页。
⑥ 钟嵘《诗品》："永嘉时，贵黄老，稍尚虚谈，于时篇什，理过其辞，淡乎寡味。爰及江表，微波尚传，孙绰、许询、桓、庾诸公诗，皆平典似《道德论》，建安风力尽矣。"《历代诗话》，第 2 页。

物之轮回,得大解脱者"①。

诗既然与宗教联系密切,那么神韵派追求的是韵致,还是韵外之致呢?韵致到了极处,边界就很模糊。神韵诗学和纯诗,求的都是"山峰之巅"的状态。"神韵"诗文如其名,主要体现了重"精神",重余韵的特点、如果把它归置于一种系统诗论的话,神韵说应是主观性很强的诗学。严羽以禅喻诗是注意到了诗歌的非理性的、不可思议的一面。以禅相通的诗歌,更像是一种对人生和自我不可言说的神秘表达,可以说,这也是胡适的试验主义和怀疑精神所不能到达的盲点所在。

三 诗与祈祷

司空图的《二十四诗品》被朱自清视为"集形似语之大成"②,其对每一诗品风格的描绘都借助于大量的象征性喻体写成,与严羽的以禅论诗异曲同工。另一方面,严羽以禅喻诗,等于用一种隐喻来点明另一种隐喻,就像写诗时用一个句子去黏住另一个句子,与司空图在《诗品》中所作的四言诗本质相同,也是在以诗论诗。自爱伦·坡起,纯诗诗学已有将诗与神秘主义相联系的趋向。坡将诗要追求的因素视为"神圣之美"③,但是,就像严羽所说的禅并不等于诗,坡同样把宗教与诗的界限划分得很清楚。他认为:

> 我们因音乐而流出的泪水,并非像格拉维纳神父认为的,是出于过度喜悦,而是由于一种必然发生且难以忍受的悲哀,因为尚在这世间的我们此刻还无力完全而永久地把握住那些神圣的极度的喜悦,我们只能通过诗或音乐隐隐约约地对其一瞥。④

纯诗经由爱伦·坡、波德莱尔、瓦雷里等人,最后是在白瑞蒙那里,诗与宗教有了更直接的联系。白瑞蒙神甫著有洋洋 11 卷《宗教情感的文学史》,以及《纯诗》《诗与祈祷》两本诗歌专论。1924 年白瑞蒙被选为法兰西学院院士,"纯诗"一词出现在他作为院士所做的演讲里。白瑞蒙的事业、人生完全屈从于他的信仰,他的诗论也几乎完全融入他的宗教中⑤。他认为所有的

---

① 钱锺书:《谈艺录》,第 673—674 页。
② 朱自清:《诗言志辨》,华东师范大学出版社,1996 年,第 91 页。
③ 爱伦·坡说:"也许正是由于音乐,心灵为诗情启迪,才会争取最大限度地逼近那个伟大目标——神圣美的创造。"Adgar Allen Poe, *The Poetic Principle*, p. 161.
④ Adgar Allen Poe, *The Poetic Principle*, p. 160.
⑤ 有关白瑞蒙的基本经历可参见 Alastair Guinan, "Portrait of a Devout Humanist, M. L'abbē Henri Bremond," *Harvard Theological Review*(January,1954), pp. 15—53.

艺术，包括诗在内，几乎都接近于祈祷。① "纯诗"（la poésie pure）与"祈祷"（la prière）是理解白瑞蒙诗论的两个关键词。白瑞蒙曾区分"化学式"与"抽象式"分析的不同：

> 人们可以用两种方式来厘清本质：第一种是实用而有效的化学方式（玫瑰的本质、白兰地、氧气），第二种方式是理想的和抽象的方式（纯粹理性、纯诗）。②

"纯诗"被认为是一种"理想的和抽象的方式"，他在《诗与祈祷》里还引用了布拉德雷的话，"对于我来说，纯诗只是一种抽象"③。可见，与诗的语言和技巧层面相比，白瑞蒙更注重从诗的精神层面看问题。所以他不那么重视诗中的音乐，而重视音乐在读者那里引发的"冥想状态"。这应是白瑞蒙与"从两端立论"的瓦雷里一个明显的不同。墨雷因此甚至说，白瑞蒙与瓦雷里提倡的是"不同"的纯诗。墨雷认为，瓦雷里的"纯诗"自马拉美而来，不过是"文词的音乐而已"，这种概念"除了梵乐希真正的前辈爱伦坡以外，在英国还不曾有人注意过"，瓦雷里与白瑞蒙的纯诗并没有"必然的联系"④。

然而，白瑞蒙本人并不这样想。没有人知道诗是什么，就像没有人知道人生是什么。这并不妨碍我们对诗的追问，可以视诗歌为一种"神秘的幻术"。严羽与爱伦·坡都没有将宗教等同于诗，白瑞蒙也认为诗趋近而不是等于祈祷。秦海鹰在《诗与神秘》一文中发现，在白瑞蒙的著作中，"神秘体验"一词出现的频率远高于"祈祷"。也就是说，作者基本上是把"神秘体验"当作"祈祷"的同义词来使用的⑤。白瑞蒙因此把纯诗特别定义为"一种神秘的现实"⑥。

白瑞蒙以类似宗教的神秘标准来区分散文与诗，得出的是类似于瓦雷里诗论的结果，即散文多诉诸理性，并要求"言之有物"。他在文中写道：

---

① Henry Bremond, *La poésie pure*, *avec un débat sur la poésie par Robert de Souza*, Paris：Bernard Grasset，1926，p. 27. 波德莱尔也曾注意到："祈祷中有一种魔力。祈祷是力量最大的精神活动之一。其中有些东西如同电流一样循环。"波德莱尔：《私密日记》，张晓玲译，湖南文艺出版社，2007年，第80页。

② Henri Bremond, *Racine et Valéry*：*notes sur l'initiation poétique*, Paris：Bernard Grasset，1930，p. xii.

③ Henry Bremond, *Prière et poésie*, Paris：Bernard Grasset，1926，p. 64.

④ 墨雷：《纯诗》，《现代诗论》，第198页。瓦雷里在文中被译为"梵乐希"。

⑤ 秦海鹰：《诗与神秘》，《法国文学与宗教》，秦海鹰主编，人民文学出版社，2011年，第70页。

⑥ 白瑞蒙："诗之所以为诗，都要接受特定神秘现实的光临、照耀、改造和整合，我们把这种神秘现实叫作'纯诗'。"Henry Bremond, *La poésie pure*, *avec un débat sur la poésie par Robert de Souza*, Paris：Bernard Grasset，1926，p. 16.

沉思的魔力，像玄秘派的人们所说的一样，它引导我们到一种寂静的境界，在这种境界中，我们听命于（但是自动地）一种比较我们更伟大更高尚的神灵。散文是像一种活动而漂浮的灯光，它吸引着我们离开自己。……在那些庄严的地方，一种超人的神灵是在等待我们，召唤我们的。若我们相信比德，那么一切艺术都在企望达到音乐底境地。可是不然，一切艺术各自凭着适合于它本身的有魔力的工具——文字、音符、颜色、线条——都企望达到祈祷底境地。①

将纯诗与祈祷的作用相结合，是白瑞蒙的一个特别贡献：

在那严肃的隐避的地方，我们期待着，拜访着一个超越人类的仙灵。②

这样看来，白瑞蒙不过从宗教的角度特别地"强调"了纯诗。就这样的理解角度，他与瓦雷里的诗论并不存在本质的差别。钱锺书就认为：

与白瑞蒙论诗始合终离之瓦勒利，言艺术家创作，锲而不舍，惨淡经营中，重重我障，剥除无余，而后我之妙净本体始见。则又与白瑞蒙不求合而自合。③

关于白瑞蒙，值得一提的还有钱锺书对他的高度评价。《诗与祈祷》与《沧浪诗话》都涉及了诗与神秘的关系。与《沧浪诗话》在中国的重要地位相比，白瑞蒙具有浓厚宗教色彩的纯诗理论在法国并没有产生很深远的影响。法国学术界通常将其视为纯诗运动的插曲，对其观点褒贬不一。法国文学史上所谓的"纯诗之争"（la querelle sur la poésie pure），主要在白瑞蒙与批评家苏代（Paul Souday）之间展开，苏代认为白瑞蒙是在咒骂理性，把诗歌放在神秘论的祭坛上残害。在秦海鹰看来，他与白瑞蒙的论战凸显了理性诗歌观和神秘诗歌观的根本冲突。④ 而在《谈艺录》中，钱锺书却认为白瑞蒙的论诗方式与严羽的"以禅论诗""诗有别趣"和"妙悟"的方法均有契合。他旁征博引，以"儒、道、释、法"互为参证来解读白瑞蒙的诗学观，认为白瑞蒙的诗论"陈义甚高，持论甚辩""立说甚精"，"五十年来，法国诗流若魏尔仑、马拉美以及瓦勒里辈谈艺主张，得此为一总结"⑤。

钱锺书对白瑞蒙的评价明显高于法国评论界。宇文所安作为欧美学

① 墨雷：《纯诗》，《现代诗论》，第 196 页。
② 雷达：《论纯诗》，《现代诗论》，第 168 页。
③ 钱锺书：《谈艺录》，第 687 页。
④ 秦海鹰：《诗与神秘》，《法国文学与宗教》，第 57、61 页。
⑤ 钱锺书：《谈艺录》，第 666、683 页。

者,其对《沧浪诗话》等诗话的评价,似乎可作为对比形成别一种比照。在宇文所安的笔下,严羽"急躁、傲慢和好斗",他不满严羽推崇盛唐,更不满严羽"以禅喻诗"。《沧浪诗话》在中国学者眼中的"四通八达之谈"和"融会贯通之识"①,在宇文所安眼中就变成了一种"程式化的自负和刺耳的腔调","行话连篇,拿腔作调以及禅宗文字那种做作的白话风格"②。宇文所安对严羽的这些评价集中于《中国文论:英译与评论》一书中,这是哈佛大学用于比较文学课程的诗歌选本。

无论是内容还是表述形式上,神韵说中均凝聚了相当部分独属于中国的论诗元素。禅学与儒家、道家一起规定了中国人的生活、思想和言说,必然也会影响到中国诗,《沧浪诗话》可视为这一脉思想在诗论中的代表。③ 严羽标举盛唐,他对诗歌按历史时期的划分,是宇文所安主要诟病的地方。朱自清在《诗言志辨》中则认为,"这一说实在是一个重要的创始"。他说,一般论文的人总害怕"支离割剥",以严羽始,对初、盛、中、晚的划分"绝无仅有"。然而,"唐代的诗比历代盛,也比文盛",从严羽、杨士弘到高棅对唐诗所做的分体,可以"与人方便","让人更清楚地看见唐诗的种种面目",而且,这是以"文变说"为依据④。朱自清的这一看法,包括禅这种特定的论诗方式,显然不太能为异域学者理解和接受。司空图的《诗品》是用"四言诗"写成,宇文所安也认为,四言诗是"道家哲理诗最钟爱的形式",而玄言诗"满篇行话、隐语,最多不过是一堆陈词滥调":

> 不幸的是,司空图无比迷恋这种貌似神秘、深奥的道家修辞术,他著作中全部最优秀的东西受到了威胁。⑤

有关于钱锺书对白瑞蒙诗论的极高评价,秦海鹰认为是其东方特有的神秘主义背景以及学贯中西的个人学养所致,这使钱锺书"比理性传统悠久的法国本土学者更容易理解和接受白瑞蒙的观点"⑥。这种评价单就钱锺书本人而发,个中的原因应还可进一步分析。钱锺书对白瑞蒙的极高评价,与宇文所安对待严羽的急躁态度相比照,从中西文学史的比较研究角度,应是

① 郭绍虞:《沧浪诗话校释》,第 256 页。
② 宇文所安:《中国文论:英译与评论》,第 431—432、448 页。
③ 戴复古与严羽同时,其《论诗十绝》云:"欲参诗律似参禅,妙趣不由文字传。个里稍关心有悟,发为言句自超然。"这首诗也可视为是对诗与禅密切关系的一种阐释。戴复古:《石屏诗集》,上海古籍出版社,1987 年。
④ 朱自清:《诗言志辨》,第 175—178 页。
⑤ 宇文所安:《中国文论:英译与评论》,第 332 页。
⑥ 秦海鹰:《诗与神秘》,《法国文学与宗教》,第 90 页。

一个有趣的题目。

四　彼岸之"美"

就诗的最终境界而言,"神"是神韵的极境,"美"是纯诗的极境。无视"美"这个字眼在文学史上存在的诸多争议,爱伦·坡干脆将诗的真正基调和本质认定为"美"①,并视其为人的整个精神世界里最重要的部分:

> 永存于人的精神深处的那个不朽的本能,显然是一种美感。它足以使人于生活中的多种形式、声音、气味和感觉中感到愉快。②

但是,坡所认定的美不是全无条件的。从严格意义上说,美是神圣的属于"彼岸"的美,与人的"灵魂"相联系:

> 诗之所以为诗,只是由于它以灵魂的升华作为刺激。诗的价值与这种升华的刺激程度是成正比的。③

爱伦·坡的小说和诗多植根于对个人的死亡与衰颓的关注,他的诗歌理论也同样强调人的"灵魂",关注人在彼岸的那一面。诗歌价值的"彻底尊贵"和"极端高尚",取决于也包含"死后"阶段的"灵魂的升华"。因此美属于"彼岸",神圣的属于彼岸的美成就了真正的诗歌,坡因此把人类对美的追求形容为"飞蛾对星星的向往":

> 我们尚有一个不可抑制的渴望⋯⋯这渴望属于人的不朽性。它是人类不断繁衍生息的自然结果和存在标志。它是飞蛾对星星的向往。它不仅是对我们当前的美的感悟,而且是一种疯狂的努力,以达到更高的美。我们由于预见死后的或者说彼岸的辉煌灿烂而欣喜欲狂,所以才能通过时间所蕴含的种种事物和思想之间的多样结合,努力争取一部分的美妙,而这一部分也许只属于来世。④

和爱伦·坡一样,波德莱尔也认为,真正美的诗能"把灵魂带向天堂"⑤。一首诗实在的价值来自对灵魂的激励和征服,真正的诗只能为诗而写。⑥ 爱

① Adgar Allen Poe, *The Poetic Principle*, p. 162.
② Adgar Allen Poe, *The Poetic Principle*, p. 160.
③ Adgar Allen Poe, *The Poetic Principle*, p. 154.
④ Adgar Allen Poe, *The Poetic Principle*, p. 160.
⑤ 波德莱尔:《对几位同代人的思考》,《1846年的沙龙》,第94页。
⑥ 波德莱尔:《再论埃德加·爱伦·坡》,《1846年的沙龙》,第181页。文中第一句中的"应和"即"契合",也就是韦勒克提到的"美的永恒天性,它使我们把世界和它的景观当做天堂的一幅素描,一个契合"。见韦勒克:《法国象征主义者》,《花非花》,第120页。

伦·坡所信奉的神秘激情包含了契合的因素，显然这成为波德莱尔契合论的来源之一。韦勒克说，当波德莱尔解释坡所谓"美的永恒天性，它使我们把世界和它的景观当做天堂的一幅素描，一个契合"时，他甚至把"契合"（correspondence）这个术语引进了坡的理论。爱伦·坡的文章从不谈论这种"契合"①。是波德莱尔通过自己的诗论，创造性地阐释了爱伦·坡的理论。

波德莱尔身上有着鲜明的放荡颓废的文人气质，"神秘"和"悔恨"也是他眼中美的"特征"②。诗人说："美是这样一种东西，带有热忱，也带有愁思，它有一点模糊不清，能引起人的揣摩猜想。"③波德莱尔的"契合论"包括与诗人灵魂的契合，即"一种精神的请求"。不管波德莱尔的契合理论有多少来源，可以肯定的是，"契合"这个词也属于宗教。波德莱尔说："想象是最科学的一种才能，因为只有它领悟世界的相似，或者某种在神秘的宗教里被叫做契合的东西。"④韦勒克说："至少在波德莱尔内心，有一种向往神秘主义的志向，一种艺术达到极致时，成为幻境、迷狂，从而是灵感的信念——一种近乎华兹华斯那种向往'岁月闪光点'的追求。"⑤这种说法不无道理。波德莱尔宣称，诗的本质不过是，也仅仅是人类对一种最高的美的向往：

> 正是这种对于美的令人赞叹的、永生不死的本能使我们把人间及人间诸事看做是上天的一览，看做是上天的应和。人生所揭示出来的对于彼岸的一切永不满足的渴望最生动地证明了我们的不朽。正是因为诗，同时也通过诗，由于音乐，同时也通过音乐，灵魂窥见了坟墓后面的光辉；一首美妙的诗使人热泪盈眶，这眼泪并非极度快乐的证据，而是表明了一种发怒的忧郁，一种精神的请求，一种在不完美之中流徙的天性，它想立即在地上获得被揭示出来的天堂。⑥

纯诗与宗教关系紧密，就在于诗人多注重诗神圣和神秘的一面，追求彼岸之美。和坡相同，马拉美也认为诗歌的本质就是神秘。在他看来，真正优美的诗是一般读者读不懂的，是诗歌的神秘造就了她的不朽：

> 我打下了一部出色作品的基础。凡是人都有自己的秘密。许多人

---

① 韦勒克：《法国象征主义者》，《花非花》，柳扬编译，旅游教育出版社，1991年，第120页。

② 波德莱尔：《随笔·美的定义》，《西方文论选》，第225页。

③ 波德莱尔：《随笔·美的定义》，《西方文论选》，第225页。

④ 韦勒克：《法国象征主义者》，《花非花》，第121页。在本书中，"契合"均译作"应和"。

⑤ 韦勒克：《近代文学批评史》第四卷，上海译文出版社，2009年，第595页。

⑥ 波德莱尔：《再论埃德加·爱伦·坡》，《1846年的沙龙》，第182页。

到死都没有找到这个秘密，或者怎么也找不到，因为他们死了，这个秘密不存在了，他们也不存在了。我死了，又由于有了我的精神宝匣的钻石钥匙而复活。现在，我要打开它，派出了一切外来印象，它的秘密会散发到非常美丽的天空中。①

因为主张诗歌要表现梦幻，马拉美才强调要创造"纯粹美"②。他说：

> 美原就是让人一点一点地去猜想，这就是暗示，即梦幻。这就是这种神秘的完美的应用，象征就是由这种神秘性构成的：一点一点地把对象暗示出来，用以表现一种心灵状态。③

诗是一种"奥秘"，马拉美的这种说法，把诗与宗教放在了同等的位置上。探索这种奥秘的人被兰波称为"通灵人"。诗人"必须做通灵人，必须使自己成为通灵人"。通灵人（Voyant）一词最早可见于16世纪出版的法译《圣经》，先知撒母耳被称为通灵人，他是沟通天主与选民的媒介，独具超自然的洞察力，能够预卜未来。及至19世纪，戈蒂埃等法国诗人开始重视这种通灵论。④ 除了戈蒂埃，奈瓦尔和雨果不约而同地谈到过通灵，但最终是兰波因为提出了"通灵人"概念为世人熟知。

瓦雷里酷爱以诗来表现人的心灵史与生命史，视诗歌是一种"精神产品"⑤。实际上，正是瓦雷里视诗歌与音乐为感情嬗变的最高形式：

> 瓦雷里诗歌要表达的意蕴：在太阳下，在纯洁天空的无边形式中，我梦想一个炽热的场地，那里任何明晰的东西都不存在，任何东西都不长久，但是任何东西都不停止，仿佛毁灭本身刚一完成便自行毁灭一样。我失去了存在与不存在的区别感。有时音乐强加给我们这种印象，这种印象超越了其他一切印象。我想，诗歌难道不也是感念嬗变的最高形式了吗？⑥

到了白瑞蒙那里，诗与宗教有了更直接的联系。钱锺书认为："白瑞蒙

① A. Adam, G. Lerminier, Sir E. Morot, *Littérature française*, 2 vol., p. 194.
② 马拉美：《关于文学的发展》，《西方文论选》，第262页。
③ 马拉美：《关于文学的发展》，《西方文论选》，第262页。
④ 以上说法见郑克鲁《法国诗歌史》：在兰波写《通灵人书信》的前三年，戈蒂埃发表了回忆波德莱尔的一篇文章，认为波德莱尔"能通过某种隐秘的直觉，发现别人视而不见的关系，并由此借助于只有通灵人才能掌握的，令人出乎意料的类比，将表面上相距极远、极不相容的关系联系起来"，此文后来被用作《恶之花》的前言。郑克鲁：《法国诗歌史》，第148页。
⑤ 江弱水：《卞之琳诗艺研究》，第198页。
⑥ A. Adam, G. Lerminier, E. Morot-Sir, *Littérature française*, 2 vol., p. 296.

谓作诗神来之候,破遣我相,与神秘经验相同。立说甚精。"①那不朽的美属于彼岸,即便是疯狂的努力,即便人们心向往之,终不能至! 悖论之处在于,活着的快感、含混的快感和不确定的情绪,这些美最终属于"彼岸"。纯诗的完成也就意味着终结。诗人只能追求一种未完成的,如同"诗家之中道"一般的状态。爱伦·坡因此说:"我们由于预见死后的或者说彼岸的辉煌灿烂而欣喜欲狂,所以才能通过时间所蕴含的种种事物和思想之间的多样结合,努力争取一部分的美妙,而这一部分也许只属于来世。"②瓦雷里也认为:一切艺术的建立,根据各自的本质,都是为了将转瞬即逝的美妙延续和转化为对无限的美妙时光的把握。一件作品只是这种增殖或可能的再生的工具而已③。因此:

> 根据不同性质的人,我认为诗的本质要么毫无意义,要么无比重要:在这一点上,它与上帝本身类似。④

波德莱尔说,诗总带着一种"乌托邦"式的气质⑤。纯诗所谓的"乌托邦"品格,就在于诗人对于诗歌本质的一种明知不可为而为之的坚持。"人"的定义是宗教的,同理,他也是艺术的,诗总尝试着把幻想变成事实,把神秘的事物化为常识。诗即便永远不能成功,也绝不会接受有局限的现实。秉持这种理念所作的诗歌,才算是纯诗。

---

① 钱锺书,《谈艺录》,第 683 页。

② Adgar Allen Poe, *The Poetic Principle*, p. 160.

③ 保罗·瓦莱里:《论诗》,《文艺杂谈》,第 328 页。

④ 保罗·瓦莱里:《诗歌问题》,《文艺杂谈》,第 242 页。

⑤ 波德莱尔认为:"诗的这种命运何等伟大! 不管快乐还是悲伤,它身上总是带着乌托邦的神圣品格。它总是反驳现存的事实,否则它将不复存在。"波德莱尔:《论彼埃尔·杜邦》,《1846 年的沙龙》,第 30 页。

第五章 诗论观念引入的个案研究

世 界

张 枣

这个世界里还呈现另一个世界，
一个跟这个世界一模一样的
世界——不不，不是另一个而是
同一个。是一个同时也是两个

世界。
　　　因而我信赖那看不见的一切。
夜已深，我坐在封闭的机场，
往你没有的杯中
倾倒烈酒。
　　　　　　没有燕子的脸。
正因为你戴着别人的
戒指，
我们才得以如此亲近。

引言　新诗思潮的两种面向

爱伦·坡是理解波德莱尔诗论的重要参照系。如果给爱伦·坡的思想观念加上一个参照系，也可以更好地理解他的诗歌理论。这个参照系可以是与坡同时代的美国思想家与诗人爱默生（Ralph Waldo Emerson）。爱伦·坡在 1847 年出版了《我发现了》（*Eureka*）一书，这本书的奇异处在于它的"兼容并蓄"：其立论的出发点是宇宙论，中心点是上帝论，落脚点却是人生与文学论。爱伦·坡宣称过诗与科学截然不同，《我发现了》的内容却是科学与诗的结合。在这本书里，爱伦·坡将科学、诗学和神学观念合而为一，并且被一众美国学院派批评家将其与爱默生反向联系到一起。在他们看来，爱伦·坡与爱默生好比一对天敌，喜欢坡的人不可能喜欢爱默生，反之亦然。

爱伦·坡本人非常讨厌爱默生，在他眼里，爱默生与惠特曼、林肯一样，不是基督徒，不是保皇党人，更不是古典主义者。据哈罗德·布鲁姆的研究，《我发现了》正是对爱默生《论自然》一书的应答。《论自然》发表于 1836 年，同样也提出了关于宇宙的整体理论，包括它的起源、现状和终极；同样相信人能通过直觉认识真理，每个人都有内在的神性。两本书的差异也分外明显：坡是极端的悲观主义者，爱默生在《论自然》中对提出的问题却表现出了极端的乐观，如果说坡代表了哲学意义上的虚无主义倾向，那么爱默生则代表了实用主义精神。爱默生继承了富于美国特征的、解放性的宗教观念，又顺应了美国社会那种发展飞速、情绪高昂的时代精神，最终汇入了以个人主义、理想主义、自力更生为特征的美国精神的主流。坡则在很长一段时间内被美国人遗忘，一度成为时代的孤独者。这很像波德莱尔笔下"人群中的孤独者"的诗人形象。到了美国梦开始破碎的 20 世纪，美国人才从他的悲观里找到共鸣，在批评家们的眼里，坡由此具有了某种"现代性"。布鲁姆指出："爱默生过去是，现在还是美国的灵魂，但坡过去是，且现在还是我们的歇斯底里，是我们在压抑中表现出来的不可思议的一致性。"《我发现了》最后的句子，是充满福音味道的、神秘主义的呼吁，由于对"生命"的强调，天人、物我得以合一："请记住一切都是生命——生命——生命中的生命——小生命在大生命中，而一切都在神灵之中。"

中国新诗时期开始全面引介外国文学，同样在美国的杜威与白璧德两人的思想观念，以及杜威与白璧德在中国的追随者的思想观念，也可互为参照，一如爱伦·坡与爱默生。我们知道，白璧德虽体现了某种实用精神，但毕生与杜威等人理念不合,杜威曾这样描述"实用主义者":这种人并不认为真理是某种早已存在的东西,而一路制造着自己的真理。也就是说,在"实用主义者"眼中,只有看似有用的或者与"普通的自我"相合的事物才是真实的。[①] 无独有偶,当白璧德在美国批判"实用主义者"的时候,"《学衡》诸公"在南京参与谱写了白(璧德)、杜(威)辩论的"中国版"[②]。"五四"时期之所以独特,是因为它算得上是中国又一个思想"百家争鸣"的时期。胡适是其中的发起者与主要参与者。纯从文学史发展的角度审视胡适温和的自由主义理念,还可以将其与林纾等代表的文化保守派,梅光迪、吴宓等代表的"学衡派"及至 30 年代的梁实秋,还有李大钊等激进的历史唯物主义等放在同一层面比对:与林纾的保守不同,胡适绝对激进;与李大钊等经过中国化的马克思主义理念不同,胡适的思想不会在破产的乡村和都市贫困人口中获得共鸣,而只能被多少接受过现代教育而又害怕暴力革命的城市知识分子接纳。而以吴宓、梅光迪等人为首的"学衡派"与胡适一样多有留学背景,都对旧文学不满,所以别有主张。同时,学衡诸人又多以捍卫中国传统文化的姿态出现,他们与胡适都借鉴了外来的文学理论,虽然借鉴的理论完全不同。胡适说起来算是杜威一路的,而学衡派、王国维、梁实秋等实属于白璧德一路。中国学界就此还存在一种分法,一是以北京大学为中心的陈独秀、胡适、周作人等"五四"文化主潮的倡导者,一是包括王国维、梁启超、吴宓等在内的,属于具有不同理念的清华大学国学院的人文论述者。

白璧德认为文学本身就是少数天才,而不是多数人从事的事业,因此,文学的贵族化倾向天生是合理的。"五四"伊始的学衡派如梅光迪、吴宓以及 30 年代的梁实秋、王国维等,他们的文学思想均与白璧德相合。梅光迪与胡适对文学问题的论争,直接促成了胡适文学八事的发表。就诗歌评论层面,《学衡》杂志和胡适不同,坚持使用文言文,更倾向于从文学而不是功用的角度讨论文学问题,也更坚持诗歌的艺术本质,这显示了他们与白话文运动不相妥协的一面。王国维就断然否认了文学作为一项"职业"的可能

[①] Irving Babbit, *Democracy and Leadership*, Boston and New York: Houghton Mifflin Company, 1924, p. 326.

[②] 孙尚扬:《在启蒙与学术之间:重估〈学衡〉》,孙尚扬、郭兰芳编:《国故新知论——学衡派文化论著辑要》,中国广播电视出版社,1995 年,第 7 页。张源在《从"人文主义"到"保守主义"》一书中引用了这条注,并在考证后认为:白璧德对"实用主义"的批判始自 1908 年,此后直至 1932 年在其著作中仍可见到相关批评。至于白璧德的学生们对胡适等人展开的批判,如果从"前学衡时期"梅光迪将胡适"逼上梁山"(1915 年夏—1917 年 1 月《文学改良刍议》发表)开始算起,大部分时段与美国"人文主义者"对"实用主义者"的批判相叠和。见张源:《从"人文主义"到"保守主义"——〈学衡〉中的白璧德》,生活·读书·新知三联书店,2009 年,第 127 页,注 2。

性。他宣称，文学者，游戏的事业也。以文学为职业，舖餟的文学也。舖餟的文学，绝非文学也。① 他们中的大多数有着非常明显的"唯美"艺术观。梁实秋也认为：

> 我以为各种事物各有他的效用，不可以勉强拉扯，僧号称尊，艺术自有艺术的效用。我们为什么要以宗教意识——向善——代替美为艺术的呢？道德家、宗教家、哲学家、社会改造家，甚而至于法律家、政治家……很晓得怎样使人向善，为什么要使艺术家要抛了艺术的本来的鹄的？而亦从事于使人向善的事业中去呢！②

和白璧德的观点一致，梁实秋把文学视为是个人的文学，不是大多数人的文学。他说，其实"大多数的文学"这个名词，本身就是矛盾的——大多数就没有文学，文学就不是大多数的③。

学衡派的文学观念与胡适截然不同，这在胡适与王国维对《红楼梦》所作评论的差异上也可见一斑。胡适是红学研究史上的重要人物，甚至曹雪芹都是 20 世纪 20 年代被胡适"挖掘"出来的——胡适之前，普通读者并不知道《红楼梦》作者的名字叫曹雪芹。作为红学考据派的创始人，胡适是将小说纳入学术研究正轨的第一人，使之取代了以蔡元培为代表的"索隐派"旧红学。胡适推崇《红楼梦》用白话创作的方式，他一再把《红楼梦》与《水浒传》《官场现形记》等放在一起，将其标举为"文学正宗"④。但胡适对《红楼梦》的评价并不高，他说过："《红楼梦》在思想见地上比不上《儒林外史》，在文学技术上比不上《海上花》……《老残游记》……⑤胡适之所以考证红楼梦，只是为了推翻周春、王梦阮、徐柳泉、蔡子民等穿凿附会说红楼梦是影射纳兰成德、顺治帝、董小宛的结论，要证明红楼梦不过是曹雪芹一家的私事而已，最终目的就是"要教人疑而后信、考而后信、有充分证据而后信"的思想学问的方法。王国维正相反，他从小说主题方面给予了《红楼梦》积极的肯定。在《〈红楼梦〉评论》——这篇王国维 27 岁时完成的学术文章中，王国维把《红楼梦》与《桃花扇》比较，写道：

> 故《桃花扇》，政治的也，国民的也，历史的也；《红楼梦》，哲学的也，宇宙的也，文学的也。此《红楼梦》之所以大背于吾国人之精神，而其价

① 王国维：《文学小言》，《教育世界》总第 139 号，1906 年。
② 梁实秋：《读〈诗的进化还原论〉》，《文艺副刊》，1922 年 5 月 27—29 日。
③ 梁实秋：《文学与革命》，见《新月》1 卷 4 期，1928 年 6 月。
④ 胡适：《文学改良刍议》，《新青年》2 卷 5 号，1917 年 1 月 1 日。
⑤ 胡适：《胡适全集》26 卷，安徽教育出版社，2003 年，第 518 页。

值亦即在此。①

罗素在《西方哲学史》中特别开辟了"拜伦"一章,论证拜伦时代的反叛哲学与贵族哲学,区别了贵族性反叛与农民性反叛的不同哲学内涵。对应罗素的理论,说中国的古典小说《水浒传》是平民的反叛,《红楼梦》是贵族的反叛,是对社会现存秩序甚至是人生价值取向的怀疑,应该不会有问题。罗素认为贵族的反叛是有理想的,但农民的反叛往往缺乏理想。诗人聂绀弩对"五四"新文化运动曾提出过一个假设:新文化运动要是高举《红楼梦》的旗帜就好了。他认为新文化运动的基本点是批判的——批判非人的社会和非人的文化,但是缺乏正面的旗帜(只好把尼采、易卜生等当旗帜)。而在他看来,《红楼梦》才是人书,人的发现的书,是人从人中发现的书,是人从非人(不被当作人的人)中发现的书②。聂绀弩的反思是基于后来者的立场。放在19世纪末20世纪初以来的情境中,中国社会内忧外患,一度容不下安静的书桌。就以鲁迅为例,在《摩罗诗里说》第四、第五章里,他介绍拜伦的思想就经过有意的删选,只强调了其《海盗》中的复仇精神。鲁迅只介绍了他更希望国人看到的拜伦。鲁迅与朱光潜在诗歌价值层面的论争,也反映了其一贯的社会性立场。21世纪的今天,重新检视旧日的诗歌理论,标准已经不受时势规约,就可以更全面,也更多样。在《中国诗艺》(*The Art of Chinese Poetry*,1962)中,海外学者刘若愚就把现代的王国维与严羽、王夫之和王士禛并列,将其视为"妙悟派"的批评家:

> 我略述了作为境界与语言之双重探索的诗的理论。这个理论一部分来自我那时称为"妙悟派"(Intuitionalists)的一些批评家——严羽、王夫之、王士禛以及王国维——而一部分来自象征主义以及象征主义后的西洋诗人批评家,像马拉美和艾略特。③

王国维在《人间词话》中提出"境界"说,与神韵诗学一脉相承,刘若愚此种提法不无道理。如果将对神韵诗学脉络的总结延续到今天,不仅王国维,钱锺书应也是其中的一分子吧? 胡适张扬杜威,提倡白话,是新文化;梁实秋、吴宓等强调白璧德,注重"文学纪律"(文学规律),也是新文化。杜威和白璧德在美国并无先进和保守之别,为什么到了中国就有了革命和反动之分④呢?

---

① 王国维:《〈红楼梦〉评论》,《王国维文集》上部,中国文史出版社,2007年5月,第7页。
② 见刘再复:《文学十八题》,中信出版社,2011年2月,第195页。
③ See James J. Y. Liu, *The Art of Chinese Poetry*, Chicago and London:The University of Chicago Press,1962.
④ 刘再复:《五四新文学运动批评提纲》,见《文学十八题》,第264页。

如果抛却理论的社会影响和是否为"主流"思潮的先见,我们可能会多一些发现。

诗战胜了时间的一面,就在于它像别的艺术一样,可以同时吸取不同时期、地域和人群的成果。中国的现代派诗人群体对西方现代主义诗潮"一见如故"①,戴望舒的《雨巷》兼有中国水墨画与魏尔伦诗歌音乐性的韵致,卞之琳自己说,他"在前期诗的一个阶段居然也出现过晚唐南宋词的末世之音"和"近于西方'世纪末'诗歌的情调"②。九叶派诗人辛笛忆述,自己在大学读书时,对法国象征派的马拉美、兰波,现代派中的叶芝、艾略特、里尔克、霍布金斯、奥登等人的作品,"每每心折";"同时对我国古典诗歌中老早就有类似象征派风格和手法的李义山、周清真、姜白石和龚定庵诸人的诗词,尤为酷爱"③。现代文学时期的诗论者更是得风气之先,本书拟选择梁宗岱、袁可嘉等人为其中的代表。

第一节　梁宗岱:文字的契合

梁宗岱从中、法诗歌的具体比较出发,以对文字进行探究的角度,将问题放在历史的脉络中去等待解答。这不失为探究诗歌本质的一种合理做法,反之,只热衷笼统、简单地将诗分为各个派别,并不见得会凸显诗歌发展真正意义上的艺术成长。

新诗发展伊始,在学衡派对胡适的批评中,诗与非诗的论争已见端倪,并一直未曾间断。梁宗岱诗论特别的地方可能在于,其时新诗已经历了一个从散文化到纯诗化的发展过程,梁宗岱的诗论不仅是对西方"纯诗"理论的译介,也算得上是对中国新诗实践路向的适时检讨与总结。"新诗在新文学中虽然是最遭人白眼的产儿,其实比那一部门都长进",这是梁宗岱在20世纪40年代的说法,其主要依据是:

> 小说至今恐怕还没有比得上《呐喊》那样成熟的作品;反之,把《尝试集》《草儿》和卞之琳底《十年诗草》或冯至底《十四行集》比较,你就可以量度这中间的距离。④

① 这是孙玉石在《新诗:现代与传统的对话——兼释20世纪30年代的"晚唐诗热"》一文中的说法,指现代派诗人群体有了探求"同气相求的艺术根源"的意识,爱好晚唐诗词的同时,已融入20世纪蓬勃而起的现代潮流。见孙玉石:《中国现代诗学丛论》,北京大学出版社,2010年,第106页。
② 卞之琳:《〈雕虫纪历〉自序》,《人与诗:忆旧说新》,安徽教育出版社,2007年,第295页。
③ 辛笛:《辛笛诗稿》自序,《辛笛诗稿》,人民文学出版社,1983年。
④ 梁宗岱:《试论直觉与表现》,《梁宗岱文集》(Ⅱ),第295页。

实际上,自 1935 年诗人宣称新诗已经走到了一个分歧的路,梁宗岱的诗论与前人也开始有了可以量度的距离。[①] 中国新诗最特别的一面,就在于它始终是在文言与白话、新与旧、诗与非诗、中与外、正宗与旁支等矛盾中发生和展开。多样思想并存及其与社会现实的激烈碰撞,使新诗批评在未来不可预知的同时,天生不乏张力与诗论者极高的抱负。"白话"在胡适等人的努力下一度成为新诗的正宗,梁宗岱却在诗歌的比较研究中意图证实,"诗"的标准才应该是正宗的真正依据。

一　纯诗:一切的峰顶

处在中法诗学的交汇处,梁宗岱的诗论几可等同于中国的"象征主义"。梁宗岱始终将全副精神灌注在形式上,其诗学观很纯粹,能影响他的和他主要关注的不外瓦雷里、波德莱尔、歌德、罗曼·罗兰、雨果、但丁以及国内的屈原、陶渊明等几位,其中不论中外,大部分是格律诗人。诗人眼中最完美、最坚固的形体就是"有规律的诗",所以他格外看重法国的象征主义诗歌。但就其关注领域的广度而言,其诗论重心不仅在象征主义,更在纯诗。

在梁宗岱的眼里,纯诗运动作为象征主义的后身,"滥觞于法国底波特莱尔,奠基于马拉美,到梵乐希而造极",是一般象征诗人在殊途中"共同的倾向"[②]。纯诗,就是用文字创造一种富于色彩的圆融的音乐:

> 所谓纯诗,便是摒弃一切客观的写景,叙事,说理以至感伤的情调,而纯粹评藉那构成它底形体的原素——音乐和色彩——产生一种符咒似的暗示力,以唤起我们感官与想像底感应,而超度我们底灵魂到一种物游神表的光明极乐底境域。像音乐一样,它自己成为一个绝对独立,绝对自由,比现实更纯粹,更不朽的宇宙;它本身底音韵和色彩底密切混合便是它底固有的存在理由。[③]

这一定义涉及了纯诗的行文立场、形式、目的、美学特质和存在的理由。首先,梁宗岱试图在与散文的区别中定义纯诗,诗需要同时摒弃客观和感伤的元素,也就是说,只有散文不能表达的成分才可以入诗,有化为诗体的必

[①] 梁宗岱:《新诗底十字路口》,《大公报》创刊号,1935 年 11 月。此文在 1936 年收入《诗与真二集》时,题目改作《新诗底纷歧路口》。

[②] 梁宗岱:《谈诗》,《梁宗岱文集》(Ⅱ),第 88 页。

[③] 梁宗岱:《象征主义》,《梁宗岱文集》(Ⅱ),第 78 页。

要。① 其次，在梁宗岱看来，纯诗作为诗的绝对独立的世界，与现实相比，更纯粹、不朽，它存在的理由就是它自己。通过为纯诗定义，梁宗岱强调了诗之所以为诗的特质。最后，纯诗概念的关键字眼还包括"音乐"和"色彩"，更确切地说，应是音韵和色彩的密切混合，诗作为一种艺术，由此成为音乐和色彩产生的暗示力与诗人的感官和想象之间的感应。这样一来，诗的意义就绝不能离开它的所谓"芳馥的外形"。梁宗岱认为这正是当时以《诗刊》为代表的中国新诗作品所欠缺的。对应于法国纯诗"颤栗的美学"标准，梁宗岱以孙大雨的《决绝》一诗为例，认为读了它之后，我们的心弦连最微弱的震动都没有：

> 更不消说做到那每个字同时是声是色是义，而这声这色这义同时启示一个境界，正如瓦格尼（Wagner）底歌剧里一萧一笛一弦（瓦格尼以前的合奏乐往往只是一种乐具作主，其余的陪衬）都合奏着同一的情调一般，那天衣无缝，灵肉一致的完美的诗了！②

瓦格纳的歌剧是波德莱尔的"契合"论得以产生的主要灵感之一，"天衣无缝"这个词取自中国神话故事，梁宗岱用在这里，形容诗艺应用得恰到好处。天衣需要织女的编织，就像诗歌的浑然天成必然有诗人的经营在里面。梁宗岱认定形式为一切艺术作品永生的原理。在他看来，诗不是描写和日记，而是"最精微的化炼和蒸馏"③，这就直接针对了胡适等人"作诗如说话"的主张。④ 艺术被梁宗岱定义为对"天然"的修改、节制和整理，要经过诗人的雕琢，诗歌才能具有自然的高妙。浅易与简陋、朴素与窘乏容易混为一谈，在诗人眼里，浅易来自极端的致密，朴素则来自过量的丰富和浓郁。同样，真正的平淡不是贫血或生命力的缺乏，而是精力弥满到极端之后的返虚入浑⑤。据诗人介绍，瓦雷里视陶渊明的诗为"仿佛一个富翁底浪费地朴素"。

---

① 梁宗岱：《谈诗》，第 88 页。在梁宗岱看来，散文和诗是两种品质完全不同的精神活动。在散文里，意义——字义、句法、文法和逻辑——可以说是唯我独尊，而声音是附庸。在诗里却相反。他说："这两个名词，散文和诗，其实代表着我们心灵两种不同的甚或对抗的倾向，两种品质完全个别的精神活动。一个努力要将那献给我们器官的混沌、繁复、幽暗的现象分辨、解剖、碾碎为一些条理井然的明晰的观念；它底器官是理智。一个却要体验和完全抓住这现象的整体，它底器官是想象。"梁宗岱：《试论直觉与表现》，《梁宗岱文集》（Ⅱ），第 340 页。

② 梁宗岱：《论诗》，《梁宗岱文集》（Ⅱ），第 27—28 页。

③ 梁宗岱：《屈原》，《梁宗岱文集》（Ⅱ），第 233 页。

④ 在《按语和跋》一文中，梁宗岱直截了当地评道，这些人似乎忘记了一切艺术——其实可以说一切制度和组织——都是对于"天然"的修改、节制和整理；主要是将表面上"武断的"和"牵强的"弄到"自然"和"必然"，是作者发生"不得不然"的感觉。见梁宗岱：《按语和跋》，《梁宗岱文集》（Ⅱ），第 165 页。

⑤ 梁宗岱：《按语和跋》，《梁宗岱文集》（Ⅱ），第 167 页。

陶渊明的身上似乎就穿着一件"天衣",陶诗的这种平淡中自有丰腴的妙处,范温在《潜溪诗眼》里将之归结为"韵":

> 唯陶彭泽体兼众妙,不露锋芒,故曰:质而实绮,癯而实腴,初若散缓不收,反复观之,乃得奇妙处。夫绮而腴、与其齐处,韵之所以生,行乎质与癯而又若散缓不收者,韵之是乎成……是以古今诗人,唯渊明最高,所谓出于有馀者如此。①

只有丰饶的禀赋才能够有平淡的艺术,这是梁宗岱反复强调的一点。以陶渊明为代表的元气浑成,如"大匠运斤,不见斧凿痕"的诗,显然为诗人倚重——梁宗岱承认古诗的旧,但完全没有否定中国诗歌中固有的节制与青涩的特质。在梁宗岱的眼中,旧诗形式完美,文字极精炼纯熟,只是其后继者稍稍单调,太少变化,失掉了新鲜和活力。如果我们不愿只根据一时的印象来估价,要判断一首诗的真正价值,诗歌的新旧、文字的深浅或是外形的繁简就不再是理由,他的判断方法是:

> 在那些我不得(不)评判的诗里,我首先要考察它们底文字,与这文字底和谐。②

稍稍注意不难发现,在梁宗岱代表性的诗论中,有关"契合"的讨论比比皆是。如"生存不过是一片大和谐";"只有醉里的人们——以酒,以德,以爱或以诗,随你底便——才能够在陶然忘机的项间瞥见这一切都浸在'幽暗与深沉'的大和谐中的境界"③。和谐,而非象征主义,由此成为梁宗岱诗论的关键词。

这样一来,梁宗岱眼中最伟大的诗远非"象征主义诗"所能涵盖。他认为,中国最伟大的诗还包括了《西游记》《红楼梦》,从狭义上应是《离骚》,而世界上最伟大的诗应是《神曲》(但丁)、《浮士德》(歌德)和《世纪的传说》(雨果)④。所以,在评诗的过程中,如董强所说:"纵观《象征主义》一文,我们可以发现一个奇怪的现象,也就是说,一般被文学史家们认为是真正的象征主义者的诗人,梁宗岱一个也没有引用,而是聚焦在几个超越了任何概念化定

---

① 范温的《潜溪诗眼》虽久佚,《苕溪渔隐丛话》前集、《诗话总龟》后集、《诗人玉屑》等著述皆有录存,郭绍虞、罗根泽、钱锺书和叶朗等均曾辑其佚文,本处对《潜溪诗眼》的征引取自叶朗:《中国美学史大纲》,第 309 页。

② 梁宗岱:《法译〈陶潜诗选〉序》,《梁宗岱文集》(Ⅱ),第 172 页。

③ 见梁宗岱:《〈诗与真〉序》,《梁宗岱文集》(Ⅱ),第 5 页;梁宗岱:《象征主义》,《梁宗岱文集》(Ⅱ),第 71 页。

④ 梁宗岱:《屈原》,《梁宗岱文集》(Ⅱ),第 232 页。

语的大诗人身上：歌德、波德莱尔、但丁。在梁看来，歌德仿佛'预见'了象征主义的历程，而波德莱尔的'契合'，则是一切'象征之道'的根本之根本。"再比如，作为瓦雷里得意的中国弟子，梁宗岱这样评价老师：

> 他遵守那最谨严最束缚的古典诗律，连文字也是最纯粹最古典的法文。然而一经他底使用，一经他底支配，便另有新的音与义。所以法国底批评家往往把他……称为"机械主义底破坏者"。①

遵循格律而别出新意，这才是梁宗岱理想中的诗歌。梁宗岱要的其实是最上乘的纯诗，这才是他眼中"一切的峰顶"。梁宗岱这一超越了象征主义的论述视角，加上他在诗论中对大量的中国诗人以及日本诗人芭蕉（Basho）的引用，他关注的重心自然不仅仅是法国象征诗，而在更多是在中西诗学的契合上。

二 神韵与象征

总的来说，梁宗岱是以一种融汇中西的超越眼光来论诗。瓦雷里是梁宗岱眼中集象征各派之大成的诗人，他生于法国一个濒临地中海却四方杂处的小城，并且血统复杂，梁宗岱由此认定，土地和血统对于文艺天才有相当的影响。作为一名中国诗人，在探讨诗歌艺术时，本土的诗歌传统梁宗岱绕不开：因为有悠长的光荣的诗史眼光望着我们，我们是不能不望它的，我们是不能不和它比短长的②；他也不想绕开，他相信，我国旧诗不肯让美的必定不在少数：

> 生活和工具而外，还有二三千年光荣的诗底传统——那是我们底探海灯，也是我们底礁石——在那里眼光光守候着我们，（是的，我深信，而且肯定，中国底诗史之丰富，伟大，璀璨，实不让世界任何民族，任何国度。因为我五六年来，几乎无日不和欧洲底大诗人和思想家过活，可是每次回到中国诗来，总无异于回到风光明媚的故乡，岂止，简直如发现一个"芳草鲜美，落英缤纷"的桃源，一般地新鲜，一般地使你惊喜，使你销魂）。③

试比较下列两段总结式的文字，第一段出自吴调公的诗论专著《神韵论》：

---

① 梁宗岱：《保罗·梵乐希先生》，《梁宗岱文集》（Ⅱ），第 23 页。
② 梁宗岱：《论诗》，《梁宗岱文集》（Ⅱ），第 30 页。
③ 梁宗岱：《论诗》，《梁宗岱文集》（Ⅱ），第 29—30 页。

神韵论对诗人的启发有其特殊的深刻意义：它可以引导诗人以有形寓无形，以有限表无限，以刹那示永恒；而其聚焦点则为心理时空的扩充与审美自觉。①

在第二段文字中，梁宗岱正式提出了他所理解的"象征"概念：

所谓象征是藉有形寓无形，藉有限表无限，藉刹那抓住永恒，使我们只在梦中或出神底瞬间瞥见的遥遥的宇宙变成近在咫尺的现实世界，正如一个蓓蕾蕴蓄着炫熳芳菲的春信，一张落叶预奏那弥天漫地的秋声一样。所以它所赋形的，蕴藏的，不是兴味索然的抽象观念，而是丰富、复杂、深邃、真实的灵境。②

不管是有意的借鉴还是无意的巧合，在以上两段话中，吴调公与梁宗岱两人分别针对神韵和象征做了有形/无形、有限/无限、刹那/永恒等对照，他们的说法均不无道理。吴调公由此指出诗歌不泥形迹而专取神韵，用有限的语言生发出无限的意义，以顷刻再现宇宙与人生的永恒等特质，这些在梁宗岱眼里，可是独用象征手法才能达到的境界。

梁宗岱被公认为新文学时期象征与纯诗理论的系统引介者，他笔下的象征与中国传统诗学却不乏契合。诗人卞之琳在追忆梁宗岱时就说过，即便当时他接触的不过李金发、王独清、穆木天等大为走样的仿作，还有近乎失真的翻译，也感到其气氛和情调上与我国传统诗（至少是传统诗中的一路）颇有相通的地方。③　有意于对近人摒弃格律的散文化诗论的反驳，为了追求一切最上乘的艺术品，梁宗岱得出了下面的结论：

我国旧诗词中纯诗并不少（因为这是诗底最高境，是一般大诗人所必到的，无论有意与无意）；姜白石底词可算是最代表中的一个。④

在梁宗岱看来，"近人论词，每多扬北宋而抑南宋。掇拾一二肤浅美国人牙慧的稗贩博士固不必说；即高明如王静安先生，亦一再以白石词'如雾里看花'为憾。推其原因，不外囿于我国从前'诗言志'说，或欧洲近代随着浪漫派文学盛行的'感伤主义'等成见，而不能体会诗底绝对独立的世界……'纯诗'底存在"⑤。有关姜夔词风的细腻推演，尽可参看江弱水的《野云有迹，白石无暇》一文。他视姜夔的写作为"一种相当自觉的提纯过程"：

① 吴调公：《神韵论》，第 1 页。
② 梁宗岱：《象征主义》，《梁宗岱文集》（Ⅱ），第 66—67 页。
③ 卞之琳：《人世固多乖：纪念梁宗岱》，《人与诗：忆旧说新》，安徽教育出版社，2007 年，第 32 页。
④ 梁宗岱：《谈诗》，《梁宗岱文集》（Ⅱ），第 88 页。
⑤ 梁宗岱：《谈诗》，《梁宗岱文集》（Ⅱ），第 87 页。

不管往好里说他"清空"，还是往坏里说他"局促"或者"窄"，都可以证明，对于他，柳词尘俗的情趣，周词秾丽的词华，苏词不谐的音响，辛词不拘的材料，全都是要淘洗干净的东西，这样，我们怎么可以再向他求全责备呢，既然他已经创造出一种纯粹的美？①

姜夔的词风纯粹，以清远见长，颇富羚羊挂角，无迹可求的神韵之美。梁宗岱以"纯诗"为基准，对中国古典诗词做出了独到点评。如若细细比较，他的诗论文字与神韵说不止一处相合，严羽在《沧浪诗话》中以禅喻诗，梁宗岱在解释莱布尼茨的"大和谐"以及波德莱尔的"契合"诗论时，也使用了"气象""华严的色相"等许多佛教词汇；神韵说主张"伫兴而就"，梁宗岱则强调"瞬间的启悟"，歌德的诗《流浪者之夜歌》被梁宗岱视为"西洋诗底典型"，因为它"充满了音乐的灵魂在最充溢的刹那间偶然的呼气"②；在《象征主义》一文中，梁宗岱还指出象征不同于修辞学上的"比"，与《诗经》里的"兴"颇近似。钟嵘在《诗品》中说："文已尽而意有余，兴也。"这种对"兴"的诠释被认为是对神韵说"言外之意"观念的最初阐发。此外，梁宗岱有关"灵境"与外界"意象"关系的描述：

> 正如风底方向和动静全靠草木底摇动或云浪底起伏才显露，心底底活动也得受形于外物才能启示和完成自己：最幽玄最飘渺的灵境要藉最鲜明最具体的意象表现出来。③

用这句话形容神韵说中"思与境偕"的创作手法倒也贴切。这就不奇怪梁宗岱会在《象征主义》一文中说："把我们底心情印上那片风景去，这就是象征。"④无论是把"兴"与"象征"联系起来，还是强调象征"诗与境偕"，这都是梁宗岱在比较视角下讨论纯诗的尝试。

值得注意的还有梁宗岱对"生气"的强调。诗人对诗艺的讨论，主要在于他重视创作形式的纯粹，他还以追求意象刻画中的"活现"为前提。梁宗岱在《论诗》一文中把诗的欣赏分作三个阶段，好诗的最低限度令我们感到作者的匠心，梁将之称为"纸花"；第二种"瓶花"，是从作者心灵的树上折下来的，令我们感到它的生命；第三种"生花"，这是艺术的最高境界，也是一切第一流的诗所必达的，令我们体会到它的生命甚至忘记了作者的匠心。纸花——瓶花——生花，这三者明显构成了诗歌"生气"上的一种递进关

---

① 江弱水：《野云有迹，白石无暇》，《抽丝织锦》，北京大学出版社，2010 年，第 175 页。
② 梁宗岱：《论诗》，《梁宗岱文集》（Ⅱ），第 33 页。
③ 梁宗岱：《谈诗》，《梁宗岱文集》（Ⅱ），第 84 页。
④ 梁宗岱：《象征主义》，《梁宗岱文集》（Ⅱ），第 63 页。

系。因此,文艺才会在形式上追求完美,所以需要求助于罕见的字与不常有的语法。比之于姜夔着力于提纯的词风,梁宗岱偏于"纯诗"的诗学见解也就一目了然。在《谈诗》中,他认为法国的著名诗人马拉美其实"酷似我国底姜白石":

> 他们底诗学,同是趋难避易(姜白石曾说,"难处见作者",马拉美也有"不难的等于零"一语);他们底诗艺,同是注重格调和音乐;他们底诗境,同是空明澄澈,令人有高处不胜寒之感;尤奇的,连他们癖爱的字眼如"清""苦""寒""冷"等也相同。①

这样一来,在梁宗岱的笔下,"生气"与"契合"之间,在本土传统诗学与法国诗论之间,就存在了一种微妙的联系。梁宗岱论诗善于也乐于比较,在探讨新诗时不回避旧日的诗歌传统,这似乎是梁宗岱与 20 世纪 40 年代袁可嘉等现代主义诗人的区别所在;与此同时,梁宗岱探讨中国旧诗的独特角度,即以纯诗为比较标准,又使他与主张全面复古的另一批人有了界限。

三　寻找那和谐的"半阕"

20 世纪上半期的中国文学界异常热闹,各种学说、主义纷呈。与同时期的大多数诗人学者比,梁宗岱的诗论就显得独特且恒定。在他看来,新诗要努力的步骤不外创作、理论和翻译。创作需施行和实验,理论对创作加以指导和匡扶,翻译则是移植外国诗体的最可靠方法。创作首先需施行和实验,梁宗岱自己在诗歌艺术上就一直在实验和比较,期待着即使本身的错误也能引起"准确甚或卓越"的结果②,与胡适、陈独秀等提倡建设明了的通俗的社会文学以及左翼作家的革命文学不同。这种论调在以启蒙为己任的新文学时期,难免曲高和寡。根据《论崇高》一文,梁宗岱与朱光潜就"崇高"一词的理解曾激烈争执。朱光潜认为,早期新诗如胡适、刘复等人的作品只是"解了包裹底小脚",而继起的诗人各有不足之处,其中学象征派的诗不免偏于狭窄。③ 然而,这"狭窄"恰恰是梁宗岱眼中诗歌的精要处。梁宗岱认定崇

---

① 梁宗岱:《谈诗》,《梁宗岱文集》(Ⅱ),第 85 页。
② 梁宗岱:《非古复古与科学精神》,《梁宗岱文集》(Ⅱ),第 273—288 页。
③ 西方影响的输入,使中国文学面临着一个极重要的问题,就是如何对待自身固有的传统。朱光潜对西方影响与中国固有传统在新诗上的影响有自己的看法,即旧形式破坏了,新形式还未成立。在他看来,新诗诗人们都各有不足之处,徐志摩、闻一多等人大体模仿西方浪漫派作品,在内容和形式上的洗练的功夫都不够。卞之琳、穆旦诸人转了方向学法国象征派诗和英美近现代,用心最苦而不免偏于僻窄。冯至学德国近代诗,融情入理,时有胜境,可惜孤掌难鸣。臧克家早年走中国民歌的朴直的路,近年来未见有多大进展。见朱光潜:《现代中国文学》,任铭善,朱光潜:《近代中国文学》,华夏图书出版公司,1948 年,第 14 页。

高并非雄伟，诗人一再追求，却又不可企及。① 他追求的正是这样一种"不能至或不可企及"的诗。

梁宗岱的态度是，一旦诗降低姿态，与大众相联系，就会牺牲自己的纯粹。他并不认为这一点不好，以诗人对屈原的分析为例，在他看来，《离骚》虽然从纯诗的观点也许逊《九歌》一筹，但由于内容上的广博、繁复和深刻，它不仅是屈原的杰作，也是中国甚或世界诗史上最伟大的一首。再比如在对外来诗学思想的接受方面，世人可能更注重瓦雷里对梁宗岱的影响，诗人实际上同时把歌德和瓦雷里两位视为向导与典型。② 瓦雷里的诗与歌德相比，主题显然要纯粹而狭窄得多。但就纯诗而言，梁宗岱其实可以接受诗歌内容的不纯粹（他有时甚至以为，内容不纯粹，诗会更好）。梁宗岱始终坚持的是对诗人的要求。诗可以不纯粹，真正的诗人永远都应该是"绝对"与"纯粹"的追求者：

> 批评家说："诗与散文并非截然分离的：它们之间自有一种由浅入深，或由深入浅的边界或过渡区域，正如光之于影一样。要创造绝对或纯粹的诗岂非虚妄？"

> 诗人答道："我并非不知道这个。但已成的事实用不着我；我用武的场所正是那一无所有的空虚，在那里我要创出那只靠我底努力或牺牲而存在的东西来。"③

在梁宗岱看来，如果我们不愿只根据一时的印象来估价，要判断一首诗的真正价值，诗歌的新旧、文字的深浅或是外形的繁简就不再是理由，他最终总结了一种简单而且颇有恒的规律：

> 我采取了一个这样的方法：在那些我不得（不）评判的诗里，我首先要考察它们底文字，与这文字底和谐。④

总之，梁宗岱的诗论从中、法诗歌的具体问题出发，超越了单纯的中西艺术比较，重在对文字进行探究，将诗的评判问题放在诗自身的脉络中去等待解答。文字与文字的和谐，这既是诗人评判诗歌的标准，也是他一以贯之的艺术之道。梁宗岱宣称的"诗与真"，与其说是诗论方向，不如说是其诗论的研究视角。他更关注的不只是法国或中国的诗，更是纯诗。

---

① 梁宗岱：《论崇高》，《梁宗岱文集》（Ⅱ），第 116 页。
② 梁宗岱：《歌德与梵乐希》，《梁宗岱文集》（Ⅱ），第 151 页。
③ 梁宗岱：《诗·诗人·批评家》，《梁宗岱文集》（Ⅱ），第 189 页。
④ 梁宗岱：《法译〈陶潜诗选〉序》，《梁宗岱文集》（Ⅱ），第 172 页。

东西方诗学由此在梁宗岱这里交汇,就像是诗人笔下物我之间的交流:"一颗自由活泼的灵魂与我们底灵魂偶然的相遇:两个相同的命运,在那一刹那间,互相点头,默契和微笑。"①梁宗岱始终要用文字创造一种富于色彩的圆融的音乐,他要从异域找到与传统歌词相和谐的半阕:

> 当暮色苍茫,颜色,芳香和声音底轮廓渐渐由模糊而消灭,在黄昏底空中舞成一片的时候,你抬头蓦底看见西方孤零零的金星像一滴秋泪似的晶莹欲坠,你底心头也感到——是不是——刹那间幸福底怅望与爱底悸动,因为一阵无名的寒颤,有一天,透过你底身躯和灵魂,使你恍然于你和某条线纹,柔纤或粗壮,某个形体,妩媚或雄伟,或某种步态,婀娜或灵活,有前定的密契与夙缘;于是,不可解的狂渴在你舌根,冰冷的寂寞在你心头,如焚的乡思底烦躁在灵魂里,你发觉你自己是迷了途的半阕枯涩的歌词,你得要不辞万苦千辛去追寻那和谐的半阕,在那里实现你底美满圆融的音乐。②

"象征"一词派生自古希腊语 symballein,意思是拼凑,把一块木板(或一件陶器)分成两半,协议诸方各执其一,再次见面时拼成完整一块,每块碎片被称为"symbola"。如阿姆斯特朗所说,希腊语 symballein(象征)意味着"把……放在一起"——两个相异之物变得不可分离。③"象征"不仅代表和本义相关的东西,也代表本义之外的一些无形的"东西"。象征的含义大于各部分加在一起的总和。在梁宗岱诗一般的论述语言里,读者也可体会到其中的象征含义。如果其中的"歌词"可看作是中国诗,"迷了途"正可喻指"五四"时期的诗人学者们对新诗路向的探索,梁宗岱不满意中国诗的枯涩,才又从遥远的异域去寻找一切纯粹永久的诗的"真元"④。这不失为探究诗歌艺术本质的一种合理做法。梁宗岱对于中西、新旧诗歌贯通性的探求,配得上下之琳后来对它的评价:

> 这些译述无形中配合了戴望舒二三十年代之交已届成熟时期的一些诗创作经验,共为中国新诗通向现代化的正道推进了一步。⑤

文学的传统,是保存国民各种传统的势力之中最有力量的一支。而于文学传统自身,诗歌艺术又是至为纯粹而保守的部分,所以胡适在新文学运

---

① 梁宗岱:《象征主义》,《梁宗岱文集》(Ⅱ),第 77 页。
② 梁宗岱:《象征主义》,《梁宗岱文集》(Ⅱ),第 75 页。
③ (英)凯伦·阿姆斯特朗:《神话简史》,胡亚豳译,重庆出版社,2005 年,第 11 页。
④ 梁宗岱:《新诗底纷岐路口》,《梁宗岱文集》(Ⅱ),第 156 页。
⑤ 卞之琳:《人世固多乖:纪念梁宗岱》,见《人与诗:忆旧说新》,第 32 页。

动中提倡白话小说创作,也会先从诗歌入手。梁宗岱虽以引介法国的"纯诗"闻名,却坚信文艺上的创造并不像一般人所想象的,是神出鬼没的崭新的发明,而是一种"不断的努力与无限的忍耐换得来的自然的合理的发展":"文艺史上亦只有演变而无革命:任你具有开天辟地的雄心,除非你接上传统底源头,你只能开无根的花,结无蒂的果,不终朝就要萎腐的。"①有关新诗理论的是非正误不是梁宗岱诗论的最终目标,诗人论诗有自己的独特思路且始终如一,即坚持诗歌中文字的契合。在吸收波德莱尔、瓦雷里等人纯诗理论的同时,梁宗岱结合对中国古典诗学的总结,最终形成了自己的象征诗学理论体系。经由对梁宗岱诗论的分析可知,中国新诗发展一个最令人激动的地方,就是曾主动从传统的旧诗处寻找长处与不足,继而与异域的新诗学互通有无,于契合中来试图创造出那个时代最有文学价值的诗歌作品。

第二节　袁可嘉:新诗现代化②

　　本章的第二节,将选择探讨 T·S·艾略特对 20 世纪 40 年代袁可嘉诗论的影响。之所以要提及艾略特是因为,作为后期象征主义思潮的代表人物,艾略特的诗学理论恪守纯诗价值,韦勒克就认为:"瓦雷里本人的实践批评——主要局限于马拉美和坡以及他所谓的'纯'诗人,或针对象歌德和利奥纳多那样的多方面的创造力——保持着一种令人钦佩的透彻和协调。它所捍卫的立场,似乎过于严峻,同时又由于缺乏连贯而易受攻击。但它坚持现代诗学的中心课题:纯粹再现论的发现、'无可置词的幻觉',却卓有成效。这些正是本世纪另有两位大诗人里尔克和艾略特所追求的目标。"③

　　艾略特不仅完成了现代诗歌的扛鼎之作《荒原》,其诗论也与纯诗论者一脉相承。在各种诗人给抒情诗下的许多定义里,他给抒情诗下的定义是最有名的:"抒情诗是诗人同自己谈话或不同任何人谈话的声音。它是内心的沉思,或是出自空中的声音,并不考虑任何可能的说话者或听话者。"④这

---

① 梁宗岱:《论画》,《梁宗岱文集》(Ⅱ),第 48 页。梁宗岱的这种说法正印证了艾略特在《传统与个人才能》一文中的观点:"传统的承继不是盲目或胆怯地墨守,要想得到它,你必须花费很大的劳力。"T. S. Eliot, *Traditon and the Individual Talent*, *Selected Essays*, London: Faber and Faber, 1934, p. 14.
② 第二章摘自笔者硕士论文《袁可嘉新诗批评与艾略特的影响》,其中部分章节发表于陈飞、张宁主编:《新文学》第五辑,大象出版社,2006 年,第 199—217 页。
③ 韦勒克:《二十世纪西方文学批评》,伍蠡甫、胡经之主编:《西方文艺理论名著选编》,北京大学出版社,1987 年,第 675 页。
④ 格雷厄姆·霍夫:《现代主义抒情诗》,马·弗雷德伯里,詹·麦克法兰编:《现代主义》,胡家峦等译,上海外语教育出版社,1992 年,第 286 页。

应是对诗歌中诗人自足地位的最好的表述。在诗歌创作上,对应于瓦雷里有关诗歌与化学的看法,艾略特也有类似表述。他说:"诗人是催化剂,诗在他面前发生了,使他的思想完全不受其他方面的影响。"①艾略特在《传统与个人才能》中对传统与现代关系的探讨,也已成为西方批评经典文献。如格雷厄姆所说:

> 现代主义诗歌极其重视自觉的技巧。波德莱尔从坡那里获得了这种强调自觉技巧的意识,并把它传给了马拉美和瓦雷里。它从法国进入德国的格奥尔格与英国的庞德和艾略特的诗歌思想中,随后又从这些中心向外传播。②

讨论艾略特诗论的第二个原因在于,在 20 世纪上半叶,艾略特应属于纯诗观念较全面的承继者。在全面引入外来文化的新文学时期,如果要充分认识到纯诗在中国的传播,不仅要直接涉及纯诗诗人群,必然还需包括被波德莱尔等影响到的其他一些异域诗人,他们的作品中也带有纯诗特质,也同样影响到了中国新诗。并且,与其他历史时期相比,新文学时期一大特点在于文学发展与当时世界的"同步性"。新诗诗人们无论诗作类型与立场如何不同,绝大多数均热衷于对外国诗歌的引进甚至摹写,这是无可置疑的。从文学史上看,艾略特诗学也多为当时的新诗人所借鉴,尤其是 20 世纪 40年代九叶派诸诗家。在九叶派诗人里,袁可嘉具有作为中国现代主义诗论总结者的特殊地位,考察他对艾略特的接受情况,在侧面也就等于考察了纯诗一脉在中国的发展趋势。

20 世纪 40 年代的中国现代新诗派理论家不少。唐祈、唐湜、郑敏等常有诗论问世,风格各异,不过他们的诗论通常偏于零散,不像袁可嘉的诗论,起始就颇具雄心与抱负,以系统性与完整性见长。袁可嘉依托于艾略特的诗学观念,以历史眼光品评现代思潮,在政治、社会问题里寻求纯粹的文学价值,试图为中国新诗建设一套行之有效的理论体系,形成了他带有论争意味的现代诗歌研究理论。这就是他于 1946 年至 1948 年间完成的 26 篇有关新诗的论文,文章中有些关注诗歌理论构建,有些是就时势而发的评论,还有些作者的书评与诗学上的一时感触,发表时间也断断续续,但所有这一切并不妨碍文章深具内在条理,零星写的单篇结合成为理论效果远远超出部分之和的整体,其得失经总结对今天的诗歌批评体系的发展将不无启发。

---

① 格雷厄姆·霍夫:《现代主义抒情诗》,马·弗雷德伯里,詹·麦克法兰编:《现代主义》,第 294—295 页。

② 格雷厄姆·霍夫:《现代主义抒情诗》,马·弗雷德伯里,詹·麦克法兰编:《现代主义》,第 293 页。

一 借鉴艾略特的压倒性比重

袁可嘉当时对中西方诗学进行比较研究的最终目的，是创立一种真正全面的现代化诗学理论。如果他想在借鉴基础上最终有所创立的话，他就必须了解各个独立演变、富于想象力的文学传统，具有对诗歌的新技巧和各种新经验敏锐把握的能力。实际上，袁可嘉在20世纪40年代的诗歌研究，反映了他对中国"五四"之后三十年来文学性最强的一支诗歌脉络之理解，同时更包含了对其接受外来诗歌及相关理论影响的总结。鉴于袁可嘉与中国现代新诗的紧密联系，看一看他在评论新诗时参照了哪些诗人和学者的理论与作品，以及参照最多的是谁，将是一件有意义的工作。

袁可嘉以"新诗现代化"为中心的系列诗评，当时主要在沈从文编的《大公报·星期文艺》《益世报·文艺周刊》和朱光潜编的《文学杂志》等报刊上分篇发表，1988年才结集成《论新诗现代化》出版。① 在这些文章中，完全没有引鉴他人理论的有《论现代诗中的政治感伤性》和《批评漫步》两篇，以下的统计来自其余部分。在统计中，前文出现人名，后文使用省略称呼的都会计入出现次数：如"艾氏"视为"艾略特"，"莎翁"视为"莎士比亚"。"某诗"同样入，例如"艾诗"视为"艾略特"诗作。袁可嘉在本书中总共提及中外文学界人士133人，其中72人仅出现1次，24人出现2次，7人出现3次，7人出现4次，5人出现5次，图3为出现次数6次以上的人名统计。

这些袁可嘉视野中的学者们不一定是他所偏好的②，但这些数据至少可以证明：一，袁可嘉的诗学理论借鉴广泛，建立在博采众长基础上；二，艾略特、奥登、立恰慈，引用最多的前五位人物中英美现代派诗歌代表人物占了三位，显然颇受重视；三，袁可嘉一度被视为九叶派的理论家，图3中出现的只有九叶派中的穆旦、杜运燮，而当时另一位诗人卞之琳出现多达11次，接近前两人之和；四，图3中没有中国"五四"以前任一文学人物，这表明无论就积极或消极层面而言，袁氏虽有协调中外诗学、寻求文学新传统的良好愿望，对中国古典文学传统缺乏事实上的关注。

短短26篇文章中，"艾略特"共出现73次之多，袁可嘉对他的倚重可想而知。按韦勒克的说法，对于艾略特，我们"必须分清三个组成部分：艾略

---

① 袁可嘉当时也在协助杨振声兼编《经世日报》文学副刊和1948年下半年天津《大公报》的《星期文艺》，见《半个世纪的脚印——袁可嘉诗文选》，人民文学出版社，1994年，第575页。
② 美国文学史家鞄特尔（F. A. Pottle）在文中共出现28次之多，只因为袁可嘉对其《诗底语言》（Idiom of Poetry）一文有异议。

图 3　《论新诗现代化》中的借鉴情况

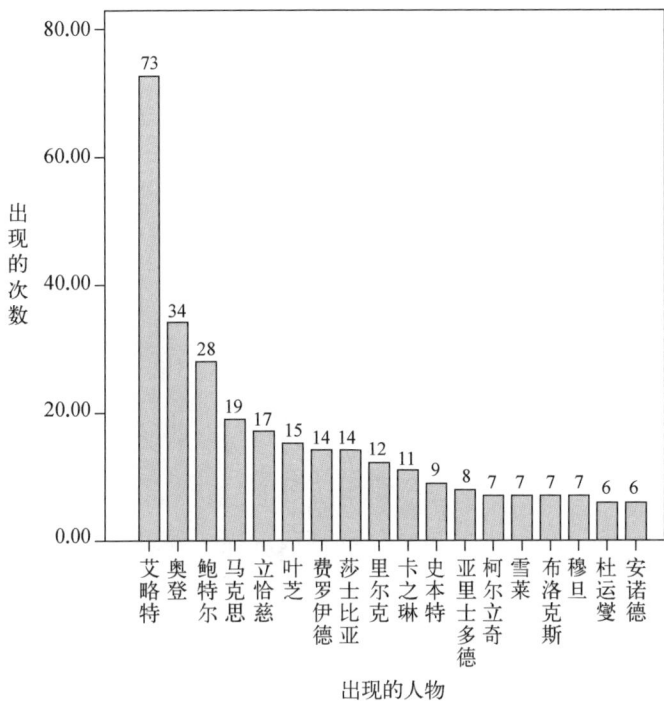

特的文学理论,它理所当然地拓宽为一种政治观念和宗教观念;艾略特的实用批评,他对作家的见解看法,他的趣味;作为诗人的艾略特的实践"①。袁可嘉笔下的艾略特,实际上主要是指其早期的理论及诗作,不妨就按其理论与诗作划为两个部分,其中袁可嘉分别借鉴艾略特的实用批评 41 次、诗学实践 32 次,由此证明袁可嘉对艾略特的借鉴视角应是一种对其诗歌、理论的全面引介。另外,即便将艾略特作为诗人与学者不同的影响分别划分,这两种借鉴方式出现的次数依然可以在图 3 中列前两位,艾略特对袁可嘉的影响可见一斑。

　　还应该注意的是奥登,其观点被袁可嘉引用的次数仅次于艾略特。袁可嘉在《新诗戏剧化》一文中强调了奥登诗作题材的广泛度。他在自传里更不讳言自己的《上海》《南京》等作品直接受到了奥登的影响。从统计数据上看,尽管袁可嘉的诗学理论构建的借鉴对象还包括里尔克、布洛克斯(Cleanth Brooks)等人,在《论新诗现代化》系列论文中,其诗论主要受艾略特和立恰慈的直接启发,诗作则更多地引自艾略特和奥登。

_____

① 雷纳·韦勒克:《近代文学批评史》第五卷,杨自伍译,上海译文出版社,2002 年,第 341 页。

二 现实、象征、文学与新传统

袁可嘉论新诗现代化的理论框架主要在开始的四篇文章《新诗现代化》《新诗现代化的再分析》《新诗戏剧化》和《谈戏剧主义》中完成。《新诗现代化》以总结"现代西洋诗歌"起始，叙述"逐渐涌起于文学地平线之前诗歌气候新的转变"，并总结出新诗现代化的理论原则，提出了包括诗与政治、现实、综合效果、经验、日常语言、批评标准和综合传统等七项主张①。《新诗现代化的再分析》涉及现代新诗具体的技术运用，袁可嘉认为现代新诗"植基于忠实而产生的间接性"表现于寻找客观对应物来代替直接说明，意象比喻的特殊构造，通过想象逻辑组织全诗结构以及增加语言的弹性与韧性等四方面。② 两文最终结论"似乎已足为新诗现代化画出一个粗粗轮廓：无论从理论原则或技术原则着眼，它都代表一个现实、象征、玄学的新的综合传统③"。《诗歌戏剧化》和《谈戏剧主义》作为"一些可以补充的意见"④，都是对现代新诗的认识和表现混合以后的扩展延伸，不同处在于《新诗戏剧化》采取了"现代西洋诗"的观点，提出戏剧化的方向：既设法使意志与情感都得着戏剧的表现，又闪避说教或感伤的恶劣倾向。而《谈戏剧主义》则是从"现代西洋批评"出发，文章分析认为，由于诗的素材、动力和媒介是戏剧的，诗的模式也具戏剧性，并进一步指出了戏剧主义批评系统的四种特点和长处：内在的批评标准；重视诗的结构；否认内容形式二元论，即强调诗的经验与表现不可分割；重视学力、智力和剥笋式的分析技术。经过这种安排，袁可嘉借西方理论以兴本国诗学的意图昭然若揭。

既然新诗现代化应立足于"最大量意识形态"活动的获致，接受以艾略特为核心的现代西洋诗的影响，袁可嘉诗学似乎由此形成理论以立恰慈，诗歌以艾略特为重心的两极。其实依据前文，袁可嘉对艾略特的实用批评与诗学实践的引介是并重的。单就其理论部分而言，袁可嘉对立恰慈的确看重，包括在诗的意义及作用领域引进其"最大量意识形态"理论，将诗分为"包含的诗"（inclusive poetry）和"排斥的诗"（exclusive poetry）；有关诗的本质是"整个心理状态、精神状况"的心理学论调以及认为现代诗具有高度综合性质的观念⑤，立恰慈的影响甚至还可间接见于奥登的心理探索诗，但应

---

① 袁可嘉：《论新诗现代化》，第 3、4 页。
② 袁可嘉：《论新诗现代化》，第 16 页。
③ 袁可嘉：《论新诗现代化》，第 20 页。
④ 袁可嘉：《论新诗现代化》，第 21 页。
⑤ 臧棣：《袁可嘉：40 年代中国诗歌批评的一次现代主义总结》，《文艺理论研究》，1997 年 06 月。

指出的是，立恰慈很多理论直接来自对艾略特观点的诠释，诸如对"想象逻辑"（logic of imagination）或"机智"（wit）的解释等。追根究底，袁可嘉《论新诗现代化》的理论核心所在——现实、象征、玄学体现的综合传统，以及新诗戏剧化的灵感其实更多来自艾略特的早期论文，而不是他人的理论中。

现实：袁可嘉认为现实表现于对当前世界、人生的紧密把握。[①] 李怡认为，以"现实"为第一用词足以证明，袁可嘉诗学"具有深厚的中国渊源"，其实，这恰恰是袁可嘉眼中现代英文诗所具有的特质，即："在主题上表现于对现实人生的紧密把握，深切体验，在媒剂上反映于日常语言及会话节奏，生活意象的采用。"[②]尽管马克思在理论借鉴图3中排到第四位，但与艾略特、立恰慈在书中随处可见不同，他只出现在《我的文学观》一文里：袁可嘉就社会学方面谈到了马克思本人的文学理论，关注其用事实说话的观点。他后来把中国的新诗发展史归结为一个传统两条线："一个爱国主义传统，由以广义的现实主义诗为一方和以浪漫主义、象征主义、中国式现代主义诗为另一方的两条交叉互补的线。"[③]身为九叶诗人群一员的袁可嘉，有当时中国人共同的现实焦虑，其创作与理论中心显然更多放在了新诗现代化理论上，又按他在《诗与民主》中"从外在的现实主义到内在的现实主义"的提法，袁可嘉文本中提到的现实应是指艾略特强调的历史现实而非中国20世纪40年代左翼作家眼中的阶级现实。总的来说，袁可嘉诗论更像是以西方摹本思考中国社会现实的结果。

艾略特的早期理论观点零散但主题集中，《传统与个人才能》《论玄学派诗人》等文章都表现了明显的理想主义色彩，总是试图把文学复归到秩序、条理和传统的需求上来。[④] 彼得·阿克罗伊德曾经说过，模式和秩序的思想是打开艾略特作品之谜的一把钥匙。[⑤] 艾略特由此赋予文学以高度的稳定性与秩序性，这些恰恰是第一次世界大战后西方世界的社会、政治生活所缺少的东西：老一辈已经失去了自己的权威，而年轻一代尚未找到出路。此种对时代高度敏感的理论视角显然与20世纪40年代的中国文坛现实有共通处，因而甚合袁可嘉的脾胃。袁可嘉把诗学对现实的探讨视为理解更为广阔的文化背景的途径，同时又认定它对社会中个人的情感与经验有指导意义。

---

① 袁可嘉：《论新诗现代化》，第7页。
② 袁可嘉：《现代英诗的特质》，《文学杂志》2卷12期，1948年。
③ 袁可嘉：《半个世纪的脚印——袁可嘉诗文选》，第5页。
④ 袁可嘉：《论新诗现代化》，第28页。
⑤ 袁可嘉：《论新诗现代化》，第57页。

对于诗对现实的干预方式，袁可嘉对艾略特的客观对应物等理论也多有借鉴，本书将在后面部分详细探讨。对于艾略特来说，诗人应该以戏剧家的身份来发挥"社会作用"，这一点对他日后创作生涯的发展进程产生了极其深远的影响，而袁可嘉在《新诗戏剧化》中也认为"此外还有一类使诗戏剧化的方法是干脆写诗剧"①。袁可嘉对诗与现实关系的理解与艾略特近似。

如果说"五四"时期是一个新文学探索的时代，20世纪三四十年代则堪称巩固疆域的时代。袁可嘉旁征博引的注释和彬彬有礼关注现实的印象主义混合而成的批评方式，使人耳目一新，这样的批评当时却少人关注甚至为人诟病，原因显然也是一种既存现实，就不是袁可嘉自己所能改变的了。

象征：在袁可嘉诗论的语境中，象征也就是含蓄暗示。② 袁可嘉认为，现代诗里的象征性是"继承着法国象征派而得着新的起点的"：

> 在题材的选用上现代诗的象征规模已经大有扩展，如艾略特在《荒原》那样象征20世纪文明的巨制在前人恐怕是很难思议的。象征手法的要点，在通过诗的媒剂的各种弹性（文学的音乐性，意象的扩展性，想象的联想性等）造成一种可望而不可及的不定状态（indefiniteness），从不定产生饱满、弥漫、无穷与丰富；它从间接的启发入手，终止于诗歌的无限伸展。③

另一方面，像西方新批评派一样，袁可嘉涤除了象征主义作为世纪末颓废主义文学思潮的历史特征，而更倾向于把象征视为一项诗学基本"手法"，而将其归属于文学艺术中的技巧范畴。他后来曾在《欧美现代派文学漫议》中写道：现代派的艺术方法很重要的一条就是主张用"想象逻辑"代替"观念逻辑"，强调用象征、联想和暗示来代替正面的叙述、解释或说明。④ 想象逻辑也是艾略特在文学界首先启用的理论术语。

有关"象征"出现的必要性，袁可嘉又引入了"讽喻"概念⑤。讽喻是一种主要的象征性的文体。袁可嘉在《批评与民主》中对讽刺的内容有详细的描述："Irony"在现代批评中是指因为作品中不和谐因素的出现而引起的自我讽刺的心理状态，它在玄学派诗及现代诗中有极广泛的应用。所谓"讽刺感"也就指一位批评者在申述自己的特殊观点时预料将有别人从别的观点

---

① 袁可嘉：《论新诗现代化》，第28页。

② 袁可嘉：《论新诗现代化》，第7页。

③ 袁可嘉：《半个世纪的脚印——袁可嘉诗文选》，第5页。

④ 袁可嘉：《现代派论·英美诗论》，中国社会科学出版社，1985年，第68—69页。

⑤ 为什么要有"象征"，根据袁可嘉的说法，是因为诗（文学）是通过文字而想超越文字！见袁可嘉：《论新诗现代化》，第229页。

来反击,来辩驳,而欢迎他们来修正自己,完成自己的心理认识。① 如果袁可嘉对奥登主要是取心理学因素和对日常化语言的关注,于艾略特他注重的则是其诗句中对传统细微深邃的借鉴以及其鲜明的讽刺感。他在《从分析到综合》中提到在几位主要的现代诗人的作品之中,自嘲、嘲人几乎是不可或缺的特质之一。从《普鲁佛劳克情歌》到《荒原》的艾略特尤其可作代表,在他的笔下,男人女人都是十分自觉的布尔乔亚传统社会中的异常可笑的人物:

> 舞着,舞着
> 象舞着的野熊,
> 八哥般叫,人猿般琐谈。

又:

> 我们是空心人
> 我们是稻草人
> 彼此紧紧倚靠,
> 头盔塞满稻草。②

刻薄比喻在艾略特诗中"俯拾即是",似乎不必一一列举。袁可嘉把现代诗看作是象征的行为而要求综合表现,他认为,当讽刺的半径增长而圈及讽刺者本身,现代诗人的分析能力便取得了愤世嫉俗的形式。③

玄学:袁可嘉所说的"玄学"与中国老庄式的谈玄说理无干,也经由艾略特而来。它表现于敏感多思,感情、意志的强烈结合及机智的不时流露④。玄学派自艾略特为其翻案后就被新批评派奉为英国诗最高峰,袁可嘉的关注点则在于这种玄学类诗歌智力上的机敏和风格的复杂,其后果即造成了晦涩。

象征的启用与玄学理念休戚相关。按袁可嘉的说法:"与现代诗的玄学性相关,矛盾语言的应用(paradoxes),机智的流露,讽刺(irony)的形成,尖锐的对照及诗情发展的突兀多变,玄学的激刺(Metaphysical shook)也都成为现代诗不可或缺的一般性质。"⑤还应专门提到的是诗歌语言的"晦涩"问题。这一问题袁可嘉特地用《诗与晦涩》一文专门讨论,那是"一种很像牵强附会的比喻的东西——事实上,我们获得一种奇特地与玄学派诗的那一面

---

① 袁可嘉:《论新诗现代化》,第168页。
② 袁可嘉在《论新诗现代化》中引用的艾略特诗歌,袁可嘉:《论新诗现代化》,第193页。
③ 袁可嘉:《论新诗现代化》,第192页。
④ 袁可嘉:《论新诗现代化》,第7页。
⑤ 袁可嘉:《半个世纪的脚印——袁可嘉诗文选》,第30页。

相似的方式,而在使用晦涩的词和简单的表达法上也是不谋而合的"①。中文里的晦涩一词,主要对应于两个英文单词,即 ambiguity 和 obscurity。Ambiguity 主要表示意义多歧(presence of more than one meaning)而模棱两可的意思;Obscurity 则表示费解、不明、无闻(state of being obscure)或者是晦涩或不明的事物(things that is obscure or indistinct)②。目前燕卜荪所著的 Seven Types of Ambiguity 被译为《含混七型》,即是王佐良笔下的"晦涩七型"。袁可嘉的"晦涩"指的也应为 ambiguity,意指诗歌语言的复杂性和多歧义性。

"晦涩"被普遍地看成是与现代主义诗歌有内在关联的词语。艾略特在《玄学派诗人》中提道:"我们只能说,在我们现存的这样一个文明里,诗人显然很可能且不得不是令人难以理解的。我们的文明包含了巨大的多变性和复杂性,当这种巨大的多变性和复杂性在一个精细的感性上发生作用,必然导致不同的和复杂的结果,愈加拐弯抹角,目的就是将语言逼近、打乱(如必要的话)而表达他的意义。"③在中国现代诗歌理论界,晦涩也一度成为最具争议的敏感话题。据当代学者臧棣统计,胡适、周作人、朱自清、李健吾、朱光潜、梁实秋、沈从文、梁宗岱、艾青、施蛰存、金克木、袁可嘉等,都曾对新诗中的晦涩发表过看法。④

袁可嘉的"晦涩"在今天看来应指文学语言的多歧义性而非晦涩,当时的新诗崇尚透明、实用,袁可嘉的理论显然逆 20 世纪中国文学语言的潮流而行。他认为诗篇只有真假好坏之分,晦涩与否应该在衡量上不起作用。⑤"最公平的说法是不把晦涩作为批评诗篇的标准,它不足以称为好诗的标记,也不是予诗劣评的根据。"他的《新诗戏剧化》文章就是以对以下两点误解的"解释"开始:一是新诗"现代化"与新诗"西洋化"同义,二是将"现代化"解释为"晦涩"。"事实上,二十世纪人类所引以为傲的几位出类拔萃的现代诗人,里尔克、梵乐希、叶芝、艾略特、奥登,几无人不给我们晦涩难读的负担;就在我们这方比较沉寂的园地里,冯至、卞之琳的诗也似乎很引起

① 赵毅衡编选:《"新批评"文集》,第 49 页。
② Oxford Advanced Learner's English-Chinese Dictionary, Fourth edition, Oxford: The Commercial Press & Oxford University Press, pp. 4, 10.
③ 艾略特:《四个四重奏》,沈阳出版社,1991 年,第 301 页。
④ 见臧棣:《现代诗歌中的晦涩理论》,王晓明主编:《二十世纪中国文学史论》,东方出版中心,1997 年。
⑤ 袁可嘉:《论新诗现代化》,第 163 页。

一些相类似的抱怨。"①"显然的,晦涩是现代西洋诗核心性质之一"②,袁可嘉的批评态度是反对"为晦涩而晦涩"的极端的写作观念的同时,将晦涩作为有审美价值的现代诗歌观念来加以辩护,这被当今学者视为最接近诗学意义上的探讨。③

另外应该注意的是,晦涩的说法很像新批评所说的 tension(张力),irony(似是而非,反讽)和 paradox(似非而是,矛盾),而且这些概念也确实来源于此。④ 这使人想到袁可嘉《谈戏剧主义》一文中专门列出的关于戏剧主义的批评术语:机智;似是而非,似非而是。

现实、玄学和象征的传统结合的方式是有机综合。袁可嘉介绍艾略特的真正动机当然不在艾略特,还是在于促成东方与西方、现代与传统诗学的调和。袁可嘉在《诗与民主——论新诗现代化》中将民主文化的特质描写为"从不同中求和谐"。"民主文化底重点一方面落在'不同'上,它允许并鼓励构成文化的不同因素(如教育,文学,社会伦理,政治经济等等),及构成社会的不同职业,不同志趣的人们去充分发展,在互相配合中完成它们作为部分的个体价值;一方面又落在'和谐'上,使各个部分的努力不仅不彼此抵消,而且能相互增益,而蔚为灿烂的理想文化。"⑤他的新诗现代化理论不也就是一个更大范围内的"从不同中求和谐"吗? 笔者的感觉是,袁可嘉在中西方比较研究上以及国内文坛诗与其他文化体系的关系上提供的方法和解决问题的角度十分一致。在他的诗学理论体系构建中,"不同"同样是他理论阐述的起点,两者的"和谐"则是他诗学理想的最终目的,无前者绝无后者,仅有前者也没有多少用处。

三　分析、综合与新批评

袁可嘉在 1988 年将其新诗论文辑成《论新诗现代化》出版。出于理论系统性考虑,他将文论次序重新编辑。但如果将这二十几篇文章按原始发表时间排列,显然更易发现袁可嘉对新诗现代化问题的理论思考过程:

袁可嘉从 1946 年 9 月起,当年发表文章 3 篇,1947 年发表文章 13 篇(含 1 篇书评),1948 年发表文章 10 篇(含 2 篇书评)。通过对诗论的细读,笔者发现《论新诗现代化》26 篇文章中分别倾向以下三类主题,A 类文论是

① 袁可嘉:《论新诗现代化》,第 91 页。
② 袁可嘉:《论新诗现代化》,第 22 页。
③ 袁可嘉:《半个世纪的脚印——袁可嘉诗文选》,第 583 页。
④ 张葆霖主编译:《当代文学术语评论辞典》,河北教育出版社,1996 年,第 86 页。
⑤ 袁可嘉:《论新诗现代化》,第 41 页。

诗学评介,主要在以艾略特为主的西方诗学基础上进行;B类文论重在针砭时事,关注当时中国文坛弊端;最后C类文论是由两种视角而来的综合评述或结论性的篇目。

表3 《论新诗现代化》具体文章篇目

序号	文章名称	发表日期	文章主题
1	《论诗境的扩展与结晶》	1946—09—15	C
2	《论现代诗中的政治感伤性》	1946—10—27	B
3	《诗与晦涩》	1946—11—30	A
4	《诗与主题》	1947—01—14、17、21	B
5	《诗底道路》	1947—01—18	B
6	《从分析到综合》	1947—01—18	A
7	《新诗现代化》	1947—03—30	C
8	《综合与混合》	1947—04—13	A
9	《新诗现代化的再分析》	1947—05—18	C
10	《批评漫步》	1947—06—08	B
11	《诗与意义》	1947—06	C
12	《"人的文学"与"人民的文学"》	1947—07—06	B
13	《当前批评的任务》	1947—07	B
14	《批评相对论》	1947—09—06	A
15	《漫谈感伤》	1947—09—21	C
16	《对于诗的迷信》	1947—11	B
17	《新写作》(书评)	1947—12—07	A
18	《诗的新方向》(书评)	1948—01	B
19	《我们底难题》	1948—04	B
20	《批评与民主》	1948—05—17	C
21	《托·史·艾略特研究》(书评)	1948—05—23	A
22	《诗歌戏剧化》	1948—06	C
23	《谈戏剧主义》	1948—08—06	C
24	《批评的艺术》	1948—08—08、15	A

序号	文章名称	发表日期	文章主题
25	《我的文学观》	1948—10—24	B
26	《诗与民主》	1948—10—30	C

　　当然，这种对诗论篇目的划分绝不等于 A、B 两类文章泾渭分明，比如说，《批评相对论》一文实际上是对鲍特尔一本著作的书评，笔者把它归入第一类，但因为其批评倾向与当时中国文坛弊端实在契合，袁可嘉就索性顾此言彼，实际上是把"批评地批评"问题带了出来。总的来说，这些文章只是内容侧重不同，实际立论在互相补充中多有融合，最终都服务于袁可嘉对具体诗学问题的思考。

　　笔者采用这种分类试图说明的问题是，袁可嘉由分析到综合的批评文章里还存在一个引介西方诗论与指陈文坛弊端的平衡。艾略特对袁可嘉的影响甚深，但并非无处不在，主要是体现在 A、C 类文章里。笔者发现，如果袁可嘉是在 B 类文论中发现了问题的话，他主要是用另外两类文章来寻找相应依据并最终提供答案。正是基于诗人对诗与政治、主题、晦涩关系以及诗的道路等文坛具体问题的分析，才有了"新诗现代化"这一综合话题。

　　显然，袁可嘉一直努力在 A、B 两类文章之间"走钢丝"。在《新诗现代化》一文发表之后，他主要用以关注中国诗坛现实的是《"人的文学"与"人民的文学"》《当前批评的任务》《对于诗的迷信》《我们底难题》《诗的新方向》五篇文章。袁可嘉举例论证新文化运动"文化性"确切地超过了它的"文学性"，这时候"人的文学"与"人民的文学"的不同，在于前者坚持文学或艺术本位，后者坚持工具或宣传本位。"即在服役于人民的原则下我们必须坚持人的立场、生命的立场；在不歧视政治的作用下我们必须坚持文学的立场、艺术的立场。"而如果要坚持前种立场，袁可嘉认为，文学界就必须打破作者盲作、读者瞎读、评者胡评的黑色恶性循环，尊重诗作为一种文学艺术的本质，使诗返回本体。《诗的新方向》实际上为读者提供了袁可嘉诗学关照下的诗人名单。《综合与混合》谈及艾略特的"文化综合"及奥登的"社会综合"如二面大旗，无意中为现代人的综合意识标明了来踪去迹。《托·史·艾略特研究》是 1947 年出版的西方文学评论作品，袁可嘉作的书评刊登于次年 5 月，当时的学者往往因为精通英语得以与世界文坛同步。袁可嘉在《批评漫步》中把文学批评者最终归结为社会批评者，心的批评者，一个最高意义的道德论者，也体现了他无处不在的诗学综合意识。

　　1948 年完成的最后三篇文章是说明袁可嘉诗论方法的总结之作，或是对英美现代诗论进行纯学理的探讨，或是涉及了诗坛时事，直到《新诗现代化》《新诗现代化的再分析》《新诗戏剧化》和《论戏剧主义》等总结性论文，一套新诗理论才得以完成。这种从分析到综合的学术走向，直接体现了袁可嘉对新批评派批评方法的理解和借鉴，也怪不得他曾经要把自己的理论直接命名为"新批评"。

还需要讨论到的是《论诗境的扩展与结晶》《诗与意义》两篇文章，袁可嘉在这里将其诗学研究范围扩充至对中国古诗、现代新诗和英美现代诗的综合分析。在《论诗境的扩展与结晶》中，他认为诗的扩展做得好、较好和好到极致的依次为：中国旧诗，现代新诗派，艾略特《荒原》。这一排序实际显示出袁可嘉面对中国传统与外来文学两种文化传统时的感情趋向、理性选择和心理认同。作为诗论开山之作，袁可嘉谈的只是自己一种读诗的体会，对扩展与结晶的区分失之宽泛，后来《新诗现代化的再分析——技术诸平面的透视》一文中现代诗的新形式中"已经证明有效的两种手法是极度的扩展和极度的凝缩"应就是对这两个概念的回应。但袁接着写道"后者则以艾略特寥寥四百行反映整个现代文明，人生，社会的《荒原》为杰出的例证[1]"——《荒原》被袁可嘉列为两种诗歌的"极致"典型。《诗与意义》一文似与《论诗境的扩展与结晶》对应，是对中国古诗、新诗与英美现代派诗的总体评析，袁可嘉由此认为诗的意义是"指通过诗篇全体的结构，组织而发生的总的，终的效果[2]"。

《论新诗现代化》的副标题是"新传统的寻求"，除了他理论中大量的借鉴，他对传统中的自有部分见解究竟如何呢？在《论新诗现代化》中，外来文学的价值定位显然要较中国古代文学为高。在袁可嘉看来，古人在技巧上比较原始，简单得多。[3] 他曾经说过："最显著的漏洞，即是至此为止我还不曾明确的指出现代化与传统的关系，虽然我有时也隐隐约约的感觉到一点。（例如正在译奥登的十四行诗时，特别是在战时中国所作的部分，我不止一次地意识到唐诗对他的影响。）我自然很想在这方面用一点功，只怕不是三年五年所能略见成效的。"[4]这种观点，加上《论诗境的扩展与结晶》为诗论首篇的特殊位置及他在其后屡有回应的做法，很使笔者怀疑袁可嘉曾试图进行从既有和外来两种诗学传统出发构建新诗现代化的尝试，只是他最终对本国诗学未能给予实际关注，而把注意力先放在当时文坛诗学弊端的批

---

① 袁可嘉：《论新诗现代化》，第 11 页。
② 袁可嘉：《论新诗现代化》，第 86 页。
③ 袁可嘉：《论新诗现代化》，第 128 页。
④ 袁可嘉：《论新诗现代化》，第 30 页。

评上。

艾略特的一生都在试图寻找一种权威性的传统文化,这种传统寻求方式也被袁可嘉所借鉴。艾略特的文学传统中不包括东方,也不愿肯定自己所属的美国;袁可嘉的传统是指现代新诗传统,而不包括古典诗词,袁可嘉可能理所当然视古诗等旧文学为一种背景知识,后来他《〈九叶派〉序》中承认九叶派诗人们接受的熏陶不仅有新诗优秀传统,还有古典诗词,可惜当时他太忙于新诗现代传统的建设,未能对此有实际关注。但与此同时,他眼中文学该被废弃的"旧传统"其实并非指中国古典文学传统,而是针对当时流行的"浪漫现实混合倾向"的陋习。[1] 他认为中国的文学道路是"向前发展而非连根拔起"[2],由此可见袁可嘉对中国古典诗歌传统的态度:尊重包容,但同时有所忽略。袁可嘉晚年时曾说,自己 20 世纪 40 年代进行理论研究的目的是"想和一些诗友们发动一个与西方现代派不同的中国式的现代主义诗歌运动"[3]。提到"中国式现代主义",不仅使人想起袁可嘉在《谈戏剧主义》一文中的表述,但此时袁可嘉好像已经忘了其四十年前就已注意到的,他自己在中国古典文学研究上的缺失。他后期的理论研究中,中国古典传统诗学部分更是踪影全无。

纯诗理论是以对诗歌功利性的整体排斥和否定为基础,作为象征主义诗学的重要范畴,它既可以说是一种绝对的诗学概念,也可以说是在诗的技术层面具有的某种可操作性。瓦雷里认为,诗不都是纯诗,纯诗近乎就是诗的精髓和本质,而不是众多的诗或众多诗的题材或类型中的一种。1926年,穆木天和王独清开始意识到中国新诗的不足,才转而追求"波德莱尔底精神",即"真正诗人的精神",这与胡适提倡的白话与诗歌的平民化相去甚远。王独清在《再谭诗——寄给木天、伯奇》中还举了自己的一首《我从 café来》为例,而提出了"纯诗"说:

> 一个诗人总应该有一种异于常人的 Goût:常人以为"静"的,诗人可以看出"动"来;常人以为"朦胧"的,诗人可以看出"明朗"来。这样以异于常人的趣味制出的诗,才是"纯粹的诗[4]"。

至 20 世纪 30 年代梁宗岱的诗论,更突破了非中即西的狭隘眼光。到

---

① 袁可嘉:《论新诗现代化》,第 10 页。

② 袁可嘉:《论新诗现代化》,第 21 页。

③ 袁可嘉:《半个世纪的脚印——袁可嘉诗文选》,第 575 页。

④ 穆木天:《谭诗——寄沫若的一封信》,王独清:《再谭诗——寄给木天、伯奇》,《创造月刊》1 卷 1号,1926 年 3 月。

了40年代九叶派诗人那里,"纯诗"的实质继续得到坚持。刘继业就认为:

> 正如20世纪三四十年代英美新批评派的"非纯诗"仍然应该理解为一种骨子里的纯诗范畴一样,"九叶诗派"虽然提高了"现实"在诗中的分量,其诗学追求也同样应该理解为现代新诗范畴内的一种变异与扩展①。

从对九叶派诗论的总结者袁可嘉诗论的分析可知,九叶派借鉴的外来诗人中,艾略特占了很大分量,刘继业的这种观点不无道理。袁可嘉诗论应是以对中外诗学双重的关注为落脚点,在艾略特为核心的英美现代派理论基础上,对中国新诗发展做出的一种系统性现代化理论尝试。其内容为:引进其客观对应物及最大量意识形态理论以促进中国诗歌本体观念现代化,引进非个性诗歌理论以促进诗歌创作方法现代化,引进想象逻辑和语言的晦涩理论以促进中国诗歌语言现代化,引进其传统观念理论以促进新诗批评现代化,在诗歌建设中追求一个现实、象征、玄学的综合传统。

袁可嘉的诗论立足于文学作品自身的文学价值,其背景实际上是新诗在社会文化体系中的建设问题。他的诗论在论述体系中常有侧重,或是西方诗学对新文学的启发性研究,或是来自对当时中国文坛政治感伤性及抒情、浪漫过度等问题的针砭。归根结底,他还是在为现代主义新诗发展寻找道路,说他总结了当时的一脉现代主义思潮不是没有理由的。

还应补充的是,第一,袁可嘉虽因构建九叶派诗论闻名,其理论却很难说是对某一诗派的总结,首先其理论对象不仅限于穆旦等九人,还包括当年"南北才子才女大会串"的其他诗人甚至卞之琳和冯至等;其次,袁可嘉理论只能涵盖上述诸位诗人对以艾略特为代表的英美新诗派的诗歌借鉴的一面,即那些诗歌中存在或他希望能存在的现代主义因素,对于那些来自古典传统的成分,如他后来注意到的辛笛诗歌语言上的古典诗词色彩等,都没有系统理论的涉及。第二,排除了以上定位可能性的袁可嘉诗论应是从更高的理论角度对中国20世纪40年代诗歌中的现代主义部分进行的一次总结(臧棣的"40年代中国诗歌批评的一次现代主义总结"的说法是针对其批评方法而言,这里指批评对象)。笔者此前已经谈到,袁可嘉诗论在20世纪40年代主要吸收了西方现代文学中英美现代派诗的理论成果,而且还是这一诗派中有益于其本国诗学建设的部分。对外来文论的译介,他的研究主要涉及英美现代派诗学,是以深而非全面取胜。第三,必须指出,无论是袁可

---

① 刘继业:《新诗的大众化和纯诗化》,北京大学出版社,2008年,第41页。

嘉的诗歌理论还是他所大力推介的一脉中国新诗,从来就不曾占据过中国文坛的主流地位。袁可嘉治学长处在于纯粹和诚实,他的由窄而深的治学方向使他的诗评成为当时坚持文学立场的那部分诗学之集大成者。这种特点不能保证他的诗论有传世价值,但却是诗论能够传世的必要条件。

以上结论的得出并非贬低而是肯定了袁可嘉理论体系的意义所在:袁可嘉诗论对以艾略特为代表的西方现代诗学的全面借鉴。他由此继承和开拓的诗学道路后来虽因多种原因未能继续,但其所触及问题的重要性,他对这些问题阶段性的甚至是不完整的认知的价值,以及在他的诗论系统范围内出现的高水平诗作,和对当下诗学发展所具有的启发性方面,均有超越其文本贡献的重要研究价值。笔者毫不怀疑,在一个历经战乱纷扰,政治大旗高举的时代,有关纯粹文学学理的探讨大多始自少数精英知识分子的发现及其微小的传播。可惜这些学人的努力往往植根于弱小而松散的社会氛围之中,因而其本身也是软弱的;他们之间不可避免处于隔离状态,彼此的关系更是非常脆弱,把持的也只能是一种弱势的真理。正如现代时期的大多数学者都是以未完成时的姿态进入文学史,认真的袁可嘉并未能免俗:他在后期理论文章中对艾略特换了一种眼光,结果是四十年前就能敏锐洞察世界诗坛的袁可嘉与本该由他完成的艾略特中国研究背道而驰。[①]

就中国文学传统本身而言,"五四"以来新诗理论论争绝大多数都最终归结于政治纷争或者古今中外影响的取舍,也许这些论争本身就背离了诗学本应该走的道路。现代诗人张枣把穆旦定义为"已经受够了虚无主义的现代中国知识分子",他显然认为 20 世纪 40 年代的诗人所做的尝试是全新的:

> 事实上,与之前数十年中国现代主义的暧昧、排外的唯美特质正相反,如袁可嘉在论文《论新诗戏剧化》中所说的,他们创造了一个新的"现实,象征,和玄学"的开放系统。通过融合理性与活泼的感性,细腻的内在与非诗化的客体对应物,现代城市生活与怀旧,他们将这种新的诗学实体化。即便在世界现代主义发展的背景下,这些品质也值得系统的研究。[②]

---

① 中国现代文学的研究很难跨越政治这一门槛,它对袁可嘉学术研究的影响不可忽视。在《诗与意义》一文中,袁可嘉曾经认为,只有在作品显得有点不像作品,我们读来不甚起劲时,我们才注意到作者或诗篇的"思想问题",而很容易发现诗篇失败的关键常常就在这里,这个不必要的"思想问题",诗艺的不全面融合、不适度相称里。见《文学杂志》2 卷 6 期,1947 年。在其后期学术研究阶段,所谓思想问题成了重心之一。我们开始找不到那个寻求新诗新传统的诗人了,他在承继了自身既往一些长处的同时,似乎失去了诗的热情。体现在诗歌创作上,唐湜直言,袁可嘉的后期诗作在"《八叶集》中的几首几乎成了强弩之末"。
② 张枣:《论中国新诗中的现代主义》,《扬子江评论》2018 年第 1 期,第 97 页。

这一论述虽短，却涉及了现代诗学理论在 20 世纪 40 年代产生变化的本质，并预见了其在之后继续产生影响的可能性。现代中国诗学传统直到今天还处于重建中，袁可嘉的新诗现代化理论，为了实现诗人想要的那种"全新的，综合性的自我"，借由对艾略特等外来诗学的借鉴，实现"与世界的接触"；通过主要对中国文坛社会与现实而非古典诗学的关注，找到"丧失了的身份认同感"。这种 20 世纪 40 年代带有论争意味的现代诗歌研究，依托系统外的艾略特诗学，以历史眼光品评现代思潮，于政治、社会问题的讨论里寻求纯粹的文学，从体系构建思路上颇具理论价值。近来有学者认为，朦胧诗与九叶派诗学之间有内在渊源，两代诗人都是在带有一定"荒原"性质的背景下创作，"对主体与客体、小我与大我、智性与感性关系的处理呈现出相同之处"①，这一判断的提出主要就是依托于袁可嘉提出的这一基于"现实、象征、玄学"的诗学综合评价系统。袁可嘉作为现代新诗的系统理论阐释者，在 20 世纪 40 年代以外来诗学理论和中国现实处境为基础构建起自己的诗学体系。他由此继承和开拓的诗学道路因多种原因未能承继，但其所触及问题的重要性，其融合了中外诗歌理论视角的诗论的前瞻性与诚实态度，却均使该理论在中国现代诗歌评价体系的营建上有开启之功。

第三节　从汪铭竹到杨泽：新诗的"杂糅"与移植

杨振声在 1928 年任国立清华大学中文系主任时，提出"新旧文学的贯通与中外文学的融汇"为新的办系方向，目的就是"创造我们这个时代的新文学"。而根据杨先生的回忆，与之合作秉承了这一教学思路的诗歌论者朱自清，因为传统文人的压力，当年在中文系里一度曾做过受气的小媳妇儿②。新诗的发展一直有来自传统文化的阻力。而在新诗发展了二十多年后，袁可嘉还曾就类似的问题求教于《文学修养》的编辑。袁可嘉问：大学中之教授或同学对新诗大多取轻视态度，因此想学诗的人只好向校外寻求指导，这是什么缘故？如何才能纠正这种倾向？答：大学中之教授或同学对新诗大多取轻视态度，这是什么缘故？我想，由于（一）他们凝固于某种陈旧的见解，例如他们说"的了吗呢也算诗吗?"他们不理解新诗的新鲜活泼性及其进步性；（二）根本不爱好新诗，或者（三）粗制滥造的新诗作品使他们摇头。怎

---

① 吕周聚：《论朦胧诗与九叶诗派的内在渊源》，《社会科学辑刊》2018 年第 4 期，第 22—31 页。
② 传统诗学与旧诗的拥护者，在当时的大学，其力量恐怕远比新文学的倡导者们强大。具体细节见杨振声：《纪念朱自清先生》，姜建、吴为公编：《朱自清年谱》，安徽教育出版社，1996 年，第 80 页。

样"才能纠正这种不良倾向"呢？最主要的是谨严创作，写出震撼民众灵魂那种光辉的诗篇。倘有此杰作而仍然不能使他们改变轻视态度，那只好由他们去了。①

一　《自画像》与新诗人的"自画像"

在研究诗歌的论文里，朱自清始终坚持了对新诗特质中外两个维度的挖掘和书写。20世纪80年代，"中国现代解诗学"理论由孙玉石提出，指的就是朱自清、闻一多、朱光潜等学者从新诗的内部建构和外部环境出发，结合西方理论与古典诗歌文本的"解诗"实践，解读现代汉语诗歌的一种诗学讨论方式。借助这种方法，有利于在研究中回归诗歌创作的历史场景，用新文学学者的视角重新解读相应的诗歌体系。"中国现代解诗学"作为诗歌的一种基础理论研究思路，是以中国新诗为研究主体，尝试构建融贯中西诗学的诗歌理论框架，这就需要涉及中国古典文学、现当代文学、外国文学、比较文学等不同学科领域，需要引入诗歌比较理论以及相应的中西谱系研究理论，将理论演绎与个案研究相结合，采用多类型的研究方法。② 用这样的思路解诗，就可能在分析诗歌文本的过程中，充分遵从诗作为艺术的基本价值内涵，准确把握中国现代诗发展的动因、内在机理和发展模式。

自"五四"开始，中国新文学流派之间的观念之争，常常在"西方还是传统"的模式中展开。这些论争之所以成为现当代文学的焦点并延续到今天，就在于它关系到中国文学整体的发展走向，以及当代文学创作对传统和外来文学资源的评价和取舍。在这样的大背景下，新诗的创作往往就包含着"西方"和"传统"的杂糅。戴望舒的《雨巷》兼有中国水墨画与魏尔伦诗歌音乐性的韵致，卞之琳的前期诗也颇富晚唐南宋诗词和西方"世纪末"诗歌的情调。③ 九叶派诗人辛笛忆述，自己在大学读书时，对法国象征派的马拉美、兰波，现代派中的叶芝、艾略特、里尔克、霍布金斯、奥登等人的作品，"每每心折"；"同时对我国古典诗歌中老早就有类似象征派风格和手法的李义山、周清真、姜白石和龚定庵诸人的诗词，尤为酷爱"④。汪铭竹的《自画像》一诗，仅以诗中出现的意象看，似乎就很好呈现了中国现代诗和诗人自身存在

① 具体细节见《文学修养》创刊第一期，1942年6月20日。
② 谱系学的概念是福柯（Michel Foucault）哲学的核心概念之一，旨在从社会学角度出发，使事物问题化，对被认为要解决的问题进行追问，提供一种打破现代性权力—知识—主体关系的工具。"中国现代解诗学"理论的本质，其实就是从文本分析出发，试图为新诗追根溯源，建立基本谱系，从而使新诗发展合法化的一种基本思路。
③ 这是诗人自己的说法，见卞之琳：《〈雕虫纪历〉自序》，《人与诗：忆旧说新》，第295页。
④ 辛笛：《辛笛诗稿》自序，《辛笛诗稿》，第3页。

的这种"杂糅"特质：

> 在我纠蟠的发上，我将缢死七个灵魂；
> 而我之心底，是湍洄着万古愁的。
> 居室之案头，将蹲踞一头黑猫——爱仑坡
> 所心醉的；它眯起曼泽之眸子，为我挑选韵脚。
>
> 将以一只黑蝙蝠为诗叶之纸镇：墨水盂中
> 储有屠龙的血，是为签押于撒旦底圣书上用的。
>
> 闭紧了嘴，我能沉默五百年：
> 像无人居废院之山门，不溜进一点风。
>
> 但有时一千句话语并作一句说，冲脱出
> 齿舌，如火如飙风如活火山喷射之熔石。
>
> 站在生死之门限上，我紧握自己生命
> 于掌心，誓以之为织我唯一梦之经纬。
>
> 于愚昧的肉食者群中，能曳尾泥途吗：
> 我终将如南非之长颈鹿，扬首天边外。
>
> 世人呀，如午夜穿松原十里即飞逝之列车娇影，
> 位在你们的灵殿上，我将永远是一座司芬克司，永远地。

在诗歌的开头，缢死了灵魂的发梢纠蟠，其狰狞程度神似于美杜莎（Medusa）长满蛇发的头颅。黑猫蹲踞在居室之案头，猫的主人就是爱伦·坡，西方纯诗谱系的起头者。《黑猫》本是坡的短篇悬疑小说代表作（1843年），主要讲了一个人与黑猫的心理纠葛。《黑猫》与黑猫，黑猫与纠蟠的发梢，发梢与被缢死的七个灵魂，诗歌只两句话，就营造出了一幅怪奇、刺激的西式图画，对于中国读者来说，满眼的异域风情。

可是，同样在诗的第一段里，上面两句话中还交错着另外的两句诗。第一句中外形诡异的"我"，心底其实牵扯了"万古愁"的情感负累（与尔同销万古愁？）。黑猫来了，在第四句里要做的竟是"挑选韵脚"。"爱仑坡／所心醉的"这半句话被汪铭竹刻意写成了两行，这样一来，《自画像》的一、三行是事

物的描述(头发、猫、爱伦·坡),二、四行就专重心绪的书写(心底、心醉)。从意象具体文化归属的角度,诗歌第一行的画面满是西式的浓烈,第二行忽而掺入了东方的清冷,第三、四行的内容是同样结构的回环,每两行读下来,读者的心情总会在紧张之后有些许放松,又觉热中蓦然一凉。

到了《自画像》的第二段,出现的蝙蝠和龙。这两种动物东、西方都有。蝙蝠在中国与"福"同音,寓意宏福吉祥,但诗人偏在蝙蝠前面加上个不吉利的"黑"字,这样一来,它八成就成了从西方的暗黑角落飞来的象征物;而诗歌里的屠龙,强调的是"血",这屠龙的结果怕也不是小哪吒手下抽出的龙筋,而是西方骑士为救公主惹下的满地血腥。诗句的底色是黑色和红色,饱和度极高,颇具力度,可是注意,最后这力,这色,蝙蝠与龙,这满腔的诡异奇绝,通通宣泄在了镇纸与墨水盂等的东方小物里。"撒旦底圣书"富含宗教意味,在诗的第二段,与第一段似乎一样的东西比照设计,只是四句变成了两句,意象的设置更加鲜明与紧凑了。

至第三、第四段,《自画像》结构依旧,但逐渐加入了视觉、听觉和触觉的交错,主题更加开阔。诗中的"山门"来自本土,活火山的意象在中国传统诗歌中极少出现,中国火山原多为死火山或休眠火山。如无人居废院之山门,与如火如飙风如活火山喷射之熔石的对比,这是不说一句话呢,还是千万句当一句说?山门分明是水墨色的,那火山该是一片鲜红吧?《自画像》中的意象中有颜色,于颜色中听出了声音,于声音中分明又能看出形象。

在诗歌的主体部分,"我"紧握自己的生命于掌心,直面生死之门,这形象分明就是鲁迅《野草》中赤身裸体立于天地间的勇者。《自画像》集中于对诗人自我面临的矛盾与思想的展示。面临着这样的处境,诗人并没有纠结。在诗的结尾处,肉食者营营与长颈鹿(又是一种中国没有的动物)与松原十里与午夜飞逝之列车(这似乎代表了来自异域的科技),和诗歌初始的中外意象并置一样,均汇作一炉。来自异国的意象精确有度,空间局促,充满即时的画面感;在来自本土的意象里,则有着横亘了万古的和沉默了五百年的静气沉沉。随着中西意象的交融,空间穿越了生死之门,扩展到天边之外。时间也飞逝,甚至飞越至灵殿之上,契合成了人类不可解的那一道谜题。

《自画像》这首诗既有古诗的诗句("万古愁",李白《将进酒》),有中国弦外音、言外意的诗心,能看到《弃妇》(李金发)与《野草》(鲁迅)的影响,更不乏西方的诗情,静中有动,冷中有热,象征意味浓厚。生与死,命与梦,火与冰,叙事空间上有延展,抒情时间中有纵深,诗中的"我"和同时身处西方与东方的作者最终就这样融为一体。这是作者自己的自画像,也是当时面临着传统与外来思想的选择,陷入拿来主义与整理国故矛盾中的诗人和作家们的自画像。虽然与冯至、卞之琳等融中西为一炉的诗歌精品比，《自画像》太过刻意，意象稍显堆砌，仅从开拓意义上，在那个时代，它算得上一首有代表性的时代之诗。

二 面子与里子

《自画像》的作者汪铭竹，1905 年生于南京，是诗歌团体"土星笔会"的核心成员，前半生的活动范围也以南京为主。他先后任《诗帆》《中国诗艺》和《诗星火》期刊编委，但自己的诗很少，诗集仅《自画像》（1934—1935、1937 年的诗作）与《纪德与蝶》（1938—1942 年的诗作）两本，篇目总计不足 70 首。汪铭竹的诗里多用"之"字，白话中有文言气，诗的内容西方意象又不少，是"爱伦·坡的黑猫为他挑选了韵脚"。

当时这样的诗作风格不是孤例。现代诗诗人路易士，即后来的台湾诗人纪弦，其早期的作品《吠月的犬》中的意象基本上都是外来的："载着吠月的犬的列车划过去消失了。/铁道叹一口气。/于是骑在多刺的巨型仙人掌上的全裸的/少女们的/有个性的歌声四起了……/不一致的意义，/非协和之音。/仙人掌的阴影舒适地躺在原野上。/原野是一块浮着的圆板哪。/跌下去的列车不再从弧形地平线爬上来了。/但打击了镀镍的月亮的凄厉的犬吠却又被弹回来，/吞噬了少女们的歌。"①诗中奇特的意向构成了一幅完整的暗黑画面。诗中全裸的少女，让人想起了古希腊神话里面的水妖。② 诗歌定语部分的内容尤其长，"的""的"不休很像让人喘不过气来的翻译体。《自画像》象征意味浓厚，而根据梁宗岱的说法，纯诗是"象征的后身"。爱伦·坡的诗歌在中国的影响其实有限，时人对爱伦·坡诗论的关注多是因为波德莱尔和《恶之花》。确切地说，真正影响了《自画像》的一半内容以及中国现代新诗的，应该是波德莱尔，以及爱伦·坡确立诗的真正价值以来，主要出现于 19 世纪末欧美地区的纯诗诗潮。

而在这一首中国现代诗歌里，外来与本土的意象貌似形成了双峰对峙的关系，外来的是怪奇的力，本土的则满溢着悠长的美，侧重或忽略了任何一方恐怕都不行。如果再往细处琢磨，《自画像》里的外来意象，多到堆砌，更有诗味的倒是其中包含了本土意象的部分。毕竟除了黑猫、黑蝙蝠、屠龙

---

① 原载于《中华日报·中华副刊》，1942 年 11 月 29 日。
② 纪弦以提倡"新现代主义"享誉台湾新诗坛，如陈子善所说，纪弦的新诗生涯始于 1929 年，以 1945 年为界分作二段，上段以"路易士"笔名崛起于中国新诗坛，下段则改以"纪弦"笔名发表诗作。见陈子善：《路易士:〈三十前集〉》，《文汇读书周报》，2008 年 12 月 26 日。《三十前集》是 1945 年 4 月由上海诗领土社初版，为"诗领土社丛书第一种"。

的血、撒旦、司芬克司,除了南非的长颈鹿、飞逝的列车和火山熔石,诗中还有"镇纸"和"墨水盂"意象,有松原十里和无人居住的、废院的山门。即便诗人要在头发上"溢死七个灵魂",心里湍洄着的,也还是李白笔下的"与尔同销万古愁"呢!其中体现了本土文化的那一半诗,让人想到了汪铭竹的另外一首《秋之雨日》:

> 秋天是曳着林檎味的:
> 落雨的日子
> 也是篇读不完的小品。
>
> 瓦楞上,无休歇泼着银白的
> 柔光,于我是无怨尤的:
> 只惮惧渍湿了蟋蟀之小居。
>
> 焚有檀支香息的书斋,
> 我将禁足其中,寄遐想于
> 从破屋顶沥下之雨滴。
>
> 如孀女素穆的天,我也将
> 以橙黄色之笔触,疏朗地
> 给写上三两行诗句。
>
> 秋天是有着澹谧的心的,
> 而落雨天更是篇读不完的小品:
> 那是属于东方人之灵魂的。

汪铭竹在现代诗歌史上以对西方象征诗派的模仿著称,但《秋之雨日》因为情与景的交融,文言词汇的使用,就显露出了更鲜明的"东方人"痕迹。整首诗没有一个"情"字,却实在是"花须柳眼各无赖,紫蝶黄蜂俱有情"(李商隐《二月二日》):曳着林檎味,柔光银白,雨滴沥下,屋内有檀支香息,诗中的秋天,有味,有声,有色,有香。诗的底色静谧,从容,气息悠长。诗里写的是自我,主观,小我,同时悠闲表达了对自然的欣赏态度,诗人很好地调和了人生与自然,情以物迁,可谓"春秋代序,阴阳惨舒,物色之动,心亦摇焉"(《文心雕龙·物色》),这也是陆机笔下的"遵四时以叹逝,瞻万物而思纷。悲落叶于劲秋,喜柔条于芳春"(《文赋》),更不乏严羽所认为的"空中之音,相中之色，水中之月，镜中之象"之妙。

《秋之雨日》可不就是《自画像》里的另外半首诗吗？中国的现代新诗不乏外来的意象，汪铭竹的这首白话诗，主体落在一个"心"字上，透着发自心灵深处的澹谧，有静气。体现了"思与境偕"的中国古诗着实不少，像"人闲桂花落，夜静春山空"，"春潮带雨晚来急，野渡无人舟自横"，又有"缺月挂梧桐，漏断人初静"，或多或少都体现了《自画像》中类似"废院之山门"的情调，富有禅意美，这在传统美学中往往被理解为作品具有"神韵"的表现。

这样说来，《自画像》就兼有了"纯诗"与"神韵"两种味道。前文已经提到，在新诗研究领域，纯诗论与神韵说之间的种种联系曾受到不同时期学者的关注。两种理论共同交汇于中国新诗时期，其内容在诗歌本体、创作和价值层面都存在着"无意中的巧合"。无论是纯诗还是神韵诗家，诗人们都倾向于从诗歌艺术的本质和根本处论诗，着意以高妙的技巧创造诗。在诗歌本体层面，纯诗论与神韵说均强调诗歌独立的美学价值，纯诗论从"诗不是什么"的角度定义诗，不以道德、科学、哲学和生活中的真实为诗；神韵说主张诗有别趣，不以文字、文学、议论和形器论诗。两种诗论都强调了诗与散文的区别，肯定了诗所以为诗的一面。在诗歌创作层面，纯诗论与神韵说均肯定了诗歌的形式之美。纯诗论认为形式具有金子的价值，诗人重视"空白"与"暗示"，意图用文字创造音乐，在诗歌中追求一种"美学的震颤"；神韵说强调"妙悟"与"伫兴"，诗人惯于以少总多，以简驭繁，追求语言之外的深远韵味。在诗歌价值层面，纯诗论与神韵说均可称为"神秘"的诗学。两种诗歌理论都突出了诗歌整体的浑融之美，纯诗论强调"契合"，神韵说则推崇"兴趣"，两者在哲学层面上都包含了泛神论的思想。

中国古诗与现代诗貌似是完全不同的两种诗。在经历了上千年的进化与删选之后，中国的古诗共享着一些特点：清晰、优美而稳定。在现代社会读古典诗，感觉就像国人今世与前生的一场遇见，诗歌从内到外，都会发散出古物般莹润的光。中国的现代诗则开始不同。从汪铭竹的《秋之雨日》到《自画像》，就是从古典慢慢走向现代的过程，无论诗歌形式还是诗里面的内容都不一样了。《秋之雨日》里可见的，可供诗人描述的意象，经过《自画像》一诗中西不同的意象并置之后，凭空多了在旧诗中不可见的，隐形的、很有力量的一种张力。整首诗的轮廓不再清晰，诗歌结构不再沉稳，有了流动的样态。这种不稳定是由人在进入现代社会产生的变化所造成的，还是由文言变成白话之后产生的呢？诗歌内在的，神秘而不可知的韵味还在，然而，在《自画像》里，这韵味与西方文化意象的结合，已经更新了中国现代诗人对世界、现实和自己的理解。

三　新诗的横向传承

根据常任侠的说法,"土星笔会"的期刊《诗帆》以"汪铭竹和孙望为出面代表者",因抗战爆发只存在了三年。[①] 在这短短几年间,《诗帆》诗人与新月派、现代派之间都划出界线,回望传统,开始提倡"新古典主义":"他们汲取国内的和国外的——尤其是法国和苏联——诗艺的精彩,来注射于中国新诗的新婴中,以认真的态度,意图提倡中国新诗在世界歌坛的地位,并给标语口语化的浅薄恶习以纠正。"[②]这种"新古典主义"是融汇了中外诗学内容的一种新诗歌形式。无论是《自画像》还是《秋之雨日》,汪铭竹的诗古雅知性,自有风流态度。诗人同时接受了不同空间与时间维度的诗学资源,他的诗在看似没有联系的中西诗学意象之间架起某种桥梁,就像用诗歌创作,完成了对美的跨文化(cross-cultural)考察。

中国新诗一直处于不断的推翻与重建之中,内中诸多矛盾的并置,启蒙、政治与美学等多重标准的并存,使其难以形成稳定的发展模式。其中一个不可否认的事实在于,从周作人"兴即象征"的提出到"现代格律诗"的倡导,纯诗观念的引进,九叶派的实践乃至 20 世纪 80 年代的"纯诗"思潮,以抒情为主的中国传统"纯文学"观念,在新诗时期主要借外来理论的助力而一度得到强化。现代文学期间出现的相当一部分诗论及作品表明,外来的欧美"纯诗"与中国文学传统,尤其是"神韵"说之间存在潜在的亲缘性。鲁迅、李金发、梁宗岱、卞之琳、穆木天、汪铭竹等人的诗作与诗论对中外传统的接受与吸收,角度不同,比重不一,构成了中国现代新诗发展的一条独特的隐性线索。

新中国成立后的中国大陆(内地),现代主义诗歌传统曾一度中断,然而,这并不意味着现代主义新诗在时间上的断绝。新诗写作在海岸两岸暨香港、澳门之间事实上还存在着"横的移植"。其时,余光中、郑愁予、文晓村、张默、洛夫、金筑等人先后由大陆去了台湾,他们就成为了台湾所谓的"前行代诗人"[③]。新诗在台湾长时间被称为"现代诗",香港现代主义诗歌与

---

① 《诗帆》1934 年 9 月 1 日创刊。最初为半月刊,自第二卷第一号起改为月刊。每卷六期。32 开,第一卷每期十二页,自第二卷起页数有所增加。1935 年 6 月 25 日《诗帆》第 2 卷第 5—6 号出刊后休刊。1937 年 1 月 5 日《诗帆》复刊,开本改为 25 开。1937 年 5 月 5 日出至第 3 卷第 5 期后停刊。

② 常任侠:《五四运动与中国新诗的发展》,《常任侠文集》第 2 卷,安徽教育出版社,2002 年,第 404 页。

③ 台湾的诗人被当时的研究者分为"前世代""新世代"等层次。李瑞腾认为,年龄相近的协作人某一阶段呈现的文学景观,在多样的面貌中存在着某些一致性。"世代性"常是检验文学发展的重要指标。见《新世代诗人诗作论述·前言》,《台湾诗学季刊》第 32 期,第 6 页。

台湾也是同时发展的。像傅天虹和林子等在香港诗坛较有影响力的诗人，他们都是来自内地的移民。余光中、叶维廉、北岛等著名诗人先后在香港访学的经历，对香港诗坛诗风的形成有很大影响。20世纪五六十年代以前的香港诗歌，根据廖伟棠在《香港诗的三个我》中的说法，一是受上海现代派余波所及的都市诗，一是1949年前后南来文人带来的乡愁怀旧诗①。在吸收西方诗歌因素的同时，这些现代主义诗人也都关注到了传统的诗歌资源。余光中在《新诗与传统》一文中，参照英国文学史百年之前的诗坛境况，认为新诗是反传统的，但不准备，而事实上也未与传统脱节：

> 我们对于传统，只肯作有保留有批判的接受；正如拜伦于佩服颇普之余，只吸收了颇普讽刺诗的精神，并不去写"英雄式双行体"，延续假古典主义的生命。一位新诗的读者，如果肯以虚心接受的心情来细细体味新诗，将会发现，在某些方面，包括神韵和技巧两者，新诗实在已经把旧诗消化过了。②

为了证明以上观点，余光中举了台湾诗人叶珊（杨牧）和痖弦的诗句，认为其接受了旧诗的技巧，且将旧诗的韵味点化成更新的事实，而在吴望尧的诗句里，也不乏中国古典传统中的意象。③ 创办了新世纪诗社的洛夫则认为，现代诗人反传统，并不是指传统的"抽象意义"，而是指一切因袭的腐败的阻碍生长的隐私，他以沙特和艾略特为例，认为"每一个反传统者均有其所反之重点"，但没有一个人是反对所有传统的。现代诗人反传统不过是他们"创造精神的建立"④。洛夫在《诗人之镜——〈石室之死亡〉自序》中把中国现代诗的发展归纳为两个倾向，一为"涉世文学"（literature engaged，香港有人译为"人盟文学"，李英豪则译为"介入文学"），一为"对纯诗之追求"⑤。洛夫把纯诗与超现实主义相联系，认为"今日中国现代诗由于对纯粹与绝对

---

① 廖伟棠：《香港诗的三个我》，http://www.wenmi.com/artide/py4hen0lqnz3.html（2022 - 01 - 09）。

② 余光中：《新诗与传统》，见《中国新诗百年志》（上），中国作家协会诗刊社编，中国工人出版社，2017年，第294页。论文成文时间为1959年12月，原选自《掌上雨》，大林书店1970年。

③ 余光中认为，叶珊的"紫了葡萄，忧解了黄昏"和痖弦的"海，蓝给它自己看"是与王安石的"春风又绿江南岸"与蒋捷"红了樱桃，绿了芭蕉"同样的技巧表现。而吴望尧"乃有我铜山之崩裂了，你心上的洛钟也响着吗？"中的铜山与洛钟意象，以及痖弦的"乞丐在廊下，星星在天外/菊在窗口，剑在古代"也是从古典传统中借来的意象，从旧诗中提炼出来的手法。见余光中：《新诗与传统》，《中国新诗百年志》（上），第294—295页。

④ 洛夫：《诗人之镜——〈石室之死亡〉自序》，见《中国新诗百年志》（上），第299—300页。原选自《创世纪》第21期，1964年12月。

⑤ 洛夫：《诗人之镜——〈石室之死亡〉自序》，见《中国新诗百年志》（上），第299页。原选自《创世纪》第21期，1964年12月。

之追求而向超现实主义发展"①。在《诗人之镜》中，他提到了波德莱尔与瓦雷里等人，并认为，波德莱尔的诗歌自然是含有"病的迹象和癫狂的氛围"，但除了这些意外：

> 我们还能发现更多的东西，而这些东西发出的光辉和价值远超过那种疯狂迹象所给予我们的感受。②

洛夫基于纵（传统）与横（世界）两方面的考虑，提出"追求诗的现代化"和"开创诗的新传统"两项刍议，因为：

> 我们要创造的现代诗不只是新文学史上一个阶段性的名词，而是以现代为貌，以中国为神的诗。③

杨泽被认为是台湾诗人中"第三代最重要的诗人之一"④。和汪铭竹相似，他的诗歌产量也低。在长达二十年的时间里，他只出版了三部诗集，即《蔷薇学派的诞生》（1977）、《仿佛在君父的城邦》（1980）和《人生是不值得活的》（1997）。在杨泽的笔下，古典和现代的意象同样总被巧妙地放置在一起。如《人生是不值得活的》后两节：

> ……………
> 人生并不值得活的。
> 更早，早于书本
> 音乐及绘画——一开始
> 我就有了暗暗的预感。
> 绿光和蓝蔷薇
> 大麻烟卷与禅
> 我梦见你：电单车的女子
> 模仿图画里的无头骑士
> 拎着一头黑浓长发，朝
> 草原黎明疾驰离去……
> 当魔笛再度吹彻

---

① 洛夫：《诗人之镜——〈石室之死亡〉自序》，见《中国新诗百年志》（上），第309页。原选自《创世纪》第21期，1964年12月。
② 洛夫：《诗人之镜——〈石室之死亡〉自序》，见《中国新诗百年志》（上），第305页。原选自《创世纪》第21期，1964年12月。
③ 洛夫：《建立大中国诗观的沉思》，《创世纪新杂志》第73、74期合订本，1988年，引自杨匡汉：《中国新诗学》，人民出版社，2005年，第342—343页。
④ 林德：《墙桅上的蔷薇》，《文艺月刊》1986年8月刊，第58页。

魔笛终因吹彻而转寒

爱与死的迷药无非是

大海落日般——

一种永恒的暴力

与疯狂……

人生不值得活的。

在岸上奔跑的象群

大海及远天相偕老去前：

暗舔伤口的幼兽那

只为了维护

你最早和最终的感伤主义

我愿意持柄为锋

做一名不懈的

千败剑客

土拨鼠般，我将

努力去生活

虽然，早于你的梦幻

我的虚无；早于

你的洞穴，我的光明——

虽然，人生并不值得活的

诗中表现了诗人对人生很强烈的挫折感，同时又充满激情，里面的意象与《自画像》一样丰富且来源多样，表现的效果甚至更细腻了。其中，《魔笛》的意象来自经典的西方童话，少年吹响魔笛，就可以赶走黑暗和邪恶的夜女王及摩尔人；独角兽在西方是非常吉祥、可爱的象征，代表了美和梦幻。可是，魔笛终因吹彻而转寒，伴随着爱与死的迷药，暴力和疯狂。魔笛、独角兽、无头骑士、土拨鼠都不是中国本土的原型，蓝蔷薇、禅与剑客却来自本土。杨泽将中西文化意象杂糅放置，一边恶趣味地说人生是不值得活的，一边又写下了世界上很纯真、很美好的东西。所有这些不一样的质素，它们在诗中和谐地并存，为读者提供了多样的美感。

理解杨泽的《人生是不值得活的》，就像解读汪铭竹的《自画像》，需要从中西两处资源着力。很多时候，诗歌之美往往超越了时间、地域与国别。"中国现代解诗学"理论现在很少人提，但不代表很少人做。以"中国现代解诗学"思路解诗的学者,本身往往都是诗人,而且多是更有理论自觉性的学院派诗人。艾略特认为要想得到传统,必须用很大的劳力。[①] 在诗学论述中,"诗人论诗"值得推崇,中国"神韵"说理论与法国"纯诗"论的提出者也都是诗人。诗人往往更愿意付出艾略特所说的那份"劳力",从而可以在文学评论中更敏锐地把握传统。王珂认为,在内地,20 世纪上半叶形成的文人诗歌传统受到破坏,香港却有也斯、王良和、苇鸣这样的学院派诗人。[②] 台湾现代主义诗人也多有学位,像台湾的诗人杨牧也是伯克利大学的教授,陈世骧专门培养他做了比较文学学者,杨泽则先后就读于台湾大学的哲学系和外文系,后来还取得了美国普林斯顿大学的比较文学博士学位。但王珂说的,内地新诗严重缺少学院派诗人写作,这恐怕只是特定时期的情况。内地当代诗人也越来越多同时拥有诗人和学者的双重身份。钟鸣、肖开愚、西川、江弱水、欧阳江河和敬文东、颜炼军等,他们是诗人,也是大学老师。已经去世的诗人张枣先后在中国、德国大学任教,更是其中的佼佼者。很多诗人都最终呈现出一种带书卷气的写作风格。内地(大陆)与港澳台的现代主义诗人,不仅写诗有重合的承袭,也真正延续了诗人论诗的传统。比如张枣提出中国的现代主义诗学理论,江弱水在对中国现代新诗的解读中另辟新径,用西方诗学的试纸,检测中国古典诗的"化学成分",这都是用现代与传统结合的路子评论中国现代诗,这应该也是阐释中国现代诗歌最适合的方式。

中国现代新诗涉猎中外,取法古今,其研究难免同时涉及传统问题(中国古典文学)、外国文学问题(象征主义和纯诗等)、中国现当代问题(新诗的诗学观等)和中国当代问题(如西川、张枣、陈东东等的纯诗写作观)。在这样的情境下,20 世纪末已提出的"中国现代解诗学"又何妨继续重提呢? 这种突破了领域界限的论述研究,作为中外文学比较的一种新的思路,必将从理论上推动诗论的跨学科(interdisciplinary)融合。作为打破单一领域文论研究的开放性研究模式,"中国现代解诗学"理论有助于接续自"五四"以来,甚至是"五四"之前已见端倪的"新诗传统"问题的系统探讨。面对这样的诗歌,同样的道理,要确认现代新诗具体的脉络线索,恐怕也要同时做中外诗学在新诗视域内的溯源与比较,方可厘清新诗的发展思路与未来的走向。

与欧美的诗歌相比,东方诗歌的文艺特质是什么? 其美学特质有何不

---

① 艾略特:《传统与个人才能》,卞之琳译,赵毅衡编,《新批评文集》,百花文艺出版社,2001 年,第 26 页。

② 王珂:《两岸四地新诗文体比较研究》,知识产权出版社,2015 年,第 75 页。

同? 中国诗歌的文艺特质是什么? 其美学特质又有何不同? 这显然是一个属于比较文学或比较文化领域的问题。如果真像陈国球所说,只有在"现代"的视野下,与"西方"并置相对的此一"中国"之意义才能生成①,同样的结论也应适用于诗歌中的"西方"与"东方"或者"中国"意义之生成。这也是一个在现代性视域下,在现代社会发展阶段出现的中国新诗需要面对的问题。汪铭竹自1948年去台湾后就不再写诗。"嵌着云母石的诗句/已成为隔世之事了。"(《死去的诗》)可还有杨泽这样的诗人,以兼容中西的姿态,在继续发问:"为什么没有一种终极的爱的结论,/在夜的诡谲身影后。"(《想夜1976》)虽然,就像张家瑜评价杨泽的新诗十九首时说的,不管诗人的姿态怎样,面对这世界,仍然"犹如站在高耸的雪峰上,对着无边无际的苍穹大喊,无有回应,有的,仅是诗人自己的回音"②。兼容了中西质素的中国诗有很多,本书关注的只是其中特定的部分。但正是这种对中国现代主义新诗做一系统考察的尝试,如果很乐观地做一个结论,中国现代新诗的发展虽然一波三折,却是很多诗人在很长时间里都在推进,并且注定要继续的,它是在时不时的中断中仍然在接续的成果。

第四节　张枣:抒情表现的象征化③

张枣更多时候是诗人而不是论诗的人,他以中文诗作成名,用英文写的诗评其实也很有抱负。《论中国新诗中现代主义的发展和延续》(后文简称《发展与延续》)是诗人张枣的英文长篇诗评,可以看作是其德语版博士论文的精华缩编。在这篇诗评中,张枣以现代主义的发展与延续为考量,重新划分了中国白话(新诗)诗人的代际,强调了现代主义因素在新诗发展中的决定性作用。在盘点白话诗诗人之余,张枣还讲到了庞德、爱伦·坡、波德莱尔、魏尔伦、马拉美、詹姆斯、梅特林克、韦尔哈伦、里尔克、瓦雷里、厨川白村、济慈、柯勒律治、艾略特、丹丁、勃洛克……至于诗歌理论,他则谈及了意象主义、法国象征主义、欧美现代主义和英国玄学派、德国初期浪漫象征主义、纯诗理论、唐诗风格、儒家、道家及禅宗……就像要用一篇文章的容量写一部中西诗歌比较史。

这部诗人自己做的中外比较史立论也别致。有关中国白话诗诞生以来

① 陈国球:《导论"抒情"的传统》,陈国球、王德威编:《抒情之现代性:"抒情传统"论述与中国文学研究》,生活·读书·新知三联书店,2014年,第5页。
② 张家瑜:《诗人杨泽忏悔录》,《晶报》,2016年7月9日。
③ 本节2018年1月与附录部分一起发表于《扬子江评论》。

与现代主义的联系，张枣按年代逐条梳理，着重提出了"抒情表现的象征化"概念。概念中的"抒情"大致对应了本土文学传统，"象征"理论则与欧美现代主义诗歌相合，抒情与象征均注重情感的抒发，想象力在白话诗创作中的作用得以凸显。这种诗歌理论上的尝试强调了诗所以为诗的本质，在张枣看来，他由此重构的中国现代诗歌体系，就足以代表整部的初期白话诗史了。

现代文学时期的很多诗人，如新月派群体与卞之琳、冯至等，在"张氏诗史"中的定位都不同以往。浪漫的新月派诗人统统是具有过渡性质的"浪漫—象征主义者"；卞之琳诗中的象征变成了"传统主义"的；几乎完全从道教传统和禅宗处吸取灵感的废名，倒成了"彻底的现代派"；在有着"师法里尔克"标签的冯至身上，张枣则发现了"儒学"的现代表现形式。根据张枣的论述，无论 20 世纪二三十还是 40 年代，现代主义因素无孔不入，与本土文学传统和社会现实三者相互缠夹，撑起现代白话诗坛的一方江湖。

一　白话诗人的代际

张枣不赞同一般文学史的做法，即将现代文学时期的诗人严格按写作风格分门别类。似乎是本着重造诗坛名册的心情，在《发展与延续》一开篇，他就质疑了文学史里诗人被"精确定位"的诗派划分。按照这种划分，20 世纪二三十年代的诗人群体被分为自由派、格律派和象征派等，之后的诗人也分属"现代派""革命派""国防诗"和"九叶派"等不同团体。张枣认为，这样按诗歌风格进行的团体划分首先会冤枉了个别作家——"某些独立的，甚至可能更有才华的诗人"，诸如鲁迅、陆志韦等被排除在群体之外；同时，像郭沫若早期的诗歌风格多样，不同阶段的诗风各有侧重，这样的诗人就很难被归为某一社团；更何况对同时期不同诗派的设定也存在风险，对诗人群体的粗暴划分，会忽视诗人间可能存在的"文学精神的一致性"。

然而，这并不意味着同时期的诗人诗作不能放在一起讨论。张枣肯定并强调了诗人创作共同的时代大背景，他将这个背景称为一种"时代精神"，即怀着实验的热情，致力于用适当的方式来表现变化中的未知的传统主体。[①] 在诗歌新传统形成时起了关键作用的，所谓"适当的方式"，按照张枣的理解，就是"现代主义"要素在诗歌创作中的应用。

---

① Zhang Zao, "Development and Continuity of Modernism in Chinese Poetry Since 1917," *Inside Out : Modernism and Postmodernism in Chinese Literary Culture*, Aarhus University Press, 1993, p. 39. 引文译文见本书附录部分，后面的引述同上，不再标明中文出处。

要清算过去的文化,必然有革命的一面。张枣说,"打倒孔子"的口号回应了 19 世纪西方文化革命时"上帝死了"的宣言。革命的结果往往矫枉过正,在他看来,要想挣脱传统价值体系,开始还得像胡适所说与所做的那样,对过去的文化持一种彻底批判的极端态度,整个转向西方寻求精神上的支持。虽然即便在激烈地挑战传统之后,新文化运动的结果并不那么美好,但诗歌创作要在当时复杂的社会文化中整体地转向,实际上更不现实。

中国的新诗人虽急着吐旧纳新,态度极端,但对新的内容只是有选择地吸纳,旧的也还在,张枣显然察觉到了这一点。考虑到该时期诗人"言行不一"的矛盾因素,在《论中国新诗中现代主义的发展和延续》中,张枣刻意忽略了诗作外在的表现形式,将诗人而不是特定风格的诗派视作独立的研究个案。他将 1949 年以前的白话诗人具体分为四代,内容如下:

表4　白话诗人代际(1917—1949)

白话诗人代际 (1917—1949)	分类	代表诗人	诗歌主要特点
第一代	拓荒诗人	鲁迅	迈向现代主义的第一步,含现代主义要素,以个人主义的探索为前提,对现代主义形式的追求达到顶峰,对社会现实持批判态度
第二代	象征诗人 格律诗人	李金发、冯至	包含现代主义要素,对现代主义形式的追求达到顶峰,对社会现实持疏离态度
第三代	现代主义诗人	戴望舒、卞之琳、废名、何其芳	现代主义诗歌批量出现,新诗发展的全盛期,开始与本土传统建立了一种新的联系
第四代	20世纪40年代写诗的诗人	穆旦、郑敏、陈敬容	现代主义诗歌批量出现,与社会现实有意的融合

在这一诗歌分类体系中,"现代主义"就成为诗人与诗歌代际间承前启后的核心的词汇。张枣在文章中的结论是,中国新诗走向现代主义是一个自然演进的过程。"演进"这个词让人想到了达尔文的进化论,张枣的这一论断,是否也是用一种类似胡适诗论的线性的思维,而非波德莱尔或者周作人式的循环文学观,来讨论白话诗的发展呢? 需要注意的是,虽说这是对 1949 年之前白话诗人的分类,但张枣只提及了新诗时期部分诗人的部分作品,显然不是所有的诗与诗人都能入他的法眼。比如在表格里的第四代作者,指的就绝不是 20 世纪 40 年代所有写诗的人:张枣这里列举的三位代表

诗人,均来自后来追认的九叶派群体。

将诗人按代际分类,意味着对新诗发展史中"时间"因素的重视。然而,张枣在文中对诗人、诗歌的评论,也并不是严格按他自己的分类来写的。比如,张枣在文中引用的冯至的诗,分别是其《十四行集》中的第二十七、十八和二十首,《十四行集》中的诗均作于 1941 年(后附的几首诗除外),诗集 1942 年才正式出版——在文中作为第二代诗人代表的冯至,终究还是属于20 世纪 40 年代的诗人。张枣另辟蹊径的分类先被自己小小质疑了一下。毕竟,江湖的事情怎么好一下说得清呢?

二 新诗的"象征化"

在论新诗发展的《发展与延续》一文里,张枣对理论的探讨要先于诗。他不仅评论了诗的创作,还想指出诗歌语言等理论发展的实质,以把握所谓"时代的脉搏"。张枣首先肯定了白话作为新的诗歌表达媒介,灵活而可以创新的三重优势:诗歌创作使用白话,既可以从过去的文言文经典中汲取营养,在现代生活中自我丰富,同时还能吸收外语中潜在的养分,可以说一举数得。

作为诗歌语言的白话与日常语言的最大区别,应在于语言中的"象征"气息。张枣之所以宣称现代主义的因素贯穿新诗创作的始终,主要是基于"象征"手法对于新诗创作的重要性。诗人对此真是强调了几次都不嫌多。比如他笔下的 20 世纪 20 年代,在新诗的发端阶段:

> 几乎所有重要的文学期刊都刊有西方象征主义作家的相关评论和翻译,其中出类拔萃的如波德莱尔、魏尔伦、马拉美、詹姆斯、梅特林克和维尔哈伦等已开始影响到中国读者的阅读观。①

> 20 年代的几乎所有受欢迎的诗,包括无法被归于象征的诗歌,或多或少都沾染了象征主义的气息。②

可以看出,张枣在文中的结论肯定到近乎极端,他认为白话诗对现代主义形式的追求在 20 世纪 20 年代中期就达到了顶峰,甚至断言:

---

① Zhang Zao,"Development and Continuity of Modernism in Chinese Poetry Since 1917," *Inside Out : Modernism and Postmodernism in Chinese Literary Culture* , p. 41.

② Zhang Zao,"Development and Continuity of Modernism in Chinese Poetry Since 1917," *Inside Out : Modernism and Postmodernism in Chinese Literary Culture* , p. 41.

当时的好诗很少出现，但只要有一首，它肯定受益于象征。①

为了证明好诗"必然受益于象征"，张枣列举了《偶成》（俞平伯）与《月夜》（沈尹默）两首诗。这两首作品在文学史中均被称为"小诗"，并不属于通常意义上的象征作品，但诗中"或多或少都沾染了象征主义的气息"，表现了某种神秘的质素，内容非常富有想象力。新诗对象征手法的使用，目的是创作更具有想象力的诗篇。"想象作为对逝去的自然世界（或许是指旧日的传统）的补偿，很快成为白话文学推崇的对象"②，张枣眼中的中国旧诗似乎缺乏想象力。他继而将徐玉诺的《诗》与里尔克的作品对比，认为两者的诗歌有一致性，即："视诗歌为生命活动的信念，相信其具有改造世界的魔魅——奇妙的想象力。"③通过对"想象力"的强调，写诗的主题与目的已经上升到了生命活动的层面，这是一种更多属于现代世界与现代人的追求。按张枣的理解，因为诗歌创作意图与要求的改变，"象征"手法才开始进入了中国新诗人的视野。

有关新诗的理论建设，张枣先后提到了周作人、梁宗岱以及创作社的穆木天、冯乃超和王独清。无论是周作人的"象征即'兴'"，还是梁宗岱与穆木天等人提出的"纯诗"说法，张枣都将其归入了他的"抒情表现的象征化"体系。在阐明这一体系时，他还是先强调了象征主义对 20 世纪初中国诗坛的影响。诗人认定中国白话诗中的象征主义，主要来自西方，尤其是法国。西方象征主义诗人非常明白自己在做什么，对诗歌艺术具有高度的自觉。法国象征主义诗歌的程式化特点在于建立一个"诗性的世界"以对抗"现实世界"的语言，音乐和暗示的质素优先于语言的表意功能，梦想合法化，个人的幻想和颓废等，这些都成为中国新诗创作的基本组成部分。

张枣很重视周作人的诗论。周作人象征即"兴"的说法虽颇受争议，却在客观上打通了西方的象征主义与中国的古典诗歌传统。就像新诗时期的相当一部分诗人那样，在肯定了白话，即肯定了新诗基本创作路径的同时，张枣批评了白话诗的"始作俑者"胡适，认为他"不能从隐喻和象征层面区分语言和日常语言，辨别平淡与诗意"。也就是说，他在诗歌创作中没能准确使用诗的语言。所以，张枣眼中第一代拓荒诗人的代表是鲁迅，不是首开白

---

① Zhang Zao, "Development and Continuity of Modernism in Chinese Poetry Since 1917," *Inside Out: Modernism and Postmodernism in Chinese Literary Culture*, p. 41.

② Zhang Zao, "Development and Continuity of Modernism in Chinese Poetry Since 1917," *Inside Out: Modernism and Postmodernism in Chinese Literary Culture*, p. 42.

③ Zhang Zao, "Development and Continuity of Modernism in Chinese Poetry Since 1917," *Inside Out: Modernism and Postmodernism in Chinese Literary Culture*, p. 42.

话诗创作先河的胡适。张枣认定最初开启了新诗历史的理论,是周作人的"象征"即"兴",也不是胡适的过分看重白话形式,直接促成了新诗散文化倾向的"新文学八事"理论。不同于胡适白话文学肯定要优于过去的断言,周作人认为新诗的发展不过是一种往复循环,他在《中国新文学源流》中就一再尝试着在理论上沟通新旧中国文学史。

就对象征主义的理解在中国的深化的过程中,梁宗岱尽得马拉美和瓦雷里的精髓,被张枣认为是起到了"里程碑式的作用"。梁正式提出了中国的"纯诗"定义,并把纯诗描述为"象征主义的后身"①,这个定义在张枣看来也体现了"其令人钦佩的批评洞察力"。梁宗岱与周作人相通的地方在于,两者都坚持诗歌独立的思想,视象征主义为早已存在的文学现象与创作举措,所以也会在本土诗歌的抒情传统中领会它。

穆木天、冯乃超和王独清被张枣留意,主要因为诗论《谭诗》。张枣主要是从诗歌创作的技术层面,尤其是诗歌的韵式特点上理解《谭诗》一文的价值。他认为三位诗人的"纯诗"论虽源于法国象征主义的诗学程式,但目标更具建设性,他们倡导的诗由 2 个至 24 个音节组成,不同长度的诗行,具有固定的押韵韵律,在音乐效果上更具活力。遗憾的是,张枣没有注意到《再谭诗》,王独清同时期发表的另一篇诗论,这篇文章注重"感觉",突出诗歌创作中的"音"与"色"因素,是对《谭诗》观点的进一步丰富,两者应并作一体讨论,张枣在文章中却没有提到。

总之,张枣在品评新诗诗论的时候,敏感地体会到了周作人和梁宗岱等人平衡中外传统的努力,与之相适应,他总结的新诗脉络就不是线性发展的单一思路。诗人笔下的现代主义新诗,始终与本土文学传统相互夹缠,无论"象征""纯诗"还是"兴"的概念,在张枣看来,都是"抒情表现的象征化",都服务于诗歌要更富有想象,更具有现代性的要求。要强调的是,就像张枣怀着以一己之力总结新诗的抱负,只提到了其中一小部分诗与诗人,诗人在这里也只提及了新诗理论中的一种思路和几个人。原因并非受限于篇幅,这是当代诗人张枣有意的选择。

三　来自波德莱尔的馈赠

张枣把鲁迅与李金发划为第一、第二代诗人,认为在 20 世纪 20 年代中期左右,早期新诗对现代主义形式的追求已达到顶峰。一般诗论者不会这样提鲁迅,张枣却不肯错过他。在他看来,"压倒性的虚无主义"是鲁迅《野

---

① 梁宗岱:《谈诗》,《梁宗岱文集》(Ⅱ),第 88 页。

草》中独有的象征，"认同感的丧失"这一主题则主宰了李金发的创作，鲁迅和李金发的诗歌都在努力描述个人对现代世界真实的主观感受，尤其是主观感受中的消极层面。这些主题与以波德莱尔为代表的西方现代主义诗歌一致，有关鲁迅和李金发的诗作与西方现代诗歌主题上的契合，还包括了虚无主义、不协调和异常、虚无唯心论、丑陋美学、字眼的魔力、认同感的崩塌以及框架式的梦想等。

与诗的现代主题相适应，鲁迅与李金发的诗歌语言就充满了现代感。"当我沉默着的时候，我觉得充实，我将开口，同时感到空虚"，鲁迅以"生存困境"为首要的创作主题，将普通人的生存危机进一步等同于语言危机。《野草》在保持了艺术性的同时，还有着对自我与中国社会文化现实弊端的无情剖析。鲁迅怀疑一切，又相信世人经由社会启蒙能得到救赎，这一思想的矛盾也体现在了《野草》的语言里。

至于李金发，张枣认为，其诗作的吸引力在于他的局限。而李金发说过：

> 余每怪异何以数年来，关于中国古代诗人之作品，既无人过问，而一意向外探辑，一唱百和，以为文学革命后，他们是荒唐极了的，但从无人着实批评过，其实东西作家随处有同一之思想、气息、眼光和取材，稍有留意，便不敢否认。余于他们的根本处，都不敢有所轻重，惟每欲把两家所有，试为沟通。或即调和之意①。

鲁迅的现代诗主题都取自中国深层文化困境，在李金发实验性的诗歌语言里，也时不时夹杂着文言。这两位诗人对外来诗学的明显借鉴背后，本土传统的影响不可忽视。

如果说张枣对李金发的评价大致遵循了传统文学史的思路，到了新月派那里，他的评述就开始走了偏锋了。在《发展与延续》里，新月派诗人身上不再只有"浪漫主义"的标签，而成了所谓的"浪漫—象征主义者"。张枣敏锐地注意到了新月诗人与现代主义诗歌的特殊联系，认为他们的诗与理论具有"过渡"的性质。为了证明以上观点，张枣把影响波德莱尔最多的爱伦·坡与济慈、柯勒律治放在一起，列为新月派诗人选择的膜拜对象；又将朱湘与魏尔伦的诗歌做了对比：朱湘的诗同时包含了意象主义、象征主义和唐诗等风格，他的《雨景》会唤起一种与魏尔伦的《泪流在我心里》相似的气氛和情绪；将闻一多诗歌中对人内心挣扎的探索与波德莱尔相联系，《死水》

---

① 李金发：《自跋》，《食客与凶年》，北新书局，1925年。

就反映了诗人私人的孤寂的内心世界,将外界看成了多少有点病态的绮想花园。新月派的诗人是"不可救药的个人主义者",张枣认为,这一说法就是因为诗人们创作中普遍坚持了唯美主义,与当时社会的时世难以调和。

总之,在张枣笔下,李金发、戴望舒、王独清、冯乃超、穆木天及其追随者们被授予了象征诗人称谓,是因为他们公开承认了授自法国象征主义,也就是来自波德莱尔、瓦雷里等人的馈赠。之后新月派受惠于浪漫主义虽是不争的事实,但他们同样接受了法国象征主义与欧美现代主义的影响。

这种看法不无道理。徐志摩后期的诗歌与波德莱尔的关系算得上一个例证。正如张枣所说,在编辑《新月》月刊时,徐志摩或多或少显示出了对象征主义类型作品的偏好,以"那些精妙的,近于神秘的踪迹",去寻求"深沉、幽玄的意识",实现"人生深义的意趣与价值"——这是徐志摩在波德莱尔身上发现的品质。到了创作后期,徐志摩的《大帅》和《人变兽》等诗歌均涉及了死亡、污秽、恐怖等主题,这在波德莱尔诗歌中常见,却是中国古典诗学的禁地。

波德莱尔影响中国新诗的时间极早。早在 20 世纪 20 年代的第一年(1921 年),周无的《法兰西近世文学的趋势》一文着重介绍了波德莱尔的诗学,之后中国学人对其作品的评介未曾间断,与之相比,里尔克、奥登和艾略特都是在 30 年代才开始被引入中国文坛。更难得的是波德莱尔影响的范围又广,受众从周作人的《小河》算起,涉及了李金发、徐志摩、闻一多、邵洵美、汪铭竹、王独清、卞之琳等相当一批中国一流诗人。在译介了波德莱尔的《死尸》之后,徐志摩说波德莱尔的诗为"受伤的子规鲜血呕尽后的余音",子规就是杜鹃,这无疑是他以中国传统文化为背景对波德莱尔的再阅读。在《〈死尸〉译诗前言》中,徐志摩甚至比中国的象征主义诗人们更热情地赞颂了波德莱尔诗歌中的"俄然的激发"[①]。张枣的《发展与延续》一文读下来给人最鲜明的印象,就是波德莱尔从始至终出现了 8 次之多,这体现了张枣对新诗"象征化"特点的重视。

四 现代主义的新形式

论文第四、第五节分别讲到了第三代和第四代诗人。张枣先是强调了第三代诗人本身的复杂性。如卞之琳、戴望舒等,他们一点儿也不"纯粹",就像《现代》杂志一点儿也不"纯粹"一样。在当时,《现代》杂志的周围不仅仅有提倡纯诗的诗人,还另外派别的许多人,甚至可以说是所有人:

---

① 徐志摩:《附:菩特莱尔原诗译文》,《语丝》3 期,1924 年 12 月 1 日。

因为提倡纯诗，就单将集结在《现代》周围的诗人群体归于现代主义者，这是不公平的。即使是施蛰存，《现代》的主编，也反对这样的偏见，而坚持强调杂志的普适性，杂志其实集结了所有派别的作家，包括左翼人士在内。《现代》的历史成就在于它体现了中国现代主义的持续性。①

张枣认为，新诗现代主义因素发展的过程，也是诗人的诗歌独立理念不断地与时代需求妥协的结果。事实确实如此，袁可嘉作为九叶派诗歌理论的总结者，其诗论《新诗现代化的再分析》论述了现代新诗具体的技术运用，认为现代新诗"植基于忠实而产生的间接性"，表现于寻找客观对应物来代替直接说明等方面。② 这是中国现代诗人对艾略特的"客观对应物"技巧的借鉴，也是中国现代诗坛对社会现实的间接回应。

张枣在这四节里的讨论中心是卞之琳。有论者认为，卞之琳的作品很好地融合了象征诗和中国古典诗歌，尤其是那些受道教和禅宗影响的玄学诗的技巧。在某种程度上，卞之琳式的象征可以说是"传统主义的"，一定程度上，中国玄学诗其实类似于象征主义诗歌的创作方式，都倾向于使用富于暗示与召唤力的诗性语言。两者均致力于探寻事物的本质，会试图超越自我意识的限制，以达到一种道家的精神贯通③，这种看法被张枣直接引用到文章里。袁可嘉被视为九叶派的理论家，更是中国现代新诗理论的代言人。认真统计袁可嘉在《论新诗现代化》中提到的诗人，其中九叶诗人只有穆旦（7 次）和杜运燮（6 次）两位，卞之琳出现的次数多达 11 次，接近前两人之和。张枣也看重卞之琳的诗，与同时代的诗人相比，卞之琳的诗歌更具有协调中外诗学的复杂性与包容性。在以往的现代诗歌史中，卞之琳的影响力已经很高，似乎还是被低估了。某种意义上说，他可以说是在现代文学时期，少数可以超越时代来评价和理解的诗人。

在论文最后一节，经由张枣的论述，20 世纪 40 年代的现代派诗人群的作品有了比"纯诗"更多的含义。现代派的诗人深受里尔克等人的影响，同时已经具有"尝试精准地融合内在和外来经验的冲动"。尤其是他们的"内

---

① Zhang Zao, "Development and Continuity of Modernism in Chinese Poetry Since 1917," *Inside Out: Modernism and Postmodernism in Chinese Literary Culture*, p. 51.

② 袁可嘉：《新诗现代化的再分析——技术诸平面的透视》，《大公报·星期文艺》，1947 年 5 月 18 日。《文学修养》第一期"文学简答"栏目也有一篇文章《答袁可嘉君》，文章里回答了袁可嘉围绕新诗发展提出的问题。从这些问题可以推知，袁可嘉关心的主要就是诗与政治的关系，以及中国新诗发展的标准及前途等，这是袁可嘉创建新诗现代化理论的前提。见《文学修养》第 1 期，1942 年 6 月 20 日。

③ 余宝琳：《中国与象征主义诗歌理论》，《比较文学》第 4 期，第 291—313 页。

在经验",和 20 世纪 20 年代的李金发等人相比,这些诗人已"受够了虚无主义"。张枣特别提到了穆旦的《赞美》一诗中对"人民"这个词语的强调:

> 从穆旦身上我们看到,对应于抒情的第一与第二人称,在美学意义上首次出现了一个集体名词"人民",带着人本主义的暖意,并且摆脱了任何政治意识形态的寓意。

"我"不再带着与世隔绝的面具徜徉,而是赤身露体地"溶进了大众的爱"。诗人普遍有意识地试图停止诗人作为"孤独者"的身份和探索过程,"开始呈现出开放的,被动而又包容的矛盾状态"。这种所谓"全新的,综合性的自我"在袁可嘉构建的"新诗现代化"理论中有系统的论述。正如袁可嘉所说的,无论从理论原则或技术原则着眼,它都代表一个新的诗歌理路,综合了"现实、象征、玄学"传统:因为与中国现实的结合,新诗对西方象征和纯诗理论的借鉴已经到了有取舍的高度和深度。

谈到冯至的时候,张枣详细地区分了冯至在借鉴里尔克时的不同:冯至淡化了里尔克《新诗集》里有关"爱"的主题,而代之以对外界的关注;冯至也拒绝了唯美,而让自己的想象力被发自内心地对人类世界的关爱点燃。这符合当时诗坛发展的趋势。20 世纪 40 年代的诗人更关注的不是古代,而是中国现代社会的"现实"。在一般诗史中,冯至诗歌没有被划归于任何一个诗歌流派,张枣却注意到了其诗歌中有意识地运用现代主义诗歌创作技巧,并且和九叶派等诗人相同,有倾向于消隐自我,融入社会现实的积极一面。这些诗人的探索也是一样的结局:由于相继而来的两次战事中对生命的威胁,这种在主题上的积极向上从来没什么一致性,屡屡陷入了对世界、人本主义失序和自我丧失的消极情绪中。

五 "纯诗"不再?

在《发展与延续》诗论里,与中国白话诗在不同阐述层面的开放性相适应,张枣系统分析了 20 世纪最重要的三十年间的新诗与外来诗学,文化传统及中国社会现实的关系。他眼中的新诗诗人接受了外来诗学与传统的双重影响,对社会现实的态度也从批判、疏离转变为有意的融合,但始终没有终止对现代主义因素的探索,一直到 20 世纪 40 年代,相当一部分诗人迫于现实的特定需要,才自愿放弃了现代主义诗歌创作。从诗中对自我的体认方面,张枣认为,从拓荒一代的激进主观主义诗人直面自身的虚无,到下之琳诗歌中很少以"我"的角色出现,再到 40 年代"我"最终融入了大众,穆旦诗歌中出现了"人民"——这是 40 年代之后形成的全新的、综合的自我——

其实已经失掉了作为现代主义者一半的意义。在张枣的眼里，以往文学史中最"现代主义"的第四代现代主义诗人，不再创作波德莱尔式或里尔克式追寻自我的"纯诗"或"绝对的诗"，也不再像马拉美那样，视语言为绝对的现实，坚持诗歌作为生活的唯一途径。他们在坚持诗歌独立性的同时，开始与社会现实主动地妥协，有意地放弃了现代主义诗歌在个体意义上的探索。其原因不仅是现实的复杂容不得诗人创作的象牙塔，诗人们有意为之的创作转向起到了更关键的作用。

然而，张枣在这里对"象征"与"纯诗"概念的理解似乎过于简单。张枣强调的点是，无论波德莱尔、里尔克还是在梁宗岱、穆木天的阐述中，所谓的"纯诗"都有着放弃社会公用、坚持诗歌自身价值的抒情特质。这种抒情"纯诗"甚至是纯粹的现代主义，是否就是波德莱尔等人的本意呢？毕竟波德莱尔首先提出了"现代性"概念，作为象征派诗歌先驱影响了几代中国新诗人。答案可能是否定的。原因很简单，如格雷厄姆·霍夫所说：

> 一位抒情诗人在传统上都要扮演几种可以辨认的角色之一：情人、朝臣、爱国者、哲人或虔诚的冥想者。但是，第一位现代人波德莱尔却不能归于上述任何一种角色。①

正如波德莱尔所扮演角色具有的丰富性，现代主义诗歌与西方文论中"纯诗"理念本身的意义都具有多重性。霍夫认为："现代诗是时期和历史阶段问题，现代主义则是艺术和技巧问题，是想象的一种奇怪的扭曲。"因此，他不认为波德莱尔所写的是现代主义诗歌，尽管他身上带着明显的"现代性"：

> 波德莱尔是第一个现代人，他首先承认诗人失去社会地位的状况，诗人不再是自己所属文化的赞赏者；他也首先承认现代城市环境的卑污。然而，他却不是现代主义作家。他的诗歌的独特之处在于用公认传统的语言来表现新的异化现象；他的诗歌韵律，甚至用词，往往都使我们想到拉辛②。

作为开启一代诗风的诗人，波德莱尔可以说是现代与传统特质并存，并且现代与传统特质都十分明显的一位。他的诗歌在体现了诗歌"现代性"的背后，更多地固守着一份对于传统的坚持。这种双重性的特质共同造就了波德莱尔的现代主义和"纯诗"。张枣一味强调现代主义对于中国白话诗绝对的影响力，最终却使人注意到，无论在哪一阶段，中国新诗诗人始终执着于

---

① 格雷厄姆·霍夫：《现代主义抒情诗》，马·弗雷德伯里，詹·麦克法兰编：《现代主义》，第285页。
② 格雷厄姆·霍夫：《现代主义抒情诗》，马·弗雷德伯里，詹·麦克法兰编：《现代主义》，第287页。

现代与传统的契合。

　　就像在现代文学时期,说到波德莱尔的影响,可能会提及闻一多、陈梦竹、邵洵美等模仿波德莱尔笔下以丑为美的、颓废的现代主题,也有人更看重他的诗歌"契合"论,但极少人在译介和模仿波德莱尔时,会注意到波德莱尔诗歌里对现代与传统和谐关系的探索和体认。如本书一再试图强调的,契合论与中国古典诗学"情景交融"理论的契合,就值得进一步的探讨。但这并不妨碍从周作人起,中国现代诗人们对法国象征派诗歌和波德莱尔天生有着一种亲切感。① 波德莱尔对于中国白话新诗影响颇巨,原因很多,其兼重现代和传统的态度应是原因中的一部分。

　　在文章一开始,张枣就把中国新文化运动的结果归为"一团矛盾"。所谓的"才出虎穴,又入狼窝",就是指中国的诗歌从语言、主题直到方法,在依靠引介西方的理论和作品,对以往诗歌范式进行革命式的反叛之后,新的传统逐渐形成,并没有达到人们期望的效果。其致命的副产品之一在于诗人精神空虚和自我的异化,张枣认为,这也是西方现代主义的主题之一。这种对新诗传统和西方现代主义发展的理解显然有些平面化了,奇妙的地方在于,诗人想说的与他实际上说了的观点存在着偏差。张枣凭借其特有的敏感,注意到了中国诗人在吸收西方理论的过程中,自觉不自觉地也一直在吸纳中国传统文学特质,最终主动地融入和参与到社会现实中。就像周作人的《小河》可以同时与"象征"和"兴"等创作技巧挂钩,中国现代诗人产出的作品一开始就存在着综合中西的再创作(rewriting)的过程。

　　自 20 世纪初开始,现代主义的火种开始在中国的诗坛留存,诗人对现代主义诗艺有意和无意的探索一直在继续,"像一个小女孩,正用舌尖四处摸找着灯的开关"②。针对中国白话诗发展中的"一团矛盾",张枣读过的诗论《现代中国与后现代西方》中,曾提出过疗救这一问题的新处方:

　　　　既然来自西方的疗救可能比中国本身的疾病更有害,既然中国古典思想与西方后现代的内容之间,就其构成因素的模式和方法方面,都存在着惊人的相似,要融入理性技术和资本冲突并存的当今世界,中国现代白话诗与其追求现代西方的机制与辞藻,还不如回归自身传统(也

---

① 张枣的这篇文论,如果可以比喻成是一部重建新诗理论史,副标题就该是波德莱尔在中国的"接受史",诗人在文中评述新诗始终都以波德莱尔为标杆。波德莱尔和法国象征诗人对中国现代诗人的影响是深远的,今天,学术界时不时仍有法国象征诗与中国新诗关系的讨论,诗人柏桦也会将他 20 世纪 80 年代与张枣的深谈比喻成"马拉美与瓦雷里的相会",见柏桦:《张枣》,《亲爱的张枣》,宋琳、柏桦编,江苏文艺出版社,2010 年,第 34 页。
② 张枣:《厨师》,引自《张枣的诗》,人民文学出版社,2010 年,第 237 页。

就是"后现代"），最终过渡到西方的后现代主义模式，以缓解在融入由理性科技与资本定义的当今世界的过程中遭遇到的紧张、冲突和矛盾。①

所谓中国古典思想与西方后现代内容的惊人相似，涉及中国古典诗歌传统与西方现代主义诗歌因素在诗歌本体和技术层面的共通，这就又是另一个论题了。江弱水的《古典诗的现代性》一书，"想拿西方诗学的试纸，来检测一下中国古典诗的化学成分"，对此阐述精到②。诗歌要想写好，恐怕不是坚持纯粹，而是在于"打通"吧？不再坚持技巧是中国的还是外国的，反映的是社会现实还是象牙塔里的人心。如果如张枣所说，白话诗有着三重创作优势，其发展也就有了三重的选择空间。新诗发展区区百年，很难说中国诗或诗人的发展环境是否已经改变，当代诗人朱朱在给张枣的悼诗《隐形人》中写道：

> 中国在变！我们全都在惨烈的迁徙中
> 视回忆为退化，视怀旧为绝症，
> 我们蜥蜴般仓促地爬行，恐惧着掉队
> 只为所过之处尽皆裂为深渊……

而张枣——

> 你敛翅于欧洲那静滞的屋檐，梦着
> 万古愁，错失了这部离乱的史诗。③

张枣并没有错失了什么，作为一位讲究"秩序"的诗人④，他一度尝试用英语评论中国诗歌的特点与前途，用诗人特有的敏感"铺展上一个年代的地图"，为他喜爱着的、正写着的中国白话诗做了理论的回顾与总结。张枣回避了一般文学史上的定评，对新诗的发展提出了自己的见解。其对"象征""纯诗"等概念理解的不足及对新诗中现代主义因素的过分倚重，并不影响这篇诗论的原创价值。事实上，中国新诗中的现代主义因素，有着同时融汇了中外诗学影响与中国社会现实需要的矛盾特质，无论是评论现代、后现代还是当代诗歌，张枣强调的事实始终在于，背负了传统，并且边缘化了的中国现代主义诗坛不是净土，而是一方江湖，需要诗人在其中腾挪取舍，开拓疆土。

---

① David Hall，"Modern China And The Postmodern West," *Orientierungen：Zeitschrift Zur Kultur Asiens*，2002/02，P51-70.
② 江弱水：《古典诗的现代性》。
③ 朱朱：《隐形人——悼张枣》，《亲爱的张枣》，第 7 页。
④ 颜炼军：《秩序的激昂》，《文艺争鸣》，2017 年第 4 期，第 104—108 页。

结　语

新诗的"白话"革命

胡适在 1920 年出版的《尝试集》中辑有《一念》一诗：

> 我笑你绕太阳的地球，一日夜只得打一个回旋；
> 我笑你绕地球的月亮，总不会永远团圆；
> 我笑你千千万万大大小小的星球，总跳不出自己的轨道线；
> 我笑你一秒行五十万里的无线电，总比不过我区区的心头一念！

> 我这心头一念：
> 才从竹竿巷，忽到竹竿尖；
> 忽在赫贞江上，忽在凯约湖边；
> 我若真个害刻骨的相思，便一分钟绕遍地球三千万转！①

整首诗笔法夸张，很有激情，会让人想起之后郭沫若的《凤凰涅槃》和《天狗》。《一念》暗含着科学启蒙的内容，是中国古诗所没有的，它也不像周作人题材平易的《小河》，没有源自西方的基础科学知识，读不透这首诗。

自《文学改良刍议》《尝试集》等相继发表之后，胡适在 1922 年又完成了长篇论文《五十年来中国之文学》，在进行传统史学梳理的同时自出机杼，选择从古文的末路、古文学的新变、白话小说的发达及缺点（这只是文学本身自然的演进，不是胡适有意的主张）、文学革命（这里面有人力的促进，足以当得起"革命"二字，这才是胡适有意的主张，他在这一部分的叙述中反复地使用了"老老实实"四个字，行文间似乎充满了"革命者"的自豪）等几个方面来总结 1872—1922 年间的文学史变迁，在文学史的发展趋势方面让历史说

---

① 胡适：《一念》，原载《新青年》4 卷 1 号，1918 年 1 月 15 日，后收入《尝试集》第二编，至第四版被删除。

话,被鲁迅称为"警辟之至,大快人心"①。正是凭借着以外来理论和思路考察中国问题,以对中国文学进行学术性回顾和总结的方式,胡适走进了中国文学传统。无论是《尝试集》还是《五十年来中国之文学》,胡适将文学视为文化变革的工具,以学习技能的态度来做学问、写文章,也是以学习技能的态度来评诗、写诗。在一个整体社会的全部活动之中,文化传统可被看作对先人的持续选择和重新选择②,胡适把传统中的问题都归于知识范畴,内容和意义就成为诗歌中的决定性因素,他从而部分地忽略掉了传统诗歌技巧中可作为榜样和范例的一面。胡适的这种选择性阐释传统的做法,最终把当时的文学发展变成了一个将中国文学科学化和世界化的"运动"。

新文学运动之后,胡适等人影响所及,"各处之报章杂志及教科书,均渐次改用白话文"③,今天本书梳理了胡适在诗歌理念方面的"缺失",所使用的也是胡适竭力主张的白话文。"言"与"文"最终统一于白话,胡适的畅想可以说是实现了。虽然,白话文并不是胡适所以为的万能的灵药:中国文学的语言形式曾经严重地俗化,文学一度失去了典雅的美——文学的发展史证明,白话文没能阻止"文以载道"的路数,也完全可以偏离胡适"我手写我口"的文学主张。但是,"五四"过后的一个世纪以来,中国文学真的如胡适所预期的,逐步放弃了传统的"意图中心式"的表述,开始使用科学式的、以理性逻辑为基础的"西式"白话语言,中国文化从某一角度讲,也慢慢地开始从传统的等级制的、封闭式的、感悟式的行进,转向了科学的、开放式的发展。

新诗的"正"与"变"

中国文学的倡导者历来重视"正宗"一词。"正宗"这个词本身就意味着一种态度、一种评价和一种立场。在《建设的文学革命论》中,胡适"几年来研究欧洲各国国语的历史",以意大利、英国等为例得出以下结论:"没有一种国语是教育部的老爷们造成的。没有一种是言语学专门家造成的。没有一种不是文学家造成的";标准的国语"大都是靠着文学的力量";有意的主张加上有价值的文学,白话才可能成为标准国语。④ 胡适在这里的意图很明确:他要界定有价值的文学,借助文学的力量造就标准的国语,借助标准的国语最终改造国民思想。胡适以进化论为依据,将白话文学判定为"中国文

---

① 鲁迅:《致胡适(220821)》,《鲁迅全集》11卷,人民文学出版社,1981年,第431页。
② 雷蒙·威廉斯:《文化分析》,赵国新译,《外国文学》2000年第5期,第66页。
③ 胡毓寰编:《中国文学源流》,商务印书馆,1935年,第332页。
④ 胡适:《建设的文学革命论》,《新青年》4卷4号,1918年4月15日。

学之正宗",这是胡适有意的主张,他将其视为未来文学发展的方向。

梁启超的活动主要是为了促进社会和文化的改革,但其影响所及也给予了文学革命以很大助益,从这一意义上说,在中国清末文学的变动格局中,他与胡适担任了相似的角色。但就文学的"正宗"问题,梁启超与胡适的看法并不相同。有关李商隐等象征意味极强的诗,梁启超虽认为其"不能算诗的正宗",却承认这一类诗歌中有"独特的价值"①。在叙述中国韵文的情感表现时,相对于"一览无余"的"奔进的表情法"、"曲线式或多角式"的"回荡的表情法",梁启超更倾向于西方象征派"含蓄蕴藉的表情法"。他肯定地说:"这种表情法,向来批评家认为文学正宗,或者可以说是中华民族特性的最真表现。"②所以,从楚辞到晚唐诗这一脉系实为诗的发展的一种应该提倡的趋向:"王渔洋专提倡神韵,他所标举的话,是'不著一字,尽得风流''羚羊挂角,无迹可寻',虽然太偏了些,但总不能不认为诗中高调。"③梁启超不仅肯定这种诗的美学,而且想让它参与现代文学的创造:生当今日,"这一派诗,我们还是要尽力的提倡"。梁启超的这种选择不仅表达了自己对于诗歌特定"趋向"的偏爱,而且是体认这一"趋向"属于"中国民族特性的最真表现",在文学发展中处于"正宗"地位。

中国"五四"阶段思想的活跃程度堪与"百家争鸣"时代相比。④ 在中国传统文化的整体评定与具体研究思路上,当时的几代学者包括鲁迅、胡适以及之前的梁启超等都做了较大幅度的调整。正如陈平原的说法:"如何协调'西潮'与'古学'之间的缝隙与张力,这是谁也逃避不了的严峻课题。"⑤言及中国文论的"正宗","载道"与"言志"之说至为基本,可一旦着手讨论,"道"与"志"的含义偏偏又"暧昧"不明。就拿"道"来说,"道"可以指《易》之道,简述为万物唯一的原理与万物的整体;可以指自然界运行的规律;也可以指一种生活方式,即一种人生之道;还可以指老庄之道,释之道,林林总总,其含义涉及了天、心灵、规律、秩序、术、德、理、语言、思想等诸多方面。因为"道"

---

① 梁启超:《中国韵文里头所表现的情感》,《饮冰室合集》(4),中华书局,1989年,第117—120页。与梁启超相比,胡适向来视李商隐的诗为"笨谜"(《谈谈"胡适之体"的诗》),他的文学观念显然要激进和绝对得多。

② 梁启超:《中国韵文里头所表现的情感》,《饮冰室合集》(4),第109页。

③ 梁启超:《中国韵文里头所表现的情感》,《饮冰室合集》(4),第112—113页。

④ 这种现象如置于世界文化的大背景下考量,就可知并非偶然,东西交流在20世纪初似乎颇有进展。例如,据寺岛实郎的说法,日本人向世界展示自己的文化,其成果也大都集中在1900年前后。他列举的例证主要包括了冈仓天心的《东方的理想》、新度户稻造的《武士道》和内村鉴三的《代表性的日本人》等。寺岛实郎:《呼吸历史》,徐静波等译,复旦大学出版社,2004年,第58页。

⑤ 陈平原:《中国现代学术之建立》,北京大学出版社,2010年,第9页。

意义的多变，它在英语中也被分别译为"the way""logos""Tao"等多个不同词汇。

新文学运动伊始，胡适与陈独秀均否定了"文以载道"思想，他们当时提及的"道"，应是指儒家所提倡的道德和社会意义。陈独秀视唐宋八大家的"文以载道"与八股的所谓"代圣贤立言"是"同一鼻孔出气"①。胡适则认为近世文学大病就在于"言之无物"。他强调文学中的"物"并非"文以载道"，而主要在其中的"情感和思想"②。尽管胡适明确反对"文以载道"，在周作人看来，胡适称许的苏轼等人的很多作品却都可归于"载道"之列，有文学价值的反而是苏轼"暗地里随便一写的"，另外的一些东西。③ 胡适视文学为"工具"，他承认情感是"文学之灵魂"，同时实际上更偏重于文学体现的思想内容。江弱水就认为，胡适所说的与"文以载道"没什么分别，"昔之所谓'道'者，今之所谓'高远的思想'也"。④

周作人与胡适、陈独秀对文字的见解同中有异。在《中国新文学的源流》一书中他认为，中国文学自宗教分化出来之后，始终存在两种互相反对的力量："言志派"（诗言志）和"载道派"（文以载道）。"过去如此，将来也总如此。""言志"的文章就是抒发性灵的文章，"载道派"的人物也能写得很好，诸如苏东坡等"胡适之先生很称许的人"，在他们"忘记摆架子的时候"。周作人对"文以载道"很反感，他反对给文学太多的责任。"因为我们所说的文学，只是以表达出作者的思想感情为满足的，此外再无目的之可言"，他因此把白话文创作视为从"言志"主张生出来的必然结果：

> 这是现在所以用白话的主要原因之一，而和明末"信腕信口"的主张，原也是同一纲领——同是从"言志"的主张生出来的必然结果。在明末还没想到用白话，所以只能从文言中的可能以表达其思想感情而已。⑤

"诗言志"作为中国诗论的开山纲领，朱自清在《诗言志辨》一书中早有谨严的考证与梳理。其结论是，"诗以言志"与"文以载道"在中国文学史中可以说"其原实一"⑥。周作人以"载道"和"言志"区分新文学，朱自清认为这是不限于诗而包罗了整个文学，将"言志"的意义"扩展了一步"。但是在另一方

---

① 陈独秀：《文学革命论》，《新青年》2卷6号，1917年1月8日。
② 胡适：《文学改良刍议》，《新青年》2卷5号，1917年1月1日。
③ 周作人：《中国新文学的源流》，第40页。
④ 江弱水：《古典诗的现代性》，三联书店，2010年，第266页。
⑤ 周作人：《中国新文学的源流》，第111页。
⑥ 朱自清：《诗言志辨》，第45页。

面,周氏也等于自出机杼,他的说法是将"言志"与"载道"的本义对立起来,并且认为:

> 这种局面不能不说是袁枚的影响,加上外来的"抒情"观念——"抒情"这词组是我们固有的,但现在的涵义却是外来的——而造成。①

除了开创性地阐释了"言志"与"载道"说,有关"比兴论",周作人在新诗时期的提法也颇大胆,他说:"我只认抒情是诗的本分,而写法则觉得所谓'兴'最有意思,用新名词来讲或可以说是象征。"②朱自清在《诗言志辨》里的"'比兴'的解释向来纷无定论,可以注意的是这个意念渐渐由方法变成了纲领"这一说法③,似乎也是针对周作人这种论定而提出。显然在朱自清看来,周作人的"言志"与"载道"观并没有遵循中国文论里的本来含义。周作人的诗论实为"变",是本于"缘情"而非"诗言志"的本义,其中更存在着外来的影响。钱锺书当时对《中国新文学的源流》一书的批评与此同出一辙,也主要是否定了周作人"言志"与"载道"的二分法。根据钱锺书的看法,是"诗"与"文"的不同导致了"言志"与"载道"的区别。"文"是指"古文"或散文,与诗作为"古文之余事"的性质不同,创作标准自然不同。④ 他因此还在《中国诗与中国画》一文中说:

> 传统文评里有它的矛盾,但是这两句话不能算是矛盾的口号。对传统不够理解,就发生了这个矛盾的错觉。⑤

钱锺书对"言志"与"载道"本意的阐述无可置疑,他的"对传统不够理解"一说应是针对周作人,这却未免武断。从某种意义上,周作人理解的"言志"就是钱穆所说的"后代诗人之就于日常个人情感言"。⑥ 周作人没有区分"诗"与"文",而在整个"文学"范围内一并强调了艺术作品应忠于个人情感,不应负载太多非文学的意义。他还把"言志"与"载道"文学分别叫作"即兴"与"赋得"文学⑦,实际上是着重强调了文学须伫兴而作的、无功利性和目的性的一面。"言志"与"缘情"到底两样,对应于对"诗言志"的追本溯源,朱自清把周作人的观点归于"缘情"一列,认为这其实为文学史上的一"变",这种说

---

① 朱自清:《诗言志辨》,第44页。
② 周作人:《扬鞭集序》,《周作人选集》,上海万象书屋,1936,第117—118页。
③ 朱自清:《〈诗言志辨〉序》,《诗言志辨》,序言第5页。
④ 中书君:《评周作人的新文学源流》,《新月》4卷4期,1933年。
⑤ 钱锺书:《中国诗与中国画》,《钱锺书散文》,浙江文艺出版社,1997年,第192页。
⑥ 钱穆在《释诗言志》中认为《诗经》时代"志"专指政治方面,而不似后代诗人"之就于日常个人情感言"。钱穆:《中国文学论丛》,生活·读书·新知三联书店,2002年,第250页。
⑦ 周作人:《中国新文学的源流》,第72页。

法与钱锺书的"对传统不够理解"的论定相比，显然就切实得多。

值得注意的是，朱自清在《诗言志辨》中还提了严羽。朱自清认为，严羽借禅论诗，提出"兴趣"一义，可以说是"象外之境"，读者可触类引申，各有所得，"也当以'人情不远'为标准"。但朱自清随之以金圣叹对《西厢记》的评点为例论及了严羽诗论的不足。他说，金圣叹批评颇用"兴趣"这一义，所说的真可算"以文害辞""以辞害志"了。① 《诗言志辨》一书中多见"断章取义"这一评语，朱自清通过金圣叹对严羽诗论的评价，似也不出于此。

及至从整体中国文学史考量的角度，朱自清对严羽的诗论却同样不乏肯定之处。他倾向于认为严羽诗论实为提倡"风人之诗"，是重振"温柔醇厚的《诗》教"的②。朱自清说：

> 所谓"仿佛风人"，所谓"一唱三叹之音"，都就是"高风远韵"。这种意见又是复古的倾向，但也还是为的通变。③

高棅在《唐诗品汇》中承袭严羽的诗论，将唐诗品目分为九格，视初唐是"正始"，盛唐为"正宗""大家""名家""羽翼"，中唐是"接武"，晚唐是"正变""余响"，方外、异人等是"旁流"。朱自清对此颇为称许，他因此评论说：

> 这里以诗为主，因诗及人，因人及时，再因时及诗，跟风雅正变说专"以其时"的大不相同了。"审其变而归于正"一语虽然侧重在"正"，但这个"正"并不是风雅正变的"正"，而是"变之正"，"趣时"的"正"；高氏意味一"时"的诗自有其"正"，他对于"时"是持着平等观的。④

严羽的诗论与高棅相似，也可以说在通变中自有其"正"。其实，朱自清对严羽诗论的这种评价倾向，似乎还可以由他对周作人《中国新文学的源流》一书的态度得到证实。周作人"旁逸斜出"，在《中国新文学的源流》中重新阐释"诗言志"说，朱自清同样将之视为史中"通变"。在漫长的中国文学史上，"言志"与"载道"概念于恒定中常见变迁。朱自清赞成叶燮《原诗》中"诗之源流本末、正变盛衰，互为循环"的观点，由此总结了一个"正——变——正"的"文变"程式。在他看来，论"变"的总含"正"义。纵观文学史上的"以复古

---

① 朱自清：《诗言志辨》，第 92—94 页。
② 值得注意的是，朱自清这一说法的前提是他对《诗》教传统的特别设定。他说："《诗》教若只着眼在意义上，就未免单薄了。所以'温柔醇厚'该是个多义语；一面指《诗》辞美刺讽喻'的作用，一面还映带着那《诗》乐是一'的背景。"朱自清：《诗言志辨》，第 128 页。此外，蒋伯潜等也认为，王士禛所肯定的诗歌多有温润清雅的特色，他是以三百篇之"温柔醇厚"为"一切诗的法则"。蒋伯潜、蒋祖怡：《诗》，上海书店出版社，1997 年，第 211 页。
③ 朱自清：《诗言志辨》，第 173 页。
④ 朱自清：《诗言志辨》，第 179 页。

为通变"之诗说,不断趋于新变:

> 直到"文学革命"而有新诗,真是"变极了"。新诗以抒情为主,多少
> 合于所谓"高风远韵",大概可以算的变而"归于正"罢。①

以上说法至少可以说明:第一,周作人欲为新诗正名的"言志"观,被朱
自清视为中国文学史上的"变体";第二,朱自清认为,新诗实际上是以抒情,
也就是周作人提倡的"缘情",而不以议论、才学或说理为主;第三,新诗多少
合于"高风远韵"。上文已提到,"高风远韵"这个词也被朱自清用于评价严
羽诗论。在视周作人的"言志"说为"变体"的同时,朱自清认为新诗以抒情
为主,与《沧浪诗话》中标举的诗同为"通变",同具"高风远韵",这一眼光实
可谓精准。在"正"与"变"这一层意义上,经由朱自清《诗言志辨》中的学理
爬梳,神韵说与中国新诗于传统中存在的微妙联系亦不证而明。

关于"载道"与"言志"之说,当今学者的相关论说似还有必要做一说明。
先以华裔学者为例,不同于周作人以外来的"抒情"概念对"诗言志"论的大
胆反拨,叶嘉莹等多遵照诗学传统思路,将"载道"和"言志"均视为捆缚诗、
文的枷锁。② 叶嘉莹将"抒情言志"和"文以载道"归为一路,而诗歌,尤其纯
抒情的诗作,则成为诗人一个进行"宣泄"的对抗方式。然而在叶维廉看来,
正是这些"言志""载志"以外的层面总是,或者应该说"一向是"中国诠释和
阅读的"主流"。神韵说等理论在这里就成了对儒家"言志""载志"的偏狭性
的排拒:

> 由道家提出的"神"和"意",由孟子提出的"气",由谢赫提出的"气
> 韵",由陆机提出的"情"等,发展下来的对美感经验的关注,都集中在
> "韵外之致"(司空图)、"神似"、"意摄"(苏东坡)、"意、味、韵、气"(张
> 戒)、"馀意"、"馀味"(姜夔)、"不涉理路……惟在兴趣……无迹可求"
> (严羽),神韵派、格调派,"兴、趣、意、理;体、志、气、韵;情景;虚实;奇
> 正"(谢榛)等等之上,这些都可以看作是对实用派儒家"言志"、"载志"
> 的偏狭性的排拒。③

高友工对"诗言志"的看法则可归为周作人一路。他认为,在古中国,

---

① 朱自清:《诗言志辨》,第 183 页。
② 叶嘉莹在谈及花间词的创作缘由时说:"当日的士大夫们,在为诗与为文方面,即曾长久的受到
'言志'与'载道'之说的压抑,而今竟有一种歌辞之文体,使其写作时可以完全脱除'言志'与'载
道'之压抑和束缚,而纯以游戏笔墨做任性的写作,遂使其久蕴内心的某种幽微的浪漫的情感,得
到一个宣泄的机会。"叶嘉莹:《迦陵论词丛稿》,河北教育出版社,2000 年,第 184—185 页。
③ 叶维廉:《与作品对话》,《叶维廉文集》第二卷,第 11—12 页。

"诗言志"界定了诗的功能。通常的、直接的诠释下，此一公式接近训诲主义的教条："以语言表达诗人的当下意旨"。其目的显然是沟通，对象则是外在世界。然而，中国历史早期对"推论式沟通"（discursive communication）由衷的不信任及对内在经验的极端重视，使同一格言有了更精妙的扩充："言"一词因此演变成意谓"整体地表现"（total realization），包含"语意的表示"（semantic representation）与"形式的呈现"（formal presentation）两方面……"志"可等同于一个人平生某刻的"意义"，"境界"则成为此一"意义"的全面表现。① 由王国维发扬光大的"境界"说，在这里与"诗言志"的关系也有了解释。

王小舒是国内有关神韵说的主要研究者，他把神韵说看成"非主流的诗歌美学"，认为"这个传统作为正统诗学的补充而存在"。② "非主流"的这种判断是以"诗言志"固有的本意为基础做出。事实上，神韵说在中国文学史上自成一体，可以说是独属于中国的一种诗歌创作与评论主张。它源远流长，主要经由道、释的哲学综合发展而来，对主流的"言志"与"载道"说起到了补充、抗拒、梳理甚至是修正的复杂作用。③ 这里所谓的"补充"定位实不如朱自清的"通变"一说妥帖。

总之，继周作人于"五四"后在文学源流上的大胆反拨，后世沿用"言志"和"载道"说法的学者虽说不少，各自的立场和态度往往从起始处已有了分歧。这样在很多时候，就像朱自清形容比兴意义的"缠夹"时那样，是"你说你的，我说我的，越说越糊涂"④。"这种争论原是多少年解不开的旧连环"，朱自清因此提倡诗学讨论上的"按而不断"："何不将诗的定义放宽些，将两类兼容并包，放弃了正统观念，省了些无效果的争执呢？"⑤这种理念不错，关键在于"兼容并包"这四个字上。20 世纪诗学的整体走向并不是纯诗走向。神韵与纯诗这种象牙塔里的东西似乎注定不能成为主流。但不可忽视的是，每一个写诗的人，最好有提粹纯诗的功夫，标举神韵的理念，才能更好地进入诗的世界。

---

① 高友工：《美典：中国文学研究论集》，第 292 页。笔者按：原文中"'言'一辞"应为"'言'一词"。

② 王小舒：《神韵诗学》，山东人民出版社，2006 年，第 355、261 页。

③ 禅学与神韵诗学关系密切。在阐述禅宗美学时，张节末则使用了"突破"这一概念。他的结论是庄、玄和禅这样的非主流文化以"美学"为重要武器，形成了对儒这一主流传统及其所代表的礼乐文化传统的"突破"。这也就是指余英时所说的"一种系统性、超越性和批判性的反省"。张节末：《禅宗美学》，北京大学出版社，2006 年，第 4—5 页。以道、禅等为哲学基础的神韵说，对于"言志"说和"载道"说应也不仅仅起到了补充作用。

④ 朱自清：《诗言志辨》，第 49 页。

⑤ 佩弦：《新诗的进步》，《文学》8 卷 1 号，1937 年 1 月。

诗的艺术终结了吗?

像世人对诗的评定一样,对诗论的界说往往也有待于后来人。在结语第一部分,本书与中国传统诗论比照,关注了中国新诗批评倾向的流变,力图间接地为神韵说理论提供一种史学定位。纯诗论作为不时引发争议的一脉诗学,其史学定位同样有待于当代,甚至是今天。瓦雷里在《象征主义》一文中说:

> 自 20 世纪开始以来,由于人类生活中已经非常凸显的混乱,这种对独立文化的追求,对趣味和探索的执着,已经完全不可能置身于广告、统计数据的交换以及越来越干扰生活所有因素的骚动之外。艺术品的化学放弃了进行长时间的裂变,而纯粹的体质只通过这种裂变才能获得,它不再培育水晶,因为水晶只有在宁静中才能形成和长大。它专注于制造炸药和毒品。[1]

> 当现代的事件和风尚困扰着我们,当每个人的生活充满无聊和焦灼,当闲暇、轻松的生存,自由的梦想和沉思变得如同金子一样稀有的时候,如何能够致力于缓慢的修炼,如何能够在微妙的理论和探讨上不惜代价?[2]

传统是一定在现实语境里回归的,从顺应现实的意义上,传统注定常新。根据瓦雷里的看法,正是当下的问题"赋予了象征主义以现实的意义"。"培育水晶"一说用来形容纯诗派对诗艺的精雕细琢,再合适不过。纯诗派与波德莱尔一度在文学史上扮演了"先锋"角色,诗歌"现代性"观点的提出振聋发聩,似乎亦可视为西方诗歌史上的"正"中之"变"。自 19 世纪开始,绝不仅仅在中国,纯诗论作为象征主义诗学的组成部分,一度席卷了全世界。

然而,与纯诗在中国新诗史上迅疾发生的兴衰演变相同,似乎在一瞬间,象征主义的潮水就迅速地消隐了。从本雅明试图区分波德莱尔的诗学中"人群"与"人"的关系开始,艺术分析不可避免已经掺杂了政治的味道。[3] 本雅明

---

[1] Paul Valéry, *Paul Valéry：Œuvres*, Bibliothèque de la Pléiade, 8 vols, p. 234.

[2] Paul Valéry, *Paul Valéry：Œuvres*, Bibliothèque de la Pléiade, p. 234.

[3] 本雅明在评论卡夫卡时宣称自己同时把握着"政治的"和"神秘的"两个目标。相关表述见 Walter Benjamin, *Gesammelte Briefe*, Band 2, Theodor W. Adorno, Frankfurt：Suhrkamp Verlag, 1966, S. 624. 在《发达资本主义时代的抒情诗人》一书中,他有关波德莱尔的评述章节显然也把这两方面结合得很好。

的"城市中的人"这一关注主题，暗含了社会经济发展因素对诗的主题的影响。今天的世界正面临着艺术的转向，现代人越来越习惯于听 CD 而不是看现场音乐会，看电影而不是在家读书。至 21 世纪，一度风行的"现代性"与"现代主义"正被"后现代性"和"后现代主义"代替。诗的创作、出版、翻译、传播和研究不可避免带有了更多大众化和通俗化的特征。美国流行歌手鲍勃·迪伦 2016 年获得了诺贝尔文学奖，就可以作为这一潮流的佐证。

艺术问题本身在现代社会受到消解，纯诗的那种所谓提纯式的、过滤式的写作，那种认为诗一定要做"减法"的精良制作都被颠覆掉了，后现代诗人更想做"加法"。科学使诗歌的自由程度无以复加的同时，诗的地位也日趋衰微。不知不觉间，在艺术的世界里，我们反复地宣称诗就是诗，今天的诗又不再是诗了。弗洛伊德在《创作家与白日梦》中说："事实上，我们从来不可能丢弃任何一件事情，只不过把一件事转换成另一件事罢了。"①今天的纯诗是在戏剧里，电影里，网络中，甚至出现在科学论文的字里行间，唯独不再出现在诗篇里。诗与其他艺术曾经再现了宗教与神话曾经扮演的角色②，现在，诗歌自身似乎又开始转移到更广阔的领域中。

后现代艺术最大的特征就是取消标准，这种提法其实并不新鲜。早在 20 世纪初，瓦雷里就说过，"今后一切艺术都自由了；谁也不比谁精通"。③ 本书主要关注的是纯诗论在今天的发展。在通俗与科技至上的后现代之后世界，诗还是诗吗？诗作为艺术终结了吗？有关诗歌的发展趋势，这些问题恐怕不能绕过。诗歌评判的艺术，由于今天批评结构和批评主体前所未有的多元性，已经发生了很大改变。④ 诗歌的探讨方式变得更视觉化和媒体化。大量没有规范的，无序的甚至是无意义的评论不断涌现，社会批判从来没有这么"大众"，传统上的专家角色为一些"文化说书人"所取代。他

---

① 弗洛伊德：《创作家与白日梦》，《西方文艺理论名著选编》，第 3 页。
② 凯伦·阿姆斯特朗认为，艺术家所起到的功能，与神话这一宗教领袖得以用来指引人类的媒介相似："如果宗教领袖不能再以神话知识来指引人类，那么，艺术家和小说家或许能够以他们的洞见接过这一神圣职责，为这个失落迷惘、遍体鳞伤的世界带来一束新的光芒。"凯伦·阿姆斯特朗：《神话简史》，第 159 页。
③ 这种说法见梁宗岱：《法译〈陶潜诗选〉序》，《梁宗岱文集》（Ⅱ），第 171 页。
④ 纯诗在今天已经被挤到了一个小的角落。赛义德在《文化与帝国主义》一书中说："阅读与写作从来不是中立的活动。不管一部作品是如何具有美学价值，使人赏心悦目，它总是带出利益、权力、激情和欢愉的成分。媒体、政治经济和大众机构——总而言之，世俗的力量和国家的影响——都是我们所说的文学的一部分。"到了今天，传统的纯诗一度取得的功能和位置又是让渡给了什么领域，又改变了哪里了呢？ 类似赛义德的这种看法似乎成为今天诗学批评思想的主流观点，文化批评因此大行其道。萨义德：《文化与帝国主义》，李琨译，生活·读书·新知三联书店，2003 年，第 452 页。

们的任务是制造话题的话头,而不是给事件做学理的评断。在纯诗那里,爱伦·坡等显然不会是什么"文化说书人"。他们坚持诗的唯一裁判者是趣味,似乎也就是神韵诗家崇尚的"诗有别趣"观点。到了今天,艺术被认为是属于一切人了,"正确"的艺术创作和评判方式就不再存在,艺术与生活中的日常用品没有了区别的标准,这时候,美还是艺术家的核心关注点吗? 如果艺术终结了,是否就意味着诗歌理论中"趣味"专制的终结? 当诗歌作品之间的"差别"消失时,纯诗论甚至包括神韵说所坚持的诗人的高下之分还存在吗?

首先需要强调的是,时至今天,艺术作为灵魂替代物的功能继续得到重视。美国艺术批评家丹托(Arthur C. Danto)一直在从事哲学与当代艺术发展方面的研究,他的《艺术的终结之后》一书被认为是对后现代艺术思想的全面总结。神韵说与纯诗论以否定式的陈说确定诗的含义,丹托则在书中讨论了在宣称了艺术终结的后现代主义的今天,究竟什么是艺术品。和对诗的界定这一举措的作用相同,对艺术品概念的讨论,恰恰是了解现代艺术观点的一个很好的切入点。这样一来,丹托提出艺术终结问题的方式和方法,正可以对照纯诗诗学观点做一探讨,另一位艺术批评学者约翰·凯里的著作《艺术有什么用?》作为对照也有所涉及。

就当今的艺术批评层面,丹托认为,在某种程度上,从瓦萨里叙事到格林伯格叙事的转向,是一种用途-维度(use-dimention)的艺术品到"一切都是艺术品"的艺术品的转向。相应的,批评的方法从阐释艺术品关于什么也转为描述艺术品是什么。丹托把这个问题视为后现代艺术评论与之前艺术分析的根本分野。他甚至直接把这个问题与艺术的终结观点联系起来:

> 我对"艺术终结之后的艺术"的含义是指"上升到哲学反思之后"(的艺术)。凡是艺术品包括任何被授权为艺术的东西的地方,都会提出"我为什么是一件艺术品"的问题。随着这个问题的提出,现代主义的历史便结束了。[1]

丹托所依托的"艺术"这个概念是历史性的。他重视艺术发展在时间上的分界,"艺术品是什么"这个问题的答案因此在过去、现在并不相同。丹托试图提供一个艺术定义,这个定义可以同时具有普遍性和永恒性,也就是说,可以在依赖于历史经验的同时被人理解。在书中丹托对一件艺术品的定义是:

---

[1] 丹托:《艺术的终结之后》,王春辰译,江苏人民出版社,2007年。第17—18页。

(i) 关于某事,(ii) 体现它的意义。①

可以说,这个定义本质上和凯里提供的答案"只要某人认为某物是艺术品,它就是艺术品"是一样的!② 这意味着从表面而言,任何东西都可以成为艺术品。从艺术家的创作角度,这种定义指"在历史的负担下获得解放的艺术家用他们希望的任何方式,用他们希望的任何目的,或者不为任何目的,可以自由地去创作艺术。这就是当代艺术的标志,而且没什么奇怪的,如与现代主义比较,并没有一种作为当代风格的东西"③。在丹托看来,这种艺术世界的多元状态决定了理想的艺术家注定是多元主义者。就艺术品的角度,一切东西都可以成为艺术品:一切都可以的含义是"对于视觉艺术品可以像什么样子,没有任何先验的限制,这样任何的视觉的东西都能够成为视觉作品。这是生活在艺术史终结后的部分真实含义"④。从具体作品的特点分析,当代艺术的创作形式开始尊重和关注普通人,倾向于强调日常生活的归属感。如丹托所说,无论怎样,"从印象派绘画开始,内部者的角度事实上第一次成为外部者的角度"⑤。然而,在这里有一点值得特别注意,尽管所有的形式都成为艺术的形式,但艺术家仍然要用独属于自己的方式去涉及它们。丹托说,我们涉及这些形式的方式是"我们定义我们的时代的一部分"⑥。从这种意义上,艺术家的作品似乎不仅为了满足受众的需要(实用观点)而存在,自亚里士多德以来已经揭示的艺术抒情达意的功能继续得到强调。

其次,现在似乎依然可以说,在诗歌等艺术的评判方面,趣味是有效的评判方式。笔者从丹托等对当代艺术品的讨论中发现,当代艺术的评论者们在肯定任何艺术都可以的同时,显然并不妨碍他们肯定经典。

叔本华认为:"没有实际用处就是天才作品的特征;这是它们的高贵权利。"⑦但从来没有一种艺术像当代艺术那样引起如此多的争议。艺术家们的作品迎合了普通人的生活,似乎也吸收了日常生活平庸无趣的特点。众所周知,西方文化中心近代以来有一个从欧洲到美国的转向。就以对"博物馆"的解读为例,博物馆(至少作为我们所了解的形式)并不是一种非常古老

① 丹托:《艺术的终结之后》,第211页。
② 凯里的定义更像是对丹托艺术品定义的进一步发展。约翰·凯里:《艺术有什么用?》,刘洪涛等译,译林出版社,2007年,序言第3页。
③ 丹托:《艺术的终结之后》,第18页。
④ 丹托:《艺术的终结之后》,第215页。
⑤ 丹托:《艺术的终结之后》,第83页。
⑥ 丹托:《艺术的终结之后》,第216—217页。
⑦ 叔本华:《论天才》,《叔本华思想随笔》,韦启昌译,上海人民出版社,2014年,第24—25页。译文有改动。

的体制,在西方它开始于拿破仑博物馆,后来成为卢浮宫。它当初设立的目的是展示拿破仑从其他国家作为战利品带回来的各类艺术品,是作为胜利的象征而存在的。与负载了更多传统意义的欧洲博物馆不同,美国博物馆通常主要把自己看成教育和精神场所——是美而不是权利的展示。如此一来,博物馆的性质是否也相应地有所改变呢?事实上,这并不能改变人们对博物馆所持有的神圣印象。只要是博物馆,无论成立的时间、地点,也不分展品的类型、国别,人们走进它,都不自觉地带着一种膜拜的学习的心态,期望心灵的宁静和净化。博物馆内的产品,例如绘画,也通常都会挂得较高,名画还要格外装上防弹玻璃和围栏。对于普通人来说,它高高在上。

毕加索因此断定,博物馆仅仅是一堆谎言。这句话在很大程度上代表了新近艺术家对传统艺术的态度和看法。由于博物馆本身的意义先天带着强烈的政治性,后现代作品的创作与之格格不入。正是从这一意义上,当代艺术家及其评判者对博物馆都展开了一定程度的讨论与批判。丹托在《艺术的终结之后》一书中第九章的题目就是"单色画历史博物馆"。丹托认为当代艺术家所渴望的艺术不是博物馆到目前为止能够向他们提供的某种东西。事实上,在20世纪70年代,有各种各样的理由——多数是政治理由让艺术理论家认为博物馆"死亡了"[1]。博物馆的墙拆掉了,艺术家开始寻求属于他们自己的艺术,这时候,所有的博物馆都是"现代艺术博物馆"。事实上,对博物馆的挑战得到了20世纪70年代出现的某些强有力的理论的支持,即任何东西都可以成为艺术品,任何人都是艺术家。如丹托所说:"后现代的理论声称(作为他们的计划的结果之一),在博物馆艺术中找不到意义的由个人组成的团体,不应该被剥夺艺术赋予他们的生活的意义。"[2]

对于丹托和凯里来说,博物馆和高雅艺术是同一个事物的两面。丹托从博物馆问题上要说明的问题,正是凯里通过对高雅艺术的批判所要探讨的。在凯里看来,"高雅艺术与世俗艺术的区别不是天生的,而是文化构建的成果"[3]。因为在传统上,艺术排除"某类人",也排斥"某类经验"[4]。而艺术崇拜是超验的,它鼓励我们"鄙视普通人"[5]。但是,丹托和凯里同时又都

---

[1] 丹托:《艺术的终结之后》,第189页。
[2] 丹托:《艺术的终结之后》,第206页。
[3] 凯里:《艺术有什么用?》,第59页。
[4] 凯里:《艺术有什么用?》,第2页。凯里以此来批评艺术的"排斥"观念与刻意制造分裂的趋向。但是,这类评断总有些过于笼统。即便是最普及的体育运动,我们也可以说,各种体育技能和体育场所也是排除某类人的!那么什么样的体育形式能真正做到人人平等呢?生活中有什么是不排除某类人,某类经验的呢?吃?睡?快乐?死亡?
[5] 凯里:《艺术有什么用?》,第139页。

认为，使艺术全面地大众化和世俗化似乎也并不可取。根据艺术绘画史上的具体事例，丹托得出的结论是："一旦每一个人显示出风格是他们都喜欢的事实后，绘画可能会立刻遭到轻视，因为它是矛盾的。"①凯里也视艺术作品是"关于人民的艺术，而不需要本身完全成为人民的艺术"②。正如波德莱尔强调诗人是"人群中的孤独者"这一论断，对当代艺术的探讨最终又回到"艺术与大众的关系"这一古老的问题上来。作为后现代艺术的系统阐释者，丹托和凯里都肯定了经典的作用：

> 艺术的经验是不可预测的。它们在某些先前的心态上是偶然的，同一件作品将不会以同样的方式影响不同的人，或在不同情形下以同样的方式影响同一个人。这就是我们为什么不断地回到伟大作品的原因：不是因为我们每次在其中看见什么新东西，而是因为我们期望它们有助于我们看到我们心里的东西。③

对于后现代艺术家来说，他们目的不是反对做高雅艺术，而更希望高雅艺术变得通俗起来，丹托因此提到了"转化"概念。那么，诗歌批评的领域里是否也存在相同的问题呢？既然艺术领域发展的实质是一种转化，诗歌批评的终结应该也意味着一种转化而不是停止吧！

《艺术有什么用？》和《艺术的终结之后》两本书都是针对当代具体艺术问题的研究。从其中对艺术的观点和立场上看，他们更像是一个镜子的两面。具体到讨论的细节上，丹托和凯里虽然对问题的讨论方式迥异，也不无相同之处。比如他们不约而同地显示了对艾略特某种程度上的倚重。丹托说："我认为艺术世界是一种有内在关系的对象的共同体，毫无疑问这种创想来自艾略特的文章《传统与个人才能》，它当时对我影响很大。"④凯里也提道："希尼（爱尔兰诗人，诺贝尔文学奖得主）发现，在第二次世界大战期间，艾略特也开始感到疑惑：在一场武力之争中，不停地摆弄单词和韵律是不是正当的？为了消除这些疑问，艾略特得出了自己'听觉想象力'的理论。根据这种理论，诗人写什么一点也不重要，意义是次要的，真正重要的是声音和韵律。诗歌所创造的声音植根于思维和情感等意识层面下的更深处，使每一个单词变得生机勃发，沉入

---

① 丹托：《艺术的终结之后》，第 236 页。
② 凯里：《艺术有什么用？》，第 37 页。
③ 丹托：《艺术的终结之后》，第 196 页。
④ 丹托：《艺术的终结之后》，第 179 页。

最原始和被遗忘的东西之中,回归到本原,并且把所有的东西都带回来。"①丹托所说的所谓"有内在关系的对象的共同体"中,关注过纯诗,或者是波德莱尔契合论的人,对这样的有关事物整体性的表述应该不会感到陌生吧?

波德莱尔本身持一种文学循环论的观点。在诗人看来,诗歌本身是一个"圆",诗歌体系的发展是一个"周而复始的循环"②。"科学的、诗的、艺术的同样的问题年复一年地不断重新出现"③,所以波德莱尔视"进步"为"很时髦的错误","我躲避它犹如躲避地狱"。根据波德莱尔的契合论,诗人的地位和使命大大改变了,"不屑再为人类社会的进步鼓吹"④。太阳底下无新事,无论诗歌形式如何转化,诗歌的本质始终以新瓶装旧酒的方式一再重现,这就是波德莱尔所理解的"进步观",即"各个时期周期性地产生着的现象和观念在每次复活的时候总是从变化和时势中获得补充性的特点"⑤。徐岱在《什么是好艺术》一书中讨论了后现代美学的基本问题,认为其全部思考的出发点就在于"艺术无新旧之分而有好坏之别"⑥,似乎也提供了在后现代的今天,波德莱尔的诗学观念依然具有价值的别一种印证。纯诗论作为传统中追求"美"的部分,随时保持了一种鲜活性。这也就是为什么笔者执着于神韵说与纯诗论,就这两种貌似边缘的、过时了的理论展开比较。对于中国新诗,甚至是作为整体的诗与艺术来说,它们已经提供了并依然在提供着基本的而又必需的营养。

本土与外来传统的汇通

即便20世纪文学与诗的舞台已经改变,这并不妨碍比较诗学日渐受到重视。汤姆森(Mads R. Thomsen)在研究了勃兰兑斯(Georg Morris Cohen Brandes)和布鲁姆(Harold Bloom)等人的相关见解之后,对于文学的比较问题提出了以下观点:

对于世界文学来说,现在有意义的工作是寻找若干在技巧和题材

① 凯里:《艺术有什么用?》,第103页。
② 瓦雷里也说,诗作为语言的装饰性和可能性的纯粹体系,它的世界基本上是封闭和自足的,而小说的世界,即便是志怪小说,是与现实世界相联系的,就像逼真的布景与可触摸的东西放在一起,观众往来其间。见保罗·瓦雷里:《纪念马塞尔·普鲁斯特》,《文艺杂谈》,第231页。
③ 波德莱尔:《理查·瓦格纳和〈汤豪舍〉在巴黎》,《1846年的沙龙》,第490页。
④ 郭宏安:《〈1846年的沙龙〉序》,《1846年的沙龙》,序言第6页。
⑤ 波德莱尔:《理查·瓦格纳和〈汤豪舍〉在巴黎》,《1846年的文学沙龙》,第492页。
⑥ 徐岱:《什么是好艺术》,浙江工商大学出版社,2009年,第404页。

上相似的作者群……这样相似的作者群具有历时数十载的国际性经典地位，或在今日仍然被认为国际性的成功之作。①

这种看法对于今后比较文学的走向不无启发，也是本书所做研究的学术意义之所在。在本书的结语部分，是时候为神韵说与纯诗论做一总结了。在对神韵说与纯诗论所做的比较中，笔者以中国新文学运动期间的诗学理念为切入点，在梳理了神韵说与纯诗派的谱系发展之后，对两种诗学理论集中进行了系统的解读，借此试图对诗论共同彰显的具体核心诗学问题做一思考。

神韵说可以说是论诗的一种角度，而且是一种纯文学的角度。神韵诗"无所不该"，被翁方纲目为"诗中自具之本然"②，而包括了不同时代、类似体式、不同诗人的文学作品。具有神韵特质的诗歌尊崇"性情"，尊重"神"与"气"的汇通，往往具有以少总多、以形传神、因神得韵的艺术特色。在诗歌意义上，神韵诗人力图通过特定技巧超越"现实"的层次，使读者的阅读体验进入"想象"阶段；在诗歌创作方式上，诗人们往往看重"言外之意"，追求"伫兴而就"，惯于构造情景交融的情境以超越语言字面意义的局限。如果从哲学层面上看，神韵说还可以说是一种在中国传统之中一直断断续续出现的，对于某种诗歌理想的追求。它在精神上反映了诗人对于自我意识的自觉，其主题应属于诗歌艺术的"超越"（transcendence）层面。在严格理论意义上，"超越"是一个"西方范畴，最早出现于西方神学和宗教形而上学"，如吕怡菁所言，正因为神韵是对现实的一种超越，"神韵"一直无法被说明清楚。③ 王小舒也认为，神韵的超越性不只是对于现世精神的超越，它更是一种追求"审美超越"的诗体，常是"超越自我的具体状况，追求整体状况"④，这种评定贴切地描述了神韵诗的整体性特质。就神韵说内涵的探究而言，我们因此能做的可能就不是定义，而是有序的梳理。

周作人在《中国新文学的源流》一书中曾构建了一个简单的图示，来说明整体中国文学史的大致构成：

---

① Mads Rosendahl Thomsen，*Mapping World Literature*，New York：Continuum，2008. pp. 3，59. 江宁康译。

② 翁方纲认为："其实神韵无所不该……有于实际见神韵者，亦有于虚处见神韵者，有于高古浑朴见神韵者，亦有于情致见神韵者。"翁方纲：《神韵论》（下），《复初斋文集》卷八，光绪年刊本，见《中国古代文论读本·明清卷》，陈志扬、李斌编著，河南大学出版社，2019年，第436页。

③ 吕怡菁：《流动与静止》，花木兰文化出版社，2007年，第5页。

④ 王小舒：《神韵诗学论稿》，广西师范大学出版社，2001年，第149页。

图 4　中国文学史结构图[①]

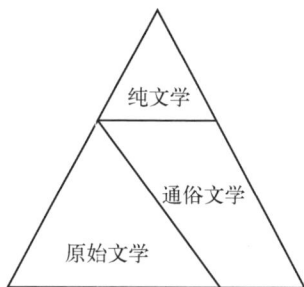

借用周作人的这一图示，神韵诗应从属于"纯文学"部分，由此可知神韵说为"诗中之一偏"的定位。它处于文学作品中的高端位置，很多时候难免曲高和寡。胡适为了"诗体大解放"，用非诗的语言来谈诗，以一些非诗的因素论诗，要避免的正是曲高和寡。总之，神韵说始终要求诗人与读者必须均为"解人"，所谓"神韵者，视其人能领会，非人人皆得以问津也"[②]。神韵诗家以禅喻诗，一心要获取诗歌的古雅、清远之美，追求的极境往往"非常识所到"。皎然、钟嵘、严羽、司空图、王士禛……这些探讨神韵的主要诗论者，或隐或显，他们之间虽有传承，争议依然不可避免。诸如对诗人、诗作品第及排序的态度，关于用典或是不用典的讨论，甚至对于"神韵"基本概念的认定，他们都会有不同的看法，与刘勰的《文心雕龙》的精深宏富相比，他们相当部分的诗学观点"是非分明"到偏激。王士禛虽被目为一代正宗，后人对其诗其论仍多有争议，原因就在这里。但如此种种，并不妨碍后来的研究者把他们放在一起。因为，无一例外地，他们对诗歌本质有一种尊重和倚重。不管具体的诗学问题存在多么大的分歧，神韵说论者如同纯诗诗人一样，只坚持"一种法律，一种道德，一种信仰，那就是艺术"[③]。

和神韵说一样，纯诗论不在乎"人"字是否大写，不理会什么"进步""大多数"和"实用"等观念，而以象征和音乐的手法孜孜探求诗歌艺术的终极价值，人的、社会的乃至宇宙的问题似乎都溶解销蚀在诗里。在诗歌内容上，纯诗的主题往往大胆而晦涩，与现代社会生活与思想颇为合拍；在诗的创作

---

① 周作人：《中国新文学的源流》，第 13 页。
② 翁方纲：《神韵论》（下），《复初斋文集》卷八，光绪年刊本，《中国古代文论读本·明清卷》，第 436 页。
③ 威廉·冈特在《美的历险》(1945)里史料翔实，笔触生动地分析了"为艺术而艺术"的唯美主义艺术观。在唯美主义的群像里，除了史文朋、惠斯勒、王尔德，他还提到了爱伦·坡、波德莱尔、兰波、魏尔伦……当技术的幽灵已统治了我们的生活，并一点点地毒化我们的心灵，我们要解放，就要历险。在历险的旅程中，法国的唯美主义被冈特放在了极高的位置上。威廉·冈特：《美的历险》，肖聿译，江苏教育出版社，2005 年，第 5 页。

中,纯诗诗家在"望今制奇"中"参古定法",为了追求逻辑的谨严,会着意从传统的创作规则中提炼精华。而诗人以遵循传统来表达的,则是诗人最真实的即时情感。最终,纯诗诗人坚定地坚持艺术自主,把对纯艺术美的崇拜——那总是一种超自然的,或者至少是奇妙的、使人心神不定的美——与创作过程中推崇智力和技巧的观念结合起来。因此,纯诗中"纯"指的是诗所以为诗的"独特性",相对于"非诗"而存在;纯诗中"纯"指的是艺术品的"无用性",相对于事物"实用性"而存在;纯诗中的"纯"指的是一个自足的整体,相对于"向外路向的诗歌"而存在。取消了诗歌的整体性,诗歌作为一种独立的、富有魅力和魔力的文体也会被取消。纯诗诗人期望着自然、自由与诗,但那又是一种人工提取的自然,囚禁于几何墙壁中的水,人群中的孤独和被赋予了固定形式的诗。这一理论因此所体现出的创作态度不执于两端,可谓"不黏不脱、不即不离",堪称一种"诗家之中道"。在纯诗诗家眼里,真与美具有多种样貌和面具,死亡只是生命的一部分,罪恶之中会盛开出鲜花,悲伤成为欢乐的变调。诗在音乐中得以生存和表达,并成为我们通往极乐和启示的一条通路。

这样一来,两种诗论的共同点主要在于:首先,神韵说与纯诗论都认为,诗的概念难以说明。这两种诗论实质上均推举诗人论诗,惯于在一种否定的意义上谈诗。神韵说不以文字、才学为诗,不以议论为诗,不以"形器"求诗;纯诗论则不认为所有的诗都是诗,坚持不以教训、真实为诗。在两方诗论看来,诗作为一种艺术,只按照其特有的轨迹发展,并不依附于外界而存在。这些诗论观点均彰显了诗之为诗的独特品质。诗那么高贵而无用,在诗的世界里,一切被创作出来的新颖东西,似乎不过是些普通情感上的共鸣。人们在诗歌中更多体验到的不是常识而是情绪,不是进步而是倒退,不是现实而是往昔。

其次,在文学史上源远流长的中国神韵诗学,与近代标新立异、绝尘脱俗的法国纯诗诗派一样,他们所追求的均是摒除了任何非诗歌杂质的纯粹诗作,而他们共同关注的,却是传统诗歌创作中的一些寻常思想和惯用技法。神韵说与纯诗论都强调了诗歌形式的重要,并力求一种短诗的精粹。对应于诗的创作层面,神韵说强调"妙悟"与"伫兴",着意于表达"言外之意",注重语言的过滤和提纯,"韵"由此内在地蕴含于诗歌文字中;纯诗论在尊重诗歌"灵感"的同时更强调诗人的努力,追求诗歌形式上的空白与暗示,实际上是期待一种语言随时能够"出逃"的语言效果①。诗对于他们来说,更

---

① Stéphane Mallarmé, *Œuvres complètes*, p. 360.

像是文字制造的一种音乐。神韵诗与纯诗,字句精炼、生动,往往自带乐感。

最后,从两种诗论均注重诗之为诗的神秘本质这一角度,它们也都可以用"混沌"一词来形容。从老子的"大象无形"到司空图的"象外之象",神韵说以禅喻诗,追求诗的"超越",与纯诗论中美在"彼岸"同样的性质,两种诗论要追求的美都不直接在诗的"形象"上。就诗的"极境"层面,在严羽这里,诗的极境是在"盛唐",最好的诗歌已经实现,留给诗人的不过是不断地学习与追慕。瓦雷里宣称纯诗不可达到,诗的"极境"只能有待于不可知的未来。瓦雷里和严羽的结论也是相同的:无论过去还是将来,最好的诗"现在"注定不会存在。

神韵说与纯诗论在表面上分属于中西诗学,貌似无联系可言,最终交集于中国新文学时期。作为中国社会的转型期之一,"启蒙"被视为新文学时期的主体基调。谈到"启蒙",必然牵涉到康德在 1784 年给启蒙下的定义:

> 启蒙就是人类脱离自我导致的不成熟。①

在康德的定义中,启蒙的对象被界定于一种"不成熟"的状态,这种状态中的人通常缺乏决断和勇气,没有能力在缺乏他人引导的情况下运用自己的思想。所以,启蒙者必然呈现出一种由上到下的,而且要打倒一切、推翻重来的姿态。马克斯·霍克海默因此认为:

> 我们的文明的思想基础很大一部分的崩溃在一定程度上是科学和技术进步的后果。然而这个进步本身又产生于为某种原则所作的斗争——这些原则现在岌岌可危,比如个人及其幸福的原则。进步有一种倾向,即破坏它恰恰理应实现和支持的那些观念。②

新文学初期的革新者们论诗,往往太执着于其"五四启蒙者"的社会角色③。其实,诗如果只是社会棋盘上的一粒棋子,诗就不再是诗了,革新者们对于诗歌的立场并不见得完全客观,也不过是诗论之一偏吧! 就以胡适为例,他一心想让中国造出全新的文学,却没有留意在文学观念的解放中,不仅有雅俗的置换,还包含了向"旧学"里求"新知"。相应的,于新文学运动中,胡适细细思考了为什么差的诗歌很差,却没能接着弄清楚好的诗歌为什么好。

---

① 伊曼纽尔·康德:《对这个问题的一个回答:什么是启蒙》,《启蒙主义与现代性》,詹姆斯·施密特编,徐向东、卢华萍译,上海人民出版社,2005 年,第 61 页。
② 马克斯·霍克海默:《反对自己的理性:对启蒙运动的一些评价》,《启蒙主义与现代性》,第 368 页。
③ 对应中国现代文学时期的不同阶段和一些特定文学团体,因战争和政治层面的影响,文学"救国救民"的社会功用被放大,这似乎都可以被视为文学"启蒙"角色的不同变体。

"启蒙的文学"和"文学的启蒙"似乎并不是一回事,胡适过于用力地想为新文学创造新的、现代的因素,每每他的字里行间总使人觉得,是不是他一直刻意回避掉的东西也许才是他真正想要的呢? 一贯以启蒙为旨归的胡适,在对中国文学问题的探讨中,难免为打老鼠而伤了玉瓶。

胡适等新诗论者着意于文学的启蒙作用,与之相比,诸如周作人等另外一些人,就会刻意尊重诗之为诗的艺术本质。周作人在《中国新文学的源流》中提出的"诗言志"说,实属从通变中求其"正"。又像穆木天、卞之琳以及梁宗岱等对纯诗观念的引进,无论结果如何,都不失为一种追求诗艺中的东西方融合的可贵尝试。在这里必须强调的一点是,中国新诗理论的构建实际上存在着一种层次性的递进发展关系,"文学的启蒙"的成就可以说是建立在"启蒙的文学"基础上。胡适通过诗体大解放把文以载道的功能一步步地消灭掉,客观上为诗歌观念和诗艺的提纯提供了条件,在经历了胡适等人对新诗疆域的开拓后,才会有了 20 世纪 30 年代梁宗岱等人兼取中外诗学精髓的成功尝试。[①] 同样的,当新诗发展到梁宗岱的"纯诗"论也似乎变成了背景的 40 年代,新诗经过了几十年"新"与"真"的共同探索,才最终交集于中国现代诗论,似乎是同时确认了白话诗以及诗之为诗的新诗双重的"合法性"。无论之后新诗经历了怎样的更迭,甚或退步,这一理论事实已然确立。

时至今日,对于中国人来说,诗似乎还是"羚羊挂角,无迹可求"和"不著一字,尽得风流"。李白和杜甫作为中国诗歌史上公认的大家,其身上有着神韵的特质(这从严羽对李、杜的推崇即可见一斑),更有完全属于自己的东西。严羽推李、杜,王士禛却更重王、韦。薛蕙在《西原遗书》中提倡"清远论",在肯定了王孟等人诗歌"可宗法"的同时,顺带也曾品评了一番李、杜:

> 孟浩然、王摩诘、韦应物诗有冲淡萧散之趣,在唐人中可谓绝伦。五言律诗当以三家为法,不必广学。若复多爱,反累其体制,不如无也。太白五律多类浩然,子美虽有气骨不足贵也。[②]

在他看来,李白的绝句多借鉴于孟浩然,杜甫的诗与王、孟、韦相比,在气骨上缺一个"贵"字。这种评点虽为一家之言,却包含了神韵说的固定评定程式在

---

① 强调诗之为诗的独立性,这在新诗发展伊始已见端倪。梁宗岱等人能在诗论中突破非中即西的狭隘眼光,或者说纯诗与中国古典诗学的影响在 20 世纪 30 年代之所以能达到高峰,主要原因有二:一方面,有胡适等人矫枉过正的"启蒙的文学"作为基础;另一方面,有卞之琳、戴望舒等人的创作实绩提供了文本支持。
② 薛蕙:《西原遗书》,《四库全书存目丛书·集部六九》,第 406 页。

里面。宇文所安在《盛唐诗》里也曾以皎然与杜甫诗歌为例做比：

> 杜甫仿效文学传统，形成一种既多样化又完全属于杜甫的诗歌；皎然保留了各种传统风格的完整性，并"运用"了它们。皎然可以是早期的乐府诗人，也可以是建安诗人；他能够写繁富修饰的五世纪诗歌，也能够以宫廷诗人的全部雅致处理咏物主题；他可以成为陈子昂或张九龄；他是天宝歌行的好手，也能够运用元结的极端拟古风格。①

实际上，王孟等人的神韵和李杜相比，与宇文所安笔下的皎然的诗类似，更像是对诗歌艺术的一种提炼和总结。很多时候神韵说都意味着选择，好还是不好都必须给出答案，哪怕这答案并不见得精准。皎然、严羽、司空图、王士禛，他们一手写诗论，一手写诗，到了王士禛欲为神韵说做一总结时，相对于宋代，他们更喜欢盛唐；相对于诗歌雄健的风格，他们更喜欢雄浑；相对于元白，他们更喜欢王、孟、韦、柳。标准的神韵诗力求含蓄隽永，即使是强烈的感情，也不会一泻无余。即便是完全与事实相悖，也要成全诗歌的韵致。意象欲显清新，境界常求闲淡，在循规蹈矩中不失为诗中高调。神韵诗人满足于对诗歌传统之美的倚重和追溯，可以说是诗歌美学传统的忠实承继者。推之于诗歌鉴赏上，他们的偏好如此明确，常常不由不使人觉得，神韵诗是不是无形中也制造了诗歌的某些界限呢？

数百年的传统文学经验产生了有关审美趣味的明确界限，以保持诗歌的平衡统一，但李白和杜甫却跨越了这些界限。李白诗洒脱豪放，往往一气呵成，堪称真正的神品；杜甫学力深厚，句句均经锤炼而出，对诗之技巧的探索无出其右。好的诗歌中必然有神韵，但最好的诗歌除了神韵外，一定还有些别的更奇特的东西：诗人们总是自得于"意外"的诗句，他们的读者也乐于被惊动，所以诗人中的王、孟、韦、柳都是坚持诗之为诗的"名家"，而李杜才称得上是"大家"。王士禛的《唐贤三昧集》"盛不下"杜甫和李白，原因也就在这里。文学的传统，是保存国民各种传统的势力之中最有力量的一支。而于文学传统自身，诗歌艺术又是至为纯粹而保守的部分，胡适等的新文学运动提倡白话小说创作，也就会着重从诗歌入手。梁宗岱认为，文艺上的创造并不像一般人所想象的，是神出鬼没的崭新的发明，而是一种"不断的努力与无限的忍耐换得来的自然的合理的发展"。所以，"文艺史上亦只有演变而无革命：任你具有开天辟地的雄心，除非你接上传统底源头，你只能开

---

① 宇文所安：《盛唐诗》，贾晋华译，生活·读书·新知三联书店，2004年，第132页。

无根的花，接无蒂的果，不终朝就要萎腐的"①。经由对梁宗岱等人诗论的分析可知，中国新诗发展一个最令人激动的地方，就是主动从传统的"旧"诗处寻找长处与不足，继而与异域的"新"诗学互通有无，于契合中来创造出那个时代最有文学价值的诗歌作品。

为了更好地说明问题，本书在开头部分系统总结和构建了神韵说与纯诗论的发展谱系。查明建在研究达姆罗什（David Damrosch）提出的"世界文学"概念时曾认为："文学经典库（Canonical Repertoire）或者说文学经典谱系并不是固定的，而是处于动态演变过程中。不同时代，不同民族（国家）会因国际国内政治、意识形态、文学观念、读者接受视野等多种因素，而构建不同的文学经典谱系。"②本书所提出的诗歌理论谱系，定位应是文学史上诗歌多样性谱系中的一支。在《中国新文学源流》一书中，周作人将新的文学与明末的文学运动相比，曾提供了一种与胡适等文学革新者不同的关注路向：

> 胡适之，冰心和徐志摩的作品，很像公安派的，清新透明而味道不甚深厚。好像一个水晶球样，虽是晶莹好看，但仔细地看多时就觉得没有多少意思了。和竟陵派相似的是俞平伯和废名两人，他们的作品有时很难懂，而难懂却正是他们的好处。同样用白话写文章，他们所写出来的，却另是一样，不像透明的水晶球，要看懂必须费些功夫才行。然而更奇怪的是俞平伯和废名并不读竟陵派的书籍，他们的相似完全是无意中的巧合。③

正是中国文化的包容和复杂性，产生了这些"无意中的巧合"，这种探究角度对后人的文学史研究很有参考和启发作用。近代以来，关于中国文学传统与外来影响的讨论一直备受关注，其实所谓外来"影响"也不过是别种空间存在的另外一种传统而已。"神韵"说与"纯诗"论，这种国内的诗与国外的诗，中国的诗论与异域的诗论，应也有不少"无意中的巧合"。

"人类学家和人种学家们常常极为惊讶地发现，同样的一些基本思想遍布于全世界，而且在相当不同的社会文化中都得到传播。"④本书试图证明的就是，在中国神韵诗学与西方的纯诗诗论之间，就存在着这样一些基本的普

---

① 梁宗岱：《论画》，《梁宗岱文集》（Ⅱ），第 48 页。梁宗岱的这种说法正印证了艾略特在《传统与个人才能》一文中的经典阐释："传统的承继不是盲目或胆怯地墨守，要想得到它，你必须花费很大的劳力。"T. S. Eliot, *Traditon and the Individual Talent*, *Selected Essays*, p. 14.
② 查明建：《论世界文学与比较文学的关系》，《中国比较文学》2011 年第 1 期。
③ 周作人：《中国新文学的源流》，第 52—53 页。
④ 卡西尔：《人论》，甘阳译，上海译文出版社，2003 年，第 114 页。

遍的思想。对这些思想有兴趣的诗人们往往就会意识到：要重拾本土传统，还需要主动从外来诗人身上学习；本土文学素养的增强，也有助于从异域伟大的诗人身上汲取营养。本书因此以中国新诗论者对诗歌艺术的探索起始，关注到了在中国新诗的发展过程中，在中国本土和外来传统之间你中有我、我中有你的特殊现状。鉴于诗论的主要任务是为诗规划未来，经由对神韵说和纯诗论理论大段的记述，似乎中国新诗的发展趋势也可从中体现。其中尤其值得注意的是，新诗的发展直接促成了中国传统诗学观的转变：以抒情为主的"纯文学"观念，主要借外来理论的助力而得到强化，一度开始由边缘向中心移动。无论胡适还是周作人，他们都是在接触了外来思想后回头再论中国诗学。相对于传统，他们都可谓"旁逸斜出"。在诗学论述中，笔者更崇尚"诗人论诗"。在文学世界中，诗人往往愿意付出艾略特所说的那份"劳力"，从而更深地获得或发展对于过去的意识，并在诗中继续体现这个意识。他们更明白该怎样看待传统。本书主要涉及的神韵与纯诗诗人群，包括梁宗岱、袁可嘉、卞之琳等诗人也莫不如此。① 诗歌的发展就像钱锺书眼中的"思想史"。在这里，许多严密周全的哲学系统经不起历史的推排销蚀，在整体上都已垮塌了，但是它们的一些个别见解还为后世所采取而流传。"好比庞大的建筑物已遭破坏，住不得人也唬不得人了，而构成它的一些木石砖瓦仍然不失为可利用的材料。往往整个理论系统剩下来的有价值的东西只是一些片段思想。"②在诗歌的历史长河中，神韵与纯诗所共同留意的部分，大概就是这样的一脉源流，这样一脉在断续中留存的片断诗学思想。

---

① 这是卞之琳自己总结的一段话："我写白话新体诗，要说是'欧化'（其实写诗分行，就是如鲁迅所说的'拿来主义'），那么也未尝不'古化'。一则主要在外形上，影响容易看得出，一则完全在内涵上，影响不易着痕迹。一方面，文学具有民族风格才有世界意义。另一方面，欧洲中世纪以后的文学，已成世界的文学，现在这个"世界"当然也早已包括了中国。就我自己论，问题是看写诗是否'化古'、'化欧'。"卞之琳：《〈雕虫纪历〉自序》，《人与诗：忆旧说新》，第294—295页。
② 钱锺书：《旧文四篇》，上海古籍出版社，1979年，第26—27页。

参考文献

中文部分

一 基本书献

A 神韵说

何文焕辑:《历代诗话》,中华书局,1981年。

丁福保辑:《历代诗话续编》,中华书局,1997年。

丁福保辑:《清诗话》,上海古籍出版社,1978年。

曹旭:《诗品集注》,上海古籍出版社,1996年。

曹雪芹:《红楼梦》,人民文学出版社,2005年。

陈良运主编:《中国历代诗学论著选》,百花洲文艺出版社,1998年。

范文澜:《文心雕龙注》,人民文学出版社,1958年。

郭绍虞:《沧浪诗话校释》,人民文学出版社,1961年。

洪兴祖:《楚辞补注》,中华书局,1985年。

胡仔:《苕溪渔隐丛话》,人民文学出版社,1962年。

黄侃:《文心雕龙札记》,华东师范大学出版社,1996年。

黄霖:《文心雕龙汇评》,上海古籍出版社,2005年。

惠栋:《王士祯年谱》,中华书局,1992年。

孔颖达:《春秋左传正义》,北京大学出版社,1999年。

刘义庆:《世说新语》,上海古籍出版社,1982年。

孟浩然:《孟浩然诗集》,上海古籍出版社,2003年。

沈德潜:《说诗晬语》,霍松林校注,人民文学出版社,1998年。

沈括:《梦溪笔谈》,辽宁教育出版社,1997年。

唐圭璋编:《词话丛编》,中华书局,1986年。

王夫之:《姜斋诗话》,人民文学出版社,1961年。

王夫之:《张子正蒙注》,中华书局,1975年。

王士祯:《池北偶谈》,中华书局,1982年。

王士祯:《带经堂诗话》,张宗楠纂集,人民文学出版社,1998年。

王士祯:《渔洋精华录集释》,李敏芙等整理,上海古籍出版社,1999年。

王士祯辑:《唐贤三昧集汇评》,周兴陆辑著,黄霖等编著,凤凰出版社,2016年。

王维:《王维集校注》,陈铁民校注,中华书局,1997年。

谢榛、王夫之:《四溟诗话·姜斋诗话》,人民文学出版社,1961年。

薛蕙:《西原遗书》,齐鲁书社,1997年。

叶朗:《中国美学史大纲》,上海人民出版社,1985年。

叶燮、薛雪、沈德潜:《原诗 一瓢诗话 说诗晬语》,人民文学出版社,1979年。

袁枚:《随园诗话》,人民文学出版社,1982年。

赵执信、翁方纲:《谈龙录·石洲诗话》,人民文学出版社,1981年。

周维德:《诗式校注》,浙江古籍出版社,1993年。

B 纯诗论

奎恩编:《爱伦·坡集:诗歌与故事》,曹明伦译,生活·读书·新知三联书店,1995年。

波德莱尔:《恶之花·巴黎的忧郁》,钱春绮译,人民文学出版社,1991年。

波德莱尔:《恶之花》,郭宏安评译,漓江出版社,1992年。

波德莱尔:《1846年的沙龙》,郭宏安译,广西师范大学出版社,2002年。

波德莱尔:《私密日记》,张晓玲译,湖南文艺出版社,2007年。

波德莱尔:《波德莱尔美学论文选》,人民文学出版社,2008年。

波德莱尔:《人造天堂》,郭宏安译,生活·读书·新知三联书店2009年。

波德莱尔:《恶之华》,杜国清译,台湾大学出版中心,2011年。

马拉美:《马拉美诗全集》,葛雷等译,浙江文艺出版社,1996年。

兰波:《兰波诗全集》,葛雷等译,浙江文艺出版社,1996年。

兰波:《兰波诗选》,张秋红译,上海译文出版社,1996年。

瓦雷里:《瓦雷里诗歌全集》,葛雷、梁栋译,中国文学出版社,1996年。

保罗·瓦莱里:《文艺杂谈》,段映虹译,百花文艺出版社,2002年。

瓦雷里:《瓦雷里散文选》,唐祖伦等译,百花文艺出版社,2006年。

曹葆华编译:《现代诗论》,商务印书馆,1937年。

卞之琳编译:《晚期诗选》,湖南人民出版社,1983年。

卞之琳:《卞之琳译文集》,江弱水整理,安徽教育出版社,2000年。

伍蠡甫主编:《西方文论选》,上海译文出版社,1979年。

黄晋凯等主编:《象征主义·意象派》,中国人民大学出版社,1989年。

伍蠡甫、胡经之主编:《西方文艺理论名著选编》,北京大学出版社,1987年。

柳扬编译:《花非花》,旅游教育出版社,1991年。

潞潞编:《准则与尺度》,北京出版社,2003年。

C 中国新诗

卞之琳:《人与诗:忆旧说新》,安徽教育出版社,2007年。

蔡元培:《蔡元培文选》,余研因编,民声书店,1935年。

陈子展:《最近三十年中国文学史》,上海太平洋书店,1930年。

戴望舒:《戴望舒诗全编》,浙江文艺出版社,1989年。

冯文炳:《谈新诗》,人民文学出版社,1984年。

胡适:《尝试集》,上海亚东图书馆,1922年。

胡适编:《中国新文学大系·建设理论集》,上海良友图书印刷公司,1935年。

胡适:《胡适文集》,欧阳哲生编,北京大学出版社,1998年。

康白情:《草儿》,上海亚东图书馆,1922年。

李广田:《诗的艺术》,开明书店,1943年。

梁启超：《饮冰室合集》，人民文学出版社，1989年。

梁宗岱：《梁宗岱文集》，中央编译出版社，2003年。

梁宗岱：《诗与真续编》，中央编译出版社，2006年。

任铭善，朱光潜：《近代中国文学》，华夏图书出版公司，1948年。

袁可嘉：《现代派论·英美诗论》，中国社会科学出版社，1985年。

袁可嘉：《论新诗现代化》，生活·读书·新知三联书店，1988年。

袁可嘉：《半个世纪的脚印》，人民文学出版社，1994年。

周作人：《中国新文学的源流》，郑恭三记录，北平人文书店，1934年。

周作人：《周作人选集》，上海万象书屋，1936年。

周作人：《自己的园地》，岳麓书社，1987年。

郑振铎、傅东华编：《文学百题》，生活书店，1935年。

朱自清编：《中国新文学大系·诗集》，上海良友图书印刷公司，1935年。

朱自清：《诗言志辨》，华东师范大学出版社，1996年。

朱自清：《新诗杂话》，广西师范大学出版社，2004年。

二　相关著述

本雅明：《发达资本主义时代的抒情诗人》，张旭东等译，生活·读书·新知三联书店，2007年。

陈飞、张宁主编：《新文学》第五辑，大象出版社，2006年。

陈平原：《中国现代学术之建立》，北京大学出版社，2010年。

陈允吉：《古典文学佛教溯源十论》，复旦大学出版社，2002年。

陈世骧：《陈世骧文存》，辽宁教育出版社，1998年。

高友工：《美典：中国文学研究论集》，生活·读书·新知三联书店，2008年。

戈蒂耶：《文学与恶》，董澄波译，北京燕山出版社，2006年。

戈蒂耶：《回忆波德莱尔》，陈圣生译，上海译文出版社，2011年。

葛雷、梁栋：《现代法国诗歌美学描述》，北京大学出版社，1997年。

葛晓音：《诗国高潮与盛唐文化》，北京大学出版社，1998年。

郭绍虞：《郭绍虞说文论》，上海古籍出版社，2000年。

贺昌盛：《象征：符号与隐喻》，南京大学出版社，2007年。

贺照田：《当代中国的知识感觉与观念感觉》，广西师范大学出版社，2006年。

黄继立：《"神韵"诗学谱系研究》，花木兰文化出版社，2008年。

季羡林：《国学漫谈》，中国城市出版社，2010年。

江弱水：《卞之琳诗艺研究》，安徽教育出版社，2000年。

江弱水：《抽丝织锦》，北京大学出版社，2010年。

江弱水：《古典诗的现代性》，生活·读书·新知三联书店，2010年。

江弱水：《秘响旁通：比较文学与对比文学》，复旦大学出版社，2016年。

姜涛：《"新诗集"与中国新诗的发生》，北京大学出版社，2005年。

金丝燕：《文化接受与文化过滤》，中国人民大学出版社，1994年。

蓝棣之：《现代诗的情感与形式》，人民文学出版社，2001年。

李丹：《中国现代诗歌理论与古典资源》，商务印书馆，2019年。

李怡：《中国现代诗歌与古典诗歌传统（增订三版）》，中国人民大学出版社，2015年。

刘继业：《新诗的大众化和纯诗化》，北京大学出版社，2008年。

吕怡菁:《流动与静止》,花木兰文化出版社,2007 年。

莫砺锋编:《谁是诗中疏凿手》,凤凰出版社,2007 年。

彭峰:《诗可以兴:古代宗教、伦理、哲学与艺术的美学阐释》,安徽教育出版社,
2003 年。

彭小妍:《浪荡子美学与跨文化现代性》,浙江大学出版社,2017 年。

钱林森:《光自东方来》,宁夏人民出版社,2004 年。

钱穆:《中国文学论丛》,生活·读书·新知三联书店,2002 年。

钱锺书:《旧文四篇》,上海古籍出版社,1979 年。

钱锺书:《钱锺书散文》,浙江文艺出版社,1997 年。

钱锺书:《谈艺录》,生活·读书·新知三联书店,2008 年。

钱锺书:《管锥编》,生活·读书·新知三联书店,2008 年。

秦海鹰主编:《法国文学与宗教》,人民文学出版社,2011 年。

萨特:《波德莱尔》,施康强译,北京燕山出版社,2006 年。

寺岛实郎:《呼吸历史》,徐静波等译,复旦大学出版社,2004 年。

宋柏年:《中国古典文学在国外》,北京语言学院出版社,1994 年。

孙玉石:《中国现代解诗学的理论与实践》,北京大学出版社,2007 年。

孙玉石:《中国现代诗学丛论》,北京大学出版社,2010 年。

田晓菲:《尘几集:陶渊明和手抄本书化研究》,中华书局,2007 年。

王葆玹:《正始玄学》,齐鲁书社,1987 年。

王德威:《抒情传统与中国现代性》,生活·读书·新知三联书店,2010 年。

王国维:《人间词话》,姚淦铭等主编:《王国维文集》,中国文史出版社,2007 年。

王小舒:《神韵诗史研究》,文津出版社,1994 年。

王小舒:《神韵诗学论稿》,广西师范大学出版社,2001 年。

王小舒:《神韵诗学》,山东人民出版社,2006 年。

王晓路:《中西诗学对话》,巴蜀书社,2000 年。

王晓路主编:《北美汉学界的中国思想研究》,巴蜀书社,2008 年。

王佐良:《语言之间的恩怨》,天津人民出版社,1998 年。

吴调公:《神韵论》,人民文学出版社,1991 年。

吴晓东:《二十世纪的诗心》,北京大学出版社,2010 年。

奚密:《现代汉诗:一九一七年以来的理论和实践》,宋炳辉译,上海三联书店,
2008 年。

叶嘉莹:《王国维及其文学批评》,河北教育出版社,1998 年。

叶嘉莹:《迦陵论词丛稿》,河北教育出版社,2000 年。

叶维廉:《中国诗学》,生活·读书·新知三联书店,1992 年。

叶维廉:《叶维廉文集》,安徽教育出版社,2003 年。

宇文所安:《中国文论:英译与评论》,王柏华等译,上海社会科学院出版社,2003 年。

宇文所安:《盛唐诗》,贾晋华译,生活·读书·新知三联书店,2004 年。

詹姆斯·里德:《基督教的人生观》,蒋庆译,生活·读书·新知三联书店,1998 年。

张松建:《现代诗的再出发——中国四十年代现代主义诗潮新探》,北京大学出版
社,2009 年。

张松建:《抒情主义与中国现代诗学》,北京大学出版社,2012 年。

周振甫:《诗词例话》,江苏教育出版社,2006 年。

朱东润:《中国古代文论研究论文集》,上海古籍出版社,1989年。

朱则杰:《清诗史》,江苏古籍出版社,2000年。

张桃洲:《语言与存在:探求新诗之根》,社会科学文献出版社,2013年。

胡峰:《诗界革命:中国现代新诗的萌蘖:诗歌本体的现代转型研究》,中国社会科学出版社,2015年。

容光启:《"现代汉诗"的眼光——谈论新诗的一种方法》,中国社会科学出版社,2015年。

王珂:《两岸四地新诗文体比较研究》,知识产权出版社,2015年。

三 理论文献

郭绍虞:《中国文学批评史》,上海古籍出版社,1998年。

敏泽主编:《中国文学思想史》,湖南教育出版社,2004年。

韦勒克:《近代文学批评史》,杨自伍译,上海译文出版社,2009年。

王晓明主编:《二十世纪中国文学史论》,东方出版中心,1997年。

郑克鲁:《法国诗歌史》,华东师范大学出版社,2019年。

朱谦之:《中国音乐文学史》,上海世纪出版集团,2006年。

恩里科·福比尼:《西方音乐美学史》,修子建译,湖南文艺出版社,2005年。

耶胡迪·梅纽因、柯蒂斯·W.戴维斯:《人类的音乐》,冷杉译,人民文学出版社,2005年。

老子:《道德经》,苏南注评,江苏古籍出版社,2001年。

庄子:《庄子》,《庄子今注今译》,陈鼓应注释,中华书局,1983年。

徐复观:《中国艺术精神》,华东师范大学出版社,2001年。

顾易生等著:《中国文学批评通史》,上海古籍出版社,1996年。

刘大杰:《中国文学发展史》,百花文艺出版社,2007年。

龚鹏程:《中国诗歌史论》,北京大学出版社,2008年。

今道友信:《东方的美学》,蒋寅等译,生活·读书·新知三联书店,1991年。

张节末:《禅宗美学》,北京大学出版社,2006年。

福柯:《权力的眼睛》,严锋译,上海人民出版社,1997年。

昂热诺等著:《问题与观点》,史忠义等译,百花文艺出版社,2000年。

埃德蒙·威尔逊:《阿克瑟尔的城堡》,黄念欣译,江苏教育出版社,2006年。

乔治·布莱:《批评意识》,郭宏安译,广西师范大学出版社,2002年。

李达三 罗钢主编:《中外比较文学的里程碑》,人民文学出版社,1997年。

艾略特:《诗的效用和批评的效用》,杜国清译,纯文学出版社,1972。

哈罗德·布鲁姆等著:《读诗的艺术》,王敖译,南京大学出版社,2010年。

卡列内斯库:《现代性的五副面孔》,顾爱彬等译,商务印书馆,2002年。

黑格尔:《美学》,朱光潜译,商务印书馆,1979年。

伊夫·瓦岱:《文学与现代性》,田庆生译,北京大学出版社,2001年。

马·弗雷德伯里等编:《现代主义》,胡家峦等译,上海外语教育出版社,1992年。

赵毅衡编选:《"新批评"文集》,中国社会科学出版社,1988年。

凯伦·阿姆斯特朗:《神话简史》,胡亚豳译,重庆出版社,2005年。

萨义德:《文化与帝国主义》,李琨译,生活·读书·新知三联书店,2003年。

阿瑟·丹托:《艺术的终结之后》,王春辰译,江苏人民出版社,2007年。

约翰·凯里:《艺术有什么用?》,刘洪涛等译,译林出版社,2007年。

叔本华,《叔本华思想随笔》,韦启昌译,上海人民出版社,2014年。

威廉·冈特:《美的历险》,肖聿译,江苏教育出版社,2005年。

徐岱:《什么是好艺术》,浙江工商大学出版社,2009年。

詹姆斯·施密特编:《启蒙主义与现代性》,徐向东等译,上海人民出版社,2005年。

卡西尔:《人论》,甘阳译,上海译文出版社,2003年。

查尔斯·查德威克:《象征主义》,郭洋生译,花山文艺出版社,1989年。

《中国新诗百年志·理论卷》(上、下),诗刊社编,中国工人出版社,2017年。

四　期刊论文

胡适:《文学改良刍议》,《新青年》2卷5号,1917年1月1日。

陈独秀:《文学革命论》,《新青年》2卷6号,1917年1月8日。

胡适:《建设的文学革命论》,《新青年》4卷4号,1918年4月15日。

胡适:《答朱经农》,《新青年》5卷2号,1918年8月15日。

胡适:《谈新诗》,《星期评论》"双十节纪念专号",1919年10月10日。

罗家伦:《近代西洋思想自由的进化》,《新潮》2卷2号,1919年12月1日。

周作人:《贵族的与平民的》,《晨报副刊》,1922年2月19日。

闻一多:《泰果尔批评》,《时事新报》99期,1923年12月3日。

天用:《桌话》,《文学》142期,1924年10月6日。

天用:《桌话》(续),《文学》144期,1924年10月20日。

天用:《桌话》,《文学》150期,1924年12月1日。

李思纯:《仙河集》,《学衡》47期,1925年。

穆木天:《谭诗》,《创造月刊》1卷1期,1926年3月。

詹姆生(R. D. Jameson):《纯粹的诗》,佩弦译,《小说月报》18卷2期,1927年。

勺水:《有律现代诗》,《乐群》4期,1929年。

沈从文:《〈群鸦集〉附记》,《创作月刊》1931年第1期。

朱光潜:《替诗的音律辩护》,《东方杂志》30卷1号,1933年1月。

中书君:《评周作人的新文学源流》,《新月》4卷4期,1933年。

哈罗德·尼柯孙:《魏尔伦与象征主义》,《学文》1卷1期,1934年5月1日。

曹葆华:《〈现代诗论〉序》,《北晨学园》33期,1934年8月23日。

梁宗岱:《新诗底十字路口》,《大公报》创刊号,1935年11月。

佩弦:《新诗的进步》,《文学》8卷1号,1937年1月。

陈敬容:《谈我的诗和译诗》,《文汇报·笔会》163期,1947年2月7日。

艾青:《中国新诗六十年》,《文艺研究》1980年第5期。

马拉美:《马拉美谈文学运动》(1889年答于勒·内芮问),闻家驷译,《外国文学》1983年第2期。

陈力川:《瓦雷里诗论简述》,《国外文学》1983年第2期。

黄景进:《严羽及其诗论重探》,《中华学苑》31期,1985年6月。

张月云:《姜夔的诗论》,《故宫学术季刊》3卷2期,1985年。

陈良运:《严羽的"无迹可求"与瓦雷里的"纯诗"》,《古典文学知识》1990年第5期。

孙玉石:《15年来新诗研究的回顾与展望》,《中国现代文学研究丛刊》1995年第1期。

张隆溪：《文为何物，且如此怪异?》，《中西诗学对话》附录，王晓路著，巴蜀书社，2000年。

赵福坛：《司空图二十四诗品真伪辨析》，《广州师范学报》2000年12期。

乐黛云：《〈中国文论·英译和评论〉中西文论互动的新视野》，《中华读书报》，2002年7月10日。

张松建：《"花一般的罪恶"》，《中国现代文学研究丛刊》2005年第2期。

徐国能：《王士禛杜诗批评辨析》，《汉学研究》24卷1期，2007年。

何建明：《胡适的佛教文化观及其学术史意义》，《世界宗教研究》2010年第2期。

江弱水：《咫尺波涛：读杜甫〈观打鱼歌〉与〈又观打鱼〉》，《读书》2010年第3期。

李章斌：《如何"现代"？怎样"主义"？——评梁秉钧、张松建的四十年代现代主义诗歌研究》，《诗探索》2014年第1期。

邵金峰：《纯诗理论在20世纪中国》，西南师范大学硕士学位论文，2003年。

齐光远：《论中国现代诗歌中的"纯诗"理论》，辽宁大学硕士学位论文，2005年。

罗侃平：《白、黄、红：中国纯诗的三原色》，首都师范大学硕士学位论文，2008年。

高蔚：《"纯诗"及其中国化研究》，华东师范大学硕士学位论文，2006年。

报刊类资料

民国期刊数据库四种：

1. 国家图书馆：民国中文期刊

访问网址：http://res4. nlc. gov. cn/home/index. trs? channelid＝6（公开访问、全文浏览）。

2. CADAL（高等学校中英文图书数字化国际合作计划）

已建资源：236,594册民国书刊（未区分书刊）；在建资源：民国文献20万册（期），包括：民国图书4万册，民国期刊14万期，民国报纸2万期。

访问网址：http://www. cadal. cn/。

3.《大成老旧刊全文数据库》

收录清末自有期刊以来到1949年以前（1840—1949），中国出版的6000余种期刊，共12万多期，150万余篇文章。

访问网址：www. dachengdata. com。

4.《民国时期期刊全文数据库(1911～1949)》《全国报刊索引》

计划收录民国时期(1911～1949)出版的两万余种期刊，一千五百余万篇文献。

分辑出版（每辑250GB），目前的数量：

第一辑　1142种　31533期　811044篇

第二辑　1245种　28263期　830326篇

第三辑　1145种　31382期　794213篇

第四辑　2098种　30856期　804569篇

第五辑　（种、期不详）　769345篇

访问网址：www. cnbksy. cn。

外文部分

A. Adam , G. Lerminier , Sir E. Morot, *Littérature française*, 2 vol. , Paris: Larousse, 1968.

Adgar Allen Poe, *The Complete Poetry and Selected Criticism of Adgar Allen Poe*, ed. by Allen Tate, New York: The New American Library, 1981.

Alastair Guinan, *Portrait of a Devout Humanist*, M. *L'abbē Henri Bremond*, Harvard Theological Review(January,1954).

Arthur Rimbaud,*Œuvres complètes*, Paris: Gallimard, 1983.

Charles Baudelaire,*Œuvres complètes*, ed. by Claude Pichois, Bibliothèque de la Pléiade, 2 vols, Paris: Gallimard, 1975—1976.

Charles Baudelaire,*Correspondances Générale*, tome 1, Bibliotheque de la plelade, Paris: Gallimard, 1973.

Charles Du Bos,*Journal: 1921—1923*, Paris: Correa, 1946.

Robert-Benoit Cherix, *Essai D'une Critique Intégrale. Commentaire Des "Fleurs Du Mal"*, Geneva:Pierre Cailler, 1949.

CLaude Duchet,*Histoire Litteraire de la France*, Paris: Editions Sociales, 1977.

Dominique Rincé, *Les fleurs du mal: Charles Baudelaire*, Paris: Les Editions Nathan,1994.

Edgar Allen Poe, *Poems and Poetics*, ed. by Richard Wilbur, New York: The Library of America, 2003.

Rosemary Lloyd, ed, *The Cambridge Companion toBauderlaire*, Cambirdge: Cambridge University Press, 2005.

Gotthold Ephraim Lessing, *Laocoon: Or the Limits of Poetry and Painting*, Trans. by W. A. Steel, Cambridge University Press,1985.

Guy Michaud,"Un Manifeste Littéraire," *Figaro Littéraire*, 18 Septembre, 1886.

Henri Bremond, *Racine et Valéry: notes sur l'initiation poétique*,Paris: Bernard Grasset, 1930.

Henry Bremond,*Prière et poésie*, Paris: Bernard Grasset, 1926.

Henry Bremond, *La poésie pure,avec un débat sur la poésie par Robert de Souza*, Paris: Bernard Grasset, 1926.

JamesJ. Y. Liu, *Language-Paradox-Poetics: A ChinesePerspective*, Princeton: Princeton University Press,1988.

James J. Y. Liu, *The Art of Chinese Poetry*. Chicago and London:The University of Chicago Press,1962.

John Claude Curtin,*Pure Prayer and Pure Poetry in Nenri Bremoud*,Michigan: Ann Arbor, 1973.

Mads Rosendahl Thomsen, *Mapping World Literature*, New York: Continuum, 2008.

Marcel Raymond,*De Baudelaite au Surrealisme*, Paris: JoséCorti, 1982.

Paul Valéry, *Paul Valéry: Œuvres*, Bibliothèque de la Pléiade, 1 vol, Paris: Gallimard, 1957.

Paul Valéry, *Entretiens avec Paul Valéry*, ed. by Frédéric Lefèvre, Henri Bremond, Le Livre, Chamontin et chez Flammarion, 1926.

Paul-Marie Verlaine, *Qeures Poétiques Complètes*, Paris: Gallimard, 1962.

Plato: *Republic*, X. 604.

Rachel Polinsky, *Poe's Aesthetic Theory*, The Cambridge Companion to Edgar Allan Poe, ed. by Kevin J. Hayes, Cambridge University Press, 2002.

René Wellek, Austin Warren, *Theory of Literature*, New York: Harcourt, Brace & World, 1986.

Stéphane Mallarmé, *Œuvres complètes*, Bibliothèque de la Pléiade, Paris: Gallimard, ed. by Henri Mondor and G. Jean-Aubry, 1945.

Stephen Owen, *Reading in Chinese Literary Thought*, Cambridge: Harvard University Press, 1992.

Super P. Castex P. -G, *Manuel des études littéraires françaises*, xixe siècle, Paris: Hachette, 1968.

T. S. Eliot, "*Introduction*" in Paul Valéry, trans. Denise Folliot, London: Routledge, 1958.

T. S. Eliot, *Selected Essays*, London: Faber and Faber, 1934.

T. S. Eliot, *Selected Poems*, London: Faber and Faber, 1959.

Walter Benjamin, *Gesammelte Briefe*, Band 2, Theodor W. Adorno, Frankfurt: Suhrkamp Verlag, 1966.

Y. Bellenger, D. Couty, Ph. Sellier, M. Truffet & P. Brunel, *Histoire de la littérature française*, Paris: Bordas, 1981.

Yu Pauline, "Charting the Landscape of Chinese Poetry," *Chinese literature: Essays, Articles, Reviews*, Vol. 20, 1998.

附 录

论中国新诗中现代主义的发展与延续①

张 枣 著 刘金华 译

1

依照相应的时间段与艺术性标准,将中国现代白话诗人(1917—1949)划分为不同派别,这种尝试一直在中国文学批评中占主流地位。早在 1935年,朱自清编撰中国新文学大系的诗歌卷时,就将现有诗人分为三种流派,即自由诗派、格律诗派和象征诗派②。所谓自由诗派,朱自清显然是指胡适、俞平伯、康白情、刘大白等当时文学的先驱人物,他们在诗歌中刻意保持了口语的自然节奏。出于对自由诗派的反拨,新月派诗人在闻一多、徐志摩、朱湘的带领下,创造出了一种新的形式,开始遵循严谨的韵式写诗。相应的,被授予了"象征诗人"称谓的李金发、戴望舒、王独清、冯乃超、穆木天及其追随者们,是因为他们公开承认了授自法国象征主义的馈赠。这种分类的精确性始终是有问题的,因为它使某些独立的,甚至可能更有才华的诗人被排除在外。一个典型的例子就是鲁迅,他写了一本独特的纯现代主义的作品《野草》,却迥立于三个派别之外。还有几年以后的陆志韦,其以局外人自得,有意集格律派诗所长,实验白话诗可接受的新格律,又该怎么算?③ 又如郭沫若早期的诗作,接受了惠特曼、德国的表现主义和科学实证主义等不同程度的影响,真就适合放入浪漫诗的方框里吗? 对诗歌派别粗略的划分,不仅冤枉了个别作家,对于同时期不同诗派的强调也存在风险,这会忽视诗

---

① 文章译自:《由内及外:中国文学文化中的现代主义与后现代主义》(*Inside Out：Modernism and Postmodernism in Chinese Literary Culture*，Aarthus University Press,1993),该书为 1991 年 10 月在丹麦奥胡斯大学举办的"中国文学现代主义与后现代主义"研讨会的论文合集,由北岛和安妮·韦德尔·威尔斯堡(Anne Wedellsborg)共同编辑。本文注释除特别注明为译者补充外,内容和形式都是从原文直译。

② 朱自清:《导言》,《中国新文学大系·诗集》,第 15 页。

③ 更多对陆志伟诗歌韵律的研究可见于丁瑞根:《陆志伟〈渡河〉及新诗运动》一书。

人间可能存在的文学精神的一致性。众所周知,继朱自清之后而起的诗人又被分成了"现代派""革命派""国防诗"和"九叶派"等。撇开意识形态上的分歧,无论在中国内地、香港,还是在欧美,白话诗的选集和史论通常都以这样的划分为基础。

然而,将这一特殊的历史时期视为一个有机整体,其中所有的个人均统一于一个共同的时代精神,即怀着实验的热情,致力于用适当的方式来表现变化中的未知的传统主体,可能会更有趣。这种新传统的消极一面不容忽视。"五四"以来全方位的自称对偶像崇拜的反叛,如同 19 世纪西方的文化革命,产生了极多的破坏力。尽管存在深刻的文化差异,"打倒孔子"的口号似乎是对尼采"上帝死了"这一宣言的回应。新近得到解放的个人,从传统价值体系的束缚中挣脱出来,仍然须面对一系列致命的副产品,其中一个就是精神空虚与自我的异化。乐观地整个转向西方,积极寻求精神上的支持,迟早要幻灭。他或她将会发现,鲁迅所说的"世纪末的苦汁"①,也就是虚无主义的态度,一种虚无的深渊,所谓的"消极超验主义",其萌芽受笛卡尔主义和无神论的启迪,已经深植于自文艺复兴以来的人文和禁欲主义传统,并已通过浪漫主义在过去一百年里日趋壮大。② 中国新文化运动的结果实际上是一团矛盾,如俗话所说的,才出虎穴,又入狼窝。

2

与其将诗人重新分门别类,还不如将 1949 年以前的白话诗人分四代来看,不仅仅按创作形式分类,而视诗人为独立的研究个体,这更适合研究他们新的感性诗歌体式。第一代是拓荒诗人,自然有鲁迅在内;第二代由李金发、其他象征诗人及格律诗人组成,包括德国文学的拥趸冯至;第三代包括戴望舒、卞之琳、废名、何其芳和其他现代主义诗人;第四代主要由在 20 世纪 40 年代写诗的诗人组成,如学生诗人穆旦、郑敏、陈敬容等。大多数批评家都乐意将第三、第四代诗人与现代主义相联系,但会犹豫甚至否认现代主义与前两代诗人的任何关联。其实,首先应考虑到,早期的诗歌,特别是在其广受欢迎的代表作中,就有现代主义要素的存在,还有就是之后每一代诗人的发展,这种发展与其说是孤立的,不如说是走向现代主义的自然演进。

白话作为新的表达媒介,优势在于其系统的开放性。它可运作于三种

---

① 鲁迅:《中国新文学大系小说二集序言》,《鲁迅全集》,人民文学出版社,1982 年,第 6 页,第 243 页。
② 克劳德·维杰:《现代诗变形记》,《比较文学》第 5 期,第 97—99 页,1955 年春季刊。

层面:第一是回到过去,从曾经的文言文经典,而不单是白话传统里汲取营养;第二是在现代生活中自我丰富;第三,也许更重要的是,白话还能吸收外语中潜在的养分。作为"活的语言",如胡适所认为的,因为完全不同于文言机械的拟古,白话已具有与欧洲语言一样的,灵活而可创新的形式。

然而,作为白话诗的开创者,胡适还不能说是开启了新传统。问题主要在于,他不能从隐喻和象征层面区分语言和日常语言,辨别平淡与诗意。由于将现代的诗歌语言精简成了文字改革的工具,胡适取自庞德意象主义的"文学八事"流于肤浅。很难想象这样一种反诗的举措能够把握新语言的实质。胡适对新主题的处理,如同他在《尝试集》中写的诗,实际上漏掉了他那个时代真正的脉搏。奇怪的是只有胡适被称为"现实主义者"。

"新诗中第一首杰作"是《小河》,来自多产的周作人。① 1919 年《小河》发表于《新青年》首页,表明了编者希望它能开一代先河的期许。周作人还为《小河》写了短序,声称它与"法国波德莱尔提倡起来的散文诗,略略相像"②。这种借鉴并没有涉及多少真正的诗意,也许不过是借助象征和比喻意象等通常的方法来增添诗味。在这首诗里,小河、桑树和稻草都被赋予了生命,这也不是通常意义上的"拟人化"。适逢阴郁的时代,它们被当成了疗治精神危机的心理安慰剂。在法国象征主义语境下,周作人是译介象征的首位中国作家,为了使它更具说服力,他同时还将象征与重要的中国传统诗歌意象"兴"(起兴)——其起源可以追溯到《诗经》(公元前 11 世纪至前 6 世纪)——联系起来。

> 新诗的手法,我不很佩服白描,也不喜欢唠叨的叙事,不必说唠叨的说理,我只认抒情是诗的本分,而写法则觉得所谓"兴"最有意思,用新名词来讲或可以说是象征。让我说一句陈腐话,象征是诗的最新的写法,但也是最旧,在中国也"古已有之",我们上观《国风》,下察民谣,便可以知道中国的诗多用兴体,较赋与比要更普通而成就亦更好。譬如"桃之夭夭"一诗,既未必是将桃子去比新娘子,也不是指定桃花开时或是种桃子的家里有女儿出嫁,实在只因桃花的浓艳的气分与婚姻有点共通的地方,所以用来起兴,但起兴云者并不是陪衬,乃是也在发表正意,不过用别一说法罢了。③

---

① 译者按:"新诗中第一首杰作"是朱自清给《小河》的评价,张枣在英文论文中将"新诗"译为"poem of *baihua*"。在张枣看来,新诗和白话诗显然是对等关系。
② 周作人:《小河》,《新青年》6 期 2 卷(1919),第 91—95 页。
③ 周作人:《〈扬鞭集〉序》,陈绍伟:《中国新诗集序跋选》(1918—1949),长沙:湖南文艺出版社,1986 年。

周作人显然认为，"兴"或"象征"的应用可有效疗救早期白话诗的散文化倾向。其诗集《过去的生命》（1926）中的另外一些诗证实了他的观点。除了发现了中国的象征主义诗人李金发，周作人有资格宣称，他也是第一批着手翻译欧洲的某些象征主义作家，如果尔蒙和魏尔伦的人。在20世纪20年代，几乎所有重要的文学期刊都刊有西方象征主义作家的相关评论和翻译。其中出类拔萃的如波德莱尔、魏尔伦、马拉美、詹姆斯、梅特林克和维尔哈伦等已开始影响到中国读者的阅读观。[①] 这种影响不仅激发了广大读者的创作冲动，也改变了他们的艺术品位。值得注意的是，当时几乎所有受欢迎的诗或多或少都沾染了象征主义的气息。就像俞平伯名为《偶成》的这首短诗：

> 什么是遍人间的？
> 一个笑，一个恼，
> 一个惨且冷的微笑；
> 只是大家都默着。
> 什么是遍人间的？[②]

诗中的风格很接近风行一时的"小诗"，简练的警句式的小诗无法被归于象征。两句重复的诗行中间夹着好几个意象，强有力的表述却表达了诗人对世界的凄美感受。通过"大家都默着"这一句可知，这种表述方式清晰而绝非暧昧。另一首小诗，沈尹默的《月夜》显示出了类似的但更神秘的质素：

> 霜风呼呼的吹着，
> 月光朗朗的照着。
> 我和一株顶高的树并排立着，
> 却没有靠着。[③]

诗人创造了一幅人与树相对的玄奥场景，诗中司空见惯的字眼（"立""靠"）显示两者之间实际上缺乏真正的接触。然而，这对立和缺乏似乎借由一件事，也就是"想象"而得到补偿。在第三行中"我"与一株顶高的树"并排"，象征了抒情主体向外部世界的回归。如同最后一行所预示的，这实际上并不可能，只能存在于想象中。想象作为对逝去的自然世界（或许是指旧日的传统）的补偿，很快成为白话文学推崇的对象。对应于新的个体所感受的存在的空虚感和精神危机，诗中喻示的意义唤起了更多与个体相关的美学体验。

---

① 孙玉石：《导言》，《象征派诗选》，北京：人民文学出版社，1986年，第1—8页.
② 未找到初版。英语版本见许芥昱：《二十世纪中国诗选》，伊萨卡：康奈尔大学出版社，1970年，第
　　18页.
③ 引自舒兰：《五四时代的新诗作家和作品》，台北：成文出版社，1981年，第18页.

如叶维廉所指出的,通过《诗》,徐玉诺是首批宣称诗歌为一种宗教观念的人之一,《诗》中呈现出一种宗教仪式的氛围:

> 轻轻的捧着那些奇怪的小诗,
>
> 慢慢的走入林去;
>
> 小鸟默默的向我点头,小虫儿向我瞥眼。
>
> ⋯⋯⋯⋯①
>
> 看呵,这个林中!
>
> 一个个小虫都张出他的面孔来,
>
> 一个个小叶都睁开他的眼睛来,
>
> 音乐是杂乱的美妙,
>
> 树林中,这里,那里,
>
> 满满都是奇异的,神秘的诗丝织着。②

这就是艺术迷人的一面,可以穿透黑暗的本质,模拟周边的一切,并重置了既存的秩序。几乎就在同时,一个伟大得多的德国诗人,R. M. 里尔克,正在写他的《献给奥尔甫斯的十四行诗》。在开篇,里尔克捕捉到了相同层面的场景,展示了树木如何生长,动物又如何冲出巢穴,随奥尔甫斯的歌声而舞。③ 徐玉诺的诗较随意,虽逊色于里尔克的深刻与连贯性,他们似乎有一件事是一致的:视诗歌为生命的活动,相信其具有改造世界的魔魅、奇妙的想象力。

确定无误的是,在这特别的诗行中我们看到了抒情表现的象征化。然而,这种象征化在《未来的花园》(1923)中并不常见。这是诗人所在时代的症候:好诗很少出现,但只要有一首,它肯定受益于象征。但凡开始翻译和引介西方象征主义时能更详尽和系统些,肯定有助于在当时产生更多令人难忘的作品,而不仅只现在发现的寥寥几篇。同时,象征主义的影响力相对有限,可能还缘于在探索新诗体的可能性时,早期的实践者心理上的不踏实。他们不确定是否他们私人的孤寂的内心世界,他们多少有点病态的绮想花园,其中的纠结真的可以被记录。只有小诗或散文化的诗歌风格被尝试,也许只有一个例外,就是《毁灭》(1923),作者是朱自清。这些先驱诗人

---

① 译者注:原诗中还有两句,张枣没有译出。两句诗为:“我走入更阴森,更深密的林中/暗把那些奇怪东西放在湿漉漉的草上。”

② 徐玉诺:《诗》,《未来的花园》,商务印书馆,1922 年,第 91—92 页。英文为叶维廉译:《中国现代新诗》,耶鲁大学出版社,1991 年,第 23 页。

③ R·M·里尔克:《献给奥尔甫斯的十四行诗》,1974 年,第 11 页。

努力创作的不多的好诗，是他们向现代主义迈进的第一步，并最终成为下一代中国现代诗人的起点。

就西方象征主义文献的研究及模仿，做了重要推动工作的是创造社的三位诗人：穆木天、冯乃超和王独清。这三位不仅留下了具有早期法国象征主义风格的生动诗篇，在某一方面也已经与他们的导师非常地接近：他们非常明白在做什么，对诗歌艺术具有高度的自觉。作为理论家，他们为中国的象征主义留下一篇历史性的文献——《谭诗》(1926)，从中他们对其创造性的工作提出了一些框架式的构想。这些构想明白无误地起源于法国象征主义的诗学程式：建立一个"诗性的世界"以对抗"现实世界"的语言，音乐和暗示的质素优先于语言的表意功能，梦想合法化，个人的幻想和颓废成为诗歌的基本组成部分。所有这些构想都体现在了三人最好的诗里。穆木天和冯乃超省略了几乎所有的标点符号，在实验中走得更远。然而，这不是马拉美式的对诗的颠覆，其目标反而是建设性的，这是为了由 2 个至 24 个音节组成的不同长度的诗行，具有固定的押韵韵律，在音乐效果上更具活力。

提到中国诗人与西方象征主义者的交往，很遗憾梁宗岱没有得到足够的肯定，即便就象征主义的理解在中国的深化过程中，他起到了里程碑式的作用。作为诗人、文学评论家和译者，梁宗岱不仅深谙欧洲和中国的文学传统，表现出了不寻常的外语天赋，他同象征主义大师保罗·瓦雷里的友谊也令人羡慕。他尽得马拉美和瓦雷里的精髓，宣扬艺术与美至上和"纯诗"观念，并重视思考与感觉、个体生命与宇宙、自我与世界之间的辩证联系。梁宗岱强调诗歌形式、自然以及深思熟虑的诗意效果，更看重知性思维，而非浪漫主义的逢场作戏与灵光乍现。像周作人一样，梁宗岱视象征主义为早已存在的文学现象与创作举措，所以也会在本土传统中领会它。诗人的诗学理论后来辑为《诗与真》一书，书中肯定了新月诗人的形式主义倾向，对20 世纪三四十年代现代主义者有显著影响。他的"纯诗"的定义体现了其令人钦佩的批评洞察力：

> 所谓纯诗，便是摒除一切客观的写景，叙事，说理以至感伤的情调，而纯粹凭借那构成它底形体的原素——音乐和色彩——产生一种符咒似的暗示力，以唤起我们感官与想象底感应，而超度我们底灵魂到一种神游物表的光明极乐的境域。①

由于鲁迅与李金发的诗作，早期白话诗对现代主义形式的追求在 20 世

---

① 梁宗岱：《谈诗》，《诗与真·诗与真二集》，北京：外国文学出版社，1984 年。英文版本为叶维廉译：《中国现代新诗》。

纪 20 年代中期左右达到顶峰。就表达现代世界真实的主观感受而言，两位诗人可谓前所未有，独一无二，他们惊人坦率地承认，生命是一种诅咒，一个陷阱，在其中个体会持续地感到绝望与不满。自相矛盾地认定诗是"悬崖边的白花儿"或者"死神唇边的微笑"（波德莱尔），他们似乎希望自己的诗能契合西方批评所设定的现代诗歌所有可能展现的消极层面，就像雨果·弗里德里希《现代诗歌的结构》和麦克·汉伯格的《诗的真实》所展现的那样：虚无主义、不协调和异常、虚无唯心论、丑陋美学、字眼的魔力、认同感的崩塌、框架式的梦想，等等。

1927 年 9 月，在完成《野草》一年以后，鲁迅在《怎么写》一文中就其源起提供了重大线索：

> 我靠了石栏远眺，听得自己的心音，四远还仿佛有无量悲哀，苦恼，零落，死灭，都杂入这寂静中，使它变成药酒，加色，加味，加香。这时，我曾经想要写，但是不能写，无从写。这也就是我所谓"当我沉默着的时候，我觉得充实，我将开口，同时感到空虚"。[1]

众所周知，鲁迅在这里引用的是来自《野草》的经典表述。有意思的是，鲁迅显然是将自己压倒一切的绝望与写作的窘境联系起来。更进一步说，他是将生命危机等同于语言危机。开始写《野草》时候，鲁迅正翻译日本书学批评家厨川白村《苦闷的象征》，受厨川白村的影响，他试图通过"艺术性地'改装打扮'，也就是将个人经验的原材料创造性地调整为象征的结构"[2]，以克服他的精神危机。我相信鲁迅的小说就语言的功能来说，已上升到形而上的层面，这应是将《野草》定义为一部纯现代主义作品，或是将这样的阅读合法化的出发点。

鲁迅是真的现代，这不仅在于他文章中前所未有的尖锐语调与文辞，还在于生存困境已成为他首要的主题，压倒性的虚无主义成为《野草》独有的象征。不断地困扰于人道主义与个人主义、传统与现代、个体与公众、希望与绝望等道德冲突，鲁迅将这些两级的体验转化成一些成对的意象和观念：空虚和充实，沉默和开口，死亡、生长和腐朽，明和暗，梦想与觉醒。[3] 与其说鲁迅想要让自己从一个极端转向另一个，以便最终解决自身的困境，不如说是他保留了所有相反的体验作为"结构性的规则"，既然文学已战胜了他内

① 鲁迅：《鲁迅全集》第 4 卷，第 18—19 页。
② 李欧梵：《铁屋中的呐喊》，布卢明顿：印第安纳大学出版社，1987 年，第 92 页。
③ 同上，李欧梵，第 98 页。（译者：李欧梵的原文为"空虚和充实，沉默和开口，生长和腐朽，生和死，明和暗，过去和未来，希望和失望"。）

心所遭受的折磨。在完成了《野草》其余 23 篇文章之后，就是否能清晰地表述任一形式的痛苦这一点上，《影的告别》开头一句就点明了语言的悖论，揭示了鲁迅对此深深的无力感。受这些矛盾的压迫，抒情的"我"坠入了虚无和绝望的深渊，遁入了丧失了身份认同的真空。迷失的自我几乎充斥在每一个字里行间。在《秋夜》里，变得"彷徨于无地"，"只想拥抱虚无"①。通过主观思绪和随心所欲的新奇的想象，真实的场景又被转换成虚构的一个。"我"已经迷失，又由突然出现的笑声带回现实：

> 我忽而听到夜半的笑声，吃吃地，似乎不愿意惊动睡着的人，然而四围的空气都应和着笑。夜半，没有别的人，我即刻听出这声音就在我嘴里，我也即刻被这笑声所驱逐，回进自己的房。灯火的带子也即刻被我旋高了。②

既然对逝去的青春的追寻不过是对外界世界的超越或客体化，这时在"我"心中还闪烁着些许慰藉与希望。在下一分钟，"我"又意识到了这些国家复兴的强力其实辜负了自己的期望，幻灭悄然而至：

> 我早先岂不知我的青春已经逝去了？但以为身外的青春固在：星，月光，僵坠的蝴蝶，暗中的花，猫头鹰的不详之言，杜鹃的啼血，笑的渺茫，爱的翔舞……虽然是悲凉缥缈的青春罢，然而究竟是青春。然而现在何以如此寂寞？难道连身外的青春也都逝去，世上的青年也多衰老了么？③

"认同感的丧失"这一主题也主宰了李金发的创作。他的《微雨》面世与鲁迅发表《野草》大约在同一时间。两者都重视自我的体验，也都希望这体验会消减。然而，虽然两者都具有期望能拮抗恶魔的相同心愿，李金发诗歌中的特征与鲁迅的作品有些不同。鲁迅的不同处在于，他总能在社会大环境下发现这种个体的劣根性，相信只有经由社会启蒙才能自我救赎。而李金发不过是借用纯粹的隐喻同时完成了他对祖国和自我的放逐，去主观地表达诗人压倒一切的个人苦痛，无辜地躲进了唯美的象牙塔。他拒绝任何社会关怀和道德义务的要求。他的诗是同时远离了本土和欧洲文化的一种无根状态的、自传式的展示。诗中渗透的原罪感非常奇怪。它不是来自基督徒，也不来自典型的中国知识分子。也许它是源于对利己主义分裂人格

---

① 鲁迅：《鲁迅全集》第 2 卷，第 166 页。
② 同上，第 163 页。
③ 同上，第 177 页。

的厌恶,期望打破过分沉溺于自我放纵的经验,以寻求更好。在这一层面,
讽刺和挖苦应该与诗人的自怜结合起来理解。它们缺乏无情敏锐的洞察
力、波德莱尔式的自我剖析,或者鲁迅那种蔑视人间的毛骨悚然的张力。李
金发作品的吸引力其实在于他的局限。也就是说,其吸引力在于他对现实
过于主观的透视,这导致了诗人诉诸超现实主义的自发式写作和狂放的诗
歌文本结构。这是一种奇怪的情感流露,不是在外部世界寻求和谐的浪漫
模式,而是现实全盘的瓦解。李金发对生活的展望看起来是零碎而混乱的,
无处不充满分裂。然而,诗人的局限性很矛盾地成就了他笔下相当一部分
意象和片段的轻快和惊人的美丽,这就被一些更自觉的作家所觊觎。下面
就是一个例子:

> 呵不! 钥子死了,
> 你将何以延她
> 到荒凉之地去?[①]

3

在现代主义的发展背景下审视新月派诗人,给人印象最深的是诗人身
上的过渡性质。从这种意义上说,最好叫他们"浪漫—象征主义者"而不是
"形式主义者"。这种过渡性不仅在于诗人个人风格的演进比现成的浪漫主
义主要类型所能描述的复杂得多,而且还在于,主要通过卞之琳、何其芳和
戴望舒等早期成员,新月派诗人参与了中国现代主义在 20 世纪 30 年代的
全盛期发展的这一历史角色。受惠于浪漫主义是不争的事实,事实上他们
也接受了法国象征主义与欧美现代主义的影响,这一点不容忽视。此外还
值得一提的是,浪漫主义诗人们选择的膜拜对象,像济慈、柯勒律治和爱
伦·坡,风格都很消极,他们作品蕴含的倾向使其被分别归入了现代主义的
各种流派。我们也应牢记,维多利亚时代的诗歌,新月派也部分地从中汲取
了灵感,前者其实产生于唯美主义和悲观主义盛行的时代,主要风格也是消
极的。消极因此进入了这些中国诗人的作品。就这一点来说,也就不奇怪,
徐志摩甚至比中国的象征主义诗人们更热情地赞颂了波德莱尔的"俄然的
激发"。

在编辑《新月》月刊时,徐志摩或多或少显示出了对象征主义类型作品
的偏好,以"那些精妙的,近于神秘的踪迹",去寻求"深沉、幽玄的意识",以

---

① 李金发:《李金发全集》,成都:四川文艺出版社,1987 年,第 372 页。

实现"人生深义的意趣与价值"——这是徐志摩在波德莱尔身上发现的品
质。① 在类似的贡献者中,闻一多以一首划时代的作品《奇迹》(1929)又引起
了很大轰动。继诗人出版《死水》,历经了三年的沉默之后,这首具有象征主
义倾向的作品横空出世。徐志摩本人也在诗歌的新风格上有所实验,像《我
等你》《翡翠冷的一夜》和《婴儿》等。有些评论家还可以列举更多。② 朱
湘——新月派的主要诗人之一,被赞为"精湛的匠人",他对多种诗歌技巧进
行了尝试,其中包括了意象主义、象征主义和唐诗等风格。就像下面这
首《雨景》:

> 我心爱的雨景也多着呀:
> 春夜春梦是窗前的淅沥;
> 急雨点打上蕉叶的声音;
> 雾一般拂着人脸的雨丝;
> 从电光中泼下来的雷雨——
> 但将雨时的天我最爱了。
> 它虽然是灰色的却透明;
> 它蕴着一种无声的期待。
> 并且从云气中,不知哪里,
> 飘来了一声清脆的鸟啼。③

《雨景》唤起了一种与魏尔伦的《泪流在我心里》相似的气氛和情绪。但不像
魏尔伦,诗人并没有真正厘清自己的心情。通过使用一系列迅速变化的、蒙
太奇式的、近乎客观的意象,朱湘成功地捕捉到了情绪的起伏不定,赋予了
诗行一种意象派的感觉。结尾是含蓄、隽永的唐诗风格。在其后期作品中,
朱湘将这些新的尝试发展为句法繁复、色调沉郁的一种个性鲜明的象征
系统。

新月派的诗人被看作"不可救药的个人主义者"。胡适说他们是独来独
往的老虎或狮子,被惯于成群结队的狗和狐狸排斥。④ 然而,政治灾难与血
腥的战争正席卷大地,这些自封的个人主义者们与动荡的时世难以调和。
相应的,他们坚持的唯美也与中国知识分子精英被期望的爱国主义格格不

① 徐志摩:《波德莱尔的散文诗》,《徐志摩全集》,香港:商务印书馆,1983年,第3页,第156—
160页。
② 蓝棣之:《导言》,蓝棣之编选:《现代派诗选》,北京:人民文学出版社,1987年,第7页。
③ 朱湘:《预言》,《朱湘诗集》,成都:四川文艺出版社,1987年,第77页。英文译本见汤姆·邦尼和
S·麦克杜格尔,《译丛》21,22(春秋季刊,1984)。
④ 引自陈敬之:《"新月"及其重要作家》,台北:成文出版社,1981年,第4页。

入。新月派的诗歌风格往往涉及了道德上对立的两极:在《死水》前言诗中,闻一多就承认了这一困境:

> 可是还有一个我,你怕不怕——
> 苍蝇似的思想,垃圾桶里爬。①

这显示了诗人内心的挣扎,试图在被诅咒的诗人与爱国歌手的角色之间,在颓废的理想与对现实一腔热情的参与之间,求得平衡。闻一多很清楚自己的写作动机相互矛盾:是为了他的美和缪斯写作,还是为了表达对人民和祖国的热爱而写? 他作于他在北京的公寓"何妨一下楼"(这居所常与马拉美的"罗马路"相比较)的 28 首代表作,具有神秘的、充满异国情调的风格,显示了他为了找到平衡所做的努力。闻一多将诗的现实主义风格与对艺术完美形式的坚韧追求并列。在《一个观念》《奇迹》等诗歌里,他借用了 17 世纪英国玄学派诗人(T·S·艾略特将之与法国象征主义相比较)的技巧,给"最异类的理念"置上枷锁,使之成为一个有机的整体,就像但丁的贝特丽斯或俄罗斯象征主义诗人勃洛克的"美妇人",由象征着永恒而又不知名的神秘女人,引领诗人向上,超越这世间所有的纠葛。

4

在 20 世纪 30 年代起的抗日战争期间,第三代诗人创造了中国现代主义的黄金期。他们用以发声的不仅有《现代》,文学评论家就是在这里用"现代主义者"术语来形容这一新趋向的主要参与者,还包括了其他的刊物。除了左翼宣传出版机构,几乎所有文学期刊,包括短命的和冷门的刊物,都共同回响着现代主义的声音。即便面对着战争逼近和无休止的政治动荡,诗人们怀着要做现代主义者这一不寻常的野心,开始自发地追求艺术的美感。因为提倡纯诗,就单将集结在《现代》周围的诗人群体归于现代主义者,这是不公平的。即使是施蛰存,《现代》的主编,也反对这样的偏见,而坚持强调杂志的普适性②,杂志其实集结了所有派别的作家,包括左翼人士在内。《现代》的历史成就在于它体现了中国现代主义的持续性。

施蛰存对《现代》所关注的纯诗的看法是特立独行的,为了就垄断和工业化的新的现实发声,他提到了诗歌技术的更新和诗歌内容的拓展:

> 《现代》中的诗是诗。而且是纯然的现代的诗……所谓现代生活,

---

① 闻一多:《口供》,《闻一多全集》,北京:生活·读书·新知三联书店,1982 年,第 3 页,第 171 页。
② 施蛰存:《重印全份〈现代〉引言》,上海:上海书店,1983 年。

> 这里面包含着各式各样独特的形态：汇集着大船舶的港湾，轰响着噪音的工场，深入地下的矿坑，奏着Jazz乐的舞场，摩天楼的百货店，飞机的空中战，广大的竞马场……甚至连自然景物也与前代的不同了。①

施蛰存相信，生活的风景已经改变，想象力也应适应由此改变了的诗歌形式。不管怎样，代表性的诗人如卞之琳、何其芳和戴望舒，这些当年新月派门下的弟子，都做出了后来可以说是很纠结的叛逆举动，这些行为与新月有更多的血缘关系，而不能说是真正的突破。卞之琳和林庚继续按闻一多所倡导的谨严的格律写诗，但是以一种更复杂和精致的方式。戴望舒、艾青、废名以及其他一些诗人，虽然嘲笑这种"豆腐块"的风格，转而做基本不押韵的诗，他们也从来没有真正反对过讲究诗体结构的观念。诗人们瞄准了更灵活的诗歌形式，以反映复杂的内心世界。

鉴于他们的"诗歌独立"理念与时代的需求产生分歧，现代主义者试图通过对诗歌文本的改进与社会妥协。在这种妥协中我们可以看到一些构建了其作品的最显著的特征——拟人或拟物的运用，企图将诗歌主体非人格化和物化，超越自我的限制，通过创造虚拟的客观对应物，从更深广的角度阐述现实。这种方法最初经常被艾略特、里尔克和瓦雷里采用，继而在中国背景下，它的使用已超越了单纯审美方面的含义。是成为优秀的诗人还是以牺牲艺术上的完美为代价的入世的诗人，该方法成了中国诗人处理以上道德冲突时的心理平衡剂。就以戴望舒为例，尽管他的诗非常个人化，诗人从来没有忘记强调，这些诗歌可以与彰显了普适性的象征体系相比照。② 请看《夜行者》中的一段：

> 夜的最熟稔的朋友，
> 他知道它的一切琐碎，
> 那么熟稔，在它的熏陶中，
> 他染了它一切最古怪的脾气。③

通过《夜行者》中对夜晚这一寻常意象的辨析，诗人试图将自身的困境客体化，戴望舒以一种诠释型的日常陈述，更多地关注到了现实的残酷与凄凉。当然，这一"辩证式"的使用不仅限于一首诗，这也不是戴望舒诗歌中仅有的特色。另一个明显的例子是何其芳，他在早期作品如《预言》《画梦录》中致力于个人的限制与遭遇的主题。他懂得如何让普遍的忧郁不仅成为自己

---

① 施蛰存：《有关于本刊中的诗》，《现代》4期1卷：第6—7页。
② 引自戴望舒：《诗论零札》，《戴望舒诗全集》，杭州：浙江文艺出版社，1982年，第63页。
③ 戴望舒：《夜行者》，同上，第85页。

的,而且也变成周边世界的一个属性。在特定情况下,何其芳甚至尝试,像艾略特在《荒原》中所做的那样,通过对历史、文学或神话人物的影射,将身份重建的过程客观化:

> 但我到底是被逐入海的米兰公,
> 还是他的孤女美鸾达?
> 美鸾达! 我叫不应我自己的名字。①

之后在同一首诗里,抒情第一人称从莎士比亚式的主角开始转为本土文学传统中的各种人物形象。他希望将多样的虚拟人物填补在北京的风沙中央——这是一种对时代的混乱与荒凉的象征性的再现——显示了诗人意欲确认最终真实的企图。诗人意识到,这种超现实的、神奇的通过语言进行的再现,并没有带来真正地慰藉,拙劣地模仿奥登,"诗歌却什么都没有发生",他于是埋葬了那些虚幻的自我,追随鲁迅、闻一多的步伐,和随后而来的许多人一样,开始追求更"真实"的东西。

用进步的面具掩饰生存的困境,这成为卞之琳诗歌中最明显的因素。卞之琳将本体论的主要原则定义为通过"设置的场景、对象、人员和事件"将个体客观化的过程。② 主要表现是重复诉诸一个客观的声音,引进独白、对话以及具有讽刺意味的旁白等戏剧化的技巧,通过诗行间的张力和巧妙计算而得到的效果,所有这些因素交织于规模甚至会很小的抒情诗里。卞之琳是隐藏自己意图的高手。从形式上看,尽管秉承了闻一多的诗体,卞之琳倾向于避免直白,而基本上遵循普通语音的自然节奏,他相信,最常见的诗应为"顿",即 2+3 的音节模式。诗人通过使用会话体和阴性韵摆脱了诗歌韵律中的唐突感。在主题上,有意地贴近生活背后是他对人类命运大潮形而上的思考。诗人甚至试图隐藏所有相互作用的两级,像时间与永恒、人际交往中的近与远、梦与现实,以及自我与世界,所有的这些因素在根本上完成了诗人诗作的构建。诗人创造了尖锐的修辞对比。实际上,卞之琳的创作方法是对早期的激进主观主义者如鲁迅、李金发等一个明显的背离。

由于卞之琳的"我"很少会再次出现在同一场合中重复的场景;它就再三出现于不同人称的次要人物中,像旅客、裁缝、小贩等。某些情况下,在诸如抒情小诗的"片段"中,"我"成为一种管道,一个无所不在的话筒,从而完全重置了"人称"这一字眼。毫无疑问,他诗歌中的人称通常对诗人有指涉性功能,"年轻人在空无一人的街道冥想"。卞之琳使用象征的技巧如此高

---

① 何其芳:《风沙日》,选自《预言》,上海:上海文艺出版社,1982 年,第 63 页。
② 卞之琳:《雕虫纪历》,北京:人民文学出版社,1984 年,第 3 页。

明,它们甚至挽救了诗人的一些诗歌,使他避免陷入政治空谈,《慰劳信》即写于卞之琳的延安时期。即使是描写战争英雄的诗,如《给随便哪一位神枪手》和《给〈持久战〉的著者》,诗人自己在遣词造句上的精确和灵巧,也堪称是"诗人英雄"。隐藏在这些面具后面的诗人代表性的玄学机智,一方面使诗人摆脱了既有经验的束缚,另一方面也将诗人的美学思想从与任一思想体系的趋同中解放出来。

卞之琳的作品很好地融合了象征诗和中国古典诗歌,尤其是那些受道教和禅宗影响的玄学诗的技巧。在某种程度上,卞之琳式的象征可以说是"传统主义的",中国玄学诗很大程度上运用类似于象征主义的创作方式,倾向于使用富于暗示与召唤力的诗性语言。两者均致力于探寻事物的本质,超越自我意识的限制,以达到一种道家的精神贯通。① 即便卞之琳刻意隐藏了诗歌形式与结构的真实意图,这也揭示了他对"似乎无意为之的技艺"这一传统的偏好。然而,使得诗人成为真正的现代主义者的却是一种张力,这种张力来自他接受的一定程度上的传统的诗学教养,与传统所不了解的现实生活中"非诗"的题材之间所产生的对抗。这种张力在卞之琳的同期诗人身上也有体现,因此被废名定义为"诗的"。废名的诗就显示了诗人如何成为彻底的现代派,他可以几乎完全从道教传统与禅宗象征性的深奥的方式中汲取灵感。20世纪30年代的现代主义者与本土传统建立了一种新的联系,这种具有了兼容传统和现代,中国与西方的开放的可能性,至今仍远未消竭。

5

20世纪40年代见证了一种新的诗歌意识的出现,这种意识面对现实和生活有更广阔的视野,抒情主体得以长足进步,对白话作为表达现代情感的媒介也有了终极自信。如同冯至和九叶派所阐释的,由此而导致的动态的诗歌内在导向令人印象深刻——九叶派是指当时的九位年轻诗人,他们聚集在《诗创造》与《中国现代诗歌》等期刊周围,其中大多数都具有西方哲学和文学的学术背景。他们具有尝试精准地融合内在和外来经验的冲动,并且,基于这一代的现实体验,而普遍持一种积极的生活态度。穆旦的诗《赞美》就代表了这种新的声音:

> 我有太多的话语,太悠久的感情,
> 我要以荒凉的沙漠,坎坷的小路,骡子车,

① 引自余宝琳:《中国与象征主义诗歌理论》,《比较文学》第4期,第291—313页,1987年1月。

> 我要以槽子船,漫山的野花,阴雨的天气,
>
> 我要以一切拥抱你,你,
>
> 我到处看见的人民呵……①

这种以事物命名的技巧与里尔克《杜伊诺哀歌》的乐观积极暗相呼应:

> 我们也许在此时此地,是为了说:房屋,
>
> 桥,井,门,罐,果树,窗户,——
>
> 充其量:圆柱,塔楼……但要知道,是为了说,
>
> 哦为了这样说,犹如事物本身从没有
>
> 热切希望存在一样。②

从穆旦身上我们看到,对应于抒情的第一与第二人称,在美学意义上首次出现了一个集体名词"人民",带着人本主义的暖意,并且摆脱了任何政治意识形态的寓意。"我"也不再带着与世隔绝的面具徜徉,而是赤身露体地"溶进了大众的爱"③,"我看不见自己"④。这是爱的表现,通过物化的过程"我"实现了与世界的和解,开始呈现出开放的、被动而又包容的矛盾状态。这里的穆旦应是试图对里尔克有关存在的一个核心问题有所反应:"但何时,在生命的哪一环,我们最终敞开并容纳?"⑤穆旦的回应自然不会是里尔克式的,而是作为已经受够了虚无主义的现代中国知识分子,当新的主体已现曙光,试图通过与世界的重新接触去还原丧失了的身份认同感。在这些 20 世纪40 年代的诗人身上,一个最明显的精神上的相似之处在于,他们进行了最大胆的尝试,以寻求全新的、综合性的自我。然而,由于相继而来的两次战事对生命的威胁,这种积极向上从来没什么一致性,重新陷入了对世界、人本主义和自我的消极情绪的次数总是过于频繁。所以,毫无矛盾的,他们会失掉作为现代主义者一半的意义。穆旦曾写道:

> 这是一个不美丽的城,
>
> 在它的烟尘笼罩的一角,
>
> 像蜘蛛结网在山洞,
>
> 一些人的生活蛛丝相交。

---

① 穆旦:《赞美》,选自《九叶集》,南京:江苏人民出版社,1981 年,第 251 页。

② 里尔克,第 39 页,黄灿然译,译者注。

③ 穆旦,第 212 页。

④ 辛笛:《刘禾女之歌》,选自《九叶集》,第 3 页。

⑤ 里尔克,第 74 页。

我就镂结在那个网上。①

里尔克是整个40年代最受推崇的诗人之一。冯至对此贡献甚巨，他受里尔克影响也最深。经过了初期浪漫象征主义的辉煌，冯至去了德国学习哲学和文学，并停止写作，可能也是因为震慑于里尔克的伟大。然而，不像梁宗岱，他从未消除来自瓦雷里的影响，在1941年任教于昆明西南联合大学时，冯至成功迎来了自己的第二次创作高峰。

当时的24首十四行诗同时显示了冯至对里尔克的倚重与背离。冯至从里尔克身上学到以本真的方式观察宇宙间的形形色色，以探索诸多物象的灵魂，并了解其外在表现，这是如何的重要；以及诗人如何通过高强度的、牺牲了自我的创作过程，将观察到的事物变成了对抽象真理的具体展现。在十四行诗的序言中诗人宣称，这些诗是他在位于昆明的一个小镇观察和沉思的成果，那时候他每周两次去一个小镇那儿讲授歌德和里尔克：

> 一人在田径上、田埂间，总不免要看，要想，看的好像比往日看得格外多，想的也比往日想得格外丰富……②

在十四行诗第二十首中冯至承认，他观察事物和人的印象经常变化，就像里尔克的布里格，"血，注视和手势"③因此成为生活中的主要部分。

> 有多少面容，有多少语声
> 在我们梦里是这般真切，
> 不管是亲密的还是陌生：
> 是我自己的生命的分裂。④

下面这首诗是在一种显示人与人怎样相互联系的奇异、秘密的视角中结尾：

> 我们不知已经有多少回
> 被映在一个辽远的天空，
> 给船夫或沙漠里的行人
> 添了些新鲜的梦的养分。⑤

在十四行诗第十八首中，冯至阐述了相同的人际交往场景，通过它也使周边的世界和人类的历史变得生动起来：

---

① 穆旦：《有别》，引自李怡：《黄昏里那道夺目的闪电》，《现代文艺研究丛刊》第4期，第207页，1984年。
② 冯至：《十四行集序》，选自《冯至选集》，成都：四川文艺出版社，1985年，第1页，第256页。
③ 里尔克：《布里格手记》，1982年，第22页。
④ 冯至：《十四行第二十七首》，第142页。英文为许芥昱译，第140页。
⑤ 冯至：同上。英文为作者自译。

闭上眼吧！让那些亲密的夜
和生疏的地方织在我们心里：
我们的生命象那窗外的原野，
我们在朦胧的原野上认出来
一棵树、一闪湖光，它一望无际
藏着忘却的过去、隐约的将来。①

　　与里尔克相区别的是冯至诗歌某种内在的人本主义以及儒学的现代表现形式，倾向于牺牲自我，为人类造福。尤其里尔克《新诗集》里有关"爱"的主题，均被诗人消减或否定，而代之以对外界的关注。事实上，冯至从未真正地接受里尔克的"纯诗"理论。尽管里尔克青睐的主题意象，如艺术品、历史和动物都在诗人十四行诗中出现，尽管存在着看似诗意的客体及自我的消隐，但《十四行集》中没有任何一首够得上标准的叙事诗，只涉及了有关诗人自身或诗意的创作过程的类比。冯至拒绝了唯美，而让自己的想象力被发自内心地对人类世界的关爱点燃。通过让抒情的第一人称强行闯入画面，并激活了诗歌的整体内部韵律，郑敏和陈敬容写的一些叙事诗在保留了这一类型诗歌的精确度的同时，形式上也有所转变。在变动中她们可能想起了新儒家的"格物"哲学（研究以获得知识），其最终目的是认识"兴"（自我的实质）和"礼"（宇宙的规则）。如果诗人自身能够"仁"（人类的爱），这两者才会两相协调。正是这种传统的影响在社会层面为诗人们的创作提供了助益。

　　第四代诗人的普遍愿望是探寻一种现代主义的新形式。他们拒绝了西方象征主义的"悲观、虚无主义和宿命论"，指责其没有带来"新的道德，但只是一种艺术美学"②，这些诗人开始创作一种新的诗歌，不同于波德莱尔之后的"纯诗"或"绝对的诗"，也不同于 20 世纪以个人主义为前提的现代主义。他们非常清楚，象征的独立性与诗歌的音乐性不得不与社会历史因素相协调，在喧嚣但充满希望、积极向上的 20 世纪 40 年代，这种变化不可避免。

　　这种新的认识其实阐释了奥登的二元论：一方面，"艺术不是现实，不是社会的助产士"③；另一方面，"我们必须彼此相爱或死亡"④。除了里尔克，奥登是当时被人模仿最多的诗人。前者教诗人去超越外在经验的种种表

① 冯至：同上，第 140 页。英文为许芥昱译，第 153 页。
② 冯至：《关于诗的几条随想与偶议》，《中国新诗》第 5 期，1948 年 10 月。
③ W·H·奥登：《新年书信》，《奥登诗选》，纽约：兰登书屋，1976 年，第 162 页。
④ W·H·奥登：《1939 年 9 月 1 日》，纽约：古典书局，1979 年，第 88 页。

现,寻求安静、深刻的内在。从后者身上他们发现了生命力的美,以及对现实进行更广泛的关注的一种动力。事实上,与之前数十年中国现代主义的暧昧、排外的唯美特质正相反,如袁可嘉在论文《论新诗戏剧化》中所说的,他们创造了一个新的"现实,象征,和玄学"的开放系统。[①] 通过融合理性与活泼的感性,细腻的内在与非诗化的客体对应物,现代城市生活与怀旧,他们将这种新的诗学实体化。即便在世界现代主义发展的背景下,这些品质也值得系统的研究。

更不用说,由于在想象力与诗歌本质的问题上持相反的态度,这些诗人的整体创作与同时期的文学左派作品有很大的不同。他们不会受任何一方的意识形态宣传影响,即便他们从内战中汲取灵感而创作,写出来的也不是战争诗。他们更多地关注到了人的基本生存状态。这也就可能很好地解释了,在 1949 年后,为什么这些诗人会被迫在超过 30 年的时间里终止创作。但是,如果我们关注到了硬币的另一面,就不能不承认他们的沉默其实出于自愿这一事实。他们是否认为,现实改变得如此之快,已经不再需要具有隐喻象征意义的诗歌了呢? 这是中国现代主义的最大困境之一。如果他们不再像马拉美那样,视语言为绝对的现实,坚持诗歌作为生活的唯一途径,如果他们不再能抗拒诱惑,相信文本在某种程度上对应于外在的现实,他们很可能会,事实也是这样,冒着使诗歌让位于现实的风险,更何况取决于国家的要求,现实正随着各种社会因素而改变。毕竟,艺术被坚硬的现实取代,这对于人来说并不无可能。现实都失败了,为什么诗歌就该成功呢?

---

① 袁可嘉:《新诗的戏剧化》,《诗创造》12 期,1948 年 6 月。

后 记

如今流行穿越。可我们知道，人类的精神世界里早就有种种时空穿越的现象了。比如钱锺书先生论"诗分唐宋"，就说："故有古人而为今之诗者，有今人而为古之诗者，且有一人之身搀合今古者。"如果把这句话里的"古""今"换成"中""西"，也一样成立。中国诗里也有像西方诗的，西方诗中也有像中国诗的。中西的契合与交流往往有之。吉卜林说的"西是西，东是东，东西永远不相逢"，在物质与精神的层面都不是事实。

本书选取了中国的神韵说与西方的"纯诗"论进行比较研究。中国古典诗学里的神韵说，始于六朝，兴于晚唐，终于清初，代表论者包括钟嵘、皎然、司空图、姜夔、徐祯卿、严羽、王士禛等。纯诗作为象征主义的诗学观念，则主要出现于 19 世纪末，代表论者有爱伦·坡、波德莱尔、马拉美、魏尔伦、兰波、瓦雷里、诺瓦里斯和白瑞蒙等。两种诗歌理论分属异域，且发生于不同时期，却交汇于中国现代文学的场域之中，共同影响了中国的很多新诗人。本书即以中国新诗为端口，系统探讨了上述两种诗论共通的美学价值，具体内容包括：

（1）从《文学改良刍议》对神韵诗的态度，以及象征主义在中国的发展开始，按照比较美学思路，梳理新诗融合中外的历史背景，探索神韵说和纯诗论与新诗文本、诗论之间的内在联系。考察中国新诗论者对待神韵说和纯诗论的不同态度及相应的借鉴情况，分别梳理和界定神韵、纯诗观念的理论内涵，以新诗为端口，构建神韵说与纯诗论的理论谱系。

（2）以中国新诗为视域，总结神韵说与纯诗论在诗歌本体层面的共通，通过重申诗之为诗的本质，揭示了诗与散文的区别，探讨相关的诗歌审美本体理论；归纳神韵说与纯诗论在诗歌创作层面的共通，强调了诗与音乐在观念和技巧上的应和，探讨相关的诗歌审美形式理论；揭示神韵说与纯诗论在诗歌价值层面的共通，两种诗论都呈现了诗人个体意识与宇宙意识合一的思想，探讨相关的诗歌审美价值理论。

（3）受益于中西艺术的融合，新诗"现代性"的发展直接促成了中国传统诗学观的转变。本书以梁宗岱、袁可嘉、张枣的诗论以及汪铭竹、杨泽等人的诗歌为例，考察了神韵说和纯诗论对新诗理论的具体影响，研究新诗理论界对中外诗论的接受情况，揭示中西诗学汇通对于中国新诗发展的重要性。

（4）在完成两种诗论"共通性"的考察之后，研究神韵说与纯诗论在中国新诗发展层面产生的影响与变化，分析在中外诗学的双重影响下，中国新诗理论自"五四"以来的通变趋势，最终试图追溯诗歌在本体、形式与价值评判等层面的美学讨论。

在疫情与炎暑中，我终于完成了这本书稿。首先我要感谢导师江弱水先生多年来对我的辛苦教导。他的诗学研究正是在做多重穿越，用中西融合的现代诗学观点对中国古典诗与现代诗加以重读、复述与再解释。我的论文选题跨越了中国和外国、古代与现代、比较文学和美学，正是受老师点拨和指导的结果，当然，书中的所有不足责任都在我自己。我也要感谢家人对我的全力支持。感谢江苏人民出版社于馥华编辑的辛苦付出。还有一个迟到的感谢送给师弟潘建伟的父亲，谢谢老人家当年为我寄书，这本应出现在博士论文后记里。记得博士论文答辩后，朱则杰教授叮嘱我们说，博士论文能早点出就早点出，保不准你们日后还会不会修改论文了。我惭愧没能听从建议早一点出版，但可慰藉的是，我还是花了几年时间对论文进行了补充与修改的。本书得到了国家社科基金的后期资助，在此一并致谢。

刘金华
2022 年 8 月于南京